거꾸로

A Rebours

Joris-Karl Huysmans

거꾸로
A Rebours

대산세계문학총서 059
조리스-카를 위스망스 지음
유진현 옮김

문학과지성사
2007

대산세계문학총서 059_소설
거꾸로

지은이 조리스-카를 위스망스
옮긴이 유진현
펴낸이 이광호
펴낸곳 ㈜문학과지성사
등록번호 제1993-000098호
주소 04034 서울 마포구 잔다리로7길 18(서교동 377-20)
전화 02) 338-7224
팩스 02) 323-4180(편집) 02) 338-7221(영업)
전자우편 moonji@moonji.com
홈페이지 www.moonji.com

1판 1쇄 2007년 2월 23일
1판 5쇄 2025년 6월 27일

ISBN 978-89-320-1757-0
ISBN 978-89-320-1246-9(세트)

이 책의 판권은 옮긴이와 ㈜문학과지성사에 있습니다.
양측의 서면 동의 없는 무단 전재 및 복제를 금합니다.

이 책은 대산문화재단의 외국문학 번역지원사업을 통해 발간되었습니다.
대산문화재단은 大山 愼鏞虎 선생의 뜻에 따라 교보생명의 출연으로 창립되어
우리 문학의 창달과 세계화를 위해 다양한 공익문화사업을 펼치고 있습니다.

비록 세상이 나의 기쁨을 혐오하고
그 조야함이 내 참뜻을 모를지라도……
나는 시간을 초월하여 즐겨야 하리.

— 위대한 로이스부르크

차례

출간 20년 후에 붙인 서문 9

일러두기 33
제1장 43
제2장 52
제3장 62
제4장 79
제5장 92
제6장 111
제7장 118
제8장 133
제9장 147
제10장 162
제11장 177
제12장 195
제13장 225
제14장 240
제15장 269
제16장 283

옮긴이 해설: 세기말 문학의 정수, 위스망스의 『거꾸로』 293
작가 연보 313
기획의 말 318

■ 출간 20년 후에 붙인 서문

    작품들이 일단 발간된 뒤에 절대로 그것들을 다시 읽지 않는다는 점에서 난 모든 문인들이 나와 같으리라 생각한다. 실상 자신이 쓴 문장들을 몇 년이 지난 후에 바라보는 것만큼이나 실망스럽고 괴로운 일도 없다. 문장들은 이를테면 침전물이 생기면서 맑아지고 책 깊숙이 찌꺼기들을 가라앉힌다. 그런데 대부분의 경우 책이란 나이를 먹으면서 맛이 좋아지는 포도주 같지는 않다. 세월이 흐름에 따라 일단 맑아진 후, 각각의 장들은 김빠진 술처럼 맛을 잃어버리고 그 향기는 시들고 마는 것이다.
    내가 『거꾸로』라는 선반에 정리된 몇몇 작은 병들의 마개를 열어보아야 했을 때 느꼈던 인상은 바로 그런 것이었다.
    약간은 우수에 젖은 채, 나는 이제 책장들을 뒤적이면서 그것들을 쓰던 순간에 내가 지닐 수 있었던 영혼의 상태를 회상해보려 한다.
    당시는 자연주의가 한창이던 때였다. 하지만 정확한 환경에 실제의 인물들을 배치한다는 불후의 공헌을 했어야 마땅할 이 유파는 제자리걸음을 하면서 같은 말을 중언부언 되풀이할 수밖에 없는 지경에 처해 있었다.

이 유파는 적어도 이론상으로는 예외를 인정하지 않았다. 그리하여 평범한 삶의 묘사에만 골몰하였고, 생동감을 준다는 핑계로 가능한 한 평균치의 사람들에 가까운 존재들만을 창조하려 애쓰고 있었다. 이러한 이상은 『목로주점』보다도 한층 더 탁월하게 자연주의의 귀감이었던, 귀스타브 플로베르의 걸작 『감정교육』에 의해 실현된 바 있었다. 『메당의 야회』[1]에 참여하였던 우리들 모두에게 이 소설은 정녕 성서 같은 것이었다. 그러나 이 소설에는 재탕할 거리가 거의 없었다. 그것은 극도로 완성도가 높은 작품이어서 플로베르조차도 유사하게 새로운 작품을 쓸 수 없을 정도였다. 따라서 이 무렵 우리들 모두는 우물쭈물하면서 어느 정도 답사가 끝난 길들과 그 주변을 배회할 수밖에 없는 처지였던 것이다.

미덕은, 이 점은 분명히 인정해야 할 것인데, 이 세상에서는 일종의 예외적인 덕목인 까닭에 자연주의의 계획 자체에서 배제되었다. 타락과 유혹이라는 가톨릭적인 개념을 알지 못했으므로 우리는 미덕이 그 얼마나 힘겨운 노력과 극심한 고통으로부터 생겨나는지를 모르고 있었다. 수많은 함정들을 이겨내는 영웅적인 영혼을 우리는 몰랐던 것이다. 밀고 당기는 일진일퇴, 교활한 공격들, 속임수들, 그리고 흔히 사탄의 공격을 받는 사람에게서 멀리 떨어진 수도원의 선방에서 준비되는 노련한 도움들을 곁들여가며 미덕의 투쟁을 묘사할 생각이 우리의 머리에는 떠오르지 않았을 것이었다. 우리가 보기에 미덕이란 그저 진부하거나 무의미한 존재들, 어쨌든 예술적인 관점에서 볼 때 다루어봐야 별 감동을 불러일으키지 못할 존재들의 속성 같아 보였다.

---

[1] 에밀 졸라를 중심으로 모인 젊은 자연주의 작가들이 1880년에 발표한 단편집으로 자연주의 선언서의 역할을 하였다. 여기에는 졸라 이외에 기 드 모파상, 조리스 카를 위스망스, 앙리 세아르, 레옹 에닉, 폴 알렉시가 참여하였다. (이후의 모든 주석은 역자주이다.)

악덕들만이 남아 있을 따름이었다. 하지만 이 분야에서 개간할 만한 터는 제한적이었다. 그것은 칠죄종(七罪宗)으로 국한되어 있었고 이 일곱 가지 죄악 중에서도 십계명의 여섯번째 계명[2]을 어기는 단 하나의 악덕만이 그나마 접근해볼 만했다.

다른 것들은 철저하게 수확되어서 추가로 따낼 송이란 거의 남아 있지 않았다. 예를 들어 인색함은 발자크와 엘로[3]에 의해 마지막 한 방울까지 다 짜내진 상태였다. 교만, 분노 그리고 시기심은 낭만주의적인 모든 간행물마다 널려 있었고, 또한 과도하게 사용된 장면들로 인하여 이러한 극적인 주제들은 너무도 난삽하게 왜곡되어 있었기 때문에 그것들을 한 권의 책에서 쇄신하려면 그야말로 천재적인 재능이 필요할 것이었다. 탐식과 나태의 경우는 차라리 주변적인 인물들에게서나 구현될 수 있는 것으로, 풍속소설들의 간판 배역이나 프리마돈나들보다는 조연들에게 더 잘 어울리는 것처럼 보였다.

사실은 이웃에 대한 잔인함과 거짓 겸양 등 걷잡을 수 없이 분화될 가능성이 있던 교만은 연구해야 할 악행들 중 가장 중요한 것일 수도 있었다. 또한 음탕, 나태, 절도(竊盜)를 수반하는 탐식 역시 우리가 신앙을 가지고 교회의 등불과 횃불에 비추어가며 꼼꼼히 살펴보았더라면 놀라운 발굴 작업의 대상이 될 수도 있었다. 그러나 우리들 중 누구도 이 일을 할 준비가 되어 있지 않았다. 그러므로 우리는 모든 악행 중에서 면밀한 분석을 하기에 가장 용이한 음탕만을 그 모든 형태로 되씹어야 하는 처지에

---

2 "살인하지 말라."
3 에른스트 엘로(1828~1885): 1846년 가톨릭으로 개종하였으며 르낭에 적대적인 입장을 표명하였다. 앙젤 드 폴리뇨와 로이스부르크에 관한 그의 글은 위스망스는 물론 상징주의 시기의 작가들에게 지대한 영향을 미쳤다.

몰리고 말았던 것이다. 우리는 얼마나 그것을 우려먹었던가! 하지만 이러한 쳇바퀴 돌기는 오래가지 못했다. 제아무리 별난 고안을 해보았자 소설은 다음의 몇 마디로 요약될 따름이었다. 모(某) 씨는 모(某) 부인과 왜 간통을 저질렀는가, 아니면 저지르지 않았는가를 아는 것 말이다. 만일 누군가 아주 점잖은 작가로서 기품 있게 으스대기를 원한다면 육체적 관계를 후작 부인과 백작 사이에 놓아두기만 하면 되었다. 이와 반대로 대중적인 작가, 요령 있는 글쟁이가 되기를 원한다면 간통 이야기를 후미진 변두리의 연애꾼과 평범한 처녀 사이에 놓아두는 것으로 충분했다. 이야기의 틀만이 달라지는 것이다. 요즘에는 품위 있는 소설이 독자들의 호응을 더 얻고 있는 듯이 보인다. 왜냐하면 요즘의 독자는 하층민 혹은 부르주아들의 사랑 이야기는 거의 즐기지 않고, 시대별로 유행하는 벽지에 따라 모습을 달리하는 작은 중이층(中二層) 방으로 자신을 유혹한 남자를 만나러 가는 후작 부인의 망설임을 계속해서 음미하고 있기 때문이다. 유혹에 넘어갈 것인가? 아닐까? 바로 이것이 심리 연구라 불리는 것이다. 이 정도라면 나쁠 것도 없다.

하지만 고백건대 어떤 책을 펼쳐서 케케묵은 유혹과 그에 못지않게 늘 똑같은 간음을 보게 되면 난 서둘러 그 책을 덮는다. 결과가 뻔하게 예고된 연애담이 어떻게 끝날 것인가는 전혀 알고 싶지 않기 때문이다. 분명한 사실로 판명된 자료들을 담고 있지 않은 책, 아무런 배울거리도 제공하지 못하는 책은 더 이상 나의 관심을 끌지 못한다.

『거꾸로』가 출간되었던 때, 다시 말해 1884년의 상황은 다음과 같다. 자연주의는 고정된 원 위에서 맷돌을 돌려대느라 숨을 몰아쉬고 있었다. 각자가 스스로의 삶이나 타인의 삶에서 선별하여 비축해 놓았던 다량의 관찰 사항들은 고갈되기 시작하고 있었다. 훌륭한 무대 장식가였던 졸라는 그럭저럭 정확한 화폭들을 그려내면서 용케 궁지를 벗어날 수 있었다. 그는 빼어난 솜씨로 운동감과 생동감의 환상을 불러일으키는 법을 알고 있었다. 그의 주인공들은 영혼을 갖추지 못했고 그저 충동과 본능에 지배되고 있었다. 이는 분석 작업을 용이하게 만드는 요소였다. 그들은 몸을 움직이면서 몇몇 간단한 행위들을 수행하고 꽤나 자연스러운 실루엣으로 무대 장치를 메울 뿐, 정작 극의 주인공은 이 무대 장치 자체가 되곤 했던 것이다. 이런 식으로 졸라는 시장, 백화점, 철도, 탄광을 찬양하였고 이런 환경에서 방황하는 인간들은 소품이나 단역의 역할만을 맡을 따름이었다. 하지만 졸라는 역시 졸라였다. 다시 말하면 그는 약간 둔중하긴 하지만 힘찬 목청과 커다란 주먹을 지닌 예술가였다.

그를 제외한 우리들, 훨씬 덜 건장한 데다가 보다 더 섬세하고 진실한 예술에 몰두하고 있던 우리들은 자연주의가 막다른 골목에 다다른 것이 아닌가, 그리고 얼마 안 있어 우리들이 골목 끝의 벽에 부딪히지 않을 것인가를 자문해야만 했다.

솔직히 말하자면 이런 생각들이 내 머리에 떠오른 것은 훨씬 후의 일이었다. 나는 그저 막연히 갑갑한 막다른 골목에서 벗어나려 애쓰고 있었을 뿐, 그 어떤 구체적인 계획도 세우지 못하고 있었다. 내 숨통을 터주면서 가망 없는 문학에서 나를 구해주었던 『거꾸로』는 전적으로 무의식의 소산이었다. 그것은 어떤 선입견도, 어떤 장래에 대한 의도도, 다른 아무것도 없이 상상된 작품이었다.

원래 이 소설은 마치 하나의 짧은 판타지와 같은 기묘한 단편의 형태를 띠게 될 것으로 보였다. 나는 거기에서 다른 세계로 옮겨진, 「물 흐르는 대로 *A Vau-l'eau*」와 얼추 한 쌍을 이룰 작품을 예상했었다. 난 교양 있고 세련되며 부유한 폴랑탱 씨,[4] 지고의 예술에서 인생의 부질없는 걱정거리와 동시대의 미국식 풍속이 불러일으키는 혐오를 잊을 방법을 발견한 폴랑탱 씨를 상상하고 있었다. 나는 이 인물을 시대로부터 홀로 멀찍이 떨어져 쏜살같이 꿈으로 도망치고 기상천외한 몽환극의 환상으로 피신해 보다 다정한 시대, 덜 저속한 환경에 대한 추억 속에서 살아가는 인물로 설정하였다.

그런데 생각에 생각을 거듭하면서 주제는 확대되었고 보다 끈기 있는 연구가 필요하게 되었다. 각각의 장은 하나의 특산물의 농축액, 특이한 예술의 승화물이 되었다. 그리하여 각 장은 보석, 향수, 화초, 종교문학과 세속문학, 세속음악과 그레고리안 성가에 관한 '육즙'[5]으로 응축되었다.

이상한 점이라면, 처음에는 꿈에도 생각지 못했지만 이런 작업들의 성격상 다양한 측면에서 가톨릭 교회를 연구하게 되었다는 사실이다. 사실 인류가 경험했던 시기들 중 유일하게 도덕적으로 깨끗한 시기인 중세로까지 거슬러 올라가면서, 가톨릭 교회가 모든 것을 지배하고 있고 예술은 교회 안에서만 그리고 교회에 의해서만 존재하고 있음을 확인하지 않을 수 없었던 것이다. 신앙이 없었던 탓에 나는 약간은 의심 어린 눈초리로, 그렇지만 그것의 규모와 영화(榮華)에 놀란 채 가톨릭 교회를 바라보았으며, 어린애들을 위해서나 만들어졌을 법한 종교가 과연 어떻게 그토록 경이로운 작품들을 잉태할 수 있었을까를 자문하고 있었다.

말하자면 나는 약간은 무턱대고 가톨릭 교회 주변을 배회하고 있었던 것이다. 나는 실제로 본 것보다 많은 것을 추측하였으며, 박물관이나 책

---

4 1882년에 발간된 위스망스의 단편인 「물 흐르는 대로」의 주인공. 무능함을 이유로 강제 퇴직당한 하급 공무원이다.
5 19세기에 팔리던 쇠고기 추출물 통조림의 상표에 씌어진 'of meat'를 위스망스는 '육즙'의 의미로 사용하고 있다.

들에서 발견한 편린들로 전체를 재구성하고 있었던 셈이다. 보다 장기간의 확고한 조사를 하고 나서 가톨릭교와 종교예술에 관련된 『거꾸로』의 페이지들을 훑어보는 지금, 나는 수첩 종이쪽들 위에 그려진 이 미세한 파노라마가 정확함을 지적하고 싶다. 내가 당시에 묘사한 것들은 간결하였고 상세한 설명들이 결여되어 있기는 하였으나 진실을 말하고 있었던 것이다. 그 후 나는 내가 그린 이 밑그림들을 확대하고 수정했을 뿐이다.

나는 지금도 교회에 관한 『거꾸로』의 페이지들에 당당하게 내 서명을 써넣을 수 있을 것이다. 그 이유는 이 페이지들이 실제로 가톨릭 신자가 쓴 것처럼 보이기 때문이다.

하지만 나 자신, 얼마나 종교에서 멀리 떨어져 있다고 생각했던가! 내가 지나치게 찬미하던 쇼펜하우어와 「전도서」나 「욥기」 사이에는 간발의 차이만이 있다는 것을 당시에는 미처 생각하지 못했다. 염세주의에 관한 전제들은 매한가지였다. 다만 결론을 내려야 할 때, 독일인 철학자는 슬그머니 몸을 빼려 드는 것이다. 나는 삶에 대한 공포, 세상의 바보짓, 냉혹한 숙명에 관한 그의 생각들을 좋아했었다. 마찬가지로 성서에 담긴 그러한 생각들 역시 좋아한다. 하지만 쇼펜하우어의 의견들은 아무런 귀결점도 제시하지 못한다. 말하자면 그는 우리를 저버리는 것이다. 그의 금언들은 결국 한탄들의 표본도감(標本圖鑑)에 지나지 않는다. 교회는 기원과 원인들을 설명하고 종말을 알려주며 치유책들을 제시한다. 교회는 우리의 영혼을 진찰하는 것에 만족하지 않고, 우리를 치료하고 고쳐주는 것이다. 반면 독일인 돌팔이 의사는 당신이 앓고 있는 병이 불치병임을 입증한 후, 냉소를 지으면서 당신에게서 등을 돌리고 가버린다.

쇼펜하우어의 염세주의란 그가 그 개념을 이끌어온 성서의 염세주의와 다르지 않다. 솔로몬이나 욥 이상으로 그가 말한 것은 없으며, 심지어

『예수 그리스도의 모방』[6]조차도 그보다 훨씬 전에 이미 그의 모든 철학을 다음의 단 한 문장으로 요약하였던 것이다. "지상에서 산다는 것은 정녕 비참한 일이로다"라고.

거리를 두고 보면 이러한 유사성과 차이점은 명확하게 드러난다. 하지만 당시의 나는 비록 그것들을 인식하기는 하였으나 이에 관해 오랫동안 따져보지는 않았다. 결론을 내려야 할 필요성이 별로 마음에 와 닿지 않았기 때문이다. 쇼펜하우어에 의해 그려진 길은 걸어다닐 만했고 다양한 양상을 보이고 있었으므로, 난 끝 간 데를 알고픈 욕망도 없이 그저 마음 편하게 그 길을 산책하고 있었던 것이다. 이 시기에 난 인생의 종점에 대한 어떠한 명확한 관념도, 삶의 결말에 대한 어떠한 염려도 갖고 있지 않았다. 교리문답의 신비들은 내게는 유치하게만 보였다. 더욱이 모든 가톨릭 교도들과 마찬가지로 나는 나 자신의 종교를 전혀 모르고 있었다. 모든 것이 신비이며 우리들은 신비 안에서 살고 있을 뿐이고, 만일 우연이 존재한다면 그것은 신의 섭리보다 한층 더 신비로울 것이라는 점을 나는 이해하지 못하고 있었다. 나는 신이 부과한 고통을 인정하지 않았고, 염세주의가 고상한 영혼들을 위안할 수 있다고 상상하고 있었다. 얼마나 어리석었던가! 자연주의가 금과옥조로 여기는 용어들을 빌려 말하자면, 그것은 별로 실험적이지 못하며 인간에 대한 기록이 되지 못하는 것이었다. 염세주의는 단 한 번도 육신의 병자들과 영혼의 환자들을 위로한 적이 없다.

그리하여 이토록 오랜 세월이 지난 후 그처럼 터무니없이 잘못된 이론들이 주장되고 있는 페이지들을 다시 읽으며, 나는 미소 짓고 있다.

하지만 책을 읽는 중에 나를 가장 놀라게 하는 것은 바로 다음의 사실

---

6 토마스 헤르메르켄(1379~1471)의 작품으로 알려진 종교생활 지침서.

이다. 즉 내가 『거꾸로』 이후에 쓴 소설들은 모두 이 책 안에 맹아(萌芽)의 상태로 담겨 있다는 점이다. 각각의 장들은 실상 뒤이어 씌어지게 될 책들의 단초들이었던 것이다.

데카당스 시기의 라틴 문학에 관한 장은 비록 그것을 상세하게 서술하지는 못하였지만 내가 『출행 *En Route*』과 『제3회인(第三會人) *L'Oblat*』에서 전례(典禮)를 다룰 때 심화시킨 바 있다. 축축한 산문과 과장된 수사법이 여전히 별로 내 마음에 들지 않는 암브로시우스 성인에 관련된 내용만을 예외로 한다면 아무런 수정 없이 이 장을 그대로 다시 출판할 수 있을 것 같다. 이 성인은 아직도 예전에 내가 "따분한 기독교도 키케로"라 명명했던 그대로인 것으로 보인다. 반면에 시인으로서의 그는 매력적이다. 그와 그의 유파가 지은, 성무일과(聖務日課)에 실린 성가들은 가톨릭 교회가 보유한 가장 아름다운 성가들로 꼽힌다. 라틴 문학에 관한 장에 할애된 칸에서 성가집이라는, 물론 약간은 특수한 문학이 한 자리를 차지할 수도 있었음을 덧붙인다.

1884년 못지않게 지금도 난 베르길리우스와 키케로의 고전 라틴어를 몹시 싫어한다. 『거꾸로』를 쓰던 당시와 마찬가지로 나는 아우구스투스 시대의 언어, 나아가 야생 물새 냄새를 풍기고 군데군데 기름 섞인 들짐승 고기의 색채를 띠기에 약간 기묘한 데카당스의 언어보다는 불가타 성서[7]의 언어를 선호한다. 이 언어를 소독하고 쇄신시킨 다음, 그 당시까지는 표현된 적이 없던 관념들의 차원에 접근하기 위해 유장한 어휘와 섬세하고도 부드러운 축소사를 창조해낸 가톨릭 교회는 그러므로, 내가 보기에는 이교도의 방언보다 훨씬 탁월한 언어를 스스로 만들어냈던 것이다.

---

7 서기 389년부터 제롬 성인이 히브리어 성서를 토대로 번역한 라틴어 성서.

이 점에 관해서 뒤르탈[8]은 여전히 데 제쎙트와 같은 생각을 하고 있다.

보석들에 관한 장을 보자면, 난 『대성당 La Cathédrale』에서 보석 상징론의 관점에서 그것을 연구하면서 다시 한 번 다룬 바 있다. 그것은 『거꾸로』의 죽어 있던 보석들에 활기를 불어넣는 일이었다. 물론 나는 멋진 에메랄드가 녹색 광택 속에 이글거리는 섬광들로 인하여 경탄의 대상이 될 수 있다는 것을 부인하지는 않는다. 하지만 우리가 상징들의 고유한 언어를 알지 못한다면 이 에메랄드는 우리와는 대화할 수 없게 되고, 우리가 이러한 어법들을 이해하지 못하기 때문에 그 결과로 스스로 입을 다물고 마는 미지인, 이방인이 되고 말지 않겠는가? 한데 이 보석은 한층 탁월한 가치를 지니고 있는데도 말이다.

16세기의 저술가인 에스티엔 드 클라브가 주장한 대로 보석들이 마치 자연계에서 인간과 마찬가지로 대지의 자궁에 흩뿌려진 씨앗으로부터 생겨난다고 인정할 수야 없겠지만, 보석들이 의미가 풍부한 광물질들이고 수다스러운 물질들이라고 말할 수는 있을 것이다. 한마디로 그것들은 상징들인 것이다. 아주 먼 옛날부터 보석들은 이러한 측면에서 고려되어왔다. 보석들에 관한 비유법은 기독교 상징론의 중요 분야 중 하나였으나, 요즈음의 사제들과 신도들에게는 완전히 잊혀지고 말았다. 나는 샤르트르 대성당에 관한 나의 책에서 개략적으로나마 그러한 상징론을 복구하려고 시도했던 것이다.

그러므로 『거꾸로』의 이 장은 피상적일 따름이며, 반지에 보석 물리는 거미발[9] 수준을 넘지 못하고 있다. 그것은 마땅히 되었어야 할 것, 즉

---

8 1891년에 발간된 장편 『저 아래로』에서 처음 모습을 드러낸 위스망스 소설의 주인공. 이 인물은 이후 『출행』 『대성당』 『제3회인』으로 구성되는 가톨릭 3부작에서도 주인공으로 재등장한다.

피안 세계의 보석 세공술이 되지 못하였다. 이 장은 그럭저럭 진열대에 잘 정리된 작은 보석상자들로 구성되었으나 그저 그뿐이었고, 이것만으로는 충분치 않았던 것이다.

귀스타브 모로의 회화, 로이켄의 판화들, 브레댕과 르동의 석판화들에 대해서 난 지금도 그때와 생각이 같다. 이 작은 미술관의 작품 배치에는 고칠 것이 하나도 없다.

달리 사전에 의도하지 않았음에도 그 내용이 위배하는 십계명의 번호와 우연히 일치하고 있는 저 끔찍한 6장과 그에 연계될 수 있는 9장의 몇몇 부분들에 관해 말하자면, 나는 이제는 분명 그런 식으로 쓰지는 않을 것이다. 특히 음탕의 관점에서 볼 때, 적어도 그것들을 보다 학구적인 방식으로, 사람들의 기진맥진한 뇌리에 끼어드는 악마적인 패륜을 통해 설명했어야만 했을 것이다. 실제로 신경성 질병, 그리고 신경쇠약증은 영혼에 균열을 만들고 그 틈을 비집고 악의 정령이 침투하는 것처럼 보인다. 바로 이것이 여태껏 풀리지 않은 채로 남아 있는 수수께끼다. 히스테리라는 단어로는 아무것도 해결할 수 없다. 그것은 어떤 육체적인 상태를 명확히 밝히고 저항할 길 없는 감각들의 웅성거림을 기록하기에는 족하겠지만 그와 결부된 정신적인 결과들, 특히 거의 어김없이 그런 상태와 결부된 은닉과 망상의 죄악들을 추론해내지는 못한다. 죄악에 빠져들게 하는 이 병의 시작과 끝은 무엇인가, 가련한 육신의 부조화에 덧붙여서 영혼에 있어서도 일종의 신들림에 걸리게 되는 인간의 책임은 얼마나 경감될 수 있는가? 그건 아무도 모른다. 이 점에 관해 의학은 횡설수설하고 있으며 신학은 입을 다물고 있다.

---

9 장신구에 보석을 박을 때, 보석이 빠지지 않게 물리고 겹쳐 오그리게 된 부분. 정작 보석 자체는 다루지 못하고 주변적인 것만을 다룬다는 의미.

분명 스스로 하나의 해답을 찾을 수 없었다면, 데 제쎙트는 이 문제를 과오의 관점에서 조명했어야만 했고, 그에 대해 적어도 약간의 유감이라도 표명했어야만 했다. 그는 스스로를 책망하지 않았는데 이는 잘못된 일이었다. 비록──뒤르탈보다도 한술 더 떠서──자신이 칭송하는 예수회 사제들에 의해 양육되기는 하였으나, 그 후 데 제쎙트는 그 얼마나 신의 구속에 반항하고 또한 고집스럽게 육신의 진창으로 빠져들고 말았던가!

어쨌든 이 장들은 『저 아래로 *Là-Bas*』에 이르는 길을 가리키기 위하여 무의식적으로 심어놓은 이정표들처럼 보인다. 특히 데 제쎙트의 장서에 다수의 마술 관련 서적들이 포함되어 있고 신성모독에 관하여 『거꾸로』의 7장에서 표명된 관념들은 장차 그 주제를 보다 본격적으로 다루게 될 책의 단초 역할을 하고 있음은 유념해 보아야 할 것이다.

다시금 가톨릭 신자가 된 이상, 나는 그토록 많은 사람들을 경악시켰던 책인『저 아래로』역시 똑같은 방식으로 쓰지는 않을 것이다. 실상 이 책에서 상술되었던 사악하고도 방종한 측면이 비난받아 마땅함은 분명한 사실이다. 그렇지만 단언컨대 나는 완곡하게 표현하였을 뿐으로 유별난 내용을 말한 것은 아니다. 이 책에 담겨 있는 자료들은 내가 삭제하였거나 아직도 내가 문서철에 소장하고 있는 자료들에 비할 때 얼마나 싱거운 당과(糖菓)들이며 얼마나 조잡한 수예품에 불과한 것들인가!

하지만 정신착란과 성적인 광기에도 불구하고 나는 이 작품이 그것이 제시한 주제 자체로 인해 기여한 바가 있다고 생각한다. 그것은 요행히 스스로의 존재를 부정당하기에 이른 악마의 음모들에 다시금 세인의 관심을 집중시켰다. 그것은 또한 악마주의에 맞선 영원한 소송에 관한 연구가 다시 활발해지는 출발점이 되었다. 이 소설은 흉측한 악마숭배의 실태를 드러냄으로써 그것을 소멸시키는 데에 도움을 주었다. 궁극적으로 그것은 아주 결연하게 악마에 대항하여 교회의 편에 서서 싸웠던 것이다.

속편에 지나지 않는 이 소설의 원전인 『거꾸로』로 다시 돌아가자면, 내가 보석들에 관하여 했던 주장을 꽃에 관해서도 그대로 되풀이할 수 있을 것 같다. 『거꾸로』는 꽃을 오로지 윤곽이나 색채의 관점에서만 고려할 뿐, 꽃이 지니고 있는 의미의 관점에서는 전혀 고려하고 있지 못하다. 데 제쎙트는 기괴하지만 말수 적은 난초들만을 선택했다. 애당초 이 책에서 실어증에 걸린 식물군, 무언의 식물군으로 하여금 말하도록 하는 것이 힘들었으리라는 점을 덧붙여야 마땅할 것이다. 왜냐하면 식물들의 상징 언어는 중세와 더불어 소멸되었기 때문이다. 게다가 데 제쎙트가 애지중지하는 식민지 태생 잡종화들은 중세의 우의(寓意) 해석가들에게는 생소한 것이었다.

이러한 식물학을 보완하는 내용을 나는 『대성당』에서 전례(典禮) 원예와 관련하여 쓴 바 있는데, 힐데가르트 성녀, 멜리통 성인 그리고 위세 성인들이 쓴 그처럼 흥미진진한 페이지들은 바로 이 원예에서 비롯된 것들이다.

또 다른 문제는 냄새의 문제인데, 나는 같은 책에서 그것의 신비주의적인 상징들을 보여주었다.

데 제쎙트는 단순 추출된 속세의 향료들과 합성되거나 혼합된 비종교적인 향료들에만 관심을 가졌을 따름이다.

그는 가톨릭 교회의 향료들 역시 실험해볼 수 있었을 것이다. 훈향, 몰약 그리고 티미아마 등이 그 예가 될 것이다. 특히 성서에 이미 그 이름이 거론되어 있는 저 기이한 티미아마는, 종(鐘)의 명명식을 거행할 때면 대주교가 종을 성수로 씻고 일반 성유와 불구자를 위한 성유로 성호를 그은 후에 종의 아가리 부분 아래에서 향과 함께 태워져야 한다고 여전히 의 전서에 명시되어 있다. 하지만 이제는 교회마저도 이 향료를 잊어버린 듯하다. 내 생각에 누군가 사제에게 티미아마를 좀 달라고 요청하면 그 사제는 놀라 어리둥절해 할 것이다.

하지만 이것을 만드는 방법은 「출애굽기」[10]에 분명하게 기록되어 있다. 티미아마는 안식향, 풍자향, 훈향과 나감향으로 구성되는데, 이 나감향이란 다름 아닌 인도의 늪지대에서 잡히는 피조개 종류의 껍질일 것으로 추측된다.

이 조개와 그 산지에 대한 기록이 불완전한 까닭에 진정한 티미아마를 제작하기란, 물론 불가능하다고까지는 말할 수 없겠지만, 어려운 것이 사실이다. 참으로 유감스러운 일이다. 왜냐하면 사정이 그렇지 않았더라면 이 소실된 향료는 분명 데 제쎙트에게 동방의 의례들과 종교 제전들에 대한 호화로운 기억들을 불러일으킬 수 있었을 것이다.

세속 문학과 당대 종교 문학에 관한 장들의 경우, 라틴 문학에 관한 장과 마찬가지로 여전히 옳다는 느낌이 든다. 세속 예술에 할애된 장은 당시의 독자들에게 알려져 있지 않던 코르비에르, 말라르메, 베를렌 등의 시인들을 부각시키는 데 일조를 했다. 19년 전에 쓴 이 글에는 삭제할 부분이 하나도 없다. 난 이 작가들을 찬양하고 있었다. 베를렌에 대해 내가 표명한 찬양은 그 후 한층 커지기조차 했다. 아르튀르 랭보와 쥘 라포르그는 데 제쎙트의 선문집(選文集)에 마땅히 포함될 수 있었으리라. 하지만 이 시기에 이들은 아직 아무 작품도 출판하지 않은 상태였고 그들의 작품이 발간된 것은 훨씬 나중의 일이었다.

다른 한편으로 나는 『거꾸로』에서 혹평당한 현대 기독교 작가들의 작

---

[10] 「출애굽기」 30장.

품을 언젠가 즐기게 되리라고는 생각하지 않는다. 고인이 된 네트망의 비평이 아둔한 것이고 오귀스튀스 크라방 부인이나 으제니 드 게랭 양이 대단히 선병질적인 여류 작가들에다가 대단히 경건한 척하는 석녀(石女)들이라는 생각을 누구도 내게서 없애지는 못할 것이다. 이들이 만드는 물약들은 너무 싱거워 보인다. 데 제쎙트는 뒤르탈에게 향신료에 대한 취향을 물려주었다. 내 생각으로는 이 내복용 물약들 대신에 생강즙을 넣은 예술의 진수를 준비하는 데 둘은 여전히 호흡이 잘 맞을 것 같다.

나는 또한 푸줄라와 주누드의 동업자들이 만들어내는 문학에 관해서도 역시 의견을 바꾸지 않았다. 다만 철자법을 자주 틀리는 일군의 작가들 틈에 섞여 거론된 쇼카른느 신부에 대해서는 이제는 좀 덜 가혹해질 수도 있다. 왜냐하면 십자가의 성 요한의 작품들에 관한 입문서에서 적어도 그는 신비 신학의 진수가 담긴 몇몇 페이지들을 썼기 때문이다. 마찬가지로 나는 몽탈랑베르에게도 좀더 부드러워져야 할 것인데, 재능이 없던 그는 수도승들에 관하여 일관성도 없고 아귀도 잘 맞지는 않으나 어쨌든 감동적인 작품을 우리에게 남겨주었다. 특히 난 이제는 앙젤 드 폴리뇨의 비전들이 어리석고 막연하다고 쓰지는 않을 것이다. 그 반대가 옳다. 하지만 나 자신을 변호하자면, 내가 그것들을 읽은 것은 오로지 엘로의 번역을 통해서였다는 점을 밝혀야만 할 것이다. 그런데 가톨릭 신자들의 거짓된 정숙함을 건드릴까 두려워서 엘로는 신비주의 작가들의 글을 삭제하고 완화하고 재를 뿌려 덮는 편집증에 걸려 있었다. 그는 열렬하고 수액이 충만한 작품을 가져다가 압연기에 넣고는 거기에서 자신의 문체가 지닌 약한 불기 위에서 중탕되어 제대로 데워지지도 않은 냉랭한 무색의 즙만을 짜냈던 것이다.

말이 난 김에 덧붙이자면, 번역가로서 엘로가 좀팽이, 혹은 독실한 척하는 사람이었다면, 개인적인 저작을 위해 작업할 때 그는 독창적인 사상가이며, 명민한 주석가, 진정 탁월한 분석가였다고 주장하는 것이 옳을 듯싶다. 게다가 그는 자기 진영의 작가들 중에서 유일하게 생각할 줄 아는 작가였다. 나는 도르빌리를 거들어 너무도 불완전하기는 하지만 그래도 흥미로운 이 사람의 작품을 격찬하였던 것이다. 그 결과 나는 『거꾸로』가 엘로가 쓴 가장 뛰어난 책인 『인간 L'Homme』이 그의 사후에 얻게 된 작은 성공에 기여했다고 생각한다.

현대 교회 문학에 할애된 장의 결론은 종교 예술의 거세마들 가운데 바르베 도르빌리라는 단 하나의 종마만이 있을 뿐이라는 것이었다. 이 견해는 여전히 매우 타당한 것으로 보인다. 그는 이 시대의 가톨릭교가 만들어낸, 순수한 의미에서, 유일한 예술가였다. 그는 위대한 산문가이자 존경할 만한 소설가였다. 그의 대담함은 그의 문장들이 지닌 폭발적인 열렬함에 분개하고 있었던 성당지기 패거리들에게 당나귀 울음소리와도 같은 괴성들을 지르게 만들었다.

마지막으로 만일 하나의 장이 다른 책들의 출발점으로 고려되어야 한다면 그건 바로 그레고리안 성가에 관한 장일 것이다. 나는 이것을 후에 나의 모든 책에서, 『출행』과 특히 『제3회인』에서 상세하게 다룬 바 있다.

이렇게 『거꾸로』라는 진열장에 배열된 특산품들 각각을 검토하고 나서 내릴 수 있는 결론은 다음과 같다. 즉 이 책은 나의 가톨릭 연작의 단초로서 그 안에는 모든 내용이 맹아의 상태로 담겨 있었던 것이다.

편협한 신앙심을 가진 신도들과 미쳐 날뛰는 사제단의 몇몇 인사들의 몰이해와 어리석음은 이번에도 역시 이해할 수 없는 것이었다. 그들은 사실상 나의 소유물이 아닌 이 작품을 폐기할 것을 몇 년에 걸쳐 요구하였다. 뒤이은 신비주의적인 작품들이 이 책 없이는 이해될 수 없다는 점을 이해하지 못하고서 말이다. 그 이유는, 다시 한 번 강조하지만, 이 책은 모든 것이 나오는 근원에 해당하기 때문이다. 한 작가의 작품을 그 시초부터 고려하지 않는다면, 또한 차근차근 그 작품을 따라가지 않는다면 도대체 어떻게 그것을 전체적으로 평가할 수 있단 말인가? 특히 은총이 지나간 흔적들을 제거하고서, 또한 그것이 남긴 최초의 흔적들을 지워버리고서 어떻게 한 영혼 속에서의 신의 은총이 역사하는 과정을 이해할 수 있단 말인가?

어쨌든 확실한 것은 『거꾸로』는 그 이전의 작품들, 즉 『바타르 자매 Les Soeurs Vatard』 『결혼생활 En Ménage』 『물 흐르는 대로 A Vau-l'eau』와는 아무런 관계가 없다는 사실이며, 또한 이 작품이 내가 그 출구를 짐작조차 하지 못했던 길로 나를 인도하였다는 사실이다.

가톨릭 신자들보다 훨씬 더 명민하였던 졸라는 이 점을 잘 느끼고 있었다. 『거꾸로』가 출간된 후 메당에 가서 며칠을 보냈던 일이 생각난다. 어느 날 오후 단둘이 들판을 산책하던 중에 갑자기 그가 멈춰 서더니 험악한 표정을 지으며 나의 책을 비난하였다. 그의 말로는 내가 자연주의에 엄청난 충격을 가하였으며, 내가 이 유파를 빗나가게 하였고 그런 책을 씀으로써 배수진을 친 셈이라는 것이었다. 왜냐하면 어떤 문학 장르도 이것처럼 단 한 권의 책으로 소진되어버리는 장르에서는 살아남기가 불가능하기 때문이라는 것이었다. 그리고 친절하게―― 왜냐하면 그는 대단한 호인이었으므로―― 잘 닦인 길로 돌아와서 풍속 연구에 매진하라고 권했다.

난 그의 말을 들으면서 그가 옳은 동시에 그르다는 생각을 하고 있었다. 옳은 점은 내가 자연주의를 밑바닥부터 무너뜨리고 있었으며 스스로의 퇴로를 막아버렸다는 사실이다. 그르다는 것은 그가 생각하는 대로의 소설이란 내가 보기에는 빈사 상태에 빠져 있었으며 재탕에 닳고 닳아서 그가 원하건 원하지 않건 간에 내게는 흥미가 없는 것이었다는 의미에서였다.

졸라가 선뜻 이해할 수 없었던 부분들이 많았다. 먼저 내가 의식하고 있던 창을 열고픈 욕구, 나를 숨 막히게 하던 곳에서 도망치고 싶은 욕구가 있었던 것이다. 다음으로 나를 사로잡고 있던 욕망, 즉 편견을 떨쳐내고 소설의 한계들을 부수며 그 안에 예술, 과학, 역사를 집어넣고픈 욕망, 한마디로 이 문학 형식을 그 안에 보다 더 진지한 작업을 집어넣기 위한 틀로써만 사용하고픈 욕망이 있었다. 전통적인 줄거리, 나아가 열정, 여자를 제거한다는 것, 그리고 촉광(燭光)을 한 인물에게만 집중한다는 것, 그리고 무슨 수단을 써서라도 새것을 만들어낸다는 것 등이 이 시기에 나를 사로잡고 있었던 것이다.

내가 그를 설득하기 위해 내세운 주장들에 졸라는 대꾸하지 않았고 계속해서 자신의 주장만 되풀이하고 있었다. "나는 사람들이 방식과 견해를 바꾸는 걸 용인할 수 없소. 난 우리가 좋아했던 것을 불사르는 걸 용인할 수 없단 말이오"라고.

하지만 그 역시 선한 시캉브르[11] 역을 하지 않았던가? 실상 자신의 구성과 글쓰기 방식을 개조하지는 않았다손 치더라도 적어도 그는 인류를 바라보는 방식과 인생을 설명하는 방법은 변조하였다. 그의 초기 소설들에 담긴 짙은 염세주의 이후에 우리는 그의 최근 소설에서 약간은 사회주의의 색조를 띤, 지나치게 행복감에 젖은 낙관주의를 보지 않았던가?

---

[11] 게르만족의 일파로 프랑크족에 흡수된 부족. 여기서는 496년 프랑스의 왕 클로비스가 세례를 받을 때에 렝스의 레미 주교가 "오만한 시캉브르인이여, 머리를 숙이거라. 겸허하게 네 목을 내리라. 네가 불사른 것을 경애하며, 네가 경애한 것을 불사르라"라고 말한 것을 암시하고 있다.

정녕 고백해야 할 것은 영혼을 관찰하겠다고 자청한 자연주의자들보다 영혼에 대해 모르는 사람은 없다는 사실이다. 그들은 인생을 융통성 없이 바라보았다. 그들은 인생을 그럴 법한 요소들에 의해 조건지어진 것으로 받아들였을 따름이다. 하지만 그 후 나는 경험을 통해 이 세상에서 그럴법하지 않은 일이 반드시 예외적인 상태만은 아니라는 것을, 로캉볼[12]의 모험담이 때로는 제르베즈나 쿠포[13]의 이야기들 못지않게 정확하다는 것을 알게 되었다.

하지만 데 제쎙트가 자신의 인물들 못지않게 사실적일 수 있다는 생각이 졸라를 당황케 하였으며 그를 거의 분노하게까지 만들었던 것이다.

*

지금까지의 몇 페이지를 통하여 나는 특히 문학과 예술의 관점에서 『거꾸로』에 대해 말했다. 이제는 은총의 관점에서 이 소설에 대해 말해야 할 것 같다. 즉 하나의 책 속에 종종 어느 정도의 미지의 것, 어떤 알 수 없는 영혼의 투사가 있을 수 있는지를 보여야 할 것이다.

『거꾸로』가 지니는 그토록 명약관화한 가톨릭교로의 지향성은 고백건대 내게는 불가사의로 남아 있다.

나는 종교 단체에서 운영하는 사립학교에서가 아니라 공립 고등학교에서 교육을 받았고, 청년기에는 한번도 신앙을 가져본 적이 없었다. 유년기의 추억, 첫 영성체, 그리고 개종에서 흔히 중요한 위치를 차지하는 교육 등에 관한 측면은 나의 경우에는 전혀 중요성을 갖지 못했다. 그리

---

12 피에르 알렉시 테라유(1829~1871)가 쓴 30여 편의 파란만장한 모험소설의 주인공.
13 에밀 졸라의 『목로주점』에 나오는 인물들.

고 문제를 한층 복잡하게 만들고 분석을 방해하는 사실은 『거꾸로』를 쓰던 시절 나는 교회에 발을 들여놓은 적이 없었으며, 교회에 다니는 신자나 사제를 전혀 알지 못하였다는 점이다. 나는 나 자신을 교회로 향하도록 부추기는 어떠한 신성한 손길도 느끼지 못한 채 나만의 구유에서 마음 편히 살고 있었던 것이다. 내 변덕스러운 감각을 충족시키는 짓들은 몹시 자연스러운 것으로 보였고, 이런 종류의 육욕의 승강이가 금지되어 있다는 생각은 꿈에도 하지 못했다.

『거꾸로』는 1884년에 출간되었고 내가 시토 수도원에서 개종한 것은 1892년의 일이었다. 이 책에 뿌려진 씨앗이 움트는 데는 약 8년 가까이 시간이 걸린 셈이다. 암묵적이고도 고집스런, 이따금 느껴지기도 하는 은총의 작업이 이루어지는 데에 2년 혹은 3년이 걸린다 치자. 그렇더라도 나머지 5년 동안 난 가톨릭을 믿어볼까 하는 마음도, 내가 살던 삶에 대한 회한도, 그것을 뒤집어보려는 욕망을 느꼈던 기억도 갖고 있지 못했던 것이다. 어째서, 또 어떻게 나는 당시의 내게 있어서 어둠 속에 잠겨 있던 길로 접어들게 되었을까? 결단코 난 이 질문에 답할 수가 없다. 베긴 교단의 수녀원이나 수도회에 들어간 몇몇 조상들, 그리고 네덜란드에 있는 대단히 신앙심이 뜨거운, 하지만 내가 거의 알지 못하는 친척들의 기도를 제외하면 아무것도 주인공의 마지막 외침의 완벽한 무의식성, 『거꾸로』의 마지막 페이지에 나오는 종교적인 호소를 설명하지 못한다.

물론 세상에는 사전에 계획을 수립하고 삶의 여정들을 미리 준비하여 그것을 따라가는 대단히 강한 사람들이 있다는 걸 나도 잘 알고 있다. 내 생각이 틀리지 않다면 의지만 있으면 모든 것이 가능하다는 것도 익히 알려진 사실이다. 나 역시 그렇게 믿고 싶다. 하지만 고백건대 난 절대로 끈질긴 사람도 꾀바른 작가도 아니었다. 나의 인생과 문학에는 일정 부분

모종의 수동성, 내 의지와는 무관한 의지, 내 자아 밖으로부터 개입하는 아주 분명한 지도감독이 있었다.

하나님은 내게 자비로우셨고 성모께서는 내게 다정하셨다. 그들이 의도한 바를 드러내실 때면 난 그저 그 의도들을 거스르지 않기만 하면 되었다. 난 단순히 복종하였을 뿐이다. 나는 소위 '비범한 길'을 통해 인도되었다. 신의 도움이 없다면 모든 것이 허무에 지나지 않을 것이란 확신을 가진 사람이 있다면, 그건 바로 나다.

신앙이 없는 사람들은 이런 종류의 생각을 하다가는 곧 숙명론에 빠져 모든 심리를 부정하고 말 것이라고 내게 반박할 수도 있다.

천만에! 우리 주에 대한 신앙은 숙명론이 아니다. 자유의지는 온전하게 남아 있기 때문이다. 내가 원하기만 했다면 나는 음탕한 흥분에 계속 굴복할 수도, 시토 수도원에 가서 고생할 필요 없이 파리에 남아 있을 수도 있었던 것이다. 하나님은 아마도 고집하지 않으셨을 것이다. 하지만 나의 의지가 온전한 상태였음을 확인하면서도 우리 구세주께서는 몹시 공을 들이시고, 우리를 괴롭히고 몰아세우시며, 하급 경찰들이 쓰는 속된 단어를 쓰자면 우리를 '달달 볶는다'고 인정해야 할 것이다. 그러나 다시 한 번 말하지만 우리는 모든 책임을 감수하고 그를 밀쳐낼 수 있는 것이다.

심리에 관해서는 좀 다른 이야기가 가능하다. 내 방식대로 개종의 관점에서 고려한다면 심리란 전조 단계에서는 분별하기가 불가능한 것이다. 몇몇 구석들은 느껴질 수도 있지만 다른 부분들은 그렇지 않다. 영혼의 지하 작업은 우리의 지각 능력을 벗어난다. 내가 『거꾸로』를 쓰던 무렵 분명히 땅을 갈고 기초를 다지기 위해 구멍을 뚫고 하는 일이 벌어지고 있었으나, 난 그것을 알지 못했다. 하나님은 구덩이를 파고 도화선을 설치하셨지만 그는 영혼의 음지에서, 어둠 속에서 작업하셨다. 아무것도 감지할 수 없었다. 몇 년이 지난 후에야 비로소 도화선들을 따라 불똥이 튀기 시작했다. 당시에 나는 내 영혼이 이러한 충격들 속에서 동요하는 것을 느꼈다. 여전히 고통스럽지도 명확하지도 않았다. 전례, 신비 신학, 예술은 그러한 충격들의 매개물, 혹은 수단이었다. 그러한 경험은 대체로 교회들, 특히 내가 호기심으로 또는 그저 심심해서 들어갔던 생 세브랭 교회에서 일어나곤 했다. 종교 의례들을 목도하면서 나는 내적인 경련, 멋진 작품을 보거나 듣거나 읽을 때면 우리가 겪게 되는 작은 떨림을 느꼈을 따름이었다. 하지만 뚜렷하게 드러난 성령의 공세도, 입장을 정하라는 독촉도 없었다.

단지 나는 조금씩 나의 불순한 껍질에서 떨어져 나온 셈이었다. 나는 나 자신을 혐오하기 시작하였으나, 여전히 신앙에 관련된 사항들에 관해서는 반발하고 있었다. 나 스스로에게 제기한 항변들은 논박할 수 없는 듯이 보였다. 어느 날 아침, 잠을 깨어 보니 그 항변들은 전혀 알 수 없는 과정을 거쳐 해소되어버렸다. 나는 처음으로 기도를 올렸고 그때 폭발이 일어났던 것이다.

신의 은총을 믿지 않는 사람들에게는 이 모든 것이 미친 짓으로 보이리라. 반면 은총의 효과를 느껴본 사람에게는 그 어떤 놀라움도 가당치 않을 것이다. 혹시 놀라움이 있다 할지라도, 그것은 잠복기, 즉 아무것도 볼 수 없고 느낄 수 없는 시기, 사람들이 전혀 짐작도 하지 못하는 개간 시기와 기초 공사 시기에만 가능할 따름인 것이다.

결국 나는 1891년에서 1895년 사이, 다시 말해 『저 아래로』에서 『출행』 사이에 일어났던 일은 어느 정도까지 이해하고 있다. 하지만 1884년에서 1891년, 즉 『거꾸로』에서 『저 아래로』 사이에 일어났던 일은 전혀 이해할 수 없다.

내가 나 자신을 이해하지 못하였는데, 하물며 다른 사람들이 데 제쎙트의 충동들을 어찌 이해할 수 있었으랴!『거꾸로』는 문학의 장터에 마치 혜성처럼 떨어졌고 그 결과는 경악과 분노였다. 여론은 대혼란에 빠졌다. 여론이 그처럼 많은 기사들로 횡설수설했던 적은 없었다. 나를 대인기피증에 걸린 인상주의자로 취급하고 데 제쎙트를 편집증 환자에다 복잡한 천치라고 정의한 뒤, 르메트르[14] 씨 같은 고등사범학교 출신 비평가들은 내가 베르길리우스를 찬양하지 않음에 분노하여 중세 라틴 문학의 데카당들은 "노망난 백치 늙은이들"이라고 단언하였다. 다른 비평 청부업자들은 온천장 감옥에서 찬물 채찍질을 당하는 게 이로울 것이라고 나를 깨우치려 애썼다. 이에 질세라 이번에는 강연회 연사들이 끼어들었다. 카퓌신 홀에서 집정관 사르세[15]는 얼빠진 모습으로 "만일 내가 이 소설에서 진정 단 한 단어라도 이해한다면 내 목을 매달아도 좋다"라고 외치기도 하였다. 마지막으로 온전히 구색을 갖추느라『두 세계』지와 같은 진중한 잡지들도 자신들의 지도자, 곧 브륀티에르[16]를 급파하여 이 소설을 바플라르와 필장스의 통속 희극들에 비교하였다.

이런 소동의 와중에서 바르베 도르빌리 단 한 사람만이 정확한 판단을 내렸는데, 실상 그는 나와는 거의 친분이 없었던 사람이었다. 1884년 7월 28일자『콩스티튀시오넬』지에 게재되었고 1902년 발간된 그의 문집『현대 소설』에 수록된 서평에서 그는 다음과 같이 썼다. "이런 책을 쓰고 나

---

14 쥘 르메트르(1853~1914): 프랑스의 극작가, 비평가로 자연주의 문학에 적대적인 입장을 견지했다.
15 프란시스크 사르세(1827~1899): 생트 뵈브의 뒤를 이어『시대』지에서 시평을 담당했으며 집정관이란 별명을 얻었다.
16 페르디낭 브륀티에르(1849~1906): 19세기 프랑스의 대표적인 문학비평가로 낭만주의, 자연주의 문학을 배격하고 고전주의 문학의 전통을 옹호하였다.

서 작가에게는 총구를 물고 자살하는 것과 십자가 발치에 엎드리는 것 중에 선택하는 일만이 남을 뿐이다."

    선택은 이미 끝났다.

1903년

조리스-카를 위스망스

일러두기

　루룹스 성에 보존된 몇몇 초상화들로 판단해보면, 플로레싸 데 제쎙트의 가문은 옛날에는 체격 좋은 군인들과 험상궂게 생긴 용병들로 이루어져 있었다. 그들이 건장한 어깨로 떡하니 가로막은, 그리하여 낡은 액자들이 비좁아 보이도록 촘촘히 늘어선 이 초상들은 한곳을 응시하는 두 눈과 터키인들의 야타강 장검처럼 굽은 콧수염, 그리고 엄청나게 큰 갑옷의 흉갑들을 가득 채운 반원형으로 불쑥 솟아오른 가슴들로 인해 위협적인 인상을 주었다.
　그들은 가문의 시조들이었다. 그 후손들의 초상화는 남아 있지 않았다. 이 가문의 얼굴들이 변천하는 과정에는 일종의 공백이 있었다. 단 하나의 화폭만이 매개 역할을 하며 과거와 현재 사이의 접점이 되었는데, 생기 없고 초췌한 윤곽이며, 쉼표 모양으로 분을 칠한 광대뼈, 고무를 입힌 듯하고 돌돌 말린 진줏빛 머리칼, 빳빳이 풀을 먹인 주름 동정에서 나온 짙게 화장한 긴 목 등 그의 두상은 불가사의하고 교활해 보였다.
　데페르농 공과 도 후작[17]의 가장 내밀한 측근들 중의 한 사람이었던 그의 모습에서는 쇠약해진 체질의 결함들과 혈액 내에서의 임파액의 우세가 이미 나타나고 있었다.

이 유구한 가문의 쇠퇴는 틀림없이, 그리고 확실하게 꾸준히 진행되었다. 남성들의 여성화는 점점 더 뚜렷해져갔다. 마치 세월의 흐름에 따라 일어난 쇠락을 완결시키기라도 하려는 듯, 데 쎙트 가문은 두 세기 동안 자식들끼리 혼인시키며 마지막 남은 활력을 근친혼을 통해 소진시켰다.

예전에는 식구가 많아서 일 드 프랑스와 브리 지방의 거의 모든 영지들을 소유하였던 이 가문에서 장 데 쎙트 공이라는 후손만이 유일하게 생존하고 있었다. 그는 두 볼이 움푹 파였고 차디찬 푸른 눈빛에다가 코는 약간 들렸지만 곧은 편이며, 깡마르고 길쭉한 손을 가진, 창백하고 선병질적인 삼십 세의 허약한 청년이었다.

특이한 격세유전 현상으로, 이 가문의 마지막 후손은 앙리 3세의 총신이었던 먼 조상을 닮았는데, 그로부터 몹시도 창백한 금발의 턱수염과 지친 듯하면서도 약삭빠르게 보이는 애매모호한 표정을 이어받았다.

그의 유년기는 침울하였다. 결핵성 선병질로 위협받고 고질적인 열병에 시달린 그의 유년은 맑은 공기와 치료 덕분에 어쨌든 혼인 적령기에 이르는 암초들을 넘을 수 있었다. 바로 그때 회복된 기력은 빈혈로 인한 쇠약증과 무기력증을 가라앉혔고, 그 덕에 그는 순조로운 성장 과정을 거쳐 완전한 발육에까지 이를 수 있었다.

조용하고 흰 피부에 키가 큰 여인인 그의 어머니는 기진하여 죽었다. 그의 아버지 역시 병명 미상의 질병으로 사망하였다. 그때가 데 쎙트가 열일곱 되던 해였다.

---

17 앙리 3세의 측근들로 동성애 성향을 지닌 인물들.

그는 부모들에 대해서는 고마움도 애정도 없었고 다만 두려움 섞인 기억만을 지니고 있었다. 그는 대체로 파리에 머물렀던 아버지를 거의 알지 못했다. 어머니로 말하자면, 그는 루룹스 성의 어두운 방 한 칸에서 꼼짝 않고 누워 있던 그녀를 기억할 뿐이었다. 아주 드물게 부부가 함께할 때도 있었는데, 이런 날이면 그들이 생기 없는 대화를 나누는 모습을 보았던 기억이 그에게는 남아 있었다. 공작 부인은 빛과 소음에 민감하여 번번이 신경 발작을 일으키곤 했으므로, 갓을 극도로 낮춘 등잔만이 비추는 작은 원탁을 사이에 두고 아버지와 어머니는 마주 보고 앉아 간신히 두어 마디의 말만을 어둠 속에서 나눌 뿐이었다. 그러고는 공작은 곧바로 무관심하게 집을 나서, 첫 기차에 서둘러 몸을 싣고는 했다.

데 제쎙트의 인생은 교육을 위해 보내졌던 예수회 신부들의 학교에서 차라리 더 순조롭고 평온하였다. 신부들은 놀라울 정도로 총명한 이 아이를 애지중지하기 시작했다. 그러나 그들의 노력에도 불구하고, 이 아이가 틀이 잡힌 학업에 몰두하도록 하는 결과를 얻어내지는 못했다. 그는 특정한 공부에만 매달려 라틴어에는 일찌감치 정통하였으나, 반면에 그리스어는 한두 단어도 설명할 수 없었고, 현대어들에 대해서는 어떤 소질도 보여주지 못했다. 초보적인 자연과학의 지식을 가르치려 들자마자 아이가 이 과목들에 관한 한 앞뒤가 꽉 막힌 사람임이 드러났다.

가족은 그에게 거의 관심을 가져주지 않았다. 이따금 아버지가 기숙사로 그를 방문하곤 했으나 단지 "잘 있었느냐? 얌전히 굴고 열심히 공부해라"라는 말만 남겼을 뿐이었다. 여름 방학이면 그는 루룹스 성으로 가곤 했으나 그가 있다고 해서 어머니가 몽환 상태에서 깨어나는 것은 아니었다. 그녀는 간신히 그를 알아보거나, 혹은 몇 초 동안 거의 고통스러워 보이는 미소를 지으며 그를 응시하다가는 이내 창에 걸린 두터운 커튼들이 실내를 에워싸 만든 인공의 어둠 속으로 다시금 빠져들곤 했다.

하인들은 따분한 데다 늙은이들이었다. 홀로 버려진 아이는 비가 오는 날이면 책을 뒤적였고, 날씨가 좋은 오후에는 들판을 배회하곤 했다.

그의 커다란 즐거움은 골짜기로 내려가 언덕들 둔치에 틀어박힌 작은 마을인 쥐티니로 가는 것이었는데, 그곳에는 돌나무 덤불과 이끼 다발들이 여기저기 덮인 초가지붕을 모자처럼 이고 있는 오두막들이 떼지어 있었다. 그는 키 큰 짚단 그늘 아래 누워 물레방아의 둔중한 소리에 귀를 기울이거나 불지 강에서 불어오는 신선한 바람을 들이마시곤 했다. 때로는 토탄 채굴지까지 가거나 녹색과 검은색으로 덮인 롱그빌이라는 작은 부락으로 가기도 했고, 때로는 지나는 바람에 쓸리는 언덕에 올라가기도 했는데 그곳에서는 아주 드넓은 전망이 펼쳐져 있었다. 그곳에서 한쪽으로 아래를 내려다보면 센 강 유역이 아득히 멀어져가며 멀리 닫힌 하늘의 푸른 빛과 섞이고 있었고, 다른 쪽으로 돌아서 눈을 들면 멀리 지평선에 대기의 금빛 분말 속에 햇볕을 받아 떨고 있는 듯 보이는 교회들과 프로뱅의 시저 탑을 볼 수 있었다.

책을 읽거나 몽상하면서 그는 밤이 이르도록 고독을 만끽했다. 똑같은 생각들을 깊이 성찰하노라면 그의 정신은 중심을 잡아갔고 그때까지는 불확실하던 생각들이 무르익어갔다. 매번 방학이 끝나고 나면 그는 보다 더 신중해지고 고집스럽게 되어 스승들에게로 되돌아가곤 했다. 이러한 변화를 신부들은 놓치지 않았다. 통찰력 있고 노회하며, 직업상 아이들의 영혼 가장 깊은 곳까지 탐지하는 데 익숙해진 그들은 활발하지만 고분고분하지 않은 이러한 총명함에 속지 않았다. 그들은 아이가 절대로 학교의 영광에 기여하지 않으리라는 걸 깨달았다. 그리고 아이의 집안이 유복하고 그의 장래에 대해서 무관심해 보였으므로 그들은 아이를 상급학교로 보내 돈이 벌리는 직업으로 인도하기를 곧바로 단념했다. 비록 그는 정치한 추론과 궤변들에 관심을 가지고 신학적 교리들에 관하여 기꺼이 신부들과 토론하기는 하였지만, 신부들은 아이를 사제로 키울 생각조차 하지 않았다. 왜냐하면 그들의 노력에도 불구하고 아이의 신앙은 나약했기 때문이었다. 결국에는 신중을 기하기 위해, 또한 알 수 없는 무엇인가에 대한 두려움으로, 그들은 아이가 좋아하는 학과 공부만을 하고 나머지는 소홀히 하도록 내버려두었다. 이렇게 함으로써 그들은 비성직자 자습감독들의 귀찮은 트집에 속박되기 싫어하는 정신을 지닌 이 제자를 잃지 않으려고 했다.

그렇게 그는 신부들의 부성에서 우러나온 간섭을 거의 느끼지 못하면서, 참으로 행복하게 살았다. 그는 자기 방식대로 프랑스어와 라틴어 공부를 계속하였다. 신학이 그의 교과과정에 포함되어 있지는 않았지만, 생 뤼프의 교회 참사원장이었던 그의 고종조부 돔 프로스페르가 유산으로 남겨 루룹스 성에 보존되어 있던 서재에서 이미 시작되었던 신학 학습을 마쳤다.

그러나 예수회 학교를 떠나야 할 시점이 다가왔다. 성년이 된 그는 이제 자신의 재산을 마음대로 사용할 수 있게 되었다. 그의 사촌이자 재산 관리인이던 몽슈브렐 백작은 그에게 재산 문서들을 건네주었다. 두 사람의 관계는 오래 지속되지 않았는데, 한 사람은 늙었고 또 한 사람은 젊어서 이 둘 사이에는 어떤 접점도 존재하지 않았기 때문이었다. 호기심에, 심심풀이로, 혹은 예의상 데 제쎙트는 사촌의 집을 방문하였는데, 라 셰즈 가에 위치한 저택에서 아주 고루한 친척 여인들이 족보와 문장에 새겨진 달 그림이나 해묵은 예절들에 관해 담소하는 답답한 저녁 시간을 몇 번이나 참고 견뎌야 했다.

이 과부 귀부인들보다 더 요지부동의 한심한 존재로 보였던 것은 휘스트 카드 놀이판 주변에 모인 남자들이었다. 그곳에서 옛 용사들의 후손들, 봉건 가문들의 마지막 가계의 자손들은 데 제쎙트에게는 무의미한 이야기나 수백 년 묵었을 법한 문장들을 중언부언 되풀이하는, 소화불량증에 걸린 고집불통의 노인네들처럼 보였다. 잘려진 고사리 줄기 속처럼, 이 노쇠한 머리들의 물러터진 뇌수 속에 새겨진 것이라고는 백합꽃 한 송이뿐인 것 같았다.

장식널과 석물들로 치장된 구식 지하 분묘에 매장된 이 미라들, 어렴풋한 가나안 땅이나 상상 속의 팔레스티나를 응시하며 살아가는 이 음울한 얼간이들에 대한 형언할 수 없는 연민이 청년의 마음속에 일었다.

귀족 사교계에서 몇 차례 꼴불견을 겪은 이후 그는 권유와 힐난에도 아랑곳하지 않고 다시는 그곳에 발을 들여놓지 않기로 결심했다.

그리하여 그는 같은 나이의 귀족 출신 청년들과 어울리기 시작했다.

그와 마찬가지로 가톨릭 기숙학교에서 자라난 청년들은 이러한 교육이 남긴 독특한 표식을 간직하고 있었다. 그들은 미사에 열심히 다녔으며 부활절이면 영성체를 받았고, 가톨릭 모임에 자주 드나들었다. 그러고는 여자들을 섭렵한 것에 대해서는 마치 죄악처럼 눈을 내리깔고 숨기려 들었다. 그들 대다수는 아둔하고 사고력이 없는 선멋쟁이들로, 교수들을 분통 터지게 했지만 그래도 순응적이고 독실한 사람들을 사회에 배출하고자 하는 그들의 소망을 만족시켜준 기고만장한 얼간이들이었다.

국립 중학교나 고등학교에서 자라난 다른 이들은 덜 위선적이고 훨씬 자유분방하기는 했다. 그러나 그들이라고 해서 더 호감을 주거나 덜 편협한 것은 아니었다. 그들은 오페레타와 경마에 홀려 랑스크네나 바카라를 하고, 경주용 말과 카드놀이 등 실없는 사람들이 애지중지하는 모든 쾌락에 목돈을 거는 그런 난봉꾼들이었다. 일 년간의 시련을 겪고 나자 이러한 사람들과 어울리는 것이 엄청나게 피곤하게 느껴졌는데, 그가 보기에 이들의 방탕함이란 분별없이, 열에 들뜬 화려함도 없이, 혈기와 신경을 실제로 흥분시키지도 않으며 이루어지는 저속하고도 안이한 것처럼 보였다.

그는 차츰 그들을 멀리하게 되었고 문인들과 가까워졌는데, 이들과 함께라면 그는 사상적인 친화력을 보다 많이 느끼고 좀더 마음이 편안해야 했으리라. 그러나 그것은 또 한 번의 헛된 환상이었다. 이들의 원한 섞인 비열한 판단들과 출판된 책 부수와 판매 수익에 따라 한 작품을 평가하며 벌이는, 성당의 문짝들만큼이나 고루하고 역겨운 토론은 그를 격분하게 만들었다. 동시에 그는 자유사상가들, 부르주아지의 이론가들, 다른 사람들의 의견을 억압하기 위한 자유를 주장하는 사람들, 그의 생각으로는 교육에 관한 한 길거리의 구두장이보다도 열등해 보이는 탐욕스럽고 후안무치한 청교도들을 보게 되었다.

인류에 대한 그의 경멸은 커져만 갔다. 마침내 그는 세상이 대부분의 경우 무뢰한들과 멍청이들로 이루어져 있다는 것을 깨달았다. 확실히 그는 타인에게서 자신과 똑같은 갈망과 증오를 발견할 어떤 희망도, 자신처럼 기꺼이 탐구하면서 늙어가려는 지성과 만나 결합할 어떤 희망도, 자신의 정신처럼 첨예하고도 공들여 조각된 정신을 어떤 작가나 문인의 정신에다가 접목시킬 어떤 희망도 갖지 않게 되었다.

그는 점점 신경이 예민해져 불안해 했고 통용되는 고정관념들의 무의미함에 분노하여, 니콜[18]이 언급한 대로, 어디를 가나 고통스러워하는 사람처럼 되어갔다. 그리하여 그는 늘 자기 피부를 긁어 생채기를 내고, 매일 아침이면 신문들에서 늘어놓는 애국적이고 사회적인 객설들에 고통스

---

18 피에르 니콜(1625~1695): 장세니슴의 옹호자. 포르 루아얄의 은둔자들 중의 한 사람으로 극작가 라신의 스승.

러워하며, 아무 생각도 독특한 문체도 없이 씌어진 작품들에 전능한 독자들이 언제나 어떻게든 마련해주는 대규모의 성공에 몹시 화를 내기에 이르렀다.

전부터 이미 그는 세련된 테바이드,[19] 편안한 사막, 끊임없이 밀려드는 인간들의 바보짓의 홍수로부터 멀리 피신할 수 있을 요동 없고 푸근한 방주를 꿈꿔왔다.

여자라는 단 하나의 열정만이 그를 괴롭히는 이 총체적인 멸시 속에 그를 붙들어둘 수 있었으리라. 하나 이 열정 역시 식어버리고 말았다. 그는 병들어 허기증에 사로잡힌, 쉽게 무뎌지고 싫증 잘 내는 미각을 지닌 변덕스러운 사람의 식성으로 육체의 향연들을 접했다. 촌뜨기 귀족들과 사귀던 시절에 그는 술 취한 여인들이 후식 시간에 스스로의 옷을 풀어헤치고는 식탁에 머리를 박으며 졸던 푸짐한 만찬들에 참석하곤 했다. 그는 또한 카바레의 분장실들을 섭렵하면서 여배우들과 가수들을 탐색해보았으나, 여자들의 선천적인 아둔함에 덧붙여 삼류 배우들의 터무니없는 허영심을 감수해야 했다. 그 후 그는 이미 이름깨나 날리던 고급 창녀들을 거느렸고, 보수를 받는 대가로 시원찮은 쾌락들을 제공하던 소개소들의 번창에 기여하기도 했다. 결국 이런 엇비슷한 사치와 동일한 애무들에 지치고 식상한 그는 정반대의 시도가 자신의 욕망들에 다시금 활기를 불어넣기를 기대하면서, 또한 빈곤함에 기인하는 자극적인 불결함이 자신의 시들은 성욕을 자극해주리라 생각하면서 최하층으로 빠져들었다.

아무리 애를 써보았자 그를 짓누르는 것은 엄청난 권태뿐이었다. 하나 그는 집요하게 매달렸고 도통한 창녀들의 위험스러운 애무들에도 기대

---

19 문명 세계를 떠나 완전한 고독 속에서 수행하던 초기 기독교의 수도승들이 머물던 이집트의 한 지역으로 여기에서는 외부 세계와 완전히 단절된 은둔지를 의미한다.

보았다. 그러나 그때 그의 건강이 약해졌고 신경계가 심하게 악화되었다. 목덜미는 이미 허약해졌고 손은 떨렸다. 무거운 물건을 쥐고 있을 때는 똑바로 있던 손이 작은 유리잔처럼 가벼운 것을 쥐게 되면 요동을 치며 한쪽으로 휘어들었다.

의사들의 진찰을 받고 그는 소스라치게 놀랐다. 이제는 이러한 방탕한 생활을 멈추고 기력을 병들게 하는 행실들을 포기할 때가 되었다는 것이었다. 한동안 그는 얌전히 생활했다. 하지만 곧 소뇌가 흥분을 일으켜 다시금 싸움을 걸어왔다. 마치 사춘기의 영향으로 상한 음식이나 불량식품들을 갈망하는 소녀들과도 같이 그는 예외적인 사랑, 상식을 벗어난 쾌락들을 꿈꾸고 실천에 옮겨보았다. 그러나 그것이 마지막이었다. 마치 모든 것을 소진하여 흡족한 듯, 피로에 지쳐 기진맥진한 듯, 그의 성욕은 혼수상태에 빠져들었고 곧 무기력이 찾아왔다.

미망에서 깨어나, 끔찍하리만큼 지친 채로, 비겁한 육신이 그로 하여금 도달하지 못하게 하는 종말을 간절히 바라면서, 그는 다시금 길 위에 홀로 남았다.

세상을 멀리 떠나 몸을 웅크리고 숨고픈 생각, 은둔지에 칩거하려는 생각, 사람들이 환자들을 위해 길거리에 짚을 깔아 소음을 줄여주는 것처럼, 굽힐 줄 모르는 인생의 소란스러운 울림을 완화시키고픈 그의 생각은 확고해졌다.

게다가 모종의 결단을 내려야 할 때였다. 자신의 재산을 계산해보고 그는 깜짝 놀랐는데, 무분별한 지출에다 방탕한 생활로 상속받은 재산의 대부분을 탕진하였고 토지에 투자한 나머지 부분은 미미한 이익만을 낼 뿐이었다.

그는 루룹스 성을 팔기로 결정을 내렸다. 그곳에는 이미 가지 않던 터였고 그가 떠난 이후로는 애착이 가는 그 어떤 기억도, 회한도 남지 않은 곳이었다. 그는 다른 동산들도 처분하여 국채를 샀다. 이렇게 하여 오만 리브르의 연 수입을 모았고, 아울러 작은 집을 사고 가구를 마련하기 위하여 상당한 액수를 남겨두었다. 그는 그곳에서 조용히 칩거하고 다시는 시끄러운 세상으로 나오지 않을 작정이었다.

그는 수도 근교를 샅샅이 뒤져 매물로 나온, 퐁트네 오 로즈라는 마을의 언덕에 자리 잡은 작은 저택을 찾아냈다. 그 집은 성채 근처에 이웃한 집도 없이 동떨어진 곳에 있었다. 마침내 그의 꿈이 이루어졌다. 파리 사람들에 의해 아직은 유린되지 않은 이곳에서라면 그는 평안할 수 있으리라 확신했다. 마을 한끝에 놓인 보잘것없는 철도와 내키는 대로 출발하고 운행하는 작은 전차들이 교통수단의 전부여서 불편하였지만 오히려 그 점이 그를 안심하게 만들었다. 새로이 꾸려나갈 인생을 생각하면서 그는 아주 강렬한 희열을 느꼈다. 그도 그럴 것이 그는 이제 높은 언덕에 물러나 있다고 생각했는데, 그곳은 파리의 물결이 더 이상 그에게 도달하지 못할 정도로 파리에서 충분히 멀고 동시에 고독 속에 칩거하려는 그의 결심을 확고하게 할 정도로 충분히 수도에 가까이 있었기 때문이다. 사실 어떤 장소에 갈 수 없다는 상황에 처하면 곧바로 그곳에 가고 싶다는 욕망이 사람을 사로잡는 법이다. 이에 비추어 그는 완전히 스스로의 통로를 차단하지 않음으로 해서 사회의 어떠한 반격이나 어떠한 회한에도 시달리지 않을 수 있는 행운을 만난 셈이었다.

그는 구입한 집에 석공들을 붙였다. 그러고는 어느 날 갑자기, 자신의 계획에 대해 그 누구에게도 알리지 않은 채, 쓰던 가구들을 처분하고 하인들을 내보낸 뒤, 문지기에게 아무 연락처도 남기지 않고 사라져버렸다.

제1장

　두 달 이상이 흐르고 나서야 비로소 데 제쎙트는 퐁트네의 자신의 집에서 고요한 휴식에 잠겨들 수 있었다. 갖가지 종류의 물건을 구매하기 위해 그는 여전히 파리를 구석구석 샅샅이 뒤지고 돌아다니지 않을 수 없었다.
　자신의 거처를 실내 장식가들에게 맡기기 전에 그가 어떤 시장 조사인들, 어떤 고민인들 마다했으랴!
　그는 오래전부터 색조들의 진실성과 속임수에 관한 전문가였다. 과거 여자들을 집에 들이던 때, 그는 일본산의 희미한 녹나무를 조각해 만든 작은 가구들 사이로 인도산 주홍색 명주로 된 일종의 텐트를 설치한 침실을 꾸몄던 적이 있었다. 그 텐트 아래에서 살갗은 조명이 천을 통과하며 내는 색깔로 부드럽게 물들여졌다.
　거울들이 마주 보도록 설치되어 있어 주홍색 침실이 메아리처럼 끝간 데 없이 열을 지어 비치고 있는 이 방은 가구들의 나무에서 나오는 박하 냄새로 향을 낸 포근한 연분홍 조명의 목욕물 안에 자신들의 나신을 즐겨

담그던 여인들 사이에서 제법 유명했었다.

그러나 분 바르는 습관과 과도한 밤 생활로 마모되고 시들어버린 피부 아래에 새 피를 수혈하는 것 같아 보이는 이 치장된 분위기의 장점들은 차치하고라도 데 쎙트는 이 나른한 장소에서 독특한 희열들을 맛보았는데, 그것은 이를테면 과거의 아픔들과 사라져버린 권태들의 추억이 자극하여 절정에 달하게 해주는 쾌락들이었다.

그리하여, 유년기에 대한 증오와 경멸로, 그는 이 방의 천장에 은 철사로 된 작은 우리를 걸고 그 안에 귀뚜라미를 가두었다. 거기서 귀뚜라미는 예전 루룹스 성의 벽난로들의 잿더미 속에서처럼 울어대곤 했다. 수도 없이 들었던 이 울음소리를 들을 때면, 어머니 집에서의 거북하고 말 없던 모든 저녁 시간이, 고통받고 억압된 청춘의 모든 버림받은 느낌이 그의 앞에 뒤엉키며 떠올랐고, 그럴 때면 그가 기계적으로 애무하고 있던 여자의 말소리나 웃음소리가 그의 환영을 깨뜨리고 갑작스레 그를 현실로, 규방으로, 지상으로 되돌리는 움직임을 느끼며 그의 마음속에서는 동요가 일었다. 참고 견뎌낸 슬픔들에 대한 복수심이, 가족의 기억들을 추잡한 짓들로 더럽히고 싶은 분노가, 살덩어리들 위에서 헐떡이며 가장 격렬하고도 자극적인 육체의 광란을 마지막 한 방울까지 다 써버리고 싶은 욕구가 그의 마음속에 일었던 것이다.

또 우울이 그를 짓누르고, 가을의 비 내리는 날씨에 길거리와 그의 집과 누런 진흙빛 하늘에 대한 염증 때문에 괴로워지곤 할 때면, 그는 이 밀실로 피신하여 가볍게 귀뚜라미 우리를 흔들고 나서는 우리가 흔들리는 것이 아니라 오히려 방이 집 안을 주홍색 왈츠로 가득 채우며 흔들리고 돌아가는 것처럼 그의 도취된 눈이 느끼게 될 때까지 거울들의 유희 속에 그 귀뚜라미 우리가 한없이 반사되는 것을 바라보곤 했다.

그 후 유별난 행동을 하는 것이 필요하다고 생각될 때면, 데 제쎙트는 기묘하게 호사스러운 가구들을 또한 발명하여 이 가구들로 그의 거실을 다양한 벽지를 바른 일련의 벽감[20]들로 나누었고, 그 벽감들의 쾌활하거나 우울한, 또는 세련되거나 야만스러운 색조들이 아주 섬세한 유추와 어렴풋한 일치에 의해 그가 좋아하는 라틴 문학과 프랑스 문학 작품들과 연결될 수 있도록 했다. 그리하여 그는 이러한 벽감들 중에서 그 장식이 그때그때마다의 자신의 변덕스러운 기분에 따라 읽고 싶은 작품의 정수 자체에 가장 잘 조응하는 것처럼 보이는 곳에 들어가 앉아 있곤 하였다.

마지막으로, 그에게 의복을 대는 상인들을 위한 연회용으로 그는 천장이 높은 방을 단장하도록 했다. 그들은 들어와서 차례차례 성당에서 볼 수 있는 성직자석에 자리 잡고 앉았다. 그러면 그는 장엄한 설교단으로 올라가 댄디즘에 대한 강론을 했다. 그는 제화점 주인들과 양복점 주인들에게 재단법에 관한 자신의 교서들을 절대적으로 따를 것을 촉구하고, 만일 그들이 자신의 증언명령서와 교지에 담긴 지시들을 문자 그대로 따르지 않을 경우 금전적인 파문에 처하겠노라고 위협했다.

이렇게 하여 그는 괴짜로서 명성을 얻었는데, 흰 비로드로 지은 양복과 자줏빛 조끼를 입고, 셔츠의 칼라를 떼어낸 빈자리에 넥타이 대신 파르마 제비꽃 다발을 꽂음으로써, 또한 문인들을 소문이 낭자하게 퍼진 만찬에 초대함으로써 그 명성이 극에 달했다. 그중에는 18세기를 본떠서 가장 하찮은 불운들 중의 하나를 기념하고자 장례 만찬을 마련했던 적도 있었다.

검은 천을 드리운 식당은 석탄가루가 뿌려진 오솔길과 현무암으로 된 둘레돌이 에워싼 잉크로 채워진 작은 연못, 그리고 애도를 의미하는 실편

---

20 장식을 위하여 벽면을 오목하게 파서 만든 공간.

백과 소나무들이 늘어선 화원이 있는 급히 개조된 정원으로 나 있었다. 식사는 제비꽃과 채꽃 바구니들로 장식되고 초록빛 불꽃이 타고 있는 촛대와 교회용의 긴 양초들이 타고 있는 샹들리에들이 비추는 검은색 식탁보 위에 차려졌다.

어딘가에 숨겨진 관현악단이 장송곡을 연주하는 가운데 초대 손님들은 슬리퍼를 신고 염주들이 박힌 은빛 스타킹을 신은 나체의 흑인 여자들의 시중을 받았다.

사람들은 검은 테가 둘린 접시에 담긴 거북이 수프, 러시아 흑호밀빵, 터키산 오디빛 올리브, 캐비어, 숭어알젓, 프랑크푸르트산 훈제 순대, 감초즙과 밀랍색의 소스를 얹은 산짐승 요리, 송로 조림, 용연향을 넣은 초콜릿 크림, 푸딩, 자두, 포도잼, 오디 그리고 검은 버찌를 요리로 먹었다. 짙은 색 잔에 담아, 리마뉴와 루시용 지방 포도주, 테네도스, 페냐스 유역과 포르토산 포도주들을 마셨고, 커피와 호두주를 마신 후, 러시아산 흑맥주, 포터 흑맥주 그리고 스타우트 흑맥주를 맛보았다.

부음과 흡사한 초청장에는 '일시적으로 죽어버린 정력을 기리는 부고 만찬'이라고 씌어 있었다.

하지만 예전에 그가 자랑스레 여기던 이러한 기괴한 행동들은 저절로 스러져버렸다. 이제 그는 이러한 유치하고도 낡아빠진 과시, 비정상적인 의복, 기묘한 집 치장을 경멸하게 되었다. 그는 타인들의 놀라움을 위해서가 아니라 개인적인 기쁨을 위해 편안하지만 그래도 아주 희귀한 방식으로 치장된 실내를 구성하고, 야릇하고도 조용하여 장래의 그의 고독한 생활상의 필요들에 적합한 거처를 스스로 꾸며보려 생각할 따름이었다.

마침내 퐁트네의 집이 그의 바람과 계획대로 건축가에 의해 준비되고 꾸며져, 가구와 장식물의 배치를 정하는 일만이 남았을 때, 그는 다시 한 번 일련의 색채들과 뉘앙스들을 장시간에 걸쳐 검토해보았다.

그가 원하는 것은 램프의 인공적인 빛을 받아 확연하게 발현되는 그런 색들이었다. 햇빛을 받아 그 색들이 무미건조하다든지 거칠다든지 하는 것은 그에게 별로 중요하지 않았다. 왜냐하면 그는 밤에만 활동하였는데, 그편이 혼자일 수 있고 훨씬 더 마음 편하게 있을 수 있으며 정신은 암흑과의 긴밀한 접촉에서만 진정 흥분되고 활발히 움직일 수 있다고 생각하기 때문이었다. 또한 어둠에 싸여 잠든 집들 가운데 환하게 불을 밝힌 방 안에 홀로 깨어 일어나 있는 것에서 그는 특별한 희열을 느꼈는데, 그것은 아마도 밤늦게 일하는 사람들이 창에 친 커튼을 젖히고 모든 것이 꺼지고 침묵하며 죽어 있음을 알게 될 때 느끼는 약간의 허영심과 아울러 아주 특이한 만족감이 섞여든 그런 종류의 희열이었다.

천천히 그는 하나하나 색조들을 분류했다.

청색은 촛불 빛을 받으면 녹색에 가까워진다. 코발트블루나 남색처럼 짙은 색일 경우 검은색이 되어버린다. 밝은 푸른색은 회색으로 변한다. 옥색과 마찬가지로 솔직하고 부드러운 푸른색은 흐려져 차갑게 된다. 보조제를 쓰듯 다른 색과 배합하지 않는 한, 청색을 방의 주요 색조로 삼는 것은 있을 수 없는 일이었다.

다른 한편으로, 양철빛 회색들은 한층 찌푸린 색으로 무거워진다. 진줏빛의 회색은 쪽빛을 잃어버리고 더러운 흰색으로 변모해버린다. 갈색 계통의 색깔들은 둔해지고 차가워진다. 예를 들어 제왕색이나 도금양 색 같은 짙은 녹색들은 진한 감청색처럼 작용하여 검은색들과 융합되어버린다. 결국 남는 건 공작새의 녹색이나 진사 그리고 라크 같은 좀더 연한 녹색들인데, 이 경우 빛이 그들의 청색을 몰아내고 황색만을 남기게 되나 그 역시 거짓된 색조와 혼탁한 맛만을 지니게 된다.

연어의 살색이나 옥수수색, 분홍색은 생각할 필요도 없었는데, 왜냐하면 이 색들의 여성다움은 고립에 관한 생각들과는 어긋나게 될 것이기 때문이었다. 허물처럼 껍질을 벗고 마는 보라색들에 관해서 역시 숙고할 필요가 없었다. 저녁이면 붉은빛만이 들떠 보이게 될 것인데, 그 얼마나 끔찍한 붉은빛일 것인가! 끈적끈적한 붉은빛, 지저분한 포도주 찌꺼기 빛일 것이다. 더욱이 그가 보기에는 이 색은 굳이 사용할 필요가 없었는데, 일정한 양의 산토닌을 복용하면 모든 게 보라색으로 보이고 그러면 굳이 손댈 필요 없이 자신에게 벽지의 색을 달리 보이도록 하기란 쉬울 것이기 때문이다.

이 색상들을 제외하고 나니, 붉은색, 주황색 그리고 노란색, 이렇게 세 가지 색만이 남았다.

그중에서 데 제쌩트는 주황색을 선호하였다. 이는 평소 자신이 거의 수학적 정확성을 지닌다고 주장해온 이론의 진실성을 몸소 확인하는 것이었다. 다시 말하면 진정 예술가적인 개인의 감각적인 본성과 그의 눈이 보다 더 독특하고 강렬한 방식으로 바라보는 색상 사이에는 일정한 조화가 존재한다는 이론이다.

실상, 각각의 색상들에 고유한 운율이며 그 채도의 변화와 뉘앙스들의 신비한 매력을 감지할 수 없는 조야한 안목을 지닌 일반 대중을 무시하고, 또한 진동하는 강렬한 색채들의 화려함과 당당함에 무감한 부르주아들의 눈을 무시하며, 그리하여 문학과 예술을 통해 세련된 동공을 지닌 사람들만을 마음에 두어온 연유로, 그에게는 이들 중 이상을 꿈꾸고 환상을 주장하며 잠자리에 커튼 치기를 간절히 원하는 사람의 눈은 일반적으로 청색과 그것에서 파생된 색, 예를 들면 연보라, 라일락 꽃 색, 진줏빛 회색 등의 색깔들에서―어쨌건 이 색들이 부드러우며 자신들의 개성을 잃고 진한 보라색이나 순수한 회색으로 변하지 않는 한—기분 좋은 자극을 받는 것처럼 보였다.

반대로 난폭하게 구는 자들, 다혈증 환자들, 덩치 큰 다혈질들, 서두와 중간 단계를 무시한 채 거두절미 달려드는 억센 수컷들, 이들은 대개의 경우 노란색과 붉은색의 눈부신 섬광들이나 그들의 눈을 멀게 하고 도취시키는 진홍색과 크롬색의 심벌즈 소리 같은 충격을 좋아한다.

끝으로, 허약하고 신경질적이어서 훈제 처리와 소금물로 맛을 돋운 음식만을 찾는 감각적 입맛의 소유자들, 지나치게 흥분하고 깡마른 사람들, 이런 사람들 거의 대부분의 눈은 공상적인 화려함과 날카로운 느낌의 열기를 지닌 이 자극적이고도 병적인 색, 곧 주황색을 소중히 여긴다.

데 제쎙트의 선택은 그러므로 추호도 의심할 여지가 없었다. 하지만 명백한 난점들이 여전히 제기되었다. 붉은색과 노란색이 빛을 받아 고양되는 반면, 두 색의 혼합색인 주황은 그렇지가 못해서 빛을 받으면 흥분하고 흔히 한련 꽃의 붉은색, 불꽃색으로 변하고 만다.

그는 촛불을 켜고 모든 색조를 연구하였고, 균형을 유지하면서도 그가 기대하는 요구 조건들을 저버리지 않을 것으로 보이는 하나를 찾아냈다. 일단 이 준비 단계가 끝나고 난 후, 그는 가능한 한, 적어도 그의 서재에 한해서는, 근동에서 건너온 천들과 양탄자들을 쓰지 않으려 애썼다. 왜냐하면 이런 장식물들은, 졸부가 된 상인들이 양품점에서 싼값에 살 수 있게 된 만큼, 너무도 진절머리가 나고 평범해졌기 때문이었다.

결국 그는 집의 벽들을 굵은 결이 생기도록 눌러 다린 가죽과 강력한 압착기에 걸어 강철판으로 윤을 낸 케이프타운산 가죽을 이용해 마치 책처럼 장정하기로 정했다.

미장 널의 치장이 끝난 후, 그는 쇠시리와 높은 굽도리 널들을 마차

제조공들이 차량의 벽을 칠하기 위해 사용하는 남색과 유사한 쪽빛으로 칠하게 했다. 벽과 마찬가지로 가죽을 댄 약간 둥그스레한 천장에는 주황색 가죽 안에 끼워진 거대한 둥근 천창처럼 로얄 블루색 명주로 된 하늘빛 원이 열려 있었는데, 그 가운데에는 오래전 사제복에 쾰른의 직조공 조합에서 수를 놓은 은빛 천사들이 한껏 날개를 펼친 채 날아오르고 있었다.

설치가 끝난 후 저녁이 되자 이 모든 것이 어울려 차분히 자리를 잡았다. 내장판들은 마치 주황색에 의해 따뜻한 열기를 받아 두드려져 보이는 듯한 푸른색을 고정시켰고, 한편으로 주황색은 변색되지 않은 채, 이를테면 푸른색의 집요한 입김에 의해 강조되고 북돋워지는 듯이 보였다.

이 방의 유일한 사치가 책과 희귀한 꽃들로 이루어진 탓에 데 제쎙트는 가구에 관해서 오랫동안 연구할 필요는 없었다. 빈 채로 남아 있는 벽면들을 몇몇 데생과 그림으로 장식하는 것은 나중으로 미루고, 그는 몇 가지 가구를 들여놓는 것으로 만족했다. 거의 모든 벽에 흑단으로 짠 책꽂이의 선반들과 서류함들을 설치했고, 마룻바닥은 들짐승 가죽과 은여우털로 덮었으며, 15세기의 육중한 환전상(換錢商) 탁자 곁에 귀덮개가 붙은 깊숙한 안락의자와 단조된 철로 만들어진 오래된 성가대의 작은 책상을 두었다. 이 책상은 과거에 부사제들이 교송성가집을 놓던 보면대(譜面臺) 중의 하나로 이제는 캉주[21]가 쓴 『중기·말기 라틴어 사전』의 육중한 2절판 판본을 받치고 있었다.

돌출부를 도금한 유리조각을 여기저기 붙인, 잘게 금이 간 푸르스름한 유리를 끼운 창들로 주변 들판의 풍경은 차단되었고 자연광이 아닌 희미한 인공광만이 실내로 들어왔다. 창들은 또한 오래된 사제용 영대로 재

---

21 샤를 프렌 뒤 캉주(1610~1688): 프랑스의 라틴어 학자.

단한 커튼으로 가려졌는데, 흐릿해져 거의 황갈색이 된 금실은 거의 죽어 버린 듯한 다갈색의 씨실 안에서 퇴색되어 있었다.

　마지막으로, 피렌체산의 호사스러운 흰 천으로 덮인 벽난로 위, 부아 드 비에브르의 옛 수도원에서 가져온 도금한 구리로 된 비잔틴 양식의 두 개의 성체함 사이에는 레이스처럼 장식된 세 개의 칸으로 나뉜 멋진 교회 법규집이 놓여 있었다. 그 액자의 유리 안에는 경탄할 만한 미사경본체와 눈부신 채색 삽화를 곁들여 진짜 송아지 가죽에 필사한 보들레르의 시 세 편이 담겨 있었다. 오른쪽과 왼쪽에 놓인 두 편의 소네트들은 각각 '연인들의 죽음'과 '원수'라는 제목을 달고 있었고 가운데에는 이런 제목을 단 산문시가 놓여 있었다. '이 세상 밖이라면 어디로나.'

제2장

재산을 처분한 후 데 제쎙트는 늙은 하인 둘만을 남겨두었다. 그들은 그의 어머니를 간호했고, 경매에 부쳐질 때까지 사람이 살지 않은 채로 비어 있던 루릅스 성의 관리인이자 수위 역할을 하고 있었다.

그는 간병인의 직분, 시시각각 물약과 탕약을 수저로 떠먹이는 간호사의 정확함, 그리고 외부와의 소통 없이 창과 문이 막힌 방에 칩거하는 수도승들의 엄격한 침묵에 익숙한 이 부부를 퐁트네로 오도록 하였다.

남편은 방을 청소하고 식료품을 사러 가는 일을, 아내는 요리를 맡았다. 그는 이들에게 집의 이층을 내주었다. 자신의 머리 위에서 그들의 발소리가 들리지 않도록 하기 위하여 그들에게 두터운 펠트로 만든 실내화를 신도록 했고, 듬뿍 기름칠 된 문들을 따라 이중문을 설치하고 마루판에 두터운 양탄자를 깔도록 시켰다.

그는 그들과 초인종 소리들의 일정한 뜻을 미리 정해두었고, 몇 번을 치는지, 짧은지 혹은 긴지에 따라서 벨소리의 의미를 결정했다. 주인이 자고 있는 동안 하인들이 매달 결산 장부를 올려둘 자리를 책상 위에 지정

해두었다. 마지막으로 그는 가능한 한 그들에게 말하거나 그들을 보지 않도록 적당한 조치들을 취했다.

하지만 어쨌거나 하녀가 땔감을 쌓아둔 헛간으로 가기 위해서는 집의 벽을 따라가야 했으므로, 그는 창문 유리에 비친 하녀의 그림자가 적대적인 모습이 아니기를 바랐다. 그래서 그는 그녀로 하여금 당시까지도 벨기에의 헨트에서 베긴 교단의 수녀들이 입고 다니던, 흰 모자에 검은 두건을 늘어뜨린 외투를 플랑드르산 거친 비단으로 지어 입도록 시켰다. 해질 녘에 그의 앞을 지나가는 이 수녀복 차림의 그림자는 그에게 수도원에 와 있는 듯한 느낌을 주었고, 조용하고 신실한 마을들, 활동적이고 생동적인 도시의 한구석에 갇혀 숨어 있는 인적 없는 동네들의 기억을 불러일으켰다.

또한 그는 식사 시간을 일정하게 정해두었다. 더욱이 소화 기능의 약화로 다채롭거나 지나치게 느끼한 음식들은 섭취할 수 없었으므로, 그의 식사는 별로 복잡하지 않았고 대단히 간결하였다.

겨울이면 해가 지고 난 후 다섯 시에 그는 반숙 계란 두 개와 구운 쇠고기 그리고 차를 곁들여 점심을 먹었다. 그리고 밤 열한 시경에 저녁을 들었다. 그리고 밤 동안에는 커피, 때로는 차나 포도주를 마셨다. 새벽 다섯 시경 잠들기에 앞서 그는 간단한 야참을 께적이며 먹었다.

그는 매번 계절이 시작될 때마다 순서와 메뉴를 정해놓고는 작은방 가운데에 놓인 식탁에서 식사를 했다. 이 방은 스펀지를 댄 복도에 의해 그의 서재와 분리되어 있었는데, 이 복도는 완전히 밀폐되어 있어서 두 방 어느 쪽으로도 냄새나 소리가 스며들지 않도록 해주었다.

반원형의 들보를 갖춘 궁륭으로 된 천장이며, 미국산 소나무로 된 벽과 마루, 배의 측면에 난 현창과 같은 모양으로 내장 나무판에 뚫린 작은 창 등으로 장식된 이 식당은 배의 선실을 방불케 했다.

작은 상자들이 보다 더 큰 상자들 안에 차곡차곡 들어가는 일본식 상자들과 마찬가지로 이 방은 건축가가 지은 원래 식당이었던 보다 더 큰 방 안에 있었다.

원래의 식당에는 두 개의 창이 나 있었다. 그중 하나는 지금은 칸막이에 가려서 보이지 않았는데, 이 칸막이는 용수철 장치를 하여 마음대로 내릴 수 있도록 되어 있었다. 그래서 바깥의 공기는 칸막이의 열린 틈으로 들어와 미국산 소나무로 된 작은방 주위를 돌아 안으로 들어오게끔 되어 있었다. 또 다른 창은 내장 나무판에 뚫린 현창과 맞은편에 있었기 때문에 눈에는 보였으나 실제로는 막혀 있었다. 실상 커다란 수족관이 이 현창과 실제의 벽에 난 진짜 창 사이의 공간 전체를 차지하고 있었다. 따라서 방을 밝히기 위해 햇빛은 우선 유리 대신에 반투명 거울이 끼워진 외창을 거쳐 물을 통과한 후 마지막으로 현창의 붙박이 유리를 통과하도록 되어 있었다.

가을에 해가 완전히 지고 나서 러시아산 찻주전자가 식탁 위에서 모락모락 김을 피워 올릴 무렵이면, 아침나절 흐릿하고 뿌옇던 수족관의 물이 붉게 변하면서 황금빛 벽 위로 벌겋게 타는 숯불의 어렴풋한 빛을 새어 들게 하였다.

이따금 우연히 오후에 깨어 일어나 있을 때면, 데 제쎙트는 수족관의 물을 비우고 다시금 맑은 물로 채우는 파이프와 수도관 장치를 작동시켜 물을 갈고 나서 수족관에 몇 방울의 채색 원액을 부어서 원하는 대로 초록빛 혹은 해수빛, 유백색 혹은 은백색의 색조들을 띠게 만들었다. 이 빛깔들은 하늘빛, 다소간 강렬한 태양의 열기, 시시각각 강해지는 비의 전조에 따라, 한마디로 계절과 대기의 상태에 따라 실제의 강물들이 띠는 색조들이었다.

그러면 그는 브리크 돛배의 중갑판에 있다고 상상을 하였고 시계의 부품들처럼 조립된 멋진 인조 물고기들이 현창의 유리 앞을 지나 인조 수초들에 달라붙는 것을 호기심 어린 눈으로 바라보았다. 혹은 그가 방에 들어오기 전에 미리 하인들이 뿌려놓은 역청 냄새를 맡으며 증기여객선 회사나 로이드 해운보험사의 객장들에서와 마찬가지로 벽에 걸려 있는 칠레의 발파라이소와 아르헨티나의 라 플라타행 증기선들을 그린 채색 판화들을 바라보거나 왕실 우편 증기연락선, 로페즈 혹은 발레리 해운사 여객선의 항로들, 그리고 대서양 우편 서비스의 운임들과 중간 기착지들이 표기된 액자들을 주의 깊게 검토하였다.

이런 안내판들을 바라보는 것마저 싫증이 나면, 그는 풍향계와 나침반, 육분의, 컴퍼스, 쌍안경 그리고 탁자에 흩어진 지도들을 보면서 눈의 피로를 풀었다. 탁자 위에는 단 한 권의 책이 펼쳐져 있었는데, 그것은 『아더 고든 핌의 모험』[22]이었다. 그를 위해 특별히 제작된 이 책은 갈매기 문양이 선조 세공된 맑은 결의 줄무늬 종이에 낱장 인쇄로 제본된 것으로 바다표범 가죽으로 장정되어 있었다.

그런 다음 그는 낚싯대며, 탄닌으로 물들여 누렇게 된 그물들, 둘둘 말린 적갈색의 돛들, 검은색으로 칠한 조그마한 코르크 닻 등이 한 무더기로 내던져진 것을 볼 수 있었다. 그것들은 작은 문 옆에 쌓여 있었는데, 식당과 서재를 연결하는 복도와 마찬가지로 솜을 댄 복도로 주방과 연결된 이 문은 모든 냄새와 소리를 흡수해주었다.

이런 식으로 그는 꼼짝하지 않으면서도 장거리 여행에 대한 빠른, 거의 순간적인 느낌들을 얻을 수 있었다. 결국 추억 속에서만 존재할 뿐 절

---

[22] 1837년에 발표된 에드가 앨런 포의 소설.

대로 현재, 즉 그것이 이루어지는 순간 자체에는 존재하지 않는 이 여행의 즐거움을 그는 피로함도 번잡함도 없이 이 선실 안에서 편안하게 만끽할 수 있었다. 이 방의 짐짓 꾸며진 무질서, 일시적인 분위기와 임시방편용의 가구 배치는 그가 그곳에 잠시 머무르는 시간, 즉 극히 제한된 식사 시간과 정확하게 일치하였다. 또한 이 방은 잘 정돈되고 안정된, 그리하여 은둔 생활을 단단히 유지할 수 있도록 시설을 갖춘 불변의 방인 그의 서재와 완전한 대조를 이루고 있었다.

더욱이 그가 보기에 움직임은 불필요한 것이었고 상상력은 사실들의 저속한 실재를 쉽사리 대체할 수 있는 듯이 보였다. 그의 생각에는 일상 생활 속에서 만족시키기에 가장 까다로운 것으로 알려진 욕망들을 충족시키는 것이 가능하였는데, 그것도 간단한 술수와 그러한 욕망들이 추구하는 대상의 개략적인 위조를 통해서였다. 그리하여 오늘날 모든 식도락가는 술창고에 좋은 포도주를 보관하기로 소문난 식당들에서 파스퇴르의 방식대로 처리된 싸구려 막포도주로 만든 고급 특산주를 마시면서 매우 즐거워하는 것이다. 한데 진짜이건 가짜이건, 이 포도주들은 동일한 향료, 동일한 색깔, 동일한 향기를 지니고 있으며, 그 결과 이 변질되고 위조된 음료들을 맛보면서 사람들이 느끼는 만족이란 그들이 천금을 주고도 구하지 못할 순수한 천연 포도주를 맛보면서 느낄 만족과 완벽하게 동일한 것이다.

이러한 자극적인 일탈, 이러한 교묘한 거짓을 정신의 세계에 옮겨놓는다면, 물질계에서 못지않게 쉽사리 진짜와 모든 점에서 유사한 가공의 희열을 누릴 수 있으리라는 것은 의심할 여지가 없다. 예를 들어, 필요한 경우 머나먼 고장의 여행 이야기가 담긴 작품을 읽으며 그 작품이 풍성하게 일으키는 연상에 잠김으로써 고집 세고 게으른 정신을 부추겨 난롯가에 앉아서도 장기간의 탐험에 몰입할 수 있으리라는 것은 의심할 여지가 없다. 또한 파리에서 한 발짝도 벗어나지 않으면서 해수욕을 하면서 느끼는 기분 좋은 인상을 얻을 수 있다는 것 역시 의심할 나위가 없다. 이를 위해서는 그저 센 강 한복판에 떠 있는 배에 위치한 비지에 목욕탕에 가는 것만으로도 충분할 것이다.

그곳에서 욕조에 담긴 물에 소금을 풀도록 하고, 약전의 처방에 따라 황산나트륨, 염화마그네슘과 염화칼슘을 섞도록 시킨다. 그러고는 넓은 매장이며 지하실에 바닷물 냄새와 항구 냄새가 밴 밧줄제작소에 일부러 가서 구해온 끄나풀 혹은 짧은 밧줄 토막을 나사못으로 단단히 밀봉된 상자에서 꺼낸 다음, 그것들이 여전히 간직하고 있을 냄새를 맡으면서 진짜 카지노의 모습이 담긴 사진을 보거나 우리가 가 있고 싶은 해변의 아름다움을 묘사하는 조안 여행 가이드들을 열렬히 읽노라면, 또한 욕조들이 설치된 평저선(平底船)을 스치듯 지나가는 바토무슈들의 요동이 일으키는 파도에 몸을 내맡기며 아치들 아래로 몰려드는 바람의 탄식과 머리 위 지척에 있는 퐁 루아얄 위를 달리는 합승 마차들의 둔중한 소음을 듣고 있노라면, 바다의 환상은 부정할 수 없고 거역할 수 없는 확고한 것이 되어버린다.

이 모든 것은 요령을 아는가, 자신의 정신을 한 점에 집중할 줄 아는가, 환영을 이끌어내어 실재에 대한 몽상으로 실재 자체를 대체할 만큼 충분히 초연한 정신을 유지할 수 있는가에 달린 것이다.

더욱이 데 제쌩트에게는 기만술이 인간의 천재성을 특징짓는 증거처럼 보였다.

그가 자주 말하듯, 자연은 이제 그 시효를 다하였다. 자연은 구역질이 날 정도로 획일적인 풍경과 하늘로 인하여 세련된 사람들의 세심한 참

음성을 완전히 지치게 만들었다. 결국 자연이란 참으로 자기 분야에만 골몰하는 전문가처럼 진부하지 않은가! 또한 그것은 다른 제품에는 아무 관심도 없이 특정한 제품만을 취급하는 상점 여주인의 편협함과 얼마나 유사한가! 자연은 어쩌면 그렇게도 단조로운 풀밭과 나무들의 저장고란 말인가! 산과 바다는 또 얼마나 시시하게 배치되어 있는가!

더욱이 가장 섬세하고도 위대한 자연의 발명이라고 소문난 것 중에 인간의 천재성이 창조하지 못할 것이라고는 아무것도 없다. 전기 불빛에 잠긴 무대 장치들이 만들어낼 수 없는 퐁텐블로의 숲이나 달빛이란 없다. 수력학이 감쪽같이 모방할 수 없는 폭포란 없다. 지점토로 똑같이 모방하지 못할 바위란 없다. 특수 타프타와 섬세한 색종이들로 필적하지 못할 꽃이란 없다.

의심할 여지 없이 자연이라는 이 한결같은 노망 난 노파는 이제 진정한 예술가들의 너그러운 경외심마저 소진시켰다. 가능한 한 자연을 인위적인 창조로 대체해야 하는 순간이 바야흐로 도래한 것이다.

그런데 자연의 작품들 중에서 가장 빼어난 것, 자연의 창조물들 중에서 모든 이들이 이구동성으로 가장 독창적이며 완벽한 아름다움을 지닌다고 생각하는 창조물을 고른다면, 그것은 바로 여성이다. 하지만 인간은 나름대로 혼자만의 힘으로 적어도 조형미의 관점에서 충분하게 여성에 필적하는 인위적인 생명체를 만들어내지 않았던가? 이 세상에서 성교의 쾌락을 통해 수태되고 자궁의 통증에서 탄생한 존재 중에 그 모형, 그 전형이 북부선 철도에 취역한 두 기관차보다 더 눈부시고 더 화려한 것이 과연 존재하는가?

그중 하나인 크램톤은 매우 사랑스러운 금발에 날카로운 음성과 번쩍이는 구리 코르셋으로 꽉 조인 길고도 연약한 허리를 지녔으며, 암고양이처럼 부드럽고도 신경질적으로 몸을 뻗고 있는, 맵시 있고 잘 그을린 금발 미인이었다. 무쇠 근육들을 수축시키고 허리춤의 미지근한 땀방울들을 활발하게 흔들면서, 커다란 장미창처럼 살이 가느다란 바퀴를 움직여 급행열차나 어물열차의 선두에서 활기차게 달려나갈 때면 그녀의 비범한 우아함은 경탄을 불러일으켰다.

다른 하나는 엥게르트로 그 목청은 둔탁하고 쉰 소리를 냈으며, 주철로 된 갑옷 안에서 터질 듯한 땅딸한 허리를 가진, 엄청나게 큰 덩치의 짙은 갈색머리 미녀였다. 그녀는 검은 연기가 헝클어진 갈기를 휘날리며 나지막한 여섯 쌍의 바퀴를 지닌 거대한 짐승이었다. 그녀가 지축을 흔들며 묵직하고도 느릿하게 화차들의 행렬을 끌고 갈 때면 그 얼마나 압도적인 힘을 발휘하는가!

분명 연약한 금발 미인들과 당당한 갈색머리 미인들 중에는 이런 유형의 섬세한 유연성과 어마어마한 힘은 존재하지 않는다. 그러므로 다음처럼 확실하게 말할 수 있을 것이다. 인간은 나름대로 자신이 믿는 신 못지않게 잘 창조하였노라고.

이러한 생각들이 데 제쎙트에게 떠올랐을 때 미풍에 실려 파리와 소[23] 간을 왕복하는, 장난감처럼 작게 보이는 열차의 기적 소리가 들려왔다. 그의 집은 퐁트네 역에서 약 이십 분가량 떨어진 곳에 있었다. 하지만 집이 언덕에 있고 부근에 집들이 없었던 덕분에 일요일이면 막아낼 방도가 없을 정도로 역 부근으로 몰려드는 흉측한 군중의 웅성거림이 그의 집까지는 침범하지 못하였다.

그는 마을에 관해서는 거의 아는 게 없었다. 어느 날 그는 창문 너머

---

23 Sceaux, 파리 남부에 있는 마을. 데 제쎙트가 살고 있는 퐁트네 오 로즈와 이웃해 있다.

로 베리에르 숲의 총림을 이고 있는 자그마한 언덕까지 펼쳐져 내려간 고요한 광경을 바라본 적은 있었다.

짙은 어둠 속에서 왼편과 오른편에는 형태가 불분명한 덩어리들이 차곡차곡 쌓여서 멀리 다른 총림들과 성채들의 발치에 이르고 있었다. 성채들의 높은 축대 경사면은 달빛을 받아 어두운 하늘을 배경으로 은도금을 한 듯이 보였다.

구릉들의 그림자가 드리워져 좁아진 평원의 가운데 부분은 전분 가루를 뒤집어쓰고 흰 콜드크림에 덮여 있는 듯이 보였다. 온화한 대기 속에서 탈색된 풀들에 바람을 일으키고 싸구려 양념들의 향기를 분비하는 나무들은 달빛에 의해 백묵이 칠해진 듯, 창백한 잎새들을 헝클어뜨리고 있었다. 나무 줄기들의 그림자는 조약돌들이 마치 사기 조각처럼 반짝이고 있는 석고로 된 지면 위에 검은 사선들을 드리우고 있었다.

이러한 치장과 인위적인 모습으로 인하여 데 쎄즁트는 이 광경이 싫지는 않았다. 하지만 집을 구하려고 퐁트네 마을에서 한나절을 보낸 이래로 그는 한낮에 길을 산책한 적이 전혀 없었다. 게다가 이 고장의 신록은 그에게 어떤 관심도 불러일으키지 못했다. 그 이유는 그러한 신록은 파리의 성벽 부근의 돌무더기 틈새에서 어렵사리 피어난 측은하고도 허약한 식물군들이 풍기는 은근하고도 애처로운 매력을 주지 못했기 때문이었다. 더욱이 바로 그날, 데 쎄즁트는 마을에서 구레나룻에 배가 불룩한 부르주아들, 콧수염을 기르고 마치 성유물처럼 법관과 군인의 두상을 이고 다니는 정장한 사람들을 얼핏 본 적이 있었다. 이러한 접촉이 있은 후 인간의 얼굴에 대한 그의 공포심은 한결 가중되었다.

파리를 떠나기 전의 몇 달 동안, 즉 우울증으로 쇠약해지고 권태에 짓눌려 모든 것에 환멸을 느낀 그의 신경이 극도로 날카로워져서 특정한 사물이나 사람의 불쾌한 모습이 뇌리에 깊게 새겨지곤 하고 그 흔적을 미세하게나마 지우기 위해서는 며칠이 걸리곤 하였을 때, 길에서 잠시 스친 타인의 얼굴은 그에게는 가장 혹독한 고초들 중의 하나였다.

실제로 그는 어떤 인상을 보는 것만으로도 고통을 받았고 몇몇 사람들의 아버지 같은 까다로운 표정들을 거의 모욕으로 간주하였다. 그는 짐짓 현학적인 태도로 눈꺼풀을 내리깔고 산보하는 사람이나 거울 앞에서 미소를 지으며 건들거리는 사람의 뺨을 후려치고 싶은 욕망에 자주 시달렸다. 눈썹을 찌푸리고 버터 바른 빵과 신문의 잡보 기사들을 게걸스레 먹어치우면서도, 엄청난 사상들을 뒤적이고 있는 것처럼 보이는 사람 역시 마찬가지였다.

오로지 협잡과 금전에만 집착하고 무능한 정신들의 저열한 오락거리인 정치에만 민감할 따름인 상인들의 편협한 두뇌에는 너무도 고질적인 어리석음, 그가 품고 있는 생각들에 대한 너무도 강한 혐오, 문학과 예술 등 그가 사랑하는 모든 것에 대한 너무도 강한 멸시가 뿌리 깊게 고착되어 있는 것을 직감적으로 알아챌 수 있었으므로 데 제쎙트는 격분하여 집으로 돌아와서는 문을 걸어 잠그고 책에 파묻혔다.

마지막으로 그는 온 힘을 다해 신세대들을 증오하였다. 이들 역겨운 촌뜨기 계층들은 레스토랑과 카페에서 큰 소리로 떠들고 웃고 싶은 욕구에 사로잡혀 있었고, 길에서 남을 밀치고도 미안하다는 말조차 하지 않으며, 남들의 다리 사이로 장난감 자동차 바퀴들을 던져놓고도 미안하다는 말도 인사도 하지 않는 자들이었다.

제3장

    주황색과 청색으로 칠해진 그의 서재 벽에 붙여놓은 서가의 일부는 온통 라틴어 작품들로만 뒤덮여 있었다. 그것들은 소르본류의 대학들에서 지겹게 되풀이된 한심한 수업에 길들여진 정신의 소유자들이 '데카당스'라는 총칭으로 부르는 작품들이었다.
    교수들이 여전히 고집스럽게 위대한 세기라고 부르는 시기에 통용되던 그대로의 라틴어는 사실 그의 관심을 거의 끌지 못하였다. 극히 제한되고 거의 변함없는 표현들만을 지닐 뿐 구문의 유연성도, 개성도, 미묘한 의미 차이도 없는 이 협소한 언어, 속속들이 거칠게 다듬어지고, 그 이전 시기들에 사용되었던, 거슬리기는 하지만 때로는 이미지가 풍부한 표현들이 모두 가지치기를 당한 듯 잘려나간 이 언어는 기껏해야 수많은 웅변가들과 시인들이 되풀이해온 장엄한 후렴구나 모호한 상투어들을 말하는 데 사용될 수 있을 따름이었다. 하지만 그것은 하도 무미하고 따분하여서 언어연구서들에서 그만큼 의도적으로 허약한, 또한 그처럼 공식적으로 짜증나게 하고 무미건조한 언어를 만나려면 루이 14세 시기의 프랑스어 문체에 이르러야만 했다.

아마도 그의 출생지가 그곳인 까닭에 만토바의 백조라는 별명을 가졌을 저 부드러운 베르길리우스는 그 누구보다도 고대 로마가 배출한 가장 끔찍한 현학자들, 가장 지독한 삼류 문사들 중의 하나로 보였다. 깨끗이 세수하고 야하게 옷을 차려입고서 역할을 바꿔가며 격언 투의 냉담한 시구들을 몇 동이씩이나 가득 독자의 머리 위에 퍼붓는 목동들, 눈물에 젖은 꾀꼬리에 비유되는 오르페우스, 벌들에 관해 이야기하면서 훌쩍이는 그의 아리스테이데스, 중국의 그림자극에서처럼 고정이 잘 안 되고 기름칠이 안 된 시의 반투명막 뒤에서 움직이는 흐리멍텅하고도 변덕스러운 인물인 아에네아스는 데 제쎙트를 짜증나게 했다. 이 꼭두각시들이 막 뒤에서 읽어주는 대사를 받아 자기들끼리 주고받는 지겨운 객설들은 그나마 참아줄 만했을지도 모른다. 호메로스, 테오크리토스, 엔니우스, 루크레티우스에게서 뻔뻔스럽게 빌려온 표현들, 마크로비우스[24]가 입증한 대로 피산드로스의 시 한 편에서 토씨 하나 다르지 않게 베낀 아에네이스 제2편의 명백한 표절, 그리고 이 모든 시편 더미들의 형언할 수 없는 공허함 역시 참아줄 만했을 수도 있다. 그러나 그 이상으로 데 제쎙트의 신경을 거스르는 것은 다름 아닌 12음절의 기법으로, 그것들은 양철 조각이나 빈 깡통 소리를 냈고, 현학적이고도 메마른 운율법이 규정한 부동의 처방에 따라 근으로 무게를 달아 넘길 법한 다량의 싸구려 단어들을 길게 나열하고 있었다. 공식적인 매무새에 저열하게 문법을 숭상하는 이 거칠고도 점잔빼는 시구들, 기계적으로 부동의 중간 휴지에 의해 잘리고 끝에 가서는 항상 동일한 방식으로 장장격과 장단단격의 충돌로 쐐기가 박힌 이 시구

---

[24] 4세기경에 활약한 로마의 문헌학자, 철학자.

들의 구조가 문제였던 것이다.

카툴루스[25]의 완벽한 제련소에서 빌려온 이 운율법, 쓸데없는 단어들, 발끝부터 머리끝까지 똑같고 뻔한 여백 메꾸기용 단어들로 가득 차 있는 이 독창성도 없고 무지막지한 불변의 운율법, 끊임없이 회귀하여 아무것도 지칭하지 않고 아무것도 보여주지 않는 호메로스풍 수식어들의 빈곤함, 무성의 평범한 색조를 띠는 이 초라한 어휘는 데 제쎙트에게는 고역이었다.

덧붙여 말해야 할 것은 베르길리우스에 대한 그의 찬양이 가장 절제된 축에 속하고 오비디우스의 멀건 배설물에 대한 그의 관심이 가장 신중하고도 은근한 편에 속한다면, 호라티우스[26]의 코끼리 같은 우아함, 분칠한 늙은 광대들이 지껄이는 추잡한 농담을 가지고 아양을 떨어대는 이 한심한 굼벵이의 재잘거림에 대한 그의 혐오는 한이 없었다.

산문에서도 이집트 콩이란 별명으로 불리는 키케로[27]의 장황한 언어, 반복되는 비유들, 애매한 여담들은 역시나 그를 매료시키지 못하였다. 수다스러운 돈호법, 애국심에 젖은 다량의 후렴구들, 과장된 훈시들, 살집 많고 영양 상태는 좋으나 비계로 변하여 골수와 뼈는 없는 육중한 몸집의 문체, 문장을 시작하는 기나긴 부사들의 견딜 수 없는 군더더기, 접속사들의 끈으로 잘 연결되지 않는 비만한 문장들의 천편일률적인 서식, 그리고 진력나는 동어반복 습관은 데 제쎙트를 사로잡지 못하였다. 간결함으로 유명한 카이사르 역시 키케로와 마찬가지로 그를 열광시키지 못하였다. 왜냐하면 그러한 정반대의 과도함은 거만한 무미건조함, 비망록에 나옴 직한 척박함, 터무니없이 상궤를 벗어난 정신의 변비증처럼 보였기 때문이었다.

---

25 카툴루스(기원전 87~54): 로마의 시인.
26 호라티우스(기원선 65~8): 로마의 시인.
27 키케로(기원전 106~43): 로마의 문인, 철학자, 변론가, 정치인.

결국 데 제쌩트는 이 작가들에게서도 그리고 사이비 문인들이 소중하게 여기는 작가들에게서도 정신적인 양식을 얻지 못하였다. 살루스티우스[28]는 다른 이들보다는 그래도 덜 단조로운 편이기는 했다. 티투스 리비우스[29]는 감상적이고 과장이 심했다. 세네카[30]는 부어서 창백하게 보였다. 수에토니우스는 임파질에다가 병약해 보였다. 타키투스[31]는 짐짓 꾸민 간결함으로 인해 이 모든 작가 중에서 가장 신경질적이고 악착같으며 근육질인 것처럼 보였다. 운문에서 유베날리스[32]는 단단히 짜여진 몇몇 시구들에도 불구하고, 또한 페르시우스[33]의 경우 신비로운 암시들에도 불구하고 데 제쌩트를 냉담함에서 이끌어내지는 못하였다. 티불루스, 프로페르티우스, 퀸틸리아누스, 플리니우스, 스타티우스, 비빌리스의 마르티알리스, 테렌티우스, 신조어와 복합어, 축소사들로 가득 찬 은어가 마음에 들 수도 있지만 저속한 희극성과 천한 농담이 혐오감을 불러일으키는 플라우투스[34]의 저작들은 무시한 채, 데 제쌩트는 루카누스[35]에 이르러 비로소 라틴어에 관심을 갖기 시작했다. 왜냐하면 그의 언어는 폭이 넓고 표현력이 훨씬 풍부하였으며 덜 침울했기 때문이다. 잘 세공된 문장의 골조, 반질반질한 법랑으로 씌워지고 보석들로 뒤덮인 시구들은 그를 사로잡았다. 하지만 오로지 형식에 대해서만 표명된 관심, 공허하게 울리는 음색, 금속성 굉

---

28 살루스티우스(기원전 86~35?): 로마의 역사가, 정치가. 『역사』 『카탈리나의 음모』 등의 저자.
29 티투스 리비우스(기원전 59~기원후 17): 로마의 역사가. 『로마 건국사』의 저자.
30 세네카(기원전 4~기원후 65): 로마의 스토아 철학자. 『도덕서한』의 저자.
31 타키투스(55?~120?): 로마의 정치가, 역사가. 『게르마니아』 『연대기』의 저자.
32 유베날리스(60?~128?): 고대 로마 최고의 풍자시인.
33 페르시우스(34~62): 로마의 풍자시인.
34 플라우투스(기원전 254~184): 고대 로마의 희극작가.
35 루카누스(39~65): 로마의 시인. 『내란기』 혹은 『파르살리아』의 저자.

음들은 사고의 공허함, 『파르살리아』의 표피를 불룩하게 만드는 물집들의 우툴두툴함을 완전히 가리지는 못하였다.

데 제쎙트가 진정으로 좋아하는 작가, 또한 그로 하여금 루카누스의 요란한 솜씨들을 영원히 그의 독서 목록에서 제외시키도록 한 작가는 바로 페트로니우스[36]였다.

페트로니우스는 예리한 관찰가였고 섬세한 분석가였으며 대단한 묘사가였다. 차분하고도 공평하게, 그리고 증오심도 없이 그는 『사티리콘』의 경쾌한 짧은 장들에서 로마의 일상생활을 묘사하였고 동시대의 풍속을 이야기하였다.

차근차근 사실들을 기록하고 완결된 형태로 그것들을 확인하면서 그는 민중의 세세한 삶, 거기에서 벌어지는 일화들, 야만적인 행위들, 그리고 욕정의 발로들을 펼쳐 보였다.

한 대목에서는 최근에 들어온 여행자들의 이름을 물으러 오는 싸구려 여인숙 검사관이 묘사되는가 하면, 다른 대목에서는 남자들이 입간판들 사이에 나체로 서 있는 여자들 주위를 배회하고, 반쯤 열린 방문들 틈으로 여러 쌍의 남녀들이 벌이는 유희가 언뜻언뜻 보이는 사창가가 묘사된다. 그의 책에 연이어 등장하는, 침대보가 어지러지고 빈대가 들끓는 싸구려 여인숙들을 통해서는 물론, 대단히 사치스럽고 부와 호사의 극치를 보여주는 저택들을 통해서도 당대 사회가 움직이고 있다. 횡재를 찾아다니는 아스킬트나 외몰프 같은 불순한 협잡꾼들이 있는가 하면, 뺨에 백연 가루와 아카시아 연지를 찍어 바른 늙은 창부들이 치마를 걷어 올리고 있고, 통통하게 살이 오른 곱슬머리의 열여섯 살 미소년들이 있는가 하면

36　페트로니우스(20~66): 로마의 사회상과 풍속을 그린 소설 『사티리콘』의 저자.

히스테리 발작에 사로잡힌 여인들도 있고, 임종을 앞둔 유언자들의 방탕함에 자신의 아들딸들을 바쳐 유산을 가로채려는 사람들도 있다. 책장들을 넘김에 따라 이 모든 사람이 뛰어다니고, 길에 서서 대화를 나누며, 목욕탕에서 서로의 몸을 만지고, 무언극에서처럼 서로를 흠씬 두들겨 패고 있다.

    이 모든 내용이 이상하리만치 신랄하고 정확한 색채의 문체로 이야기되고 있었다. 그 문체란 또한 모든 방언에서 이끌어온 것으로, 로마로 흘러들어온 모든 언어에서 표현들을 빌려와 소위 위대한 세기의 모든 경계, 모든 제약을 멀찌감치 물러나게 만든다. 또한 이 문체는 인물들로 하여금 각자의 고유한 언어로 말하게 한다. 교육을 못 받은 노예 출신 자유민들에게는 민중 라틴어와 길거리의 속어들을, 외국인들에게는 아프리카어와 시리아어, 그리스어가 뒤섞인 야만족의 방언을 말하게 하는 것이다. 그리고 책에 나오는 아가멤논 같은 어리석은 현학자들에게는 불필요한 단어들의 수사법을 구사하게 한다. 일필휘지로 묘사된 이 인물들은 식탁을 둘러싸고 웅크리고 있거나, 술주정뱅이들의 헛소리를 나누고 케케묵은 격언이나 당치 않은 속담들을 늘어놓고 있다. 이들이 상스러운 낯짝을 돌려 바라보는 트리말키오는 이를 쑤시면서 모인 사람들에게 요강을 내밀고, 그들과 자신의 내장의 건강 상태에 관해 논하며, 동석자들에게 편안한 옷차림을 권유하면서 부채질을 하고 있다.

    이것은 사실주의 소설로서, 누가 뭐라건 악습의 교정이나 풍자에 사로잡히지 않고, 또한 어색한 목적이나 윤리도 필요로 하지 않는, 생생한 로마의 생활에서 뚝 떼어낸 삶의 한 단면이었다. 또한 줄거리 연결 없이 소돔에서나 만날 법한 악당들의 모험담을 등장시키고, 연인들과 부부들의 쾌락과 고통들을 담담하게 섬세한 필치로 분석하면서 작가는 단 한 번도 모습을 드러내지 않았고 어떤 종류의 설명도 하지 않았다. 인물들의 행동이나 사고를 긍정하거나 저주하지도 않으면서, 화려하게 세공된 언어로 노쇠한 문명, 금이 가기 시작한 제국의 악덕들을 묘사하는 이 이야기는 데 제쎙트의 마음을 사로잡았다. 이 고대 작가의 세련된 문체, 신랄한 관찰, 확고한 방법에서 그는 자신이 지지하는 몇몇 현대 프랑스 소설들과의 특이한 연관성, 묘한 유사성들을 어렴풋이 알아볼 수 있었다.

물론 데 제쎙트는 플랑시아드 폴겐티우스가 언급한 바 있었으나 그 이후로 영원히 유실된 페트로니우스의 작품들인 『유스티온』과 『알부티아』를 씁쓸한 마음으로 아쉬워하고 있었다. 하지만 레이드라는 지명과 1585년이라는 연도, 두사라는 제본공의 이름이 찍힌, 자신이 소장하고 있는 『사티리콘』의 멋진 판본을 경건하게 손으로 쓰다듬으면서 희귀서 수집가로서의 그는 문인으로서의 애석함을 달랠 수 있었다.

페트로니우스에서 시작된 그의 고대 라틴 문학 장서 수집은 서기 2세기로 접어들었다. 수선되지도 않고 칠도 벗겨진 낡은 어휘를 지닌 연설법 교사 프론토[37]와 그의 제자이자 친구이며, 총명하고 호기심에 찬 정신의 소유자이나 끈적끈적한 진창에 빠져든 작가인 올루스 겔리우스의 『아티카의 밤』을 건너뛴 다음, 그의 장서는 아풀레이우스[38]에게서 멈추었다. 데 제쎙트는 1469년 로마에서 출판된 이 작가의 2절 초판본 작품집을 소장하고 있었다.

이 아프리카인은 그를 매료시켰다. 그의 『변형』에서 라틴어는 전성기를 구가하고 있었다. 그것은 진흙탕들, 모든 지방에서 흘러온 다양한 강물들을 밀어 옮기고 있었다. 이 모든 것은 서로 뒤섞이고 혼합되어 이상

---

37 프론토(100~166): 로마 제정의 변론가, 수사학자.
38 아풀레이우스(124~170): 로마의 저술가.

야릇하고 이국적이며 거의 새로운 색조를 만들어냈다. 로마 사회의 매너리즘과 새로운 디테일들이 로마 제국의 아프리카 변방에서 이해되기 위한 필요성 때문에 만들어진 신조어들로 주조될 방도를 모색하고 있었다. 그리고 분명 뚱뚱한 사람이었을 그의 경박함, 남부인의 원기왕성함이 재미있었다. 그리하여 동시대에 생존하였던 호교론자들, 한층 더 진해진 키케로식의 유화효소제를 『옥타비아누스』에 흘려 넣은 의고전주의자인 따분한 미누시우스 펠릭스,[39] 나아가 작품 자체보다는 알드 산 판본 때문에 그가 작품을 간직하고 있는 테르툴리아누스 같은 사람들에 비할 때 그는 음탕하면서도 쾌활한 친구처럼 보였다.

비록 신학에 상당히 정통하였음에도 불구하고 데 쎙트는 가톨릭 교회에 반대하는 몬타니우스파들의 분쟁이나 그노시스파에 대한 논쟁에는 냉담하였다. 그 때문에 분사법을 기조로 하고, 눈에 거슬리는 대조법들이며 말장난과 재치 있는 표현들이 불쑥불쑥 튀어나오고, 법학과 교부들의 언어에서 추려낸 어휘들이 뒤섞인, 간결하고도 뜻이 모호한 표현들이 가득한 문체에 대한 관심에도 불구하고 그는 테르툴리아누스[40]의 『호교론』이나 『인내론』을 거의 펼쳐보지 않았다. 기껏해야 테르툴리아누스가 여인들에게 보석과 진귀한 천으로 치장하지 말도록 따끔하게 훈계하고, 본성을 교정하고 미화하려는 시도인 까닭에 화장품의 사용을 금지하는 내용이 실린 『여성들의 치장론』의 몇몇 페이지만을 읽었을 따름이었다.

자신의 생각과는 완전히 정반대인 이러한 생각들은 그를 미소 짓게 하였다. 그리고 카르타고의 교구에서 테르툴리아누스가 맡은 역할은 부드러

---

39 미누시우스 펠릭스(?~?): 2세기경 활동한 로마의 법조인. 기독교로 개종하여 『옥타비아누스』를 남김.
40 테르툴리아누스(155~225): 카르타고 출신의 호교론자, 저술가.

운 몽상에 있어서 더 시사점이 큰 것처럼 보였다. 실상 작품보다는 실제의 인간 자체가 그의 관심을 끌던 것이다.

이 인물은 카라칼라[41]와 마크리니우스[42] 그리고 시리아의 에메사 출신의 놀라운 대사제였던 헬리오가발루스[43]의 치세를 거치는 끔찍한 혼란에 휩싸인 파란만장한 시대를 살았던 것이다. 그는 로마 제국이 근본부터 흔들리고 아시아의 광적인 태양신 종교들과 이단의 오욕들이 그득히 넘쳐흐르는 동안 차분하게 자신의 설교들과 교리서들, 호교론들과 강론들을 준비하고 있었다. 더할 나위 없이 차분하게 그가 금욕과 간소한 식사, 소박한 화장을 권유하는 동안 헬리오가발루스는 은가루와 금모래를 흩뿌린 위로 걸어다니며, 머리에는 주교관을 쓰고 보석들이 주렁주렁 달린 옷을 입고는 환관들 사이에서 여인들이 하듯 수예를 하면서 자신을 여제라고 부르도록 하였고, 되도록이면 이발사나, 주방 사환 그리고 곡마단의 마부들 사이에서 간택한 황제를 밤마다 갈아치우고 있었던 것이다.

이러한 대비가 데 제쎙트의 마음을 사로잡았다. 이후 페트로니우스에게서 극도의 완숙기에 도달한 라틴어는 와해되기 시작하던 참이었고 기독교 문학이 자리를 잡았다. 이 문학은 새로운 사상과 함께 새로운 어휘들, 사용된 적이 없던 구문들, 전혀 새로운 동사들, 배배 꼬인 의미의 형용사들, 로마의 언어에서는 당시까지는 대단히 희귀하였고 최초로 테르툴리아누스가 용법을 받아들인 추상적인 단어들을 도입하게 되었다.

다만 테르툴리아누스의 사후에 그의 제자인 시프리엥 성인,[44] 아르노

---

41 카라칼라(188~217) : 로마의 황제.
42 마크리니우스(165~218) : 로마의 황제.
43 헬리오가발루스(204~222) : 로마의 황제.
44 시프리엥(?~258) : 성인. 카르타고 대주교로 순교함.

비우스[45] 그리고 끈끈한 락탄티우스[46]에 의해 계승되었던 이러한 쇠락은 별다른 매력이 없었다. 그것은 불완전하고 완만한 부패였을 따름으로, 키케로식의 과장된 표현을 서투르게 되풀이하는 것에 지나지 않았다. 고대 세계의 문명이 부스러짐과 동시에, 또한 수세기 동안의 고름으로 썩어 들어간 양대 로마 제국이 야만족들의 공세에 밀려 무너져내리면서, 5세기에 뒤이은 몇 세기 동안 사냥에서 잡은 들짐승 고기처럼 부패되어버린 라틴어에 기독교의 냄새가 부여하게 될 특이한 냄새가 이들의 언어에는 담겨 있지 않았던 것이다.

기독교도 시인으로는 유일하게 코모디아누스 가제우스가 그의 서가에서 3세기의 예술을 대표하고 있었다. 259년에 씌어진 『카르멘 아폴로제티쿰』과 한 권의 교훈시집이 바로 그것이었다. 각 시행의 첫 글자들을 연결하면 하나의 단어가 되는 아크로스티슈 기법으로 뒤틀린 이 교훈시들은 대중적인 12음절 시구로 쓰였으며, 서사시 방식처럼 중간 휴지로 나뉘었고, 음량이나 모음 반복에 대한 배려 없이 구성되었으며, 기독교 라틴어가 훗날 수많은 예를 보여줄 그대로의 각운을 자주 곁들이고 있었다.

이 긴장된 시구들, 음침하고도 들짐승 냄새를 풍기며 일상적 언어의 용어들과 원래의 의미와는 다르게 쓰인 단어들이 가득한 이 시구들은 데 제쎙트에게 호소력이 있었다. 그것들은 역사가인 아미아누스 마르첼리누스나 오렐리우스 빅토르, 서간 시인인 시마쿠스와 선집 편찬자이자 문법학자인 마크로비우스 등의 농익어서 이미 초록빛을 띠기 시작한 문체보다도 더욱 그의 관심을 끌었다. 그는 이 시구들을 클로디아누스, 루틸리우스 그리고 오소니우스가 사용하였던 운율을 갖춘 진정한 시구들, 여기저

---

45 아르노비우스(?~327): 원시 그리스도교의 호교론자.
46 락탄티우스(240?~320?): 로마 그리스도교의 호교론자, 신학자.

기 얼룩무늬가 진 빼어난 언어보다도 더 좋아하기까지 했다.

그러나 이들은 당시 예술계의 거장들이었다. 그들은 죽어가는 제국을 자신들의 외침으로 가득 채우고 있었다. 기독교 신자인 오소니우스는 자신의 『상톤 눕시알』과 『라 모젤』에 담긴 풍성하고도 치장된 시를 통하여, 루틸리우스는 로마의 영광에 대한 송가들과 유대인과 수도승들에 대한 저주, 그리고 수면에 비친 어렴풋한 풍경들, 아지랑이, 산들을 에워싸고 솟아오르는 안개 등 자신이 본 광경의 인상들을 표현한 이탈리아 갈리아 여행기를 통하여 그러한 외침을 퍼뜨리고 있었다.

이를테면 루카누스의 현신인 클로디아누스는 4세기 내내 끔찍한 나팔소리 같은 자신의 시구들을 가지고 군림하였다. 그는 우렁차고도 음감 있는 12음절 시구들을 주조해내고 섬광의 다발 속에 간결한 충격을 주는 형용사를 두드려 만들어내면서, 자신의 작품을 강력한 영감으로 고양시켜 상당한 정도의 위대함에 도달하였던 시인이었다. 점점 더 무너져가는 서로마 제국에서, 제국을 둘러싸고 반복되는 살육의 혼잡 속에서, 또한 무리지어 제국으로 몰려들어 문마다 경첩들이 부서질 정도로 밀어붙이는 야만인들의 지속적인 위협 속에서, 그는 고대의 문학을 소생시켰고 프로세르핀 여신의 납치를 노래하였으며 예민한 감수성을 지닌 문채(文采)들을 도금하였고, 불을 환히 밝힌 채 세계를 엄습하는 어둠 속으로 나아가고 있었다.

고대 문명은 그에게서 부활하여 마지막 팡파르를 울렸고, 이 최후의 위대한 시인이 기독교 위에 설 수 있게 해주었다. 차후로 기독교는 라틴어를 완전히 휩쓸어 삼켜버리고, 오소니우스의 제자인 폴리니우스와 더불어 현재에 이르기까지 줄곧 예술의 맹주로 남게 될 것이었다. 그 이후 에스파냐 사제인 유벤쿠스는 복음서들에 장황한 주석을 달았으며, 빅토리우스는 『마카베오서』를 썼다. 상투스 부르디갈렌시스는 베르길리우스를 모방한 목가의 형식을 빌려 목동인 에곤과 부쿨루스에게 그들이 이끄는 양 떼의 질병을 한탄하게 하였다. 그러고는 일련의 성인들이 나타났다. 니케아 신경(信經)의 옹호자이자 서방의 아타나시우스 성인이라고 불린 푸아티에의 힐라리우스 성인, 난해한 성무일과표의 저자이자 따분한 기독교도 키케로라는 별명의 암브로시우스, 간결한 풍자시 제조업자인 다마스키오스, 불가타 성서의 번역자인 히에로니무스 성인 등이 있었으며, 히에로니무스에게 적대적이었던 코맹주의 비질란티우스는 이미 성인 숭배와 기적의 남용, 그리고 금식을 비난하였고, 훗날 여러 세대에 걸쳐 반복될 논거들을 들어가며 수도 생활 서원과 사제들의 독신 생활에 반하는 설교를 하고 있었다.

마침내 5세기에 이르러 히포의 대주교였던 아우구스티누스가 출현하였다. 이 성인에 대해서 데 쎙트는 너무도 잘 알고 있었다. 왜냐하면 그는 가톨릭 교회의 가장 유명한 작가이자 기독교 정통교리의 창립자였고, 가톨릭 신자들에게는 최고의 스승이자 권위자로 여겨졌기 때문이었다. 그리하여 아우구스티누스가 『고백록』에서 이승에 대한 혐오를 노래하고, 『신국론』에서 보다 더 나은 운명에 대한 진통제와도 같은 약속들을 통하여 동시대의 끔찍한 비탄을 잠재우려고 노력하였음에도, 그는 이 작가의 작품을 거의 펼쳐보지 않았다. 그가 신학을 배우던 시절, 그는 이미 설교들과 푸념들, 예정설과 은총에 관한 이론들 그리고 이단들에 대한 싸움에 완전히 식상하여 싫증을 내고 있었다.

차라리 그는 훗날 중세에 계속적으로 발전하게 될 우의시의 발명자인 프루덴티우스[47]의 『영혼의 싸움』이나, 기지와 재담, 고어 투, 수수께끼들

---

47 프루덴티우스(348~405?): 로마의 그리스도교 라틴 시인.

로 범벅이 된 서한들로 마음을 끌었던 시도니우스 아폴리나리스의 작품들을 들춰보기를 더 선호하였다. 그는 이 주교가 자신의 허영심에 찬 찬가들을 뒷받침하기 위해 이교도의 신들을 내세우고 있는 송가들을 기꺼이 다시 읽었다. 어쨌거나 데 제쎙트는 자신의 기계를 돌보고 기계장치들에 기름칠을 하며, 필요할 경우 복잡하고도 무익한 장치들을 발명해내는 한 능란한 기계공이 공들여 만든 시들의 꾸민 듯한 태도와 암시들에 자신이 이끌리고 있음을 느꼈다.

시도니우스 이후에 그는 송가 시인인 메로보데스와 가톨릭 교회에서 예배용으로 일부분을 받아들인 운문시들과 기본 찬가들의 저자인 세둘리우스를 여전히 자주 읽고 있었다. 『풍속의 퇴폐』에 관한 침울한 논설의 여기저기에서 인광처럼 빛나는 시구들로 불을 밝히고 있는 마리우스 빅토르, 몸을 떨고 있는 『은총의 찬미』의 저자인 펠라의 폴리누스, 자신의 『소환장』에 담긴 2행시들에서 여인들의 방종을 질타하고 여자들의 용모가 백성들을 파멸에 이르게 한다고 주장한 오슈의 주교인 오리엔티우스도 그가 자주 읽는 작가들이었다.

이제 라틴어는 완전히 부패하여, 손발이 떨어져 나가고 고름을 흘리며 온몸이 썩어든 가운데, 기독교도들이 떼어내서 자신들이 보유한 새로운 언어의 소금물에 담그게 될 몇몇 단단한 부위만을 간신히 간직하고 있는 형국에 처했건만, 이 언어에 대한 데 제쎙트의 관심은 줄어들지 않았다.

흉측한 혼란들이 지축을 뒤흔들던 무시무시한 시기인 5세기 후반이 도래하였다. 야만족들은 갈리아 지방을 약탈하였다. 마비 상태에 빠져 서고트족에게 유린당한 로마 제국은 자신의 생명이 차갑게 식어감을 느끼고 있었고, 동서 로마 제국의 변방들이 피바다 속에 허우적거리며 하루가 다르게 쇠약해져가는 것을 목도하고 있었다.

전반적인 붕괴가 진행되고 황제들이 연속적으로 암살당하는 와중에, 유럽의 한 끝에서 반대쪽 끝까지 흘러넘치는 소란한 살육의 와중에, 소름 끼치는 함성이 비명들을 억누르고 음성들을 뒤덮으며 울려 퍼졌다. 쥐 가죽 모자를 쓰고, 조랑말에 올라앉은 끔찍한 수천 명의 사람들, 엄청나게 큰 머리통에, 납작한 코, 흉터들과 칼자국들로 깊이 파인 턱, 수염이 없는 누런 얼굴을 한 타르타르족이 전속력으로 말을 달려 다뉴브 강가로 몰려들었고, 로마 제국의 말기 영토를 먼지의 소용돌이로 뒤덮어버렸다.

모든 것이 말발굽들이 일으키는 먼지와 화재로 솟구치는 연기 속으로 사라졌다. 어둠이 깔리고 넋이 빠진 백성들은 천둥 치듯 굉음을 내며 무시무시한 소용돌이가 지나가는 소리를 들으며 몸을 떨었다. 훈족의 무리는 유럽을 휩쓸고는 갈리아 지방으로 몰려들었으나, 카탈라우눔 평원에서 아이티우스가 엄청난 공격으로 그들을 완파함으로써 궤멸되고 말았다. 피가 넘쳐흐르는 평원은 자줏빛 바다처럼 허연 거품이 일었고, 이십만 구의 시신이 길을 막아 산사태처럼 밀려드는 무리의 기세를 꺾었다. 방향을 바꾼 야만족의 물결은 벼락처럼 폭발하면서 이탈리아로 쏟아져내렸고, 절멸된 도시들은 짚더미처럼 불타올랐다.

서로마 제국은 충격으로 무너져내렸다. 어리석고 추잡한 짓거리를 하며 연명하던 빈사 상태의 목숨은 끊어지고 말았다. 게다가 세상의 종말이 임박한 것처럼 보였다. 훈족의 왕 아틸라가 미처 파괴하지 못한 도시들에서는 기근과 페스트로 수많은 사람들이 목숨을 잃었다. 라틴어 역시 세계의 폐허 더미에 묻혀 무너져내릴 것 같았다.

세월이 흘렀다. 야만족의 언어들은 정비되기 시작하였고, 자신들의 모암(母巖)에서 벗어나 진정한 언어들을 형성할 조짐을 보이고 있었다. 궤멸의 와중에 수도회들에 의해 목숨을 부지한 라틴어는 수도원과 소교구들에서만 옹색하게 보존되고 있었다. 여기저기서 몇몇 시인들이 굼뜨고도 생기 없는 빛을 발하고 있었다. 아프리카인인 드라콘티우스는 자신의 『헥사메론』으로, 클로디우스 마메르는 전례시(典禮詩)로 빛을 발하였다. 그리고 비엔느의 아비투스 역시 이러한 시인들에 속했다. 그 후 전기 작가들이 그들의 뒤를 이었다. 통찰력 있고 존경받는 외교관이자 청렴하고 근면한 성직자였던 성 에피판의 이적들을 이야기한 에노디우스와 고통과 공포로 미칠 지경에 처하여 눈물에 젖은 백성들에게 자비의 천사처럼 출현한 저 겸허한 수도자, 신비주의적인 은둔 수도자인 생 세브랭의 탁월한 생애를 서술하였던 외지프 등이 그들이었다. 이외에도 금욕에 관한 소논문을 준비하였던 제보당의 베라니우스, 교회법령집을 편찬하였던 오렐리안과 페레올루스 같은 작가들, 그리고 지금은 유실된 훈족의 역사로 유명한 아그드의 로테리우스 같은 역사가들이 있었다.

  뒤이은 세기들의 작품들은 데 제쎙트의 서가에서 띄엄띄엄 이어졌다. 6세기는 그래도 포르튀나[48]로 대표되고 있었다. 푸아티에의 대주교였던 이 시인의 송가들과 『왕의 깃발』은 라틴어의 오래된 시체 안에서 다듬어지고 가톨릭 교회의 향료들로 양념이 배어 있어서 이따금 그를 매료시키곤 하였다. 6세기는 또한 보에티우스, 투르의 그레구아르, 조르낭데스로 대표되고 있었다. 그리고 7세기와 8세기에는 프레데게르나 폴 디아크르 같은 연대기 작가들의 후기 라틴 문학, 그가 이따금씩 들춰보는 방고르의 교송성가집에 담긴 콤길 성인을 기려 노래된 알파벳순의 단조로운 율격의 송가를 제외하면, 문학은 고행수도승 요나가 쓴 『콜룸방 성인전』, 베드 수도원장이 쓰고 린디스파른의 무명 수도사가 곡을 붙인 『퀴트베르 복자

---

48 포르튀나(530~601) : 성인. 라드공드 성녀의 전기를 썼고 푸아티에의 주교를 역임했다.

성인전』 등 거의 전적으로 성인전으로 국한되어 있었다. 따라서 데 제쎙트는 가끔 따분할 때면 이들 전기 작가의 작품을 펼쳐놓고, 리귀제 주교구 소속의 데펜소리우스가 기술한 루스티퀼라 성녀의 전기와 푸아티에 출신의 수녀였던 겸손하고도 순수한 보도니비아가 기술한 라드공드 성녀의 전기에서 발췌한 구절들을 다시 읽는 것으로 만족하였다.

하지만 앵글로색슨 지역에서 나온 특이한 라틴 문학 작품들은 한결 그의 구미를 돋우었다. 그것들은 심포시우스의 후예들인 아드헬름, 타트윈, 유세브가 쓴 일련의 수수께끼들이다. 특히 보니파스 성인이 쓴 것은 각 시행의 첫 글자들을 모으면 그 해답을 찾을 수 있는 아크로스티슈 기법의 구절들로 이루어져 있었다.

이 두 세기가 끝남과 더불어 그의 관심도 줄어들었다. 알퀸이나 에긴하르트 같은 카롤링거 왕조기의 라틴 학자들의 묵직한 몸집이 별로 달갑지 않았던 그는 9세기 언어의 표본으로서 갈 성인, 프레퀼프, 레지농에 대한 저자 미상의 연대기들이나 아보 르 쿠르베가 엮은 파리 포위에 관한 시, 그리고 다산을 상징하는 호박을 찬양하는 별도의 장이 있어 그를 몹시 기쁘게 했던 베네딕트회 수도사 발라프리드 스트라보의 교훈시 정도로 만족하고 있었다. 경건왕 루이의 무훈을 노래하는 에르몰드 르 누아르의 시는 거의 암울할 정도의 엄격한 문체에 수도원의 성수로 담금질된 단단한 금속에 감정의 보풀들이 여기저기 붙어 있는 라틴어로 씌어진 것으로, 정형적인 12음절 기법으로 된 시였다. 마세르 플로리두스의 작품인 『비리부스 헤르바룸』도 그의 소장품에 포함되어 있다. 마세르의 시는 특히 시적인 요리법과 특정한 풀과 꽃들에 부여된 대단히 기이한 약효들로 인해 데 제쎙트를 아주 즐겁게 했다. 예를 들어 쥐방울꽃은 쇠고기와 섞어서 임신한 여인의 하복부에 붙일 경우 즉시 사내아이를 낳게 해주고, 서양지

치는 차로 달여 식당에 놔두면 동석자들의 기분을 유쾌하게 만들며, 모란의 뿌리를 갈아 만든 약은 간질을 완전히 고칠 수 있고, 회향풀을 여인의 가슴에 올려놓으면 소변이 맑아지고 생리통을 줄여준다는 것이었다.

몇몇 분류할 수 없는 특별한 책들, 예를 들어 현대 혹은 연대 미상의 강신술, 의학, 식물학 서적들 그리고 희귀한 기독교 시들을 담고 있는 미뉴의 교부학 총서 중 외짝이 된 몇 권, 베른스도르프의 군소 라틴 시인 선집을 제외하면, 또한 뫼리우스의 저작, 포르베르의 고전 야화 선집, 그리고 그가 이따금씩 먼지를 털고 들춰보는 고해성사 사제용의 간통론과 부사제 집무서들을 제외하면, 그의 라틴 문학 장서는 10세기의 시작에 이르러 멈추어버렸다.

실상 이와 함께 기독교 언어가 지닌 진기함, 복합적인 순수함 역시 스러지고 말았다. 철학자들과 고전 해석자들의 너절한 잡동사니 글과 중세의 무의미한 논쟁이 군림하게 될 것이었다. 연대기와 역사서들의 숯더미, 기록집의 주괴(鑄塊)들이 첩첩이 쌓여갈 것이었다. 그리고 경건한 잡탕 안에 고대 로마에서 물려받은 시적인 유산들을 섞어 넣었던 수도승들에게서 볼 수 있는 말을 더듬거리는 우아함, 때로는 맛깔진 서툶은 이제 완전히 사라지고 말았다. 정제된 즙을 지닌 동사들, 훈향의 냄새를 풍기는 명사들, 고트족의 보물들에 나타난 야만적이고도 매력적인 취향으로 금덩이에서 거칠게 다듬어낸 기이한 형용사들로 구성된 제조법은 파괴되어버렸다. 데 쩻트가 애지중지하는 오래된 판본들은 거기에서 멈췄다. 그리고 단번에 수세기를 건너뛰어 중간 시대는 생략하고 직접 19세기 프랑스어에 도달한 책들이 서가에 차곡차곡 쌓여 있었다.

제4장

어느 날 오후가 끝나갈 무렵 마차 한 대가 퐁트네의 저택 앞에 멈춰 섰다. 데 제쎙트는 그 누구의 방문도 받지 않았고, 그에게 배달할 어떤 신문도, 잡지도, 편지도 없었던 우편배달부조차 주민이 없다시피 한 이 구역에 감히 들어오려 하지 않았으므로, 하인들은 문을 열어야 할지 말지를 망설이면서 우물쭈물하고 있었다. 하지만 벽에 대고 힘차게 두드려대는 초인종 소리에 그들은 문에 뚫린 작은 감시창을 조심스레 열었고, 목에서 배에 이르기까지 가슴 전체가 거대한 금 방패로 덮인 한 사내가 와 있는 것을 보았다.

그들은 점심 식사 중이던 주인에게 방문을 알렸다.

"물론이오. 들여보내요." 그가 말했다. 왜냐하면 언젠가 주문품을 배달하라고 어떤 보석 세공인에게 자신의 주소를 알려주었던 기억이 났기 때문이었다.

방문한 신사는 인사를 하고 나서, 식당의 미국산 소나무 마루판 위에 자신의 방패를 내려놓았는데, 그것은 약간 위로 들리면서 흔들렸고, 뱀을 닮은 거북 머리가 길게 나왔다가는 갑작스레 놀라서 등껍질 속으로 숨어 버렸다.

이 거북은 파리를 떠나기 얼마 전 데 제쎙트의 머리에 떠올랐던 기발한 생각이었다. 어느 날 광택이 나는 근동산 양탄자를 바라보고 노랗고 자두빛의 씨줄 위로 흐르는 희게 빛나는 윤기를 따라가면서, 이 양탄자가 지닌 색조의 활달함을 짙은 색으로 한결 강렬하게 해줄 수 있는, 무언가 움직이는 것을 이 위에 놓으면 참 좋을 것이라고 그는 속으로 생각했다.

이런 생각에 사로잡혀 정처 없이 길을 헤매고 다니다가 팔레 루아얄에 당도하게 되었던 그는 슈베 상점의 진열장 앞에서 자신의 이마를 쳤다. 거대한 거북 한 마리가 대야에 담겨 있었다. 그는 거북을 샀다. 그러고는 일단 거북을 양탄자 위에 놓고, 그 앞에 앉아 눈을 깜빡이며 오랫동안 바라보았다.

정녕 이 검은 갈색, 이 등껍질의 가공되지 않은 시에나 색조는 양탄자의 광채를 활발하게 만들기는커녕 그것들을 더러워 보이게 하였다. 지배적인 은빛의 광채들은 도금이 벗겨진 아연판의 차가운 색조로 기어다니는 이 단단하고도 침침한 갑각의 모서리 위에서 간신히 빛을 발할 따름이었다.

데 제쎙트는 손톱을 잘근잘근 씹으며 이 두 물체 사이의 신분 격차를 조화시킬 수 있는 방법, 이러한 색조들 사이의 단호한 결별을 막을 수 있는 방법을 찾으려 했다. 그는 마침내 자신의 최초의 착상, 즉 피륙의 섬광들을 그 위에 놓인 어두운 물체와의 대비를 통해 북돋우려던 자신의 생각이 그릇된 것이었음을 알았다. 요컨대 양탄자는 너무도 색이 분명하고, 기운이 넘치는 것이었고, 너무 새것이었다. 아직은 색채들이 충분히 무뎌지거나 약화되지 않았던 것이다. 그러므로 논리를 뒤집어서 색조들을 어렴풋하게 만들고, 주변의 모든 것을 압도하면서 창백한 은빛 위로 황금빛을 발하는 휘황찬란한 물체와의 대비를 통해 색조들을 뒤덮어버리는 것이 요점이었던 것이다. 이런 방식으로 제기되자 문제는 훨씬 해결하기가 쉬웠다. 그 결과 그는 자신이 사온 거북의 등껍질에 금을 덧씌우기로 결정했다.

작업 기간 동안 맡아 키웠던 금세공 장인에게서 데려오자, 거북은 태양처럼 섬광을 발하며 양탄자 위에서 빛을 내었다. 양탄자의 두드러진 색조들은 야만족의 취향을 가진 장인이 서고트풍으로 금비늘들을 박아 넣은 큰 방패의 반사광을 받아 시들해졌다.

데 제쌩트는 이러한 효과에 일단 황홀해 하였다. 그러나 곧 그는 이 거대한 패물은 초벌단계에 지나지 않으며, 보석들을 끼워 넣은 다음에야 비로소 완벽하게 될 것이라고 생각했다.

그는 일본 화집에서 가느다란 꽃줄기에서 폭죽처럼 퍼져나간 한 다발의 꽃 그림을 선택하여 보석 세공인에게 가지고 가서는 이 꽃다발을 타원형 틀 안에 담을 수 있는 윤곽선을 그려주었다. 아연실색한 세공인에게 그는 잎사귀들과 꽃 하나하나의 꽃잎이 보석으로 만들어져 거북의 비늘에 끼워져야 한다고 알려주었다.

그의 관심은 이제 보석들의 선택으로 집중되었다. 다이아몬드는 모든 상인들이 새끼손가락에 끼기 시작한 이후로 유난히도 평범한 보석이 되어버렸다. 에메랄드와 근동의 루비는 훨씬 덜 비속하였고 번쩍이는 광채를 발하기는 하였지만, 그것들은 때때로 관자놀이 부근을 따라 이 두 색을 보란 듯 쏘아붙이는 몇몇 합승마차의 녹색과 적색 불빛을 지나치게 연상시키는 것들이었다. 불태워 가공을 했건 날것이건 간에 토파즈의 경우는 거울 달린 옷장에 보석 상자들을 보관하기를 염원하는 소시민들에겐 무척이나 소중한 싸구려 보석이었다. 다른 한편으로 비록 가톨릭 교회가 자수정에 성직자다운 특성을 보전해주기는 하였으나 번지르르하면서 동시에 장중한 자수정은 역시나 적은 비용을 들여 진짜 묵직한 보석으로 치장하고 싶어하는 푸줏간 주인들의 혈색 좋은 귀와 두툼한 대롱 모양의 손에서 더럽혀진 지 오래였다. 이 보석들 중에서 유일하게 사파이어만이 산업적이고 상업적인 어리석음에 물들지 않은 광채를 간직하고 있었다. 맑고 차가운 바탕 광택 위로 이글이글 타는 듯한 섬광들은 말하자면 모든 오욕으로부터 스스로의 은근하고도 오만한 고귀함을 보호해주었던 것이다. 불행하게도 빛을 받으면 사파이어의 신선한 광채는 반짝이지를 못하였다. 푸른 광택은 안으로 침잠하였고 마치 동틀 무렵이 되어서야 비로소 광채를 발하면서 깨어나려는 듯 잠들고 마는 것 같았다.

정말로 이 보석들 중 어느 것도 데 제쎙트를 만족시키지 못하였다. 게다가 그것들은 너무도 문명의 때가 묻었고 너무나도 익히 알려진 것들이었다. 그는 그것들보다 훨씬 놀랍고 기이한 보석들을 손에 올려놓고 매만진 다음, 마침내 뒤섞어 놓으면 황홀하고도 전혀 뜻밖의 효과를 낼 수 있는 일련의 실제의 보석과 인조 보석들을 골라내었다.

그는 자신의 꽃다발을 다음과 같이 구성하였다. 잎사귀에는 진하고 선명한 녹색의 보석들이 끼워질 것이었다. 아스파라거스빛 녹색의 금록수, 대파빛의 녹색 감람석, 올리브빛 녹색 감람석 등이 그것들이었다. 이 잎새들은 검붉은색을 띠는 철반 석류석과 우랄산 석류석으로 만들어져, 술통 안에서 반짝이는 주석(酒石) 운모와 마찬가지로 금박들이 담백한 광채를 발하는 가지들에서 돋아날 것이었다.

줄기와는 분리되어 있고 다발의 하부에서 멀리 떨어진 꽃들을 위해서 그는 청회를 이용했다. 하지만 그는 브로치와 반지에 쓰이며, 서민들의 기쁨이 되는 동양옥은 평범한 진주나 지긋지긋한 오팔과 더불어 단호하게 배제했다. 대신 오로지 서양옥만을 선택했는데, 이것들은 엄밀히 말해 구리 성분 함유물이 배어든 상아 화석인 보석으로 그 연초록색은 충혈된 듯 불투명하였고 황성분을 함유하여 담즙으로 누렇게 된 듯이 보였다.

그리고 나서야 그는 흐릿하고도 병든 듯한 빛을 띠면서 열에 들뜬 듯하고 날카로운 광채를 발산하는 투명한 보석들로 다발의 중심부에 핀 꽃들과 그 주변에 있는 줄기에서 가까운 꽃들의 꽃잎들을 박아 넣을 수 있었다.

그는 이 꽃잎들을 오직 실론산 마노, 황록옥 그리고 사피린으로만 구성하였다.

사실 이 세 종류의 보석은 그들의 흐릿한 바탕색의 얼어붙은 듯한 심부에서 어렵사리 이끌어낸 신비롭고도 퇴폐적인 섬광들을 발하고 있었다.

초록빛이 도는 회색의 마노는 동심원들로 된 얼룩무늬가 져 있었고, 이 무늬는 조명의 배치에 따라 매 순간 움직이고 있는 것처럼 보였다.

황록옥은 내부에서 유동하는 유백색 위로 달리는 듯한 비췻빛 물결무늬를 지니고 있었다.

사피린은 초콜릿 색조를 띠는 묵직한 갈색의 바탕 위로 푸르스름한 인광을 발하고 있었다.

보석 세공인은 차례차례 보석을 끼울 위치를 받아 적었다. "그럼 테두리는요?" 하고 그가 데 제쎙트에게 물었다.

원래 데 제쎙트는 오팔 종류나 수성 오팔을 염두에 두고 있었다. 하지만 주저하는 듯한 색채로 인해, 또한 의심하는 듯한 그 광염으로 인해 흥미로웠던 이 보석들은 너무도 고집스러운 데다가 신실하지 못하였다. 오팔은 전적으로 류머티스성의 감수성을 지닌 보석이었다. 습도, 더위 혹은 추위에 따라 광채를 발하는 방식이 변하였다. 수성 오팔의 경우 물속에서만 빛을 발하며 타오를 뿐으로 물을 묻혀줄 때라야만 자신의 회색 잉걸불을 태울 수 있을 따름이었다.

결국 그는 광택이 이리저리 바뀌는 광석들을 선택하기로 했다. 적색과 마호가니색을 지닌 콩포스텔의 풍신자석, 녹색과 청록색인 남옥, 주홍색과 신포도주색인 홍옥, 창백한 쥐색인 쉬데르마니산 루비 등이 그것이었다. 이 광석들의 약한 번쩍임은 검은 거북의 비늘을 비추기에 충분하였고, 만발한 보석들을 얇은 띠 모양의 흐릿한 광채로 둘러싸면서 그것들이 진가를 다하도록 해주었다.

데 제쎙트는 마침내 어슴푸레한 식당 한구석에서 거북이 찬란한 광채를 번득이며 웅크리고 있는 것을 바라보았다.

그는 완벽한 행복감을 느꼈다. 그의 눈은 황금빛 바탕 위로 불타오르는 이 화관들의 찬란함에 도취되었다. 그러자 평소와 달리 식욕을 느낀 그는 고급 버터를 발라 구운 쇠고기 조각들을 한 잔의 차, 시아파윤 차와 모유탕 차, 그리고 캉스키 차와 아랍 상인들이 특별한 대상(隊商)들을 통해 중국으로부터 러시아를 거쳐 들여온 황색 차들을 완벽하게 혼합하여 만든 차에 적셔가며 먹었다.

그는 달걀껍질이라 불릴 만큼 투명하고 가벼운 중국산 도자기에 이 향기로운 액체를 담아 마셨다. 이 진귀한 자기들만을 찻잔으로 용납하는 것과 마찬가지로, 그는 식기로는 진짜 도금한 은식기만을 사용하였다. 그것들은 닳아빠진 도금막 밑으로 약간 은색이 드러날 정도로 도금이 벗겨진 은식기들로, 완전히 기진하여 빈사 상태에 빠진 해묵은 부드러움을 그에게 전해주는 것들이었다.

차를 다 마신 후에, 그는 서재로 돌아가서 하인한테 고집스럽게 꼼짝 않고 있는 거북을 가져오도록 했다.

눈이 내리고 있었다. 등잔 불빛을 받아 푸르스름해진 유리창 너머로 성에가 풀처럼 자라나고 있었다. 그리고 진눈깨비는 금빛 얼룩무늬가 들어간 초록색 창유리에서 마치 물을 머금은 설탕처럼 반짝이고 있었다.

깊은 침묵이 어둠 속에서 잠든 듯 웅크리고 있는 그의 집을 둘러싸고 있었다.

데 제쎙트는 몽상에 잠겼다. 장작을 잔뜩 쟁인 화롯불이 뜨겁게 발산되는 열기로 방을 가득 채우고 있었다. 그는 창을 조금 열었다.

하늘은 마치 검정 바탕에 흰 담비 모양을 새긴 고급 벽지와도 같이 검은색에 흰색 얼룩이 진 채 그의 앞에 솟아올랐다.

살을 에는 바람이 일면서 미친 듯이 날리는 눈발은 더욱 거세어졌고, 색들의 순서가 뒤바뀌었다.

하늘에 떠 있는 문장을 새긴 벽지는 이제 뒤집혀서, 눈송이들 사이로 드문드문 드러나는 어두운 부분들에 의해 흰색 바탕에 검은 점들이 박힌 진짜 흰 담비 모피 문양이 되었다.

그는 창을 닫았다. 찌는 듯한 더위에서 한겨울의 된서리로 갑작스레 건너가는 것이 그에게 충격을 주었다. 다시 그는 화로 곁에서 몸을 웅크리고 앉았다. 그는 몸을 녹여줄 만한 화주를 마셔야겠다고 생각했다.

그는 식당으로 갔다. 식당의 벽 중 하나에는 붙박이장이 달려 있었고, 그 안에는 백단 나무로 된 아주 작은 받침대들 위로 아랫배에 은제 꼭지를 단 작은 술통들이 나란히 줄지어 정리되어 있었다.

그는 이렇게 모인 술통들을 미각 오르간이라고 불렀다.

하나의 관에 모든 꼭지가 연결되어 있어서 단 한 번의 조작만으로도 그것들을 작동할 수 있었다. 그래서 일단 기계가 장치된 다음에는 나무판 안에 숨겨진 단추를 누르는 것만으로 모든 꼭지가 동시에 열려서 아래에

제4장 **85**

숨겨진 자그마한 종지들에 술을 채우는 게 가능하였다.

오르간은 열린 상태였다. '플루트, 호른, 천상의 소리'라고 표기된 서랍들이 꺼내져 작업을 할 만반의 준비가 되어 있었다. 데 제쎙트는 여기저기에서 한 방울씩 따라 마셨고, 그의 내면에서 울려 퍼지는 교향곡들을 연주하였으며, 자신의 목구멍에서 음악이 귀에 흘려 넣는 감각들과 유사한 감각들을 얻어낼 수 있었다.

게다가 그의 견해로는 각각의 술은 그 맛에 있어서 하나의 악기의 음색과 일치하고 있었다. 예를 들어 씁쌀한 큐라사오는 좀 날카로우면서 부드러운 음색을 지닌 클라리넷과 일치하였고, 쿠멜은 음색이 콧소리를 내는 오보에와, 박하와 아니제트는 설탕을 많이 넣은 동시에 후추도 많이 넣은, 삐악거리는 소리를 내면서도 부드러운 플루트와 일치하였다. 한편 키르주는 격렬하게 트럼펫 소리를 내면서 오케스트라의 구색을 맞추고 있었다. 진과 위스키는 날카롭고 째지는 듯한 코넷과 트롬본의 굉음으로 입천장을 자극하였다. 포도주 찌꺼기를 증류한 화주(火酒)는 귀를 멀게 할 듯한 튜바의 소란으로 쩌렁쩌렁 울렸고, 그러는 동안에 키오스의 라키 소주와 유향 수지로 향을 낸 독주들은 입의 속살 안에서 힘껏 휘둘러 쳐대는 심벌즈와 큰북의 천둥소리를 울려대었다.

그는 또한 이러한 짝짓기를 더 늘릴 수 있다고 생각했다. 즉 바이올린은 오래된 화주, 몽롱하고 섬세하며 시큼하고도 가냘픈 화주가 대신하고, 비올라는 훨씬 건장하고 낮고 긴 소리를 내는 묵직한 럼주에 의해 모방되며, 첼로는 애절하게 늘어지고 우수에 어린 맛으로 어루만지는 베스페트로 소주가, 콘트라베이스는 예를 들어 오래 묵은 말간 비터 맥주처럼 독하고 확고하며 음울한 술이 맡으면 입천장 아래에서 현악 사중주가 연주될 수 있다고 그는 생각했다. 현악 오중주를 구성하려면 쓴 큐맹주의 떨리는 맛, 낭랑하고 초연하며 가느다란 음조가 그럴듯한 유사성을 통해 모방할 수 있는, 다섯번째 악기인 하프를 추가할 수 있었다.

이러한 유사성은 더 연장시킬 수 있었다. 술의 음악에는 음조의 차이가 존재하였다. 단적인 예로 하나의 음색만을 든다면, 상업적인 악보들이 녹색 샤르트뢰즈라는 이름으로 지칭하는 알코올 음료들이 장조에 해당하는 데 반하여 베네딕틴주는 말하자면 단조를 표현한다.

이러한 원칙들을 일단 받아들이고 나자, 그는 전문가다운 실험들을 통하여 자신의 혀 위에서 고요한 멜로디들이며 장관을 이루는 무언의 장송곡들을 연주할 수 있었으며, 자신의 입 안에서 박하주의 솔로 곡과 베스페트로와 럼주의 이중창을 들을 수 있었다.

심지어 그는 자신의 턱에 진정한 음악 작품들을 옮겨올 수 있었다. 술들의 유사한 결합 혹은 대조와 개략적이지만 숙달된 혼합을 통하여, 작곡가별로 차근차근 그의 생각, 효과, 뉘앙스들을 표현하면서 말이다.

예전에 그는 직접 작곡을 하였고, 그의 목구멍에서 구슬이 굴러가는 듯한 꾀꼬리의 노래를 룰라드 기법으로 부르는 부드러운 카시스, 혹은 「에스텔의 연가」나 「아! 엄마에게 말할래요」 같은 달콤한 옛 목가(牧歌)들을 떨리는 소리를 내는 카카오슈바를 가지고 연주하기도 했다.

하지만 이날 저녁 데 제쎙트는 음악의 맛을 듣고 싶은 생각이 전혀 없었다. 그는 아일랜드산 원액 위스키를 미리 채워두었던 작은 잔을 들고서 자신의 오르간에서 한 가지 음만을 연주하는 것으로 만족했다.

안락의자에 다시 몸을 묻은 그는 귀리와 보리의 발효액의 냄새를 천천히 음미했다. 강렬한 크레오소트수[49]의 냄새가 그의 입에서 풍겨 나왔다.

---

49 너도밤나무의 목(木)타르를 증류한 유액으로 살균, 방부, 거담, 진해제로 쓰이고 특히 충치로 인한 치통에 사용된다.

제4장

이 술을 마시면서 차츰 그의 생각은 입천장에서 되살아나는 인상을 따라갔고, 위스키 맛을 따라가면서 치명적으로 정확한 냄새의 일치로 인하여 몇 년째 지워져 있던 기억들을 되살려내었다.

이 시큼한 페놀 향은 당연히 치과의사들이 그의 잇몸을 치료하던 시절에 그가 입 가득히 느끼던 맛과 동일한 맛을 기억나게 했다.

일단 이 방면으로 나서자, 원래 자신이 알던 모든 의사들에게 분산되었던 그의 몽상은 모여들어 그들 중의 한 사람으로 집중되었다. 그에 대한 괴상한 기억이 그의 뇌리에 특별하게 각인되어 있었기 때문이었다.

삼 년 전이었다. 한밤중에 끔찍한 치통에 사로잡힌 그는 뺨을 때리고 가구에 부딪혀가면서 마치 미친 사람처럼 방 안을 서성거렸다.

이미 썩어서 납으로 때운 적이 있던 어금니였다. 더 이상 어떤 치료도 불가능했다. 치과의사의 집게에 호소하는 것만이 고통을 줄일 수 있는 유일한 치료책이었다. 그는 제아무리 혹독한 수술일지라도 자신의 고통을 끝내줄 수만 있다면 견디겠노라 작심하고 고열에 들떠 아침이 오기를 기다렸다.

턱을 움켜쥐고서 그는 어찌해야 할지를 자문해보았다. 그를 치료하던 의사들은 부유한 상인들이어서 절대로 환자 마음대로 만날 수 있는 자들이 아니었다. 미리 진료 날짜와 시간을 예약해 두어야만 했다. '그럴 수는 없다. 더 이상 미룰 수가 없어'라고 그는 혼잣말을 했다. 그는 되는 대로 아무에게나 치료를 받기로, 서민들을 치료하는 돌팔이 치과의사에게라도 달려가기로 결심했다. 이 돌팔이 의사는 충치를 치료하고 구멍을 막아주는 불필요한 기술은 몰랐지만, 가장 끈덕진 썩은 이들을 비길 데 없이 신속하게 뽑을 수 있는 무쇠 같은 손아귀를 가진 사람들 중의 하나였다. 이들은 새벽부터 문을 열었으므로 환자는 기다릴 필요가 없었다. 마침내 일곱 시를 알리는 종이 울렸다. 그는 황급히 집 밖으로 나왔다. 서민 치과의를 자칭하며 강변의 한 모퉁이에 살고 있는 기계공의 이름을 생각해낸 그는 눈물을 억누르며 손수건을 입에 꽉 물고 거리로 달려갔다.

검은색의 나무판에 주황색의 큰 활자로 '가토낙스'라는 이름이 새겨진 간판이 달려 쉽게 찾을 수 있는 그의 집 앞에 이르러, 의치들이 놋쇠로 된 장치로 서로 연결되어 주홍색 밀랍으로 된 잇몸에 가지런히 늘어서 있는 두 개의 작은 장들 사이에서 데 제쎙트는 관자놀이가 땀에 젖은 채로 숨을 몰아쉬었다. 끔찍한 공포가 그에게 일었다. 전율이 그의 살갗 위로 지나가면서 잠시 증세가 완화되어 고통이 멈추었고 어금니는 잠잠해졌다.

그는 바보처럼 길 위에 서 있었다. 마침내 그는 불안감을 떨쳐내고 어두운 계단을 따라 허겁지겁 4층으로 올라갔다. 거기서 그는 아래에서 보았던 간판의 이름을 하늘색 글자들로 새겨 넣은 법랑 명패가 달린 문 앞에 섰다. 그는 초인종을 눌렀다. 그리고 그는 층계들에 눌러 붙어 있는 큼직한 붉은 가래침들을 보고 나자 그만 공포에 사로잡혔고, 차라리 평생 치통을 앓는 게 낫겠다고 결심하고 몸을 홱 돌렸다. 바로 그 순간 벽을 뚫고 나와 층계참을 가득 메운 귀를 찢는 듯한 비명이 그를 공포로 그 자리에서 꼼짝 못하고 얼어붙도록 만들었다. 그와 동시에 문이 열리더니 한 노파가 그에게 들어오라고 말했다.

수치심 때문에 두려움을 극복할 수 있었다. 그는 식당으로 인도되었다. 또 다른 문 하나가 쾅 하고 열리더니 프록코트와 검정 바지를 입은 나무로 깎은 것처럼 보이는 무섭게 생긴 척탄병 하나가 나왔다. 데 제쎙트는 그를 따라서 옆방으로 들어갔다.

그 순간부터 그의 감각은 가물가물해졌다. 창문을 마주한 안락의자에 털썩 주저앉은 그는 손가락으로 자신의 어금니를 가리키면서 "벌써 납봉

제4장 **89**

을 씌운 이인데, 이젠 별다른 방법이 없을까 걱정이로군요"라고 더듬거리며 말했던 기억이 어렴풋이나마 떠올랐다.

그 남자는 즉시 이러한 설명들을 무시하더니 그의 입에 어마어마하게 큰 인지를 쑥 집어넣었다. 그러고는 갈고리처럼 휜 맨질맨질한 콧수염 아래로 투덜거리는 소리를 내면서 책상 위에 놓인 기구를 하나 집어 들었다.

엄청난 장면이 시작된 것은 바로 그때였다. 안락의자의 팔걸이에 달라붙은 채 데 제쎙트는 뺨에 한기를 느꼈고, 그의 눈에서 번쩍 불이 일도록 아찔해졌다. 이제껏 느껴본 적이 없었던 고통을 겪으면서 그는 발을 구르고 도살장에 끌려간 가축처럼 외마디 비명을 지르기 시작했다.

와지끈하는 소리가 들렸다. 썩은 어금니가 빠지면서 부서져버린 것이었다. 마치 누군가 자신의 머리를 뽑아내고 두개골을 박살내버린 것 같았다. 이성을 잃은 그는 있는 힘을 다해 고함을 질렀으며, 마치 팔뚝 전체를 그의 뱃속 깊숙이 쑤셔넣으려는 듯 다시금 그에게 달려드는 그 사내에 맞서 맹렬하게 저항하였다. 사내는 갑자기 한 발 물러서더니, 턱에 매달린 환자의 몸통을 들어올렸다가는 안락의자에 난폭하게 엉덩방아를 찧게 만들었다. 반면에 몸을 세워 창을 가득 메운 그 사내는 숨을 몰아쉬면서 자신의 집게 끝에 붉은 덩어리가 매달린 푸르스름한 충치를 흔들고 있었다.

완전히 기진해버린 데 제쎙트는 입 안 가득 고인 피를 조그만 대야에 토해내었다. 방에 들어온 노파가 신문지에 쌀 채비를 하고 있던 어금니를 받는 것을 몸짓으로 거절한 그는 2프랑을 지불하고 자신도 계단에 피 섞인 가래침을 뱉으면서 도망치듯 빠져나왔다. 길에 나서자 그는 쾌활해졌으며 십 년은 젊어진 듯했고, 사소한 일들에도 관심을 기울일 정도로 여유가 생겼다.

"호두주 맛이야." 이러한 추억들이 엄습하여 침울해진 그가 말했다.

그는 이 기억의 영상이 지닌 무시무시한 매력을 중단시키려고 일어섰다. 현재의 삶으로 되돌아오자, 그는 거북이 어떻게 되었는지가 궁금해졌다.

거북은 여전히 꼼짝 않고 있었다. 그는 거북을 더듬었다. 죽어 있었다. 아마도 한곳에서의 움직이지 않는 생활 방식에, 그리고 자신의 가련한 등껍질 아래에서 보내는 보잘것없는 삶에 익숙해 있던 그 짐승은 사람들이 강요한 황홀한 사치, 사람들이 입혀준 번뜩이는 덮개, 자신의 등을 마치 성체함(聖體盒)처럼 뒤덮고 있는 보석들을 감당할 수 없었던 것 같았다.

제5장

상스러운 비열함으로 가득한 가증스러운 시대를 벗어나고자 하는 욕망이 첨예해짐과 동시에, 파리에서 집 안에 틀어박혀 일하거나 돈을 찾아 길을 헤매고 다니는 인간 군상의 모습을 그린 화폭들은 더 이상 보고 싶지 않다는 욕구가 데 제쎙트에게 더욱 거역하기 힘든 것이 되었다.

동시대인들의 삶에 관심을 버린 이후, 그는 더 이상 자신의 독방에 혐오감과 안타까움을 주는 몰골들을 끌어들이지 않기로 결심했다. 그리하여 그는 섬세하고도 세련된 그림, 현재와 동시대의 풍속으로부터 멀리 떨어진 고대의 꿈, 고대의 타락에 잠긴 그림을 원하게 되었다.

그는 정신의 환희와 시선의 쾌락을 위해 미지의 세계로 자신을 내동댕이치고 새로운 가설들의 흔적을 드러내 보여주는 몇몇 작품들, 현학적인 히스테리와 복잡한 악몽들, 그리고 나른하고도 잔혹한 영상들을 통하여 자신의 신경 체계를 뒤흔드는 몇몇 작품들을 원하였다.

모든 예술가 중에서도 탁월한 재능으로 그를 기나긴 황홀경에 빠져들게 만드는 한 예술가가 존재하였는데, 그는 바로 귀스타브 모로[50]였다.

데 제쎙트는 이 화가가 그린 두 점의 걸작을 구입하여, 그중 한 작품 앞에서 몇 날 밤이고 몽상에 잠기곤 했다. 살로메를 그린 이 그림은 다음과 같이 구성되었다.

이슬람 양식과 비잔틴 양식이 혼합된 건축 양식으로 지어진 바실리카식 성당을 닮은 궁전 안에, 로만 양식의 기둥처럼 낮고 두터운 기둥들, 채색 벽돌들로 덧씌워지고 청금석과 갈색 옥수를 박아 넣은 기둥들에서 솟아난 헤아릴 수 없이 많은 수의 궁륭들 아래로 옥좌 하나가 마치 대성당의 중앙 제단처럼 솟아 있었다.

분수의 수반(水盤)을 반으로 자른 듯한 모양의 계단들에 이어진 제단을 굽어보는 감실의 중앙에는 삼중관을 쓴 헤롯 왕이 양다리를 모으고 손은 무릎에 올려놓은 채 앉아 있었다.

나이가 들어 꺼칠해진 왕의 얼굴은 누렇게 떠 있었고, 주름들로 인해 깊은 골들이 우툴두툴하게 파여 있었다. 비단옷에 붙은 흉패를 장식하는 보석 별무리 위로 길다란 턱수염이 흰 구름처럼 날리고 있었다.

힌두 신 같은 근엄한 자세로 굳어버린 듯 꼼짝 않는 이 석상 같은 왕 주위로는 온갖 향이 타면서 짙은 연기를 쏟아내고 있었으나, 옥좌의 뒷벽에 박힌 보석들의 빛은 마치 인광을 발하는 야수들의 눈빛처럼 짙은 연기를 뚫고 나왔다. 연기는 상승하면서 퍼져나갔고, 아치들 아래에 이르러 푸른 연기는 둥근 지붕에서 쏟아지는 환한 햇살의 금가루들과 뒤섞이고 있었다.

온갖 향기들이 내뿜는 퇴폐적인 냄새 속에서, 또한 이 교회당의 과열

---

50 귀스타브 모로(1826~1898) : 프랑스 상징주의 시기의 화가. 환상과 상징이 넘치는 그의 화폭들은 문인들의 격찬을 받았으며 특히 위스망스에게는 가히 숭배의 대상이 되었다. 파리의 미술 아카데미 교수로 재직하면서 루오, 마티스 등의 제자를 길러내기도 했다.

된 분위기 속에서 살로메는 마치 명령을 내리듯 왼팔을 앞으로 쭉 뻗고 있었고 오른팔은 구부려 얼굴 높이로 커다란 연꽃 한 송이를 든 채, 웅크리고 앉은 한 여인이 뜯고 있는 기타의 화음에 맞춰 발끝으로 천천히 나아가고 있었다.

생각에 잠긴 듯, 그리고 엄숙하여 차라리 엄격하게 보이는 표정을 한 채, 그녀는 늙은 헤롯 왕의 시든 감각들을 되살려줄 음란한 춤을 시작하고 있었다. 그녀의 젖가슴은 출렁였고 소용돌이치는 목걸이들과 접촉하면서 젖꼭지들은 단단하게 도드라졌다. 촉촉이 젖은 그녀의 피부 위로는 실에 꿰어진 다이아몬드들이 광채를 발하고 있었고 팔찌와 허리띠, 그리고 반지들은 섬광을 토해내고 있었다. 은실로 꽃무늬를 넣고 금실로 장식되었으며 진주를 넣어 바느질한 화려한 드레스 위로 각각의 매듭마다 보석이 박힌 금은세공 흉갑이 불타올랐고 뱀 모양의 불꽃들을 겹치게 하였다. 그것은 마치 눈부신 날개를 달고 양홍(洋紅)빛 얼룩무늬에 황금색이 점점이 찍힌, 그리고 강철빛 푸른색으로 장식되고 공작 꼬리 빛깔의 녹색으로 얼룩무늬가 찍힌 곤충들처럼 그녀의 광택 없는 살과 홍차빛 핑크색의 피부 위에서 우글거리고 있었다.

몰두하여 몽유병 환자처럼 한곳을 응시하고 있는 그녀는 전율하는 왕도, 그녀를 감시하고 있는 어머니인 잔인한 헤로디아도 바라보지 않았다. 뺨 아래를 천으로 가린 채 무서운 표정으로 장검을 손에 쥐고 있는, 주황색 얼룩이 든 상의 아래로 거세된 남자의 유방을 마치 호리병처럼 늘어뜨리고 있는 양성인(兩性人), 혹은 환관인지 모를 모호한 시종 역시 바라보지 않았다.

화가들과 시인들의 의식을 그토록 강렬하게 사로잡은 이 살로메의 전형은 몇 년 전부터 데 제쌩트의 머리에서 줄곧 떠나지 않고 있었다. 루벤

대학의 신학 박사들이 번역한 낡은 피에르 바리케판(版) 성서에서 단순하고도 간략한 문장으로 세례 요한의 참수(斬首) 사건을 서술한 「마태복음」 구절들을 그는 얼마나 자주 읽었던가! 다음의 구절들 사이에서 그는 얼마나 많은 몽상에 잠겼던가!

> 마침 헤롯의 생일을 당하여 헤로디아의 딸이 연석 가운데서 춤을 추어 헤롯을 기쁘게 하니
> 헤롯이 맹세로 그에게 무엇이든지 달라는 대로 주겠다 허락하거늘.
> 그가 제 어미의 시킴을 듣고 가로되 "세례 요한의 머리를 소반에 담아 여기서 내게 주소서" 하니,
> 왕이 근심하나 자기의 맹세한 것과 그 함께 앉은 사람들을 인하여 주라 명하고
> 사람을 보내어 요한을 옥에서 목 베어
> 그 머리를 소반에 담아다가 그 여아에게 주니 그가 제 어미에게 가져가니라.[51]

하지만 성 마태, 성 마가, 성 누가 그리고 그 외의 복음서 저자들 중 누구도 이 무희가 지닌 광증을 유발하는 매력이나 강렬한 음탕함에 관해 상술하지 않았다. 그녀는 잊혀진 채 신비롭고도 몽롱하게 머나먼 세월의 안개 속으로 사라져버린 것이었다. 그리하여 엄밀하고도 비속한 정신의 소유자들은 그녀를 이해할 수 없었으며, 오로지 신경쇠약으로 인해 동요되고 예민해져 일종의 투시력을 갖춘 두뇌의 소유자들만이 그녀에게 다가

---

51 「마태복음」 14장 6~11절.

갈 수 있었다. 그녀는 육신만을 전문으로 그리는 화가들에게는 다루기 어려운 주제여서 루벤스는 그녀를 플랑드르 지방의 푸줏간 여주인으로 둔갑시켜놓았다. 또한 이 무희가 지닌 불안감을 부추기는 흥분이나 살인자의 정제된 위대함을 절대로 표현할 수 없었던 작가들에게 그녀는 이해할 수 없는 존재였다.

성서에 담긴 모든 내용을 뛰어넘어 구상된 귀스타브 모로의 작품에서 데 제쎙트는 마침내 자신이 꿈꿔왔던 초인적이고도 기이한 살로메의 모습이 실현된 것을 보았다. 그녀는 단지 엉덩이를 음탕하게 놀려서 한 늙은이에게서 욕정과 발정의 탄성을 이끌어낸 무희, 젖가슴을 출렁이고 배를 흔들며 허벅지를 떨어대어 왕의 기력을 부수고 의지를 녹여버린 무희였던 것만은 아니었다. 이를테면 그녀는 파괴할 수 없는 음탕함을 상징하는 여신, 불멸의 히스테리의 여신, 자신의 살집을 뻣뻣하게 만들고 근육을 단단하게 하는 경직증에 의해 모든 여자 중에서 선택된 저주받은 미의 여신이 되었던 것이다. 그녀는 기괴하고도 냉담한 짐승, 책임감도 감정도 없이, 마치 고대 그리스 신화의 헬레네와 마찬가지로 자신에게 다가오는 모든 것, 자신을 바라보는 모든 것, 자신이 만지는 모든 것을 타락시키는 짐승이 되었던 것이다.

이렇게 볼 때 그녀는 극동 지역의 신성 계보와 관련이 있었다. 그녀는 기독교적인 전통에 속하지 않음은 물론, 바빌론의 생생한 화신과도, 또한 그녀처럼 보석들과 자줏빛 옷으로 꾸미고 화장한 「요한계시록」에 나오는 음탕한 왕녀와도 동일시될 수 없었다. 왜냐하면 이 음탕한 왕녀는 살로메처럼 어떤 숙명적인 권능에 의해, 어떤 지고의 힘에 의해 매력적이고도 추잡한 방탕에 내던져진 것은 아니기 때문이다.

더욱이 화가는 자신의 살로메를 모호하고도 웅장한 양식의 이 기괴한 궁전에 위치시키고, 그녀에게 화려하고도 비현실적인 복장을 입히며, 살람보가 썼던 것과 같은 페니키아식 탑 모양을 한 왕관을 씌우고, 이시스 신의 왕홀이자 이집트와 인도의 신성한 꽃인 커다란 연꽃을 그녀의 손에 들림으로써 세월의 흐름을 초월하는 곳에 머물러, 기원도, 나라도, 시기도 상세히 밝히지 않으려는 자신의 의지를 분명히 나타내고자 했다.

데 제쎙트는 이 상징의 의미를 찾아보았다. 인도의 원시 종교 의식들이 부여하는 남근의 의미를 지닌 것일까? 늙은 헤롯 왕에게 처녀성의 봉헌과 피의 교환이 명백히 살인을 전제로 요구되고, 그에 따라 바쳐진 부정탄 흉터를 예고하는 것일까? 아니면 다산의 상징, 힌두교에서 말하는 인생역정(人生歷程) 신화, 여인의 손가락 사이에 들려 있다가 육욕의 발작으로 인해 광기에 사로잡히고 혼란에 빠진 남자들의 떨리는 손에 의해 꺾이고 짓눌리게 되는 인생살이를 표현한 것일까?

또한 자신이 그린 불가사의한 여신에게 성스러운 연꽃을 들려주면서 화가는 아마도 무희, 악녀, 모든 죄악과 범죄의 원인인 부정한 질그릇[52]을 생각했을 수도 있다. 또한 그는 시체의 방부 처리를 위한 고대 이집트의 의례들 가운데 분묘 의식을 기억했을 수도 있다. 즉 화학자들과 사제들이 죽은 왕녀의 시신을 벽옥으로 된 작업대 위에 눕히고, 굽은 대바늘을 이용하여 콧구멍을 통해 그녀의 뇌수를 긁어내고 내장은 왼쪽 옆구리에 낸 구멍으로 빼낸 다음, 손톱과 치아에 금박을 입히고 시신에 역청과 향유를 바르기에 앞서, 국부의 정화를 위해 그곳에 신성한 꽃의 순결한 꽃잎들을

---

52 「레위기」 11장 33~35절: "그것 중 어떤 것이 어느 질그릇에 떨어지면 그 속에 있는 것이 다 부정하여지나니 너는 그 그릇을 깨뜨리라. 먹을 만한 축축한 식물이 거기 담겼으면 부정하여질 것이요, 그 같은 그릇의 마실 만한 것도 부정할 것이며 이런 것의 주검이 물건 위에 떨어지면 그것이 모두 부정하여지나니, 화덕이든지 질탕관이든지 깨뜨려버리라. 이것이 부정하여져서 너희에게 부정한 것이 되리라."

넣어두는 의례 말이다.

　이 상징이 무엇이건 간에 저항할 수 없는 모종의 매력이 이 화폭에서 풍겨 나오고 있었다. 하지만 '계시'라는 제목이 붙은 수채화는 한결 더 불안감을 불러일으키는 그림이었다.

　거기에서 헤롯 왕의 궁전은 금과 은으로 된 시멘트로 붙인 듯한 무어 양식의 타일로 장식되어 무지갯빛을 발하는 날렵한 기둥들 위로 마치 알함브라 궁처럼 솟아 있었다. 아라베스크 문양들은 청금석으로 된 마름모꼴 타일에서 시작하여 원형 천장을 따라 올라가고 있었다. 그 천장에는 자개를 상감 세공한 타일들 위로 무지갯빛이 프리즘에서 나오듯 영롱하게 퍼져나가고 있었다.

　처형은 이미 이루어진 뒤였다. 사형 집행인은 이제 자신의 피 묻은 장검 손잡이에 양손을 괴고 태연히 서 있었다.

　잘리운 성인의 머리가 타일 바닥에 놓인 쟁반으로부터 솟아올랐다. 창백한 입술을 벌린 채 진홍색 목에서 눈물처럼 핏방울을 떨구며 납빛으로 변한 그 얼굴은 앞을 응시하고 있었다. 마름모꼴 모자이크 무늬가 얼굴을 둘러싸고 있었고, 그 얼굴에서는 후광이 새어나와 주랑 아래로 햇살처럼 퍼져나갔다. 이 후광은 잘린 머리의 끔찍한 부양(浮揚)을 비추면서 무희에게로 고정된, 아니 경직되어버린 눈동자들을 담은 흐릿한 안구에 반사되어 빛을 발하고 있었다.

　살로메는 자신을 발끝으로 선 채 꼼짝달싹 못하게 하는 그 끔찍한 영상을 공포에 질린 몸짓으로 밀어내고 있었다. 그녀의 눈은 휘둥그레졌고, 한 손으로는 발작적으로 자신의 목을 감아쥐고 있었다.

　그녀는 알몸이나 마찬가지였다. 격렬하게 춤을 추는 와중에 베일들은 풀어헤쳐지고, 수놓은 천들은 흘러내렸다. 이제 그녀는 세공된 보석들과 빛나는 금속만을 걸치고 있을 뿐이었다. 목장식은 마치 흉갑처럼 그녀의 상체를 조이고 있었고, 화려한 보석 하나가 멋들어진 걸쇠처럼 두 가슴 사이의 움푹한 골짜기에서 광채를 발하고 있었다. 더 아래로 엉덩이 부위는 허리띠가 감싸며 넓적다리 위를 뒤덮고 있었다. 그곳에서는 석류석과 에메랄드가 강물처럼 흘러내리는 거대한 줄장식이 출렁이고 있었다. 목장식과 허리띠 사이의 맨몸 부분에서는 배가 볼록 솟아 있었고 움푹 들어간 배꼽은 우윳빛과 손톱의 연한 분홍빛 색조를 띤 마노로 조각된 도장 같아 보였다.

선구자의 머리에서 새어나온 뜨거운 빛줄기들 아래 보석들의 모든 세공면이 불타오르고 있었다. 보석들은 활기를 띠었고 작렬하는 빛줄기들 속에 여인의 몸의 윤곽을 드러내었다. 석탄불처럼 진홍빛을 띠거나 가스등의 불꽃처럼 보라색을 띤 불꽃, 혹은 알코올 불꽃처럼 푸른색을 띠거나 별빛처럼 흰빛을 띤 불꽃 반점들이 그녀의 목과 다리와 팔을 찌르고 있었다.

계속해서 피를 흘리고 있는 끔찍한 두상은 짙은 보라색의 핏덩어리들이 턱수염의 끝 부분과 머리카락에 엉긴 채로 불타오르고 있었다. 오로지 살로메의 눈에만 보이는 이 두상은 그 음울한 시선으로, 마침내 자신의 원한을 갚은 데 대해 몽상하고 있는 헤로디아도, 야생 동물의 냄새에 적셔지고 방향성 수지로 뒤덮였으며 향과 몰약으로 훈증된 여인의 나신으로 인해 경악하여 무릎에 손을 얹고 약간 몸을 앞으로 수그린 채 여전히 헐떡이고 있는 헤롯 왕도 쳐다보지 않았다.

유화에 그려진 살로메보다는 위엄이 없고 덜 거만하지만 훨씬 더 관능적인 이 무희 앞에서 데 제쎙트는 늙은 왕과 마찬가지로 압도되고 완전히 지쳐서 현기증을 느낄 지경이었다.

이 무감하고 가차 없는 조각상, 순진무구하면서도 위험천만한 우상에게서 인간이 지닌 색욕과 공포가 모습을 드러냈다. 연꽃은 사라져버렸고 여신의 자태는 자취를 감추었다. 이제는 끔찍한 악몽만이 소용돌이치는 춤사위 속에 황홀경에 빠진 무희, 공포로 인해 최면에 걸린 듯 돌처럼 굳어버린 궁녀의 목을 죄고 있었다.

이 그림에서 그녀는 정녕 창부의 모습이었다. 그녀는 자신의 뜨겁고도 잔인한 여인의 기질에 복종하고 있었다. 훨씬 세련되고도 야만적이며, 훨씬 가증스럽고도 우아하게 그녀는 살아 움직였다. 그녀는 무력증에 빠진 남성의 감각들을 한결 강렬하게 일깨웠으며, 신성 모독의 지층에서 싹터 불경의 온실에서 자라난 거대한 성병의 꽃이 지닌 것과 같은 매력으로 보다 더 확실하게 그의 의지력을 사로잡아 굴복시켜버렸다.

데 제쎙트가 자주 말하곤 하듯 수채화가 이 정도로 색조에 있어 현란함에 도달했던 적은 어느 시대에도 없었다. 빈곤한 합성 물감들이 이 보석들의 섬광들, 햇살을 쪼인 색유리의 미광들, 그리고 피륙과 살결에 표현된 그처럼 엄청나고도 눈부신 호화로움을 종이 위에서 용솟음치게 한 적은 단 한 번도 없었다.

넋이 빠져 그림을 바라보면서 그는, 파리의 한복판에서 끔찍한 영상들과 지나간 시대들이 환상적이고도 찬란하게 피어나는 것을 볼 수 있을 만큼 세상으로부터 멀어질 수 있는 이 위대한 예술가, 신비주의적인 이교도, 이 계시자가 어디에 그 뿌리를 두고 있는지 곰곰이 따져보았다.

데 제쎙트는 이 화가의 계보를 거의 추적할 수 없었다. 여기저기서 만테냐[53]와 자코포 데 바르바리즈[54]의 어렴풋한 기억들을 발견할 수 있었으며, 또한 막연하게나마 다빈치의 강박관념들이나 들라크루아풍의 열에

---

53 안드레아 만테냐(1431~1506) : 이탈리아의 화가.
54 자코포 데 바르바리즈(1445~1516) : 베니스에서 활동한 화가, 판화가.

들뜬 색조들을 엿볼 수 있었다. 하지만 결국 이 대가들의 영향은 미미하였다. 사실 귀스타브 모로는 그 누구에게서도 영향을 받지 않은 화가였다. 진정한 조상도, 가능한 후예도 없이 그는 현대 예술에서 유일무이한 화가였던 것이다. 민족학의 원천으로, 신화들의 기원으로 거슬러 올라간 그는 거기에서 피로 물든 비밀들을 비교하고 분별해내었다. 극동에서 생겨나고 이민족들의 종교에 의해 변형된 설화들을 모아 단 하나의 설화로 녹여냄으로써, 그는 건축 양식들의 융합이며 피륙들의 호사스럽고도 기발한 혼합, 그리고 엄숙하고도 불길한 알레고리들을 대단히 현대적인 신경과민증에 기인한 불안하면서도 활발한 정신활동으로 입증해 보였던 것이다. 그리고 그는 도착증과 초인적인 사랑의 상징들, 단념도 희망도 없이 범해진 신성한 음행(淫行)의 상징들에 사로잡혔고 영원한 고통에 빠져 있었다.

절망적이고도 현학적인 그의 작품들에는 보들레르의 몇몇 시에서와 마찬가지로 오장육부의 깊은 곳까지 뒤흔드는 주술적인 힘이 있었다. 회화의 한계들을 뛰어넘는 그의 예술은, 문학에서는 가장 섬세한 환기술을, 리모쟁의 예술에서는 가장 놀라운 광채들을, 석조 세공술에서는 가장 단아한 세련됨을 빌려와 보는 이로 하여금 넋이 빠지고 당황하여 생각에 잠기게끔 하는 것이었다. 데 제쎙트가 한없이 찬미하는 살로메를 그린 두 폭의 그림은 서재의 벽에, 책장들 사이에 마련된 공간에 걸린 채 그의 눈앞에서 살아 숨쉬고 있었다.

그러나 고독을 치장할 요량으로 그가 사들인 그림들은 그것이 전부는 아니었다.

비록 자신이 거주하지 않는 위층 전체를 포기하기는 하였으나, 일층의 벽들을 치장하는 데만도 다수의 그림이 필요했던 것이다.

일층의 방 배치는 다음과 같았다.

침실과 통하는 화장실이 집의 한 모퉁이를 차지하고 있었다. 침실은 서재로 이어지고, 서재에서는 반대쪽 모퉁이에 있는 식당으로 건너갈 수 있었다.

집의 후면을 구성하는 이 방들은 한 줄로 늘어서 있었고 창문들은 오네 계곡 쪽으로 나 있었다.

집의 전면은 배치에 있어 앞선 방들과 정확하게 닮은 네 개의 방들로 구성되었다. 그리하여 주방은 바로 옆의 식당과 통했다. 집의 입구로 사용되는 큰 응접실은 서재로, 일종의 규방은 침실로, 또한 내실은 한 모퉁이의 각을 그리면서 화장실로 통했다.

이 방들은 오네 계곡의 반대쪽으로 크루아의 탑과 샤티용을 바라보고 있었다.

층계는 집 밖으로 건물의 한쪽 측면에 붙어 있었다. 따라서 계단을 울리는 하인들의 발소리는 데 제쎙트에게는 분명하지 않고 은은하게 들렸다.

그는 선명한 붉은색으로 규방에 벽지를 바르도록 하였고, 방의 모든 벽마다 프랑스에서는 거의 알려지지 않은 네덜란드의 오래된 판화가인 얀 뤼켄[55]의 판화들을 흑단 틀 안에 끼워서 걸게 하였다.

그는 환상적이면서 음울하고, 열정적이면서 거친 이 예술가의 작품인 「종교박해」 연작을 소장하고 있었다. 그것은 한결같이 광기에 찬 종교들이 고안해낸 형벌들을 그리고 있는 무시무시한 도판들로, 그 안에서는 인간들의 온갖 고통을 담은 광경이 아우성쳤다. 숯불 위에서 익어버린 몸들, 장검으로 잘리고 못으로 구멍이 뚫리거나 톱으로 다듬어진 두개골들, 배에서 꺼내어져 타래에 감긴 창자들, 집게로 천천히 뽑아낸 손톱들, 후벼

---

55 얀 뤼켄(1649~1712): 네덜란드의 판화가. 종교개혁 중에 신교도들의 박해를 주요 주제로 삼아 작업했다. 데 제쎙트는 그중에서도 참혹한 장면을 묘사한 그림들을 선택하고 있다.

파내진 눈동자들, 뾰족한 막대로 뒤집어놓은 눈꺼풀들, 절단되어 세심하게 부서진 사지들, 장시간 줄로 갈린 뼈들이 널려 있었다.

화형된 사람의 냄새를 풍기고 피가 넘쳐나며 공포와 저주의 비명이 들리는 듯한 끔찍한 상상들로 그득한 이 작품들은 데 제쎙트를 소름 끼치게 하였고, 숨 막힐 듯한 충격으로 그를 이 붉은 방에 붙들어두었다.

이 화가의 빼어난 재능과 인물들을 움직이게 하는 비범한 생명력, 그리고 그림들이 유발한 전율 이외에도 칼로[56]의 솜씨를 연상케 하는 솜씨로, 그렇지만 이 우스꽝스러운 삼류 화가는 전혀 지니지 못했던 힘으로 시원스럽게 그려진 놀라운 군중의 운집, 백성들의 물결에서 다양한 환경과 시대가 흥미롭게 재구성되어 있는 것을 볼 수 있었다. 마카베오 시대, 기독교인 박해 기간의 로마, 종교 재판 치하의 에스파냐, 중세와 성 바르텔레미 학살 사건, 그리고 용기병 신교 박해 시기의 프랑스 등 다양한 시대와 지역의 건축, 복장, 풍속이 꼼꼼하게 공들여 관찰되었고 극도로 능란한 솜씨로 묘사되었다.

이 판화들은 그야말로 정보의 보고(寶庫)였다. 몇 시간이나 계속 그것들을 바라보고 있어도 물리지 않았다. 사색을 불러일으키는 암시력을 매우 강하게 지닌 이 그림들은 종종 책을 읽을 기분이 들지 않는 날이면 데 제쎙트가 시간을 보내는 데 도움이 되었다.

그에게 있어 뤼켄의 생애는 또 다른 매력을 지니고 있었다. 더욱이 그의 생애는 그의 작품에 나타난 환영들을 설명해주었다. 열렬한 칼뱅파 교도이자 완고한 신도이고, 성가와 기도에 심취한 뤼켄은 종교시를 짓고

---

[56] 칼로(1592~1635) : 프랑스의 판화가. 1608년에서 1621년까지 이탈리아에 체류하면서 판화기법을 익히고 기지에 넘치는 독특한 수법으로 역사, 풍속, 제전 등에 관한 많은 동판화를 제작하였다.

거기에 삽화를 그려 넣었으며, 시편에 운문의 주석을 붙이기도 하였다. 그는 성서를 읽는 데에 완전히 몰입하였다가는, 황홀경에 그만 넋이 나가고 뇌리는 피투성이의 것들에 사로잡히며 종교 개혁의 저주들, 그리고 공포와 분노의 노래들로 인해 입이 돌아간 채로 빠져나오곤 하였던 것이다.

게다가 그는 세상을 경멸하였고, 자신의 재산을 빈자들에게 나누어 주곤 한 조각의 빵으로 연명하였다. 결국 그는 자신의 영향으로 광신자가 된 늙은 하녀와 함께 배를 타고 떠나서는 아무 데건 배가 닿는 곳마다 도처에서 복음을 전하고 스스로 금식하기를 애쓰면서 거의 미치광이가 되어 타인과의 접촉을 피하면서 살았다.

약간 더 큰 옆방, 즉 짙은 갈색 담배함 빛깔의 서양 삼나무 널판으로 벽을 댄 응접실에는 또 다른 이상한 판화들과 데생들이 차곡차곡 놓여 있었다.

브레댕[57]의 「죽음의 희극」에서는 나무들과 관목림, 수풀들이 악마와 유령의 모습을 띠고 비죽비죽 솟아 있고 쥐의 머리에 꼬리는 채소 모양을 한 새들로 뒤덮인 참으로 믿을 수 없는 풍경을 배경으로 지면에는 척추뼈와 갈비뼈, 그리고 두개골이 여기저기 흩어져 있었고, 줄지어 늘어선, 옹이가 많이 박히고 여기저기 움푹 파인 버드나무들 위로 승전가를 웅얼거리면서 팔을 들어 꽃다발을 흔들고 있는 해골들이 걸터앉아 있었다. 반면 예수는 양털 구름이 낀 하늘로 피신하였고, 동굴 깊숙이 한 은자(隱者)가 양손으로 머리를 감싼 채 사색에 잠겨 있었으며, 궁핍과 배고픔으로 기진맥진한 어떤 가난한 사람이 늪 앞에서 양발을 뻗고 바르게 누워 죽어가고 있었다.

같은 작가의 「선한 사마리아인」은 석판화로 뜬 커다란 펜화였다. 계

---

57 브레댕(1822~1885) : 프랑스의 판화가. 착잡한 부조리의 세계를 환상적으로 그려냈다.

절과 기후을 무시하고 한꺼번에 자라난 야자수, 마가목, 떡갈나무가 빽빽이 들어선 숲이 있었고, 원숭이, 부엉이, 올빼미가 빼곡이 들어차 있고, 만드라고라 나무의 뿌리만큼이나 기괴한 모양의 오래된 나무뿌리들이 혹처럼 불룩불룩 내밀고 있는 원시림이 솟구쳐 올랐다. 그리고 이 신기한 나무 숲 한가운데로는 빈터가 열려 있어 사마리아인과 상처 입은 사람이 모여 있었다. 낙타 너머 멀리로 강이 보였고, 이어서 동화에나 나올 법한 마을이 지평선에서 점점 높아지면서 새들이 점점 박히고 마치 구름 무더기들로 인해 부풀어오른 듯, 양떼구름이 가득한 이상한 하늘로 솟아오르는 것이 보였다.

이 작품을 두고 프리미티브파의 데생, 아편 연기에 찌든 두뇌에 의해 구상된 알브레히트 뒤러[58]의 작품이라고 말할 수도 있을 것이었다. 비록 이 판화의 당당한 약동감과 세밀한 세부 묘사를 좋아하기는 하였지만, 데 제쌩트는 방을 장식하고 있는 다른 액자들 앞에서 특히 자주 멈춰 서곤 하였다.

그것들은 오딜롱 르동[59]의 작품들이었다.

금으로 가두리 장식을 한 생배나무 액자틀 안에는 상상조차 할 수 없는 환영들이 담겨 있었다. 메로빙거 양식의 두상 하나가 수반(水盤) 위에 놓여 있었고 승려를 닮은 동시에 공공 집회의 연사도 닮은, 수염이 덥수룩한 남자가 손가락으로 엄청나게 큰 대포알을 만지고 있었으며 무시무시한 거미 한 마리가 배 한복판에 사람의 얼굴을 담고 있었다. 그외에도 목탄화들은 뇌충혈 때문에 혼란스러워진 무서운 꿈보다 훨씬 더 멀리 나아

---

58 알브레히트 뒤러(1471~1528) : 독일의 판화가로 독일 르네상스 회화의 완성자.
59 오딜롱 르동(1840~1916) : 프랑스의 화가. 브레댕의 영향으로 판화에 심취하였으며, 환상과 무의식의 세계를 묘사함으로써 상징주의 시기의 정신을 대표하는 화가로 꼽힌다.

가고 있었다. 한쪽에는 쓸쓸하게 눈꺼풀을 껌벅이는 거대한 주사위가 있었고, 다른 한쪽에는 건조하고도 메마른 풍경, 바싹 타버린 평원, 지진, 분노한 구름들에 가서 부딪히는 화산의 융기, 아무 움직임 없는 창백한 하늘이 그려져 있었다. 때로는 그림의 소재 자체가 과학의 악몽에서 빌려온 것이거나 선사 시대로 거슬러 올라가는 것처럼 보였다. 기괴한 식물군이 바위 위에서 만개하였다. 도처에 표석(漂石)들, 빙하기의 진창들이 있었고, 두터운 턱뼈와 앞으로 불거진 미궁(眉弓)에다 납작한 두개골 상부와 뒤로 젖혀진 이마가 제4기 초기 인류의 두상을 연상시키는 인물들, 즉 열매를 따 먹으며 살았고 아직 언어를 갖지 못하였으며 맘모스와 코뿔소, 큰 곰들과 동시대에 살았던 인류의 먼 조상이 가졌던 두상을 연상시키는 인물들이 나타났다. 이 데생들은 모든 기존 예술의 바깥에 위치한 것이었다. 대부분의 경우 그것들은 회화의 한계를 훌쩍 뛰어넘는 것이었고, 대단히 독특한 환상 세계, 질병과 광란의 환상 세계를 새롭게 만들어내는 것이었다.

실제로 엄청나게 크고 실성한 듯한 눈으로 대부분이 뒤덮인 이러한 얼굴들과 유리병을 통해 바라볼 때처럼 과도하게 커지고 변형된 이 몸체들은 데 제쎙트의 기억 속에 당시까지 남아 있던 장티푸스의 추억과 불 같은 열이 끓던 밤들의 추억과 유년기의 끔찍한 환영들의 추억을 불러일으켰다.

이 데생들이 생각나게 하는 고야의 「속담」 연작 중 몇몇 작품 앞에서와 마찬가지로, 또한 오딜롱 르동이 다른 예술 형식을 빌려 환영의 신기루들과 공포의 효과들을 옮겨놓은 것 같은 에드가 포의 책을 덮을 때와 마찬가지로, 이 그림들 앞에서 뭐라 단정지을 수 없는 불안에 사로잡힌 채, 그는 눈을 비비면서 이처럼 혼란스러운 도판들 한복판에 차분하고도 조용히 솟아올라 빛을 발하는 얼굴 하나를, 태양의 원반을 마주하고 바위 위에 쇠약하고 침울한 자세로 앉아 있는 우수에 찬 얼굴을 관조하였다.

마술에 걸린 듯 어둠이 흩어졌다. 매혹적인 슬픔, 약간은 나른하게 된 비탄이 그의 사고 안으로 흘러들어왔다. 목탄화들과 판화들의 연속된 검은빛 가운데, 크레파스 바탕 군데군데 찍힌 고무 수채화 물감의 점들이 물빛 녹색과 흐릿한 금빛을 발하는 이 작품 앞에서 그는 오랫동안 명상에 잠겼다.

응접실 벽의 거의 전부를 장식하고 있는 르동의 작품들 이외에도 그는 침실에 테오토코풀로스[60]의 혼란스러운 스케치 한 장을 걸어놓았다. 그것은 기이한 살빛에, 과장된 데생과 가혹한 색조, 어긋난 힘으로 묘사된 예수를 그린 것으로, 화가가 스승인 티치아노의 화풍에서 벗어나려는 강박관념으로 괴로워하면서 후기의 기법으로 그린 화폭이었다.

밀랍 빛깔에 시체의 푸르스름함이 깃든 이 을씨년스러운 그림은 데 제쎙트에게는 가구 배치에 대해 자신이 품고 있는 일련의 생각들과 부합하는 것이기도 했다.

그에 따르면 침실을 꾸미는 데는 단 두 가지 방법만이 있었다. 침실을 흥분을 돋우는 규방, 즉 한밤의 환락의 장소로 만들거나, 아니면 고독과 휴식의 장소, 사색을 위한 은신처, 일종의 기도실로 만드는 것이었다.

첫번째 경우 예민한 사람들, 특히 두뇌의 항진증으로 탈진한 사람들에게는 루이 14세 양식이 꼭 필요했다. 실상 18세기는 여자를 음탕한 분위기로 감쌀 줄 알았던 유일한 시기였다. 여자가 지닌 매력들의 형태에 따라 가구들의 윤곽을 그리고, 나무와 구리의 비틀어짐과 물결침으로 여자가 불러일으키는 쾌락들의 이율배반과 경련의 소용돌이를 모방하였다. 강렬하고도 밝은 장식으로 금발 여인의 나른함에 양념을 치고, 부드럽고

---

60 엘 그레코(1541?~1614): 에스파냐의 화가. 크레타섬 칸디아 출생. 원래는 그리스 사람으로 본명은 도메니코스 테오토코풀로스인데, 그리스인이라는 뜻의 그레코로 통칭된다.

도 수분을 지녀 거의 무미한 색조의 벽지로 갈색머리 여인의 짭짤한 맛을 완화하면서 말이다.

과거 파리에 있던 집에 그는 이런 방을 꾸몄던 적이 있었다. 거기에 니스를 칠한 희고 커다란 침대를 곁들였는데, 이것은 또 다른 맛을 내는 양념으로, 그뢰즈[61]가 그린 소녀들의 위선적인 수줍음 같은 거짓 정절, 어린아이와 처녀의 냄새를 풍기는 방탕한 침대의 인위적인 순진함 앞에서 말 울음 소리를 내는 늙은 색광의 타락에 잘 부합하는 것이었다.

지나간 생애의 성가신 기억들로부터의 단절을 원하게 된 이상, 이제는 두 번째의 경우만이 가능했는데 이를 위해 침실을 수도승의 방으로 꾸며야만 했다. 그러나 이럴 경우 문제가 한둘이 아니었다. 왜냐하면 그는 고행과 기도를 위한 은둔처가 지니게 마련인 엄숙한 추악함을 받아들이는 것을 거부하고 있었기 때문이었다.

이 문제를 모든 면에서 검토하고 재검토한 결과, 그는 도달해야 할 목표가 다음처럼 요약될 수 있다고 결론을 내렸다. 즉 쾌활한 물체들로 쓸쓸한 물건을 만드는 것, 아니 차라리 추한 속성을 그대로 유지하면서도 그런 식으로 처리가 된 방 전체에 일종의 우아함과 품위를 각인하는 것, 천박한 천 쪼가리들이 호사스러운 고급 천 역할을 하는 연극에서의 시각적 효과를 뒤집어 멋진 천들을 사용하여 누더기의 인상을 줌으로써 정반대의 효과를 얻는 것, 한마디로 진짜처럼 보이지만 실상은 물론 그렇지 않은 샤르트르회 수도사의 거처를 꾸미는 것 말이다.

그는 다음의 방식으로 작업을 진행했다. 황토 염료, 곧 관료와 성직자를 상징하는 황색을 모방하기 위해 사프란색의 비단으로 벽을 싸도록 했

---

61 장 바티스트 그뢰즈(1725~1805) : 프랑스의 화가. 서민 생활을 주제로 하여 도덕적인 교훈을 전함으로써 계몽주의자들의 격찬을 받았다.

다. 이런 종류의 방에서 일반적으로 볼 수 있는 초콜릿 빛깔의 기단을 표현하기 위해 그는 맨드라미색의 짙은 보라색 나무로 된 얇은 판으로 벽의 내벽면을 덮었다. 결과는 만족할 만했다. 그리하여 그가 변모시키면서도 충실히 따르고 있는 원래의 모델이 지닌 불쾌한 경직성을 비록 먼발치로나마 떠오르게 할 수 있었다. 백색 생회를 바른 천장 역시 석고가 지닌 지나치게 요란한 효과를 주지 않으면서도 그 흉내를 낼 수 있었다. 독방의 차가운 바닥의 경우 샌들에 닳고 장화에 쓸려서 난 자국들을 흉내 낼 수 있도록 모직판에 희끄무레한 여백들을 곁들여가며 붉은색 타일 모양으로 무늬를 넣은 양탄자 덕분에 성공적으로 모방할 수 있었다.

그는 이 방에 작은 철제 침대를 들여놓았다. 그것은 단조(鍛造)되어 윤을 낸 낡은 철물로 만든 가짜 수도승 침대로, 침대 머리와 발치에는 유서 깊은 저택의 멋진 계단 난간을 모방하여 포도넝쿨에 얽혀 피어난 튤립꽃들이 빽빽하게 장식되어 있었다.

그는 침실용 탁자를 대신하여 안에는 요강을 넣을 수 있고 밖으로는 기도서를 받치고 있는 낡은 기도대를 설치하여 놓았다. 맞은편에는 나무를 조각한 돌출부가 달리고 커다란 채광 닫집[62]을 인 성직자석을 벽에 기대어 놓았다. 그리고 자신의 교회용 촛대들에는 예배 용품만을 취급하는 전문점에서 구입한 진짜 밀랍으로 된 초들을 꽂아 놓았다. 왜냐하면 석유, 혈암유(頁巖油), 가스등, 스테아린으로 된 양초 등 한마디로 너무나 요란하고도 노골적인 현대 조명에 대해서 그는 진심으로 혐오감을 표명해왔기 때문이었다.

매일 아침 잠들기 전에 그는 침대에 누워 베개에 머리를 괴고 테오토

---

62 궁전 안의 옥좌 위나 법당의 불좌 위에 만들어 다는 집 모형.

코풀로스의 그림을 바라보곤 했다. 그 혹독한 색채는 황색 천의 미소에 약간은 면박을 주는 것처럼 보였고, 그 천을 좀더 장중한 색조로 되돌아가게 하였다. 그럴 때면 자신이 세속에서 멀리 벗어나 파리에서 백 리나 떨어진 수도원의 깊은 골방에서 살고 있다는 생각이 쉽사리 들곤 하였다.

결국 그는 수도승의 삶과 거의 유사한 삶을 영위하고 있었으므로 그러한 환상이란 손쉬운 것이었다. 그리하여 그는 수도원 생활의 장점들을 취할 수 있었던 반면, 군대식 규율, 부족한 몸단장, 더러움, 혼잡함, 따분한 빈둥거림 같은 단점들은 피할 수 있었다. 자신의 독방을 안락하고도 포근한 침실로 만들었던 것과 마찬가지로, 그는 자신의 삶을 정상적이고, 부드러우며, 안락함에 싸이고, 바쁘면서도 한가하게 만들었다.

삶에 지치고 거기에서 더 이상 아무것도 기대하지 않았으므로 그는 마치 은자(隱者)처럼 고립을 택할 준비가 충분히 되어 있었다. 또한 수도승과 마찬가지로 그는 엄청난 싫증, 명상의 욕구, 그에게는 실리주의자들과 멍청이들일 따름인 속인들과는 더 이상 아무것도 공유하고 싶지 않은 욕망에 시달렸던 것이다.

요컨대, 비록 은총 받은 성직에 대한 어떤 소명도 느끼지 않았건만 그는 수도원에 유폐되어 악의에 찬 사회에 의해 박해받고 있는 사람들에게 진정한 연민을 느끼고 있었다. 사회는 그들이 사회에 대해 지닌 정당한 경멸은 물론, 사람들 사이의 기괴하고도 어리석은 대화들에서 점점 커져만 가는 방탕함을 대속하고 속죄하겠다고 밝히며 긴긴 침묵으로 일관하는 그들의 의지 역시 용서하지 않았던 것이다.

제6장

　귀덮개가 붙은 넓은 안락의자에 푹 파묻혀 다리는 은으로 도금한 장작 받침 뭉치 위에 걸치고, 마치 풀무의 맹렬한 바람에 의해 돋워진 듯 탁탁 소리를 내면서 강렬한 불꽃들을 내쏘고 있는 장작불에 실내화가 익을 정도로 불을 쬐던 데 제쎙트는 읽고 있던 낡은 4절판 책을 탁자에 내려놓았다. 그는 기지개를 켜고 담배에 불을 붙였다. 그런 다음 몇 달 전부터 잊힌 채 있다가 뚜렷한 이유도 없이 기억 속에서 되살아난 어떤 이름으로 인해 갑작스럽게 되새겨진 추억들의 뒤를 따라 전속력으로 달려가 감미로운 몽상을 하기 시작했다.

　그는 골수 독신자들의 모임에서 자신의 친구 데기랑드가 결혼 막바지 준비를 하고 있다고 고백해야만 했을 때의 거북함을 놀라울 정도로 또렷하게 다시 눈앞에 떠올리고 있었다. 그 자리에 모인 사람들은 소리치며 반대했고, 한이불 속에서 여자와 잠자는 게 얼마나 끔찍한 일인가를 그에게 생생하게 설명해주었다. 그러나 아무 소용이 없었다. 이성을 잃은 그는 장래의 아냇감이 총명하다고 믿고 있었으며, 그녀에게서 헌신과 부드러움 같은 극히 예외적인 장점들을 발견했노라고 주장했다.

그의 약혼녀가 새로 난 큰길의 한 모퉁이에 있는 원형으로 빙 둘러선 현대식 아파트 중 하나에서 살고 싶어 한다는 사실을 알게 되자 데 제쎙트는 홀로 그가 결심을 굳히도록 격려해주었다.

강인한 성격의 소유자들에게 있어서는 심각한 곤란들보다 훨씬 더 고약하게 마련인 사소한 곤란들이 지닌 무자비한 능력을 확신하고, 또한 데 기랑드가 재산이 전혀 없고 그의 아내의 지참금 역시 거의 전무하다는 사실에 근거하여, 데 제쎙트는 이 소박한 소망에서 우스꽝스러운 곤경들이 무한히 펼쳐지리라는 것을 내다볼 수 있었던 것이다.

실제로 데기랑드는 둥글게 만들어진 가구들을 구입했다. 그는 뒤가 텅 빈 서랍장이며, 활처럼 휜 모양의 커튼대, 초생달 모양으로 잘린 양탄자 등 주문 제작된 가구 일습을 사야만 했다. 그러기 위해 그는 다른 사람들보다 두 배의 비용을 들였다. 그 후 몸치장을 위한 돈이 궁해진 그의 아내가 이 원형 건물에서 사는 데에 싫증을 내고 집세가 싼 네모난 아파트로 이사하였을 때는, 모든 가구가 딱 들어맞지도 고정되지도 않았다. 점차 이 거추장스러운 가구들은 끝도 없는 난처함의 원천이 되었다. 공동생활로 인해 이미 금이 간 두 사람의 금슬은 일주일이 멀다 하고 부서져내렸다. 소파와 서랍장이 벽에 가 닿지 않고, 굄쇠로 단단히 고정을 시켜놓았는데도 스치기만 해도 흔들거리는 이 거실에서 더 이상은 살 수 없다고 서로를 비난하면서 그들은 서로에 대해 분개하고 있었다. 게다가 거의 불가능에 가까운 가구 수리를 위해 필요한 돈도 부족하였다. 비딱하게 서 있는 가구들의 건들거리는 서랍에서부터 부부 싸움으로 주인들이 부주의해진 틈을 타서 집 안의 돈을 훔쳐내는 하녀의 도적질에 이르기까지 모든 것이 가시 돋힌 트집과 언쟁의 동기가 되었다. 요컨대 그들의 삶은 지긋지

굿한 것이 되고 말았다. 남편은 밖으로 나오면 기분이 유쾌해졌다. 아내는 간통이라는 궁여지책을 쓰면서 자신의 우중충하고도 맥빠진 삶을 망각하려고 애썼다. 양자 합의로 그들은 자신들의 결혼 서약을 취소하였고 육체의 이별을 요청하였다.

오래전에 계획한 작전들이 성공을 거둔 전략가로서 만족감을 느끼며, 그 당시 데 쎙트는 '내 전투 계획이 정확했어'라고 내심 쾌재를 불렀다.

사려 깊은 충고로 결합을 도왔던 이 가정의 파경을 생각하며 불을 쬐던 그는 벽난로에 한아름의 장작을 던져 넣었다. 그러고는 다시금 쏜살같이 몽상 속으로 빠져들었다.

같은 생각의 차원에 속하는 다른 추억들이 밀려들고 있었다.

당시로부터 몇 년 전의 일이었다. 어느 날 저녁 그는 리볼리 가에서 열여섯 살쯤 되어 보이는 어떤 소년, 계집아이만큼이나 마음을 동하게 하는 약간 창백하고 교활한 아이와 마주쳤다. 그는 힘겹게 담배를 빨고 있었는데, 담배를 싼 종이는 싸구려 카포랄 담배의 뾰족한 줄기들로 인해 구멍이 뚫리고 찢어져 있었다. 불평을 해대면서 그는 아무리 불을 붙여도 불이 잘 붙지 않는 성냥을 연신 허벅지에 그어대면서 모두 써버렸다. 그러다가 자신을 유심히 보고 있는 데 쎙트를 알아보고서 모자의 챙에 손을 대고 다가와서 공손하게 불을 빌려달라고 말했다. 데 쎙트는 그에게 향기로운 뒤벡 퀄런을 주고 나서 대화를 시작했고, 소년에게 살아온 이야기를 해보라고 시켰다.

이야기는 그저 평범한 내용이었다. 그의 이름은 오귀스트 랑글루아로 판지 공장에서 일하고 있었으며, 어머니를 여의고서 그를 흠씬 두들겨 패곤 하는 아버지와 함께 살고 있었다.

데 쎙트는 생각에 잠긴 표정으로 그의 이야기를 들었다. "자, 한잔

하러 가자." 그가 말했다. 그는 소년을 카페로 데리고 가서 독한 펀치 술을 마시도록 했다. 소년은 아무 말 없이 술을 마셨다. 갑자기 데 제쎙트가 말했다. "이봐, 너 오늘 밤 한번 즐겨볼래? 돈은 내가 내마." 그는 꼬마를 로르 부인네로 데려갔다. 그녀는 모니에 가의 한 건물 사층에 둥근 거울로 치장되고 소파와 세면대가 딸린 붉은 방 여러 개를 갖춘 매춘굴을 열고 있었다.

그곳에서 무척이나 놀란 오귀스트는 모자의 천을 주물럭거리면서 붉게 칠한 입술을 동시에 여는 한 떼의 여자들을 바라보았다.

"야, 꼬마야! 아이, 참 착하지?"

"그런데, 이봐 꼬마야. 아직 이런 데 올 나이가 안 됐잖아"라고 눈이 머리 꼭대기에 붙고 매부리코여서 로르 부인네 업소에서는 없어서는 안 될 유대인 미녀의 역할을 하고 있는 덩치 큰 갈색머리가 덧붙였다.

마치 자기 집인 양 자리를 잡고 앉아서 데 제쎙트는 여주인과 낮은 소리로 말을 나눴다.

아이에게 말을 하면서 그는 다음과 같이 말을 이었다. "겁내지 마. 이 바보야. 골라봐. 내 한턱 낼 테니." 그는 부드럽게 소년의 등을 밀어서 소파 위 두 여자 사이로 주저앉게 했다. 여주인의 눈짓을 따라 그녀들은 오귀스트의 무릎을 자신들의 가운으로 감싸면서 약간 좁혀 앉았고, 머리가 아플 정도로 강한 냄새를 풍기는 미적지근한 흰 분을 바른 어깨를 그의 코밑에 들이대었다. 그는 두 뺨이 붉어지고 입술이 바짝 마른 채로 눈을 내리깔고 꼼짝도 못하고 있었다. 그러면서 여자들의 허벅지 위쪽으로 끈질기게 들러붙는 호기심 어린 시선을 몰래 던지고 있었다.

유대인 미녀 방다는 그를 얼싸안고는 충고를 한답시고 엄마 아빠 말씀을 잘 들으라고 당부하면서도, 동시에 손으로는 천천히 소년의 몸을 더 듣고 있었다. 아이의 안색이 변하더니 머리를 목 뒤로 젖히면서 몽롱한 표정을 지었다.

"오늘 저녁은 당신을 위해서 온 건 아니로군." 로르 부인이 데 쎙쎙트에게 말했다. "그런데 도대체 저 꼬맹이는 어디서 꾀어온 거지?" 오귀스트가 유대인 미녀에 이끌려 사라지고 난 뒤 그녀가 말을 이었다.

"길에서지."

"그런데 당신은 취하지도 않았는걸." 노파가 중얼거렸다. 그러곤 잠시 생각한 끝에 그녀가 어머니 같은 미소를 지으며 덧붙였다. "이제 알겠다. 난봉꾼 같으니. 당신 저런 젊은애들이 필요한 게로군!"

데 쎙쎙트는 어깨를 으쓱해 보였다. "모르시는 말씀. 전혀 그렇지 않아. 사실은 난 그저 살인범을 만들고 있는 거야. 자, 내 이론을 한번 들어봐. 아직 동정인 저 꼬마는 이제 피가 끓어오를 나이가 됐지. 놈은 동네 처녀들 뒤를 따라다니고, 재미를 보면서도 정직하게 살 수는 있겠지. 한마디로 가난한 놈들에게 주어진 단조로운 행복에서 제 몫을 챙길 수 있을 거란 말야. 반대로 녀석이 꿈도 꿔본 적 없고, 따라서 당연히 머릿속 깊숙이 새겨질 호사스러운 여기 이곳으로 데려와서 보름에 한 번씩 놈에게 이런 행운을 제공하면 놈은 제 형편으로는 어림도 없는 쾌락에 맛을 들이겠지. 이런 쾌락이 녀석에게 절대로 없어서는 안 되게 하는 데에 세 달이 걸린다고 해두지. 내 방식대로 띄엄띄엄 간격을 두면 쾌락에 물려버릴 위험은 없겠지. 그러고는 세 달이 지난 후에 나의 이 선행을 위해 당신에게 미리 지불할 소액의 연금을 갑자기 끊는 거야. 그렇게 되면 녀석은 여기에 와서 머물기 위해 도둑질을 하게 되겠지. 가스등 아래 이 소파 위에서 뒹굴기 위해 놈은 별의별 짓을 다하게 될 거야.

내 생각으로는 상황이 극단으로 치닫게 되면, 녀석이 책상 서랍을 털려고 할 때 재수 없이 나타난 신사를 죽이고 말 거야. 그렇게 되면 내 목표는 달성되는 거지. 난 내가 할 수 있는 한도 내에서 우리를 착취하는 이 흉측한 사회에 대해 또 하나의 망나니, 또 하나의 적을 만드는 데에 기여하는 거란 말이야."

여자들의 눈이 휘둥그레졌다.

"너로구나?" 살롱으로 돌아온 오귀스트가 얼굴을 붉히며 얼빠진 표정으로 유대인 미녀의 뒤로 숨는 것을 보면서 그가 말을 이었다. "자, 꼬마야. 늦었다. 아가씨들에게 작별인사 해야지." 계단에서 그는 오귀스트에게 보름마다 돈 한 푼 들이지 않고 로르 부인네에 올 수 있을 거라고 설명해주었다. 그러곤 건물을 나와 보도에 서서 당황한 소년을 바라보면서 말했다.

"우린 다시는 만날 일이 없을 거다. 어서 네 아버지의 집으로 가라. 손을 못 써서 근질근질하실 거다. 복음과도 같은 이 말을 기억해둬라. '남들이 하지 않았으면 하는 일을 남들에게 하라.' 이 격언대로만 하면 넌 크게 성공할 거다. 잘 가라. 절대로 은혜를 저버리지 말아라. 법원판결록을 통해 가능한 한 빨리 내게 소식을 전하거라."

"유다 같은 녀석!" 숯불을 뒤적이면서 데 쎙트가 중얼거렸다. "도대체 놈의 이름을 잡보 기사에서조차 본 적이 없다니. 빈틈없이 일을 벌이는 건 불가능했던 게 사실이지. 게다가 몇몇 돌발적인 사항들을 예견할 수는 있었지만 미연에 제거할 수 없었던 것도 사실이고. 예를 들어 물건은 안 내주고 돈만 가로채는 식으로 로르 할멈이 술책을 부린다든지, 여자들 중에 하나가 오귀스트에 미쳐서 세 달이 지난 후에 놈이 공짜로 대접을 받는다거나, 아니면 느긋한 전희(前戲)와 벼락치는 듯한 기교의 절정에 몸을 맡기기에는 아직은 너무 성급하고 어린 이 꼬마가 유대인 미녀의 썩어 문드러진 음행(淫行)에 충격을 받았을 가능성들 말이야. 그러니까 퐁트네에 들어와서 신문을 보지 않게 된 이후에 놈이 소송 사건에 말려들지 않은 한, 내가 속고 만 셈이로군."

그는 일어나서 방을 몇 바퀴 돌았다.

"어쨌거나 참 애석하군." 그가 혼잣말을 하였다. "왜냐하면 그런 식으로 행동함으로써 난 세속적 교훈담, 보편적 교육의 우의를 실현했기 때문이거든. 모든 사람을 오로지 랑글루아 같은 놈으로 변화시키는 방향으로만 나아가면서도, 보편적 교육이란 연민을 가지고 결정적으로 가난한 자들의 눈을 멀게 하는 대신, 그들이 자신들 주변에서 온당치 않게도 훨씬 너그러운 운명들, 훨씬 더 잘 다듬어지고 신랄하여 결과적으로는 한층 탐나고 소중한 쾌락에 억지로라도 눈을 크게 뜨게 하려고 갖은 수를 다 쓰고 있는 것이니까."

"사실은," 자신의 추론을 더 밀고 나가면서 데 제쎙트는 계속 되뇌었다. "사실은, 고통이란 교육의 결과이므로, 또한 사상이 생겨남에 따라 고통은 확대되고 단련되는 것이므로, 사람들이 천박한 가난뱅이들의 지능에서 촌티를 벗겨내고 그들의 신경계를 세련되게 만들려고 애쓰면 애쓸수록, 그들에게서 그토록 맹렬하게도 강인한 정신적인 고통과 증오의 싹을 틔우게 되는 것이지."

등잔에서 그을음이 일었다. 등잔의 심지를 올리고 나서 그는 시계를 들여다보았다. "새벽 세 시라." 그는 담배에 불을 붙이고는 몽상으로 중단되었던 독서에 다시 빠져들었다. 그것은 공드발드 치세에 비엔느 대주교 아비투스[63]가 쓴 오래된 라틴어 시집 『정숙송가(貞淑頌歌)』였다.

---

63 성 아비투스(450?~525?): 귀족 가문의 자제로 490년경 교회의 정통성과 단일성을 옹호하였으며 아리안파를 공박하여 프랑스에서 아리안파가 공식적으로 사라지게 하였다.

제7장

뚜렷한 이유도 없이 오귀스트 랑글루아에 대한 우울한 추억을 기억해 낸 그날 밤 이후로 그는 자신의 인생 전체를 되풀이하여 체험하였다.

이제 그는 들여다보고 있는 책에 담긴 단 한 단어도 이해할 수가 없었다. 눈으로조차 그는 책을 읽지 않았다. 마치 문학과 예술로 포만한 그의 정신이 그것들을 더 이상 섭취하기를 거부하고 있는 것처럼 보였다.

그는 마치 겨울 동안 토굴에 웅크린 채 동면하는 짐승처럼 자신의 몸 자체를 양분 삼아 살고 있었다. 고독은 그의 뇌수에 마치 최음제 같은 영향을 끼쳤다. 고독은 우선 뇌수를 흥분시키고 긴장시킨 다음, 모호한 몽상에 사로잡힌 무기력증을 일으켰다. 고독은 그의 계획들을 무산시키고 그의 의지력을 꺾었으며 여러 꿈을 줄줄이 이끌고 나왔고, 그는 모면할 시도도 해보지 못하고 수동적으로 그 꿈의 영향을 받아들이고 있었다.

칩거를 택한 이후로 마치 옛날의 추억들을 막아내기 위해 둑처럼 쌓아놓았던 독서와 예술적 성찰들로 뒤섞인 더미는 갑자기 떠내려갔고 과거의 물결이 일렁이기 시작했다. 그것은 현재와 미래를 뒤섞으며 모든 것을 과거의 수면 밑으로 잠기게 하고 그의 정신을 엄청난 넓이의 쓸쓸함으로 가득 채웠는데, 그 위로는 그의 생에서 별로 중요하지 않은 일화들과 터무니없는 사소한 일들이 마치 보잘것없는 난파선의 잔해들처럼 떠다니고 있었다.

    손에 쥐고 있던 책이 그의 무릎 위로 떨어졌다. 지나버린 세월들이 그의 앞에서 줄지어 지나가는 것을 혐오감과 경계심에 가득 찬 채로 바라보면서 그는 몸을 가누지 못하였다. 그 세월들은 이제는 마치 이 물결의 파동 속에서 굳건한 말뚝처럼, 명백한 사실처럼 박혀 있는 로르 부인과 오귀스트의 기억 주변으로 소용돌이치며 넘쳐흘렀다. 얼마나 끔찍했던 시절이던가! 그때는 사교계에서의 야회와 경마, 카드놀이, 사전에 주문한 대로 자정 종소리에 맞추어 정해진 시각에 분홍색 규방에서 제공되는 사랑놀이가 한창이던 시기였다. 어쩔 수 없이 흥얼거릴 수밖에 없지만 결국 무심코 빠짐없이 부르게 되는 대중가요의 소절들처럼 집요하게 그를 사로잡는 얼굴들과 표정들, 그리고 쓸데없는 단어들을 그는 회상해내었다.

    이 기간은 짧았다. 그의 기억은 수면 상태를 맞았고, 이러한 회상의 흔적마저도 지울 요량으로 라틴 문학을 연구하는 일에 다시금 빠져들었다.

    이미 시동은 걸렸다. 거의 즉각적으로 두번째 시기가 첫번째 시기에 이어졌다. 즉 그것은 유년기 추억의 시기, 특히 예수회 신부들 곁에서 보낸 세월이었다.

    이 시기는 훨씬 멀리 떨어져 있었으나 훨씬 분명했고 한결 강하고도 확실하게 각인되어 있었다. 풀잎이 무성한 정원이며 긴 오솔길들, 화단과 벤치 등 모든 구체적인 사소한 부분들이 그의 방 안에서 솟아올랐다.

    그런 다음 정원들이 채워졌다. 학생들이 외치는 소리, 오락 시간에 끼어들어 사제복을 걷어 올려 무릎 사이에 묶고 공치기 놀이를 하거나 나무 아래에서 마치 동급생처럼 허식도, 교만도 없이 젊은이들과 이야기를 나누던 교수들의 웃음소리가 울려 퍼지는 것을 그는 들었다.

그는 이 부성애 섞인 인자한 구속을 기억했다. 그것은 징벌과는 잘 어울리지 않았고 시구들을 오백 번, 천 번 베껴 쓰는 징계를 부과하지 않는 대신 다른 아이들이 놀 때에 이해 못한 과목을 교정해주는 것으로 그치며, 가장 흔하게는 단순한 질책에 의존하고, 아이를 적극적이지만 온화한 감독 하에 두어서 아이의 마음에 들기를 애쓰고, 수요일이면 아이가 원할 때에 산책하는 것을 허용하고, 성대한 축제가 아닌 모든 소규모 교회 축제일마다 보통의 식사에 케이크와 포도주를 추가해주고 아이들에게 풍성한 소풍의 혜택을 주던 교육 방식이었다. 그것은 아이를 우둔하게 만들지 않고, 응석받이로 애지중지하면서도 아이와 대화를 하면서 그에게 어른 대접을 해주는 방식의 인자한 구속이었던 것이다.

이런 방식으로 그들은 아이였던 데 제쎙트에게 실제적인 영향을 끼치게 되었다. 그들은 자신들이 가꾸는 지성들을 반죽하여 어느 정도는 일정한 방향으로 인도하고, 거기에 특수한 사상들을 접목시키고 그들의 사상이 성장할 수 있도록 보장해줄 수 있었다. 이 모든 것은 제자들의 일상생활에 주의를 기울여 직업 활동을 보좌해주고, 예전에 도미니크회 수도사인 라코르데르[64]가 자신이 재직하던 소레즈 학교의 졸업생들에게 썼던 편지처럼 애정 어린 편지들을 보냄으로써 평생토록 지속할 수 있었던 암묵적이고도 나긋나긋한 교육 방법에 의해 이루어졌다.

데 제쎙트는 별다른 효과 없는 수술이라 생각했던 이 가르침의 의미를 이제는 이해할 수 있었다. 충고에 반발하는 성격, 그리고 지나치게 꼼

---

64 장 바티스트 앙리 라코르데르(1802~1861): 프랑스 도미니크 수도회의 수도사, 설교가.

꼼하고 꼬치꼬치 따지며 논쟁을 좋아하는 성격은 그로 하여금 신부들의 규율을 본보기로 삼을 수 없게 하였고 그들의 가르침에 따를 수 없게 하였다. 일단 신학교를 벗어나자 그의 종교적인 회의는 한층 커졌다. 아량 없고 편협한 왕당파 사교계를 거치는 동안, 무식한 교구 재산관리위원들이나, 예수회 신부들이 그처럼 교묘하게 짜놓은 신앙의 천을 서툴게도 찢어 놓은 하급 사제들과의 대화는 그의 독립심을 강화시켰고 모든 신앙에 대한 의심을 증폭시켰다.

결국 그는 모든 인연, 모든 구속에서 벗어났다고 스스로 평가하고 있었다. 다만 일반 고등학교나 기숙학교에서 성장한 모든 사람과는 반대로 그는 자신의 신학교와 선생님들에 대한 아주 또렷한 기억을 지니고 있었다. 그리고 이제 그는 자신의 내면을 성찰하면서 혹시 그때까지 불모의 땅에 뿌려졌던 씨들이 돋아나기 시작하지나 않았나 하고 자문하기에 이르게 된 것이다.

실상 며칠 전부터 그는 뭐라 표현하기 힘든 정신 상태에 처해 있었다. 잠시 동안 그는 믿음을 갖고 본능적으로 종교로 나아갔지만, 아주 사소한 추론에도 신앙으로의 이끌림은 사라져버리곤 했다. 어쨌든 그는 혼란으로 가득 차 있었다.

하지만 자신의 내면으로 침잠하면서 그는 진정한 기독교인이 지닌 겸양과 회개의 정신을 절대로 갖지 못하리라는 사실을 잘 알고 있었다. 라코르데르가 말하는 그 순간, 즉 '최후의 빛줄기가 영혼에 들어와서 흩뿌려진 진실들을 하나의 공통된 중심에 붙들어매는' 은총의 순간이 절대로 자신에게는 일어나지 않으리라는 것을 아무 의심 없이 확신하고 있었다. 그는 회개와 기도의 욕구를 느끼지 못하였는데, 대부분의 사제들의 말에 따르면 그것들 없이는 어떠한 개종도 불가능하다는 것이었다. 그는 별로 자비를 기대할 수 없어 보이는 신에게 애원하고픈 어떤 욕망도 느끼지 않았다. 하지만 옛 스승들에 대해 그가 지니고 있던 호감은 그로 하여금 그들의 작업과 교리에 관심을 갖도록 해주었다. 흉내 낼 수 없는 확신에 찬 억양, 우월한 지성을 지닌 사람들의 열띤 목소리가 그에게서 되살아나 그로 하여금 스스로의 정신과 능력을 의심하도록 이끌었다. 아무런 새로운 마음의 양식 없이, 새롭게 받은 인상도 생각의 개조도 없이, 사교계를 드나들거나 공동생활을 통해 외부로부터 얻어지는 감각의 교환도 없이 그가 살아가고 있는 고독의 한가운데에, 또한 자연의 질서에 반하여 그가 고집하고 있는 이 칩거의 와중에 파리 체류 이후로 잊고 있었던 모든 질문이 마치 성가신 문제처럼 다시금 제기되었다.

그가 좋아하던 라틴 문학, 거의 대부분 대주교나 수도승들에 의해 씌어진 작품들의 독서는 아마도 이러한 발작을 일으키는 데에 기여하였을 것이다. 수도원의 분위기와 머리를 몽롱하게 하는 향내에 휩싸여서 그의 신경들은 흥분되었으며, 상념들의 연결에 의해 이 책들은 마침내 그의 청년기의 추억들을 내몰고, 신부들 곁에서 보낸 소년기의 추억들을 다시금 드러내기에 이른 것이다.

'두말할 것도 없어.' 생각을 가다듬고 예수회적인 요소를 섭취하던 과정을 이렇듯 퐁트네에서부터 되밟아가려 애쓰면서 데 제쎙트가 생각했다. '난 유년기 이래로 전혀 의식하지 못한 채 아직 발효를 일으키지 않은 효모를 지니고 있는 게 분명해. 내가 가졌던 미사용 제기들에 대한 취미는 아마도 그 증거일 거야.'

하지만 그는 더 이상 스스로를 온전히 지배하지 못하는 것에 불만을 느껴 정반대의 주장을 스스로에게 납득시키려 애썼다. 그는 몇 가지 이유를 찾아냈다. 그는 어쩔 수 없이 성직자 쪽으로 향할 수밖에 없었을 것이다. 왜냐하면 교회는 유일하게 수세기 동안 사라졌던 형식의 예술을 받아들였기 때문이다. 교회는 금은 세공품들의 형태를 최근의 싸구려 모조품까지도 바꿀 수 없게끔 고정시켰고, 페튜니아 꽃처럼 늘씬한 성배나 정제된 허리선을 지닌 성체함의 매력을 간직하였으며, 알루미늄이나 인조 칠보, 색유리에서조차 과거 장인들의 솜씨가 가진 우아함을 보존하고 있었다. 한마디로 클뤼니 박물관에 정리되어 있고, 상퀼로트[65]의 파렴치한 파괴 행위를 기적적으로 피한 보물들의 대부분은 프랑스의 오래된 수도원에서 나온 것들이었다. 중세 시대에 야만으로부터 철학과 역사와 문학을 보존하였던 것과 마찬가지로 교회는 미술을 구원하여 교회용 집기를 만드는 요즈음의 장인들이 원래의 단아한 형태를 변조할 수 없으면서도 가능한 한 추하게 만들고 있는 피륙과 보석류들의 빼어난 원본들을 현재에까지 이르도록 하였던 것이다. 그런 이상 그가 이 오래된 집기들을 찾아다니고 다른 많은 수집가들과 함께 이 유물들을 파리의 골동품상들과 지방의 고물상들에서 구해냈던 것은 그다지 놀랄 일도 아닌 것이다.

    그러나 이런 이유들을 내세워보아야 헛수고였다. 그는 완전히 확신을 갖는 데에는 이르지 못했다. 자신의 생각을 요약하면서 그는 종교란 빼어난 전설, 멋들어진 사기라는 생각을 고집스레 버리지 않았다. 하지만 이런 모든 설명에도 불구하고 그의 종교에 대한 회의는 흔들리기 시작했다.

    분명 다음과 같은 이상한 점이 있었다. 유년기보다 지금 그는 한결 단호한 태도를 취하지 못하고 있었다. 유년기에 그는 예수회 신부들의 배려를 직접 받았었고 그들의 가르침을 피할 수 없었으며 그들의 수중에 놓여 가족의 인연도, 그들에게 대항할 수 있는 외부의 영향도 없이 그야말

---

65 프랑스 혁명기의 민중 세력을 일컫는다.

로 심신이 그들에게 귀속되어 있었는데도 말이다. 신부들은 또한 그에게 기이한 것에 대한 모종의 취향을 불어넣었고, 이 취향은 그의 영혼 속에서 천천히, 그리고 은밀하게 가지를 치며 퍼져나가 지금 이 순간 고독 속에서 피어났고, 어쨌든 칩거하여 한정된 관념들 사이를 맴도는 말없는 정신에 영향을 미치고 있는 것이다.

자신의 사고 작용을 검토하고 그 맥들을 연결하려고 애쓰며, 그 원천과 원인들을 발견하다 보니 그는 사교계 생활을 하는 동안 자신이 꾸민 음모들이 그가 받은 교육에서 파생된 것이라고 확신하기에 이르렀다. 이렇게 볼 때 인위적인 것에 대한 그의 편향과 기괴함에 대한 그의 욕구들이란 결국 허울 좋은 교육, 지상에서는 유례를 찾기 힘든 정제(精製), 거의 신학적인 사변의 결과물은 아니었다. 그것은 결국 이상과 미지의 세계, 성서가 우리에게 약속하는 것처럼 멀고도 탐나는 아름다움을 향한 열정 내지는 충동들이었던 것이다.

그는 갑자기 생각을 멈추고, 사색의 흐름을 끊었다. "이런." 화가 나서 그가 속으로 말했다. "내가 생각보다 훨씬 더 중병에 걸린 모양이야. 마치 궤변가처럼 지금 나 자신과 논쟁을 벌이고 있잖아."

그는 은근한 두려움으로 동요된 채 생각에 잠겨 있었다. 분명 라코르데르의 이론이 옳다면 그에게는 염려할 것이 없었다. 왜냐하면 불가사의한 개종의 충격은 한 번의 도약으로 일어나는 것이 아니기 때문이다. 폭발을 불러일으키려면 장기간 지속적으로 땅속에 폭약을 묻어두어야만 하는 것이다. 하지만 소설가들이 한눈에 반하는 사랑을 말하는 것처럼 상당수의 신학자들 역시 전광석화처럼 이루어지는 개종을 말하고 있다. 이 이론이 옳다고 인정한다면 어느 누구도 굴복하지 않고 버텨낼 수 있으리라 확신할 수는 없는 것이다. 더 이상 스스로에 대해 행해야 할 분석도, 고려해야 할 전조(前兆)도, 사전에 요청해야 할 예방 조치도 없는 것이다. 신비주의 심리학이란 무용지물일 따름이다. 그런저런 연유로 그렇게 되었다고 하면 그만인 것이다.

"아니! 내가 미쳤군." 데 제쎙트는 생각했다. "계속 이러다간 병에 대한 걱정 때문에 진짜로 병에 걸리고 말겠군."

그는 이러한 영향을 약간 떨쳐내는 데에 성공했다. 그의 추억들은 잠잠해졌지만 또 다른 질병의 증상들이 나타났다. 이제는 토론의 주제들만이 그를 사로잡았다. 정원이며 수업이며 예수회 신부님들은 멀어졌다. 그는 전적으로 추상적 관념들의 지배를 받고 있었다. 자신도 모르게 그는 공의회들에 관한 라브 사제의 저작에 기록되어 있는 교리에 대한 상충된 해석들이며 실패한 배교자(背敎者)들을 생각하였다. 수세기 동안 동·서방 교회를 분열시켰던 이런저런 사이비 교파들의 편린들과 이단들의 조각들이 그에게서 되살아났다. 성모 마리아가 태중에 수태하였던 것은 신이 아닌 인간이었기 때문에 그녀는 신의 어머니가 될 자격이 없다고 육화(肉化)의 신비에 관해서 이의를 제기하는 네스토리우스[66]가 한쪽에 있었다. 다른 쪽에는 신성이 그 몸에 거할 곳을 정했고 그 결과 몸의 형태가 완전히 변화되었으므로 예수의 모습은 다른 인간들의 모습을 닮을 수 없노라고 주장하는 외티셰스[67]가 있었다. 또 다른 쪽에서는 궤변가들이 구세주는 절대로 육신을 가졌던 적이 없으며 성서에서의 육신이란 표현은 비유적인 의미에서 이해되어야 한다고 주장하고 있었다. 한편 테르툴리아누스는 유물론에 가까운 유명한 금언을 말하고 있었다. "존재하지 않는 것만큼 비

---

66 네스토리우스(?~451): 콘스탄티노플의 대주교, 신학자.
67 외티셰스(?~?): 5세기 콘스탄티노플의 그리스 정교회 수도원장으로 네스토리우스의 이단을 공격하였으나 그 자신이 삼위일체설을 부정함으로써 이단으로 몰렸다.

육신적인 것은 없다. 존재하는 모든 것은 그에 따른 고유한 육신을 갖는다." 마지막으로 수년 동안 논박되었던 저 해묵은 문제, 즉 예수는 단신으로 십자가에 매달렸는가 아니면 삼위일체, 즉 세 인격으로 나뉜 하나의 신성이 자신의 삼중의 실체 속에서 골고다의 형틀에서 고통을 받았는가 하는 문제가 그의 주의를 끌었고 그를 무겁게 짓눌렀다. 그러자 그는 기계적으로 예전에 배운 수업의 내용대로 스스로에게 질문을 던지고는 마찬가지로 스스로에게 답변했다.

며칠 동안 그의 뇌리에서는 모순들과 미묘한 문제들이 들끓었고 지나치게 세밀한 관찰들이 난무하였으며, 법전의 조항들만큼이나 복잡한 규칙, 즉 모든 의미, 모든 말장난의 대상이 될 여지가 있고 가장 미묘하고도 괴상망측한 경이로운 판례로 귀결되는 규칙들이 실타래처럼 얽혀 있었다. 그러고 나자 추상적인 측면 역시 사라져버렸고, 벽에 걸려 있는 귀스타브 모로의 그림들의 영향을 받아 구상적인 측면이 온통 그 뒤를 이었다.

그는 고위 성직자들의 행렬 전체가 지나가는 것을 보았다. 무릎을 꿇고 있는 군중을 축성하기 위해 그리스 정교의 수도원장, 총주교가 황금빛 팔을 높이 들었고 봉독과 기도를 하며 흰 수염을 날리고 있었다. 그는 어두운 지하 예배실로 회개자들의 조용한 행렬이 들어가는 것을 보았다. 그는 거대한 대성당들이 솟아오르는 것을 보았다. 설교단에는 시토회 수도사들이 소리를 버럭 지르고 있었다. 아편을 피우고 난 후 드 퀸시[68]가 "로마의 집정관"이라는 단 한마디에 티투스 리비우스의 작품 몇 페이지를 통째로 기억해내고 집정관들이 엄숙히 행진하는 환영을 본 것과 마찬가지로, 그는 하나의 신학적 표현으로 인해 숨을 헐떡이고 있었고 성당들로 이루

---

68 토머스 드 퀸시(1785~1859) : 영국의 비평가, 소설가. 『어느 아편 중독자의 고백』(1822)으로 보들레르를 위시한 프랑스 상징주의 문학가들에게 영향을 끼쳤다.

어진 불타는 듯한 배경 위로 군중이 물러나고 성직자들이 모습을 드러내는 것을 보고 있었다. 이 광경들은 세월을 뛰어넘어 현대의 종교 의례로 도달하여, 애처로우면서도 부드럽게 끝없이 이어지는 음악으로 그를 감싸면서 매료시키고 있었다.

여기서 그는 더 이상 추론도 할 수 없었고 더 이상의 논쟁도 감당할 수 없었다. 뭐라 정의할 수 없는 존경과 두려움의 인상만이 남았다. 예술적인 감각은 가톨릭 교도들에 의해 매우 주도면밀하게 준비된 장면들에 사로잡혀버렸다. 이러한 추억들로 인해 그의 신경은 부르르 떨렸고 갑작스러운 반항, 갑작스러운 표변 속에 괴상망측한 상념들, 고해 신부용 지침서에 예시된 신성모독 행위들과 성수와 성유의 파렴치하고도 불순한 남용에 대한 상념들이 그의 내부에서 생겨났다. 이제는 전능한 신에 맞서 힘에 넘치는 적대자 악마가 몸을 일으켰다. 교회 한복판에서 끔찍한 희열과 완전히 가학적인 쾌락에 빠져 신성모독적인 발언을 하고 성물들을 능욕하고 오욕으로 적시는 데 열중한 신자가 저지른 범죄에서 소름 끼치는 위대함이 유래하는 것처럼 보였다. 마술, 악마의 의식, 마녀 집회, 신들림과 구마술(驅魔術)의 공포 등의 광증들이 솟아올랐다. 그는 교회법령집, 상제의, 성합 등 예전에 축성된 기물들을 소유함으로써 신성모독을 범하는 것은 아닌가 자문하기에 이르렀다. 죄악에 젖어 있다는 이러한 생각은 그에게 일종의 오만함과 함께 후련함을 가져다주었다. 그 안에서 그는 신성모독의 기쁨들을 알아보았지만, 그것은 어디까지나 그다지 심각하지 않은 애매한 신성모독들이었다. 왜냐하면 그는 이 기물들을 좋아하였고 그것들을 엉뚱한 용도로 사용하지 않았기 때문이었다. 의혹에 찬 그의 영혼이 그에게 명백한 범죄 행위들을 금하고 의도적이고 실제적인 끔찍한 범죄들을 자행하는 데에 필요한 용기를 앗아갔으므로, 그는 이런 식으로 신중하고도 비겁한 생각들을 품을 수 있었던 것이다.

　　마침내 조금씩 이러한 궤변들이 사라졌다. 이를테면 그는 영혼의 높은 곳에 서서 수세기 이래의 교회의 파노라마를, 교회가 인류에 미친 유전적인 영향력을 굽어보고 있었다. 그는 인간에게 삶의 공포와 운명의 잔인함을 설파하는 침통하고도 위엄 있는 교회의 모습을 마음속에 그려보았다. 인내와 회개, 희생정신을 설교하는 교회, 예수의 피 흐르는 상처들을 가리키면서 인간들의 상처를 감싸주려 애쓰는 교회, 신성한 특권들을 보장하고 핍박받은 자들에게 천국의 가장 좋은 자리를 약속하는 교회, 인간에게 고통을 견뎌내고 자신들의 고뇌, 죄악, 역경, 고난을 신에게 하나의 번제로 바치라고 권고하는 교회의 모습 말이다. 이러한 교회는 진정 설득력이 있는 것이었다. 불행한 자들에게는 어머니처럼 포근하였으며, 박해받는 자들에게는 연민이 넘쳤고, 박해자와 폭군들에게는 위협적인 존재였다.

　　여기에서 데 제쌩트는 냉정을 되찾았다. 물론 그는 교회가 쓰레기 같은 사회의 타락상을 인정하는 것에는 만족하고 있었다. 하지만 그렇더라도 그는 내세에 대한 희망이라는 애매한 처방에는 반발하고 있었다. 쇼펜하우어의 관점이 더 정확했다. 그의 이론과 교회의 이론은 공통된 관점에서 출발하고 있었다. 그 역시 세상의 타락상과 파렴치함에 기초하고 있었다. 『우리 주의 모방』[69]과 마찬가지로 그 또한 다음과 같은 고통스러운 비명을 지르고 있었다. "지상에서 산다는 것은 진정 비참한 일이다." 그 역시 존재의 허무와 고독의 장점을 설파하였으며 무슨 일을 꾀하건 어느 편을 들건 간에 불행할 따름이라는 것을 인류에게 알려주었다. 가난하면 궁핍에서 생겨나는 고통들로 인하여, 부유하면 풍요가 만들어내는 거역할

---

[69] 15세기의 수도승이었던 토마스(1380~1471)가 라틴어로 쓴 신학서. 4권으로 구성된 이 작품은 유럽 가톨릭 신자들에게 신앙 생활의 지침서 역할을 하였다.

수 없는 권태 때문에 불행하다는 것이었다. 하지만 그는 어떤 만병통치약도 권하지 않았고, 피할 길 없는 병들을 치유하기 위해 어떠한 속임수로도 사람들을 위로하려 들지 않았다.

그는 반항심만 불러일으킬 따름인 원죄 이론은 주장하지 않았다. 악당들을 보호하고 바보들을 도우며, 유년기를 압살하고 노년을 어리석게 만들고 무고한 자들을 벌주는 존재가 지고로 선한 신임을 입증하려 애쓰지도 않았다. 육체적 고통이라는 쓸모 없고 이해할 수 없으며, 부당하고도 어이없는 이 가증스러운 현상을 창조한 신성한 섭리의 은총을 찬양하지 않았다. 교회와 마찬가지로 고통과 시련의 필요성을 정당화하려 애쓰기는커녕 자신의 분격한 연민으로 다음처럼 외치고 있다. "만일 신이 이 세상을 만들었다면 난 그 신이 되고 싶은 생각이 없다. 왜냐하면 세상의 불행으로 가슴이 미어질 것이기 때문이다."

아! 오직 그만이 옳았다! 정신 건강에 관한 그의 논문들에 비할 때 복음서에 나온 이 모든 약전은 대체 뭐란 말인가? 그는 아무것도 치유한다고 주장하지 않으며 환자들에게 그 어떠한 보상도 희망도 제시하지 않았다. 하지만 그의 염세주의 이론은 결국 선택받은 지성들, 고상한 영혼들에게는 커다란 위안거리였다. 그것은 있는 그대로의 사회의 모습을 보여주고 여인들의 선천적인 어리석음을 강조한다. 또한 우리에게 인습의 함정들을 일러주고, 스스로 그럴 만한 힘이 남아 있음을 느낀다면 우리의 희망을 최소한으로 줄이고 아예 소망을 품지 말라고 권고하며, 뜻밖의 순간에 머리 위로 어마어마한 기왓장들이 쏟아져 내리지 않는다면 스스로 행복하다고 생각하라고 우리에게 일러줌으로써 환멸로부터 우리를 구원하고 있었다.

『우리 주의 모방』과 동일한 단초에서 세워진 이 이론은 신비로운 미궁과 믿기 어려운 길을 헤매지 않고도 마찬가지로 동일한 장소, 즉 체념과 방임으로 귀결되었다.

단지 개탄할 만한 상황과 거기에서 무엇 하나 변모시킬 수 없다는 불가능에 대한 확인으로부터 생겨난 이 이론은 풍요한 정신의 소유자들만이 접근할 수 있는 것이었다. 반면 그것은 은혜로운 종교가 그 요구와 분노를 보다 손쉽게 진정시킬 수 있는 빈자들에게는 이해하기가 훨씬 어려운 것이었다.

이러한 생각들은 데 제쎙트에게서 큰 부담을 덜어주었다. 위대한 독일 철학자의 금언들은 마구 흔들리는 그의 생각들을 진정시켜주었다. 하지만 이 두 이론의 접점은 서로를 기억나게끔 하고 있었다. 그는 과거에 자신이 온통 잠겨 있었고 온몸의 모공을 통해 그 정기를 흡수하였던 그토록 시적이고도 감동적인 가톨릭교를 잊어버릴 수는 없었다.

이러한 신앙의 회귀, 이러한 믿음에 대한 두려움은 그의 건강이 악화되기 시작한 이후로 그를 괴롭히고 있었다. 그것들은 새롭게 나타난 신경장애 증세들과 일치하고 있었다.

아주 젊었을 때부터 하녀가 비틀어 짜고 있는 젖은 빨랫감을 볼 때면 그는 설명할 길 없는 혐오감으로, 또한 그의 등줄기를 오싹하게 하고 이를 악물게 만드는 전율로 고통받곤 했다. 이러한 증상은 계속해서 끈질기게 남아 있었다. 여전히 그는 천을 찢는 소리를 듣거나 손가락으로 한 조각의 백묵을 만지작거리거나 물결무늬 천 조각을 손으로 만질 때면 실제로 고통을 겪고 있었다.

방탕한 독신 생활과 두뇌의 과도한 긴장은 타고난 신경쇠약을 한층 악화시켰고 이미 대대로 소진되어온 가문의 혈기를 감소시켰다. 손가락의 떨림 증상과 소름 끼치는 통증, 그리고 안면을 반으로 쪼개는 듯하고 지속적으로 관자놀이를 욱신거리게 하며 눈꺼풀을 바늘로 찌르듯 자극하여 어두운 곳에 가서 드러누워야만 비로소 억누를 수 있었던 구역질을 유발하곤 했던 신경통 때문에 그는 파리에서 냉수요법 치료를 받아야 했던 적도 있었다.

이러한 증상들은 보다 규칙적이고 평온한 생활 덕분에 서서히 사라졌다. 그런데 이제 와서 그 증상들이 다양한 형태로 온몸을 돌아다니면서 다시금 모습을 드러내는 것이었다. 통증은 머리를 떠나 단단하게 부풀어 오른 복부로, 벌겋게 달군 인두가 헤집은 듯한 내장으로, 뒤가 급하기는 한데 정작 시원하게 변을 보지 못하는 증세로 옮아갔다. 그리고 기침이 문제였다. 일정한 시간이 되면 정확히 시작해서 항상 꼭 같은 시간 동안만 지속되는, 신경질적이고 찢듯이 쓰라린 밭은기침은 잠자리에서 그를 깨우고 숨 막히게 했다. 마침내 식욕이 사라졌다. 가스를 수반한 뜨거운 신트림과 메마른 화끈거림이 그의 뱃속을 돌아다녔다. 몸이 퉁퉁 부은 그는 숨을 몰아쉬었다. 매번 밥을 먹으려고 시도할 때마다 단추를 채운 바지나 꽉 끼는 조끼를 견딜 수 없었다.

그는 술과 커피, 차를 끊고는 유산균 음료를 마셨다. 냉수마찰을 시도해보았고 경련완화제와 쥐오줌풀 뿌리, 키니네를 잔뜩 먹었다. 심지어 집 밖으로 나가기를 원하기도 하였는데, 그는 비 오는 날 들판이 조용해지고 인적이 없을 때면 산책을 했다. 그는 억지로라도 걷고 몸을 움직이려고 애썼다. 최후의 방법으로 그는 일시적이나마 책 읽기를 포기하게 되었다. 권태에 시달리던 그는 무위도식하는 생활에서 소일거리를 찾기 위해 퐁트네로 이사온 이후 게으름 때문에, 그리고 번잡스러움에 대한 혐오 때문에 끝없이 미뤄왔던 계획을 실현하기로 결심했다.

더 이상은 새롭게 문체의 마력에 도취될 수 없었고 정확한 의미를 지니면서도 전문가들의 상상력에는 한없는 피안의 세계를 열어 보여주는 희귀한 형용사의 달콤한 요술을 두고 흥분할 수 없었으므로, 그는 온실에서 자라는 희귀한 화초들을 구입함으로써 집의 실내장식을 완성하기로 마음먹었다. 그리하여 기분을 전환시켜주고 신경을 이완시켜주며 두뇌를 쉬게 해줄 육체적인 소일거리를 스스로에게 마련해줄 요량이었다. 또한 그는 문학적인 금식으로 인하여 일시적으로 잊거나 잃어버리게 된, 환상적이면서도 실질적인 문체의 다양한 특성들을 화초들의 야릇하고도 화려한 뉘앙스가 어느 정도나마 보상해주리라 기대하고 있었다.

제8장

그는 꽃이라면 늘 열렬히 좋아했다. 쥐티니에 머무르는 동안 우선 종류에 구애받지 않고 꽃 전체로 확대되었던 이 열정은 마침내 정제되어 명확하게 단 하나의 종류로 집중되었다.

그는 이미 오래전부터 파리의 시장 좌판에서 초록빛 차양이나 불그스레한 파라솔 아래에 전시된, 물에 젖은 화병들에서 피어난 저속한 화초를 경멸해왔다.

체로 걸러져 여과된 작품과 고뇌에 찬 섬세한 두뇌에서 증류된 작품에만 애착을 가지면서 그의 문학적 취향과 예술적 집착이 정련되고 고정관념들에 대한 싫증이 확고해짐과 동시에, 꽃들에 대한 그의 애정은 이를테면 모든 불순물이며 찌꺼기를 버리고 정화되고 정류(精留)되었다.

그는 원예점을 모든 사회 계층이 망라된 소우주에 즐겨 비유하곤 했다. 가난하고 천박한 꽃들, 예를 들면 정향(丁香)처럼 우유통이나 낡은 단지에 뿌리를 박은 채 고미다락방의 귀퉁이에 놓여 있을 때라야 비로소 진정한 자생 환경에 놓이게 되는 누추한 오두막의 꽃들이 있었다. 다음으로는 장미처럼 소녀들이 색을 칠한 화분 받침에서만 제자리를 찾는 꽃, 거들먹거리는 데다가 진부하고 어리석은 꽃들이 있었다. 마지막으로 난초류처럼 섬세하고 우아하며 설렘을 부추기면서도 추위에 민감한 귀족 가문 출신의 꽃들이 있었다. 파리로 유배되어 유리로 된 궁전에서 따뜻하게 지내는 꽃들, 이것들은 길거리의 식물들이나 부르주아적인 식물군과는 아무런 공통점도 없이 외따로 떨어져 살고 있는 식물계의 왕족들이었다.

요컨대 그는 빈민굴에서 시궁창과 하수구의 악취로 기진맥진한 하층민들의 꽃들에 대해 일말의 관심과 연민을 느끼지 않는 것은 아니었다. 반면에 그는 새로 지은 집의 크림색과 황금빛 살롱에 어울리는 꽃다발들은 혐오하고 있었다. 결국 그는 충만한 시각적인 쾌락을 위해 품격 있고 희귀한, 외국에서 들여와 적절하게 조절된 난로의 온풍을 이용하여 만들어진 인공 열대 기후에서 솜씨 좋은 보살핌을 받아가며 관리된 화초들만을 남겨두었다.

온실에서 자라는 화초로 마침내 한정된 이러한 선택 역시 그의 보편적인 상념들, 만물에 대하여 이제 확정된 그의 견해들의 영향을 받아 변모를 겪게 되었다. 예전 파리에서는 인공적인 것에 대한 천성적인 편향으로 인하여 그는 생화를 멀리하고 고무와 철사, 퍼컬린 천, 호박단, 종이, 비로드 등이 만들어내는 기적적인 효과에 힘입어 충실하게 재구성된 모양의 조화들을 선택했다.

그리하여 그는 심오한 예술가들의 손끝에서 만들어진 놀라운 열대식물 컬렉션을 소장하고 있었다. 이들 예술가들은 꽃들의 본성을 철두철미 따르거나 심지어 새롭게 창조해가면서, 탄생의 시점부터 성숙기를 거쳐 노쇠에 이르기까지 꽃을 모방하였으며, 꽃이 피고 질 때의 그야말로 순간적인 특성들의 무한한 뉘앙스를 기록하는 데에 성공하였다. 그들은 바람에 의해 말려 올라가거나 비로 인해 구겨진 꽃잎들의 자태를 관찰하였으며, 아침나절의 꽃봉오리에 고무로 만든 이슬을 흩뿌렸다. 수액의 무게로 가지들이 휘어질 정도로 만개한 모양으로 꽃을 만들어내는가 하면 꽃받침이 떨어져나가고 잎새가 떨어질 때 메마른 줄기와 딱딱해진 각두(殼斗)를 길쭉이 뽑아내기도 하였다.

이 경탄할 솜씨가 오랫동안 그를 매료시켰다. 하지만 그는 이제 색다른 식물군의 구성을 꿈꾸고 있었다.

그는 생화를 흉내 낸 조화에 이어서 조화를 흉내 내는 생화들을 원하였던 것이다.

그는 이런 방향으로 자신의 생각을 몰아갔다. 게다가 그는 오랫동안 찾아다닐 필요도, 멀리까지 갈 필요도 없었다. 왜냐하면 그의 집은 일류 원예가들이 모인 고장의 한복판에 있었기 때문이었다. 그는 그저 샤티용가와 오네 계곡의 온실들을 둘러보러 갔다가는 그만 자신이 본 화초들의 기괴한 모습에 넋이 빠져 빈털터리에 녹초가 된 채 집으로 돌아왔으며, 오로지 사들인 화초 종류들만을 생각하고 황홀하고도 기이한 꽃바구니들의 기억에 계속 사로잡혀 있었다.

이틀 후 배달차들이 도착했다.

주문품 목록을 손에 들고서 데 제쎙트는 자신이 구매한 물품들을 하나하나 호명해가면서 확인했다.

정원사들은 짐수레에서 하트 모양의 잎새들로 무성하게 덮이고 부어오른 듯한 줄기에 의지하고 있는 다수의 칼라듐을 내렸다. 비록 그들 사이에는 일정한 유사성이 있는 듯했지만 어느 하나 꼭 같은 것은 없었다.

그중에는 괴상한 것들도 있었다. 먼저 비르지날 종처럼 영국산 고무를 입힌 호박단이나 니스 칠한 천에서 도려낸 듯 불그죽죽한 것들이 있었다. 순백색으로는 알반 종이 있었는데 그것은 황소의 투명한 늑막이나 투명한 돼지 오줌보에서 잘라낸 것 같았다. 특히 마담 맘 종과 같은 종류들은 양철판을 모방하고 압인이 찍힌 금속 조각들, 짙은 녹색으로 칠해지고 유성 페인트 자국과 녹막이 도료와 백연 얼룩으로 더럽혀진 금속조각들을 흉내 내고 있었다. 보스포르 종과 같은 것들은 진홍색과 도금양빛 녹색으로 얼룩이 진 빳빳한 옥양목을 보는 듯한 착각이 들게 했다. 오로르 보레알 종과 같은 것은 자주색 엽맥들과 자색의 소입맥들로 줄무늬가 난 날고기 색깔의 잎새, 푸르딩딩한 싸구려 포도주와 피를 흘리는 종기가 난 잎새를 펼쳐 보이고 있었다.

알반 종과 함께 오로르 종은 뇌출혈과 빈혈이라는 이 식물이 지닌 기질의 두 극단적인 느낌을 제공하고 있었다.

정원사들은 계속해서 새로운 변종들을 가져다 놓았다. 이번에는 가짜 혈관들이 이리저리 얽혀 있는 모조 피부의 모양을 한 꽃들이 있었다. 마치 매독과 나병에 의해 갉아 먹힌 듯이 보이는 이 꽃들은 대부분 홍진으로 얼룩덜룩해지고 수포진으로 인해 돋을무늬가 새겨진 납빛의 살들을 펼쳐 보였다. 다른 것들은 아물고 있는 상처의 짙은 주홍색이나 형성 중인 딱지의 갈색을 띠고 있었다. 또 다른 것들은 인두로 지져진 듯 불룩한 주름이 잡히고 화상으로 부풀어올라 있었다. 또 다른 것은 궤양으로 움푹 파이거나 종양이 돋아오른 털북숭이 피부를 보여주고 있었다. 어떤 것들은 붕대로 감겨 있거나 수은을 함유한 검은 돼지기름과 녹색 벨라도나 고약을 붙이고 요오드포름 가루의 노란 운모들로 점점이 먼지가루가 박혀 있는 것처럼 보이기도 했다.

한데 모아놓고 보니 이 꽃들은 데 제쎙트가 온실의 유리방에서 마치 종합병원에서처럼 마구 뒤섞인 채로 그것들을 맞닥뜨렸을 때보다 훨씬 기괴한 모습으로 그의 앞에서 꽃봉오리를 열어 보였다.

"대단하군!" 흥분한 그가 말했다.

칼라듐 속(屬)과 유사한 모양인 '알로카시아 메탈리카'라는 새로운 꽃은 그를 한층 더 흥분시켰다. 이것은 청동색의 막으로 덮여 있었고 그 위로 은빛 광택이 미끄러지고 있었다. 이 꽃은 그야말로 모조술의 걸작이었다. 마치 어떤 난로공이 난로 연통에서 창날 모양으로 잘라낸 쇳조각처럼 보였다.

그다음에 인부들은 마름모꼴에 포도주병 빛깔의 어두운 녹색의 잎새 다발들을 내렸다. 한가운데에는 가는 막대가 솟아올라 있었는데 그 끝에는 고추만큼이나 반짝이는 커다란 하트 에이스 모양이 잔잔하게 떨고 있었다. 마치 이제껏 알려진 모든 식물의 외양을 비웃기라도 하려는 듯 강렬한 주황색의 이 에이스 모양의 복판에는 꼬리 하나가 솟아 있었다. 어떤 것들에서 이 꼬리는 곧았고 통통하고 솜털에 덮여 있었으며, 희거나 노란빛을 띠고 있었고, 다른 것들에는 하트의 꼭대기에 마치 돼지 꼬리처럼 나선형으로 말린 꼬리가 달려 있었다.

그것은 최근에 콜롬비아에서 프랑스로 수입된 아로이드 과(科)의 식물인 안투리움 속의 꽃이었다. 이 꽃은 하나의 과로 분류된 꽃들에 포함되어 있었는데 아모르포팔루스 역시 같은 과에 속했다. 이 꽃은 베트남의 남쪽 지역이 자생지인 식물로 생선 나이프처럼 오려내진 잎사귀와 마치 흑인의 상처 난 생식기를 닮은 흉터 자국이 난 길고 검은 줄기를 가지고 있었다.

데 제쎙트는 기뻐서 어쩔 줄을 몰랐다.

인부들이 수레에서 다시금 한 무리의 괴물들을 내렸다. 비루한 주홍색 그루터기에서 탈지면 습포 같은 꽃들을 내밀고 있는 고슴도치 선인장이며, 장검의 날처럼 생긴 잎새 안에 껍질이 벗겨지고 벌어진 밑바닥을 열어 보이는 니둘라리움, 포도즙 빛깔의 이빠진 긁개를 내밀고 있는 '틸란드시아 린데니,' 실성한 발명가가 생각해냈을 법한 복잡하고 일관성 없는 모양의 개불알꽃들이 있었다. 그것들은 나막신을 닮기도 했고 소지품 상자를 닮기도 했는데 그 위로는 인후와 구강의 질병들을 다루는 작품들의 도판에서 보는 것과 마찬가지로 설소대가 팽팽히 당겨진 인간의 혀가 말려져 있었다. 장난감 풍차를 모방한 듯 보이는 대추즙 빛깔의 작은 날개 둘이 짙은 보라색과 검은색의 혀 밑과 안쪽에서 끈끈한 풀을 분비하는 반짝이는 작은 주머니의 기괴한 조합을 완성하고 있었다.

그는 인도산의 이 이상야릇한 난초과 화초들에서 눈을 뗄 수가 없었다. 이렇게 느릿한 진행에 짜증이 난 정원사들은 자신들이 가져온 화분에 꽂힌 꼬리표들을 직접 읽기 시작했다.

데 제쎙트는 푸른 화초들의 험상궂은 이름들이 울려 퍼지는 것을 들으며 넋이 빠진 채 바라보고 있었다. 도둑들이 담을 넘는 것을 막기 위해 성문 꼭대기에 설치해 놓은 것과 같은, 녹을 뒤집어쓴 거대한 무쇠 아티초크인 '앙세팔라르토스 호리두스,' 카누의 짧은 노와 나룻배의 노처럼 생긴 긴 잎사귀들로 뒤덮여 있는 가느다랗고 톱니 모양을 한 야자수의 일종인 '코코스 미카니아'가 있었다. '자미아 레마니'는 탐스러운 체스터 치즈 조각처럼 생긴 엄청나게 큰 파인애플로 히드 부식토에 심겨 있었고 그 꼭대기에는 가시가 박힌 창들과 야만스러운 화살들이 돋아 있었다. '시보티움 스펙타빌'은 같은 속의 식물들보다 한술 더 뜨는 기괴한 생김새였다. 물갈퀴처럼 생긴 잎새에 엄청나게 큰 오랑우탄의 꼬리, 대주교의 지팡이처럼 끝이 구부러진 갈색 털북숭이 꼬리를 들어올리면서 꿈에나 나올 법한 모습을 자랑하고 있었다.

하지만 그는 그것들을 보는 둥 마는 둥 그 무엇보다도 자신을 매료시킨 한 무리의 화초들을 초조하게 기다리고 있었다. 그것들은 식물계의 흡혈귀인 식충 식물들이었다. 잔털이 많은 엽신에서 소화액을 분비하고, 사로잡힌 곤충 위로 일종의 창살을 만들면서 닫히는 구부러진 가시들을 지닌 서인도 제도산 파리지옥과 점액질의 갈기를 갖춘 토탄 지대의 끈끈이주걱이 있었고, 진짜 생고기를 소화, 흡수할 수 있는 작은 원뿔 모양의 소화관을 벌리고 있는 사라세나와 세팔로투스가 있었다. 마지막으로 네펜데스가 있었는데 그 특이한 생김새는 이제껏 알려진 모든 기발한 형태의 한계를 뛰어넘는 것이었다.

그는 이 기상천외한 식물계의 괴물이 흔들리고 있는 화분을 이리저리 돌려보느라 싫증을 느낄 틈이 없었다. 그것은 고무나무처럼 생겨서 기다랗고 짙은 금속성 녹색의 잎새를 지니고 있었다. 하지만 이 잎새의 끝에는 초록색 끈이 달려 있었는데 그것은 탯줄처럼 내려와 초록빛이 돌고 보라색 반점이 찍힌 작은 단지를 매달고 있었다. 도자기로 만든 독일산 파이프나 특이한 새 둥지 같은 이 단지는 털이 수북이 난 내부를 드러내 보이며 한가롭게 흔들리고 있었다.

"이건 정말 엄청나군." 데 쎄쎙트가 중얼거렸다.

하지만 그는 이러한 희열에서 깨어나야만 했다. 왜냐하면 빨리 일을 마치고 떠나기에 바쁜 정원사들이 수레 안쪽에서 구근 베고니아와 양철판에 붉은 초산 염료 반점이 찍힌 듯 보이는 검은 크로톤을 마구잡이로 내려놓았기 때문이다.

그때 그는 목록에 아직도 품명 하나가 남아 있는 것을 알아차렸다. 남미의 누에바 그라나다 지방산의 카틀레야였다. 누군가 그에게 희미한 라일락색, 거의 희미해진 옅은 보라색의 날개가 달린 작은 종을 가리켰다. 그는 가까이 다가가서 그 위에 코를 들이밀었다가는 급히 물러섰다. 그

꽃은 니스 칠한 전나무, 장난감 상자 냄새를 풍겼고 설날의 끔찍한 기억들을 상기시켰다.

그는 이 꽃을 경계하는 것이 좋겠다고 생각했고, 자신이 소유한 무취 식물들 가운데 추억 중에서도 가장 불쾌한 추억의 냄새를 풍기는 이 난초를 받아들인 것을 후회했다.

홀로 남게 되자 그는 응접실이 넘치도록 모여 있는 이 식물들의 물결을 바라보았다. 그것들은 서로 뒤섞여 있었고, 각각의 장검이며, 단검, 창날들을 교차시키면서 초록빛의 무기 다발을 그려내었다. 그 위로는 야만족의 군기인 양 눈부시게 강렬한 색조의 꽃들이 흔들렸다.

방 안의 공기가 희박해졌다. 곧 마루 가까이의 어두운 구석에서 희고도 부드러운 빛이 기어올라왔다.

다가간 그는 리조모르프가 숨을 쉬면서 야등의 미광을 발하고 있음을 알았다.

'어쨌든 이 화초들은 정말 놀라운 것들이로군'이라고 그는 생각했다. 그러고는 물러서서 운집한 꽃들이 한눈에 들어오도록 바라보았다. 그의 목적은 달성되었다. 어떤 것도 실제 꽃처럼 보이지 않았다. 마치 인간이 천, 종이, 도자기, 금속 등을 자연에 빌려주어 이 괴물들을 만들 수 있게 한 것 같았다. 인간의 작품을 모방할 수 없었을 때 자연은 동물들의 내부 기관들을 그대로 모방하고 썩어가는 살과 탈저(脫疽)에 걸린 부위의 강렬한 색조들을 빌려갈 수밖에 없었던 것이다.

데 제쎙트는 한 줄기 불빛이 어루만지고 있는 칼라듐들의 끔찍한 얼룩무늬에 이끌려 눈을 고정시킨 채 "모든 게 매독이로군"이라고 혼잣말을 했다. 그러고는 갑자기 그는 지나간 세월이 남긴 바이러스에 끊임없이 시달리고 있는 인류의 모습을 떠올렸다. 태초로부터 대대손손 모든 인간은 참으로 끈질긴 유산, 곧 인간의 조상들을 유린하였고 오늘날 발굴된 오래된 화석의 뼈까지도 파먹었던 영원한 질병을 서로 전염시켜왔던 것이다.

이 병은 전혀 시들해짐 없이 세월을 가로질러 퍼져왔다. 은밀한 고통 속에 은닉된 채, 두통과 기관지염, 독기와 통풍의 증상 아래 스스로를 숨기면서 이 병은 오늘날에도 여전히 창궐하고 있는 것이다. 이따금씩 그 병은 되도록이면 제대로 치료받지 못하고 잘 먹지 못한 사람들을 공격하여, 금화 모양으로 터지고 아이러니컬하게도 불쌍한 놈들의 이마에 이집트 무희가 그려진 옛 베네치아 금화의 문양을 새겨 넣으면서 밖으로 기어 나왔다. 그리하여 설상가상으로 그들의 피부에 돈과 안락의 이미지를 새기는 것이었다.

이제 이 질병이 식물들이 지닌 색색의 잎새들 위로 본래의 찬란함을 과시하며 다시금 모습을 드러낸 것이다.

추론의 원점으로 되돌아온 데 제쎙트는 생각을 다시금 이어갔다. 대부분의 경우 자연은 그 자체로는 그처럼 병적이고 퇴폐적인 종들을 번식시킬 능력이 없었던 것이 사실이었다. 자연은 원료, 즉 식물의 씨앗과 토양, 영양을 공급하는 모태와 기본 골격을 제공하였을 뿐이고, 그에 이어 인간은 자기 마음대로 식물을 기르고 형태를 바꾸며 색을 내고 다듬었던 것이다.

제아무리 고집스럽고 무질서하며 편협할지라도 자연은 끝내 굴복하였다. 자연의 주인은 화학 반응을 통하여 대지의 성분들을 바꾸고 오랫동안 궁리된 조합과 천천히 준비된 교배를 사용하며, 매우 공들인 꺾꽂이와 체계적인 접목을 사용하기에 이른 것이다. 그는 이제 자연이 한 가지에서 서로 다른 색의 꽃을 피우게 하며 자연을 위해 새로운 색조들을 발명해내고 해묵은 식물들의 모양을 마음대로 바꾸고, 원석들을 초벌 가공하여 밑

그림을 완성하고, 거기에 자신의 낙인을 새겨 넣고 자신의 예술적인 봉인을 찍게 된 것이다.

"두말할 필요도 없지." 자신의 생각을 요약하면서 그가 말했다. 인간은 앞으로 몇 년 이내에 게으른 자연이 수세기가 흐른 다음에나 겨우 만들어낼 법한 새로운 종들을 선발하게 될 것이었다. 원예사들이야말로 요즘 들어 정녕 유일하고도 진정한 예술가들이었다.

그는 약간 피곤해졌고 밀폐된 장소에 갇힌 이 식물들의 분위기 속에서 숨이 가빠졌다. 며칠 전부터 꽃들을 사러 다녔으므로 그는 완전히 녹초가 되었다. 바깥 공기에서 실내의 미지근함으로의 전이, 그리고 칩거 생활의 부동성에서 자유로운 삶의 분방함으로의 전이가 너무도 급격했던 것이다. 그는 응접실을 벗어나 침대로 가서 누웠다. 하지만 잠이 들었건만 하나의 문제에 완전히 몰입한 그의 정신은 마치 태엽이 감긴 것처럼 계속해서 그 사슬을 풀어내었고 곧 어두운 악몽의 광란으로 굴러떨어졌다.

그는 황혼이 지는 깊은 숲 속 오솔길 한가운데에 서 있었다. 그의 곁에는 본 적도 없고 알지도 못하는 한 여자가 함께 걷고 있었다. 앙상하게 마른 그녀는 윤기 없는 머리카락에 얼굴은 불독처럼 생겼고 뺨 위에는 주근깨가 있었으며 매부리코 아래로는 뻐드렁니가 앞으로 불거져 나와 있었다. 그녀는 하녀용 흰 앞치마를 둘렀고 가슴에는 군인들의 가죽 멜빵처럼 생긴 넷으로 나뉜 기다란 흉패를 붙였으며 프러시아 군인의 반장화를 신었고 주름장식이 달리고 납작한 리본이 붙은 모자를 쓰고 있었다.

그녀는 노점상 같은 인상이었고 장터의 곡예사 같은 외모를 지니고 있었다.

그는 이미 오래전부터 자신의 사생활과 인생에 이미 들어와 자리 잡고 있었던 것처럼 느껴지는 이 여자가 누구일까 스스로에게 물어보았다.

그녀의 출신, 이름, 직업, 존재 이유를 찾아보았으나 허사였다. 설명할 수 없으나 명백한 이 인연에 대해서 어떤 기억도 떠오르지 않았다.

계속해서 그는 자신의 기억을 더듬어보았다. 그때 문득 이상한 몰골이 그들 앞에 말을 타고 나타났고 일 분간 속보로 달리더니 안장 위에서 몸을 돌렸다.

그 순간 피가 얼어붙었고 그는 공포로 제자리에 못 박힌 듯 서버렸다. 남자인지 여자인지 분간할 수 없는 이 애매한 몰골은 초록색이었고, 보랏빛 눈꺼풀 속에 밝고 차가운 청색의 끔찍한 두 눈을 뜨고 있었다. 부스럼이 입 주위를 둘러싸고 있었다. 비정상적으로 마른 두 팔, 팔꿈치까지 맨살을 드러낸 해골 같은 두 팔이 넝마로 된 소매 밖으로 나왔고 열에 들떠 떨리고 있었다. 그리고 살이 없는 허벅지는 너무도 통이 넓은 무릎 덮개 달린 장화 안에서 벌벌 떨고 있었다.

끔찍한 시선이 데 제쎙트에게 고정되더니 그를 꿰뚫고 뼛속까지 얼어붙게 했다. 한층 더 겁에 질린 불독 여인은 그에게 달라붙었고 뻣뻣해진 목 뒤로 머리를 젖히고는 죽어라 고함을 질러댔다.

즉시 그는 이 무시무시한 장면의 의미를 이해했다. 그는 바로 눈앞에 매독의 여신을 마주하고 있는 것이었다.

두려움에 쫓겨 정신이 나간 그는 옆으로 난 오솔길로 접어들었고 전속력으로 달려 왼쪽의 금작화 밭 가운데에 솟은 오두막에 도달했다. 거기에서 그는 복도에 있는 의자에 털썩 주저앉았다.

잠시 후 그가 숨을 좀 돌리게 되었을 때 흐느끼는 소리에 그는 고개를 쳐들었다. 불독 여인이 그의 앞에 있었다. 애처롭고도 괴상한 그녀는 도망치던 중에 이를 잃어버렸다고 말하면서 뜨거운 눈물을 뚝뚝 흘리며 울고 있었다. 그러고는 하녀용 앞치마 주머니에서 토기 파이프를 꺼내더니 그것을 부숴서 흰 담뱃대 조각들을 잇몸의 구멍에 쑤셔넣는 것이었다.

'아! 정말 어처구니없는 여자로군.' 데 제쎙트가 생각했다. '저 담뱃대는 붙어 있지 못할 텐데.' 그리고 실제로 모든 조각이 하나하나 턱에서 쏟아져내렸다.

바로 그 순간 말발굽 소리가 가까워졌다. 끔찍한 공포가 데 제쎙트를 사로잡았다. 그는 다리에 기운이 빠지면서 휘청거렸다. 말발굽 소리가 빨라졌다. 절망이 마치 채찍처럼 그를 일으켜 세웠다. 그는 이제는 파이프의 담배통을 짓밟고 있는 여자에게 달려들어 제발 입 다물고 더 이상 장화 소리를 내서 자신들의 위치를 알리지 말아달라고 애원하였다. 그녀는 몸부림을 쳤고, 그는 소리를 지르지 못하게 하려고 그녀의 목을 조르면서 복도 끝으로 데리고 갔다. 갑자기 그는 빗장이 없는 초록색으로 칠해진 작은 카페의 문을 알아보곤 그것을 열고 달려나가다가 우뚝 멈춰 섰다.

그의 앞으로 펼쳐진 넓은 공터에서는 엄청난 덩치에 흰옷을 입은 어릿광대들이 달빛을 받으며 토끼뜀을 하고 있었다.

절망으로 인한 눈물이 그의 눈에 솟구쳐 올랐다. 절대로, 그렇다, 절대로 그는 문지방을 넘지 못할 것이었다. '깔려 죽고 말 거야'라고 그는 생각했다. 마치 이러한 걱정을 입증이라도 하려는 듯 한 떼의 어릿광대들은 그 수가 늘어나기 시작했다. 그들의 뜀박질은 이제 그들이 머리와 발로 번갈아 부딪치는 수평선 전체, 하늘 전체를 메우고 있었다.

그 순간 말발굽 소리가 멈추었다. 말은 바로 그곳, 복도 안의 둥근 천창 뒤에 있었다. 겁에 질려 살아 있는 사람의 모습이 아닌 데 제쎙트는 돌아섰고 원형 천창 너머로 곤추선 귀와 누런 이, 그리고 페놀 냄새를 풍기는 두 줄기 콧김을 뿜어내고 있는 콧등을 보았다.

싸움도, 도망도 포기한 채 그는 주저앉아버렸다. 그는 매독 여신의 끔찍한 시선, 벽을 가로질러 그를 짓누르는 그 시선을 보지 않으려고 눈을 감았다. 눈꺼풀을 감고 있음에도 그는 이 시선을 느낄 수 있었으며 그것이 축축이 젖은 자신의 척수와 늪처럼 식은땀에 흥건히 젖어 온몸의 털이 곤두선 자신의 전신 위로 미끄러지는 것을 느꼈다. 그는 무슨 일이 벌어질지 몰랐고 이 고통을 빨리 끝내줄 최후의 일격을 기대하기조차 했다. 일 분에 불과하였지만 백 년처럼 길게만 느껴지는 시간이 흘렀다. 그는 사시나무 떨 듯하면서 눈을 떴다. 모든 게 사라지고 없었다. 느닷없이 무대 장치가 바뀌고 무대의 배경이 바뀔 때처럼 불쾌한 광물성의 풍경, 창백하고 황량하며 골짜기가 파인 생기 없는 풍경이 멀리까지 펼쳐져 있었다. 한 줄기 불빛이, 차분하고도 흰빛을 띠어 기름에 녹은 인이 내는 빛을 연상시키는 불빛이.이 황량한 장소를 비추고 있었다.

지표면 위로 무언가가 꿈틀거리더니 탱탱하게 다리를 조이는 초록색 비단 양말만을 신었을 뿐 나신을 드러낸 창백한 여인의 모습으로 변하였다.

그는 신기한 듯이 그녀를 바라보았다. 아주 뜨거운 고데로 웨이브를 넣은 말갈기처럼 그녀의 머리카락은 끝이 갈라진 채 곱슬거리고 있었다. 그녀의 귀에는 네펜데스[70]의 항아리가 매달려 있었다. 약간 벌어진 콧구멍 안으로 삶은 송아지 고기의 색조가 빛을 발하고 있었다. 몽롱한 눈으로 그녀는 그를 나직이 불렀다.

그는 대답할 시간도 없었다. 왜냐하면 이미 여인은 변하기 시작했기 때문이었다. 불타오르는 색채들이 그녀의 눈동자 안에서 지나갔다. 그녀의 입술은 안투리움의 광포한 붉은색으로 칠해졌다. 두 개의 붉은 고추송이처럼 반짝이는 가슴의 젖꼭지가 터지면서 갈라졌다.

---

70 항아리 모양의 포충낭으로 벌레들을 유인하는 식충 식물.

갑자기 그에게 어떤 직감이 떠올랐다. '이건 꽃의 여신이로구나'라고 그가 생각했다. 편집증적인 추론 습관은 악몽 속에서도 끈질기게 남아 있었고, 낮 동안과 마찬가지로 화초로부터 바이러스에 관한 생각으로 옮아갔다.

바로 그때 그녀의 가슴과 입 주변의 무시무시한 염증이 그의 눈에 띄었고, 그는 그녀의 몸 위에 난 흑갈색과 구릿빛 반점들을 발견하고는 넋이 나간 듯 뒤로 물러섰다. 하지만 여인의 눈이 그를 사로잡았고 그는 천천히 앞으로 나아갔다. 그는 걷지 않으려고 발뒤꿈치를 땅속에 단단히 박아놓으려 애를 썼고 넘어져도 보았으나 결국은 다시 일어나 그녀 쪽으로 가게 되었다. 그가 그녀에게 거의 닿은 순간 검은 아모르포팔루스들이 도처에서 돋아나더니 마치 바다처럼 오르락내리락을 거듭하는 여인의 배를 향해 달려들었다. 그는 이 미지근하고 단단한 줄기들이 자기 손가락들 사이에서 우글거리는 것을 보고 한없는 혐오감을 느끼면서 그것들을 밀치고 떼어내었다. 그러자 갑자기 이 추악한 식물들은 사라졌고 두 팔이 그를 얼싸안으려고 했다. 끔찍한 불안감이 그의 심장을 방망이질 치게 하였다. 왜냐하면 여인의 두 눈, 소름 끼치는 두 눈이 밝고 차가운 청색으로 변했기 때문이었다. 그녀의 포옹에서 벗어나기 위해 그는 안간힘을 썼지만 그녀는 그를 저항할 수 없는 자세로 잡아놓고 있었다. 얼이 빠진 채 그는 공중으로 쳐든 여자의 허벅지 아래로 장검의 칼날들 속에 피를 흘리면서 벌어진 잔인한 니둘라리움 꽃이 피어나는 것을 보았다.

그의 몸이 이 식물의 흉측한 상처를 스쳤다. 그는 자신이 죽을 것이라는 느낌이 들었다. 숨이 막히고 싸늘하게 얼어붙어 미칠 듯한 공포에 사로잡힌 채 소스라치게 놀라 잠이 깬 그는 한숨을 내쉬었다. '휴! 꿈이었구나, 하느님 맙소사!'

제9장

    악몽은 연이어 계속되었다. 그는 잠들기가 겁났다. 때로는 집요한 불면증과 열에 들뜬 흥분 속에, 또 때로는 실족하여 계단 꼭대기에서 구른 뒤 몸을 가눌 수조차 없이 깊은 구렁텅이로 굴러 떨어지다가 소스라쳐 깨어나곤 하는 악몽 속에 그는 몇 시간이고 침대 위에 누워 있었다.

    며칠 동안 무디어졌던 신경쇠약이 다시금 위세를 떨쳤고 새로운 증상들을 보이면서 훨씬 맹렬하고 집요하게 나타났다.

    이제는 이불이 그를 거북하게 했다. 시트를 덮으면 그는 숨이 막혔고 온몸에 벌레가 스멀스멀 기어다니는 느낌을 받았다. 다리 전체가 피가 통하지 않아 저렸고 빈대에 물린 것처럼 따끔거렸다. 얼마 지나지 않아 턱뼈 부근에서의 묵직한 통증과 관자놀이를 바이스로 조이는 듯한 느낌이 이런 증세들에 더해졌다.

    그의 걱정은 커져갔건만 불행하게도 이 냉혹한 병을 치유할 방법이 없었다. 그는 화장실에 물 치료 요법 장치들을 설치하려고 시도해봤지만 별다른 소득이 없었다. 집이 위치한 언덕에까지 물을 끌어올리기란 불가능했고, 게다가 수도가 하루 중 몇 시간만 인색하게 작동되는 마을에서 충분한 양의 물을 구하는 것 자체가 힘들었기 때문에 그도 어쩔 수가 없었다. 척추의 마디마디 위로 강하게 부딪쳐 부서질 때만이 유일하게 불면증을 억제하고 평온을 되찾는 데에 제법 효능을 지니게 마련인 강한 물줄기 마사지를 받을 수 없었으므로, 그는 욕조나 목욕통 안에서 잠깐 물을 끼얹고 그저 찬물을 아픈 부위에 부은 다음 말총 장갑을 낀 하인이 힘차게 문질러주는 것에 만족할 수밖에 없었다.

하지만 이런 사이비 물 치료 요법은 신경쇠약의 악화를 전혀 막아주지 못했다. 기껏해야 그는 몇 시간 정도 몸이 가벼워질 뿐이었고, 그나마 훨씬 격렬하고 매섭게 다시금 공격해오는 발작의 대가를 톡톡히 치러야만 하였다.

그는 한없는 권태를 느끼고 있었다. 휘황찬란한 화초들을 소유하는 기쁨은 말라버렸다. 그는 화초들의 생김새와 뉘앙스에 이미 싫증을 내고 있었다. 지극한 정성을 들여 가꾸었음에도 대부분의 화초들은 시들고 말았다. 그는 방에서 그것들을 치우도록 시켰고, 신경이 극도로 날카로워질 때면 화초들이 차지하고 있었던 자리가 텅 빈 것을 보고 속이 상해서 그것들을 더 이상 볼 수 없다는 데에 화를 내었다.

기분을 전환하고 한없이 길게만 느껴지는 시간을 보내기 위해 그는 판화들을 담은 상자들에 매달려 소장하고 있는 고야의 판화들을 정리했다. 불그스레한 색조로 알아볼 수 있는 원판들로, 예전에 경매에서 거금을 들여 사들인 「변덕」 연작의 몇몇 판화들의 초판본은 그를 즐겁게 해주었다. 화가의 환상들을 따라가면서 현기증 나는 장면들과 고양이를 집어 탄 마녀들, 교수대에 달린 죄수의 이를 뽑으려 애쓰는 여인들, 산적들, 음몽마녀들, 악마들과 난쟁이들에 매료되어 그는 이 판화들에 몰입하였다.

그런 다음 그는 다른 모든 동판화와 아콰틴트 판화 연작들을 섭렵하였다. 너무도 음산한 공포로 가득 찬 「속담」 연작에 너무도 잔혹한 격분에 휩싸인 전쟁을 다룬 연작들, 마지막으로 「교수형」 판화를 살펴보았다. 그는 이 작품의 초벌인쇄 판본을 애지중지하였는데 펄프를 가로지른 제지함 지탱목 자국이 선명하게 남은 두꺼운 종이에 인쇄된 것이었다.

고야의 거친 능변, 신랄하고 격정적인 재능이 그의 마음을 사로잡았다. 하지만 고야의 작품들이 획득한 전 세계적인 찬사는 어쨌든 그를 그것들에서 조금은 멀어지게 했다. 몇 년 전부터 그는 이 작품들을 액자에 넣기를 단념하고 있었는데, 그렇게 눈에 잘 띄게 함으로써 혹시라도 아무 머저리나 주위들은 말로 그 작품들 앞에서 헛소리를 늘어놓고 황홀해 하는 것이 당연하다고 생각하지 않을까 두려워서였다.

이따금씩 남들 몰래 훑어보는 렘브란트의 작품들 역시 마찬가지였다. 사실 세상에서 가장 아름다운 아리아일지라도 대중이 그것을 흥얼거리고 오르간들이 그것을 가로채기가 무섭게 저속해지고 아주 불쾌한 것으로 변질되고 마는 것과 마찬가지로, 가짜 예술가들을 냉담하게 만들지 못하고 천치들에 의해서 전혀 부인되지 않으며 소수의 사람들에게서 열광을 불러일으키는 것으로 만족하지 않는 예술 작품 역시, 바로 그러한 이유로 인하여 전문가들에게는 오염되고 진부한 것이 되고 불쾌감을 일으키기조차 하는 것이다.

이처럼 혼잡스레 쏟아지는 찬사는 그의 생애에서 가장 커다란 상심거리 중의 하나였다. 예전에 그에게 소중했던 그림들과 책들은 이해할 수 없는 성공들로 인해 이제는 엉망이 되고 말았다. 만장일치의 찬양 앞에서 그는 기어이 이 작품들에서 미세한 결함들을 발견하기에 이르렀고, 자신의 통찰력이 무뎌지지나 않았는지, 혹시 분별력을 잃지나 않았는지를 자문하면서 그것들을 배척하였던 것이다.

그는 상자를 다시 닫았다. 갈피를 잡지 못하고, 또다시 우울에 빠져들었다. 생각의 흐름을 바꿔보기 위해 그는 생각을 부드럽게 해주는 책들을 읽어보려고 했다. 머리를 식힐 요량으로 그는 예술적인 진정제들을 섭취해보려 했고, 경련을 더 많이 일으키거나 인산염이 보다 풍부한 작품들을 읽기에 피로를 느낄 회복기 환자들과 불안정한 사람들에게는 더할 나위 없이 매력적인 책들을 읽었다. 그것은 다름 아닌 디킨스의 소설들이었다.

하지만 이 책들은 그가 기대했던 것과는 정반대의 효과를 내었다. 정숙한 연인들, 목까지 가리는 옷을 입은 청교도 여주인공들은 별을 바라보며 생기를 띠었고, 눈을 내리깔고 얼굴을 붉히거나 서로 손을 잡고 행복에 겨워 눈물을 흘리는 게 고작이었다. 이처럼 과장된 순수함은 곧 그를 정반대의 과도함으로 내몰았다. 대조의 법칙에 의해 그는 한 극단에서 다른 극단으로 건너뛰었고 격정으로 떨리는 외설스러운 광경들을 기억해냈다. 그는 애인들의 성행위들, 입과 입이 뒤섞인 키스, 상대의 입 안으로 혀가 들어가는 것을 부끄러이 여긴 성직자들이 비둘기 키스라 부르는 키스를 생각했다.

그는 책 읽기를 멈추었다. 그러고는 정숙한 티를 내는 영국으로부터 멀찌감치 떨어져서 교회가 비난하는 방탕한 음행들과 추잡한 전희들에 관해 반추해보았다. 모종의 충격이 그를 엄습했다. 돌이킬 수 없으리라 믿었던 두뇌와 몸의 성욕 감퇴가 갑자기 사라져버린 것이었다. 고독은 여전히 그의 신경 장애에 영향을 끼치고 있었다. 그는 또 한 번 종교 자체가 아니라 종교가 단죄하는 행위와 죄악들의 간교함에 사로잡히고 말았다. 교회에서 늘상 행해지는 기도와 협박의 내용만이 그를 휘어잡았다. 벌써 몇 달째 무감각하던 육욕은 경건한 책들의 독서로 뒤흔들려 영국식의 얌전 빼는 태도에 의해 깨어났고 신경쇠약증의 발작 과정과 함께 벌떡 일어섰다. 자극을 받은 그의 감각은 그를 과거로 다시 이끌어갔고 그는 오래된 시궁창 생활의 추억 속에서 허우적거렸다.

그는 몸을 일으켜 세웠다. 그러고는 쓸쓸히 뚜껑에 사금석이 박혀 있는 작은 은상자를 열었다.

상자는 보라색 사탕들로 가득 차 있었다. 그는 하나를 집어들고 마치 서리가 내린 듯 설탕이 붙어 있는 이 아몬드향 사탕의 묘한 속성들을 생각하면서 그것을 손가락 사이로 매만졌다. 예전에 성불능이 확실해지고 아무런 양심도, 회한도, 새로운 욕망도 없이 여자를 생각하게 되었을 때면, 그는 이 사탕 중의 하나를 혀 위에 올려놓고 녹게 내버려두곤 했다. 그러면 갑자기 아주 희미하고 나른한 해묵은 방탕의 생활이 한없이 부드럽게 회상되어 떠오르곤 하였다.

시로댕[71]이 발명하였고 '피레네 산맥의 진주'란 우스꽝스러운 이름으로 불리는 이 사탕들은 사르칸투스 향수, 여성적인 향유 한 방울이 한 조각의 설탕으로 결정화된 것이었다. 그것들은 입 안의 미각 돌기로 스며들어 고급 식초를 풀어 젖빛으로 변한 목욕물의 추억과 짙은 향기에 젖은 매우 깊은 입맞춤의 추억을 불러일으키는 것이었다.

이 사랑의 향기, 그의 뇌리의 한구석에 나신을 떠오르게 하고 과거에 자신이 좋아했던 몇몇 여자들의 맛을 잠시 동안 되살려주는 이 애무의 흔적, 사랑의 향료의 냄새를 맡으면 그는 보통 쓴웃음을 짓곤 했다. 하지만 이날 이 사탕들은 더 이상 은근하게 작용하지 않았고, 오래되고 어렴풋한 방탕의 영상이 되살아나게 하는 것으로 그치지 않았다. 반대로 그것들은

---

71 유명한 제과업자. 에드몽 공쿠르의 소설 『포스탱』의 여주인공 역시 시로댕이 만든 사탕의 애호가다.

막을 찢어버리고 그의 눈앞에 절박하고도 생생한 육욕의 실체를 내던지는 것이었다.

이 사탕 맛 덕분에 확실한 윤곽으로 그려낼 수 있었던 애인들의 행렬을 선두에서 이끌던 한 여자가 멈추어 섰다. 그녀는 희고도 기다란 이와 완전히 핑크빛인 반들반들한 피부, 생쥐 눈에 비스듬히 다듬어진 코, 애교머리로 이마를 가릴 수 있게 다듬어진 금발 머리를 드러내고 있었다.

그녀는 미스 우라니아로 늘씬한 몸매에 힘이 넘치는 다리, 무쇠처럼 단단한 근육과 튼튼한 팔뚝을 지닌 미국인이었다.

그녀는 서커스단에서 가장 유명한 곡예사 중의 하나였다.

데 제쎙트는 며칠 동안 저녁 내내 그녀를 주의 깊게 지켜보았다. 처음 몇 번은 그녀가 있는 그대로의 모습으로, 즉 건장하고도 아름답게 보였다. 그렇지만 그녀에게 다가가고 싶은 욕망이 전혀 그를 사로잡지 않았다. 그녀는 육욕에 신물 난 사람이 탐낼 만한 요소를 아무것도 지니고 있지 않았기 때문이었다. 그러나 그는 알 수 없는 무언가에 이끌려, 단정하기 힘든 어떤 감정에 떼밀려 다시 서커스를 보러 갔다.

그녀를 관찰하는 동안에 차츰 기이한 발상이 떠올랐다. 그녀의 유연함과 힘을 찬양하다 보니 인위적인 성전환이 그녀에게서 일어나고 있음을 보게 되었다. 그녀의 우아하지만 우스꽝스러운 몸짓이며 여자다운 애교는 점점 사라진 반면, 그 대신에 정력적인 남자의 날래고 힘찬 매력이 발휘되었다. 한마디로 우선은 여성이었다가 그다음에는 잠시 주저하고, 그리고는 중성에 가까워졌다가 마침내 결심을 내려 자신의 정체를 명확히 밝히면서 완전한 남성으로 변하는 것처럼 보였다.

'그렇다면 건장한 남자가 허약한 소녀에게 반하는 것과 마찬가지로 이 곡예사는 기질적으로 나처럼 허약하고 구부정한 인간, 기력 없는 인간을 분명 좋아할 거야'라고 데 쎙스트는 생각했다. 자신을 들여다보고 마음속에서 비교가 이루어지도록 내버려두다 보니 그는 자신이 여성화되고 있다는 인상을 품기에 이르렀다. 그러자 그는 빈혈기 있는 소녀가 자신을 으스러지도록 두 팔로 안아줄 수 있는 무지막지한 장사를 열망하듯 정말로 이 여자를 소유하기를 원하게 되었다.

미스 우라니아와 그 사이의 성의 교환은 그를 흥분시켰다. '우린 천생연분이야'라고 그는 확신했다. 그때까지 혐오해왔던 난폭한 완력에 대한 이러한 갑작스러운 찬미는 마침내 타락의 구렁텅이의 터무니없는 매력, 기둥서방의 볼품없는 애정에 비싼 대가를 지불하는 것으로 만족하는 저급한 매춘의 터무니없는 매력과 한데 뒤섞이게 되었다.

곡예사를 유혹하고, 그럴 수만 있다면 실현 단계 자체에 돌입하기로 결심을 굳혀가는 동안, 그는 여인의 지각없는 입술에 자신의 생각들을 올려놓으면서, 또한 공중그네 위에서 재주를 넘는 곡예사의 변함없이 고정된 미소 위에 놓아둔 자신의 의도들을 다시 읽어내면서 자신의 꿈들을 공고히 하곤 하였다.

어느 날 저녁 그는 좌석 안내원들에게 전갈을 들려 보내기로 결심했다. 미스 우라니아는 먼저 유혹받지 않는 한 절대로 몸을 맡기지 않는 게 당연하다고 생각했다. 풍문으로 들어서 데 쎙스트가 부자이며 그의 이름이 여자들의 명성을 높이는 데 도움이 된다는 것을 알고 있었기 때문에 어쨌든 그녀는 별로 완강한 태도를 취하지는 않았다.

하지만 소원이 이루어지기가 무섭게 그가 느낀 실망은 가능한 정도를 뛰어넘었다. 그는 그 미국인 여자가 장터의 차력사만큼이나 어리석고 난폭하리라 상상하고 있었다. 불행하게도 그녀의 아둔함은 전적으로 여성적이었다. 물론 그녀는 교양도 재간도 부족했고 양식도 재치도 없었다. 그리고 비록 식탁에서는 동물적인 왕성함을 과시했지만 그녀에게는 여자의 모든 유치한 감정이 남아 있었다. 그녀는 시시한 잡담에 심취한 매춘부들의 수다와 교태를 지니고 있었다. 그녀가 가진 여성의 몸 안에는 남성적 관념들의 변환이 존재하지 않았던 것이다.

게다가 그녀는 침대에서 청교도적인 신중함을 지닐 뿐이었고, 그가 한편으론 두려워하면서도 바라고 있었던 운동선수다운 난폭함은 전혀 없었다. 그가 한순간 희망을 품었던 것과는 달리 그녀는 성적인 정체성의 교란에 좀처럼 빠져들지 않는 사람이었다. 그녀의 텅 빈 갈망들을 잘 탐색해보면 그는 어쩌면 섬세하고도 호리호리한 사람과 자신의 기질과는 완전히 반대인 기질에 대한 호감을 알아볼 수도 있었을 것이다. 하지만 그렇더라도 그는 어린 소녀가 아닌 쾌활하고 왜소한 남자 아니면 괴짜에 비쩍 마른 어릿광대에 대한 편향을 발견했을 것이었다.

운명적으로 데 제쎙트는 한동안 잊고 있었던 남성의 역할로 되돌아갔다. 여성다움, 나약함, 돈 주고 산 거짓 보호, 심지어 두려움 등의 인상들은 사라지고 말았다. 더 이상 환상은 불가능했다. 미스 우라니아는 평범한 애인일 뿐이었고 그녀가 머릿속에 불러일으켰던 호기심의 타당성을 어떤 식으로도 입증하지 못하였다.

비록 그녀의 신선한 살결과 빼어난 미모의 매력이 데 제쎙트를 일단은 놀라게 하고 그의 관심을 잡아두긴 하였으나, 그는 재빨리 이 관계를 피하려 들었고 절교를 서둘렀다. 왜냐하면 때 이른 그의 성불능은 이 여자의 차가운 애무와 얌전 빼는 태만 앞에서 한결 악화되었기 때문이다.

그렇지만 이 끝없이 이어지는 음란의 행렬에서 그의 앞에 제일 먼저 멈춰 섰던 것은 바로 그녀였다. 그러나 어쨌든 그녀보다 덜 허황된 매력에 더 많은 쾌락을 제공했던 한 무리의 다른 여자들보다도 그녀가 그의 기억 속에 훨씬 강렬하게 각인되었다면, 그것은 그녀가 풍기는 건강한 짐승 냄새 때문이었다. 그녀가 지닌 넘쳐흐르는 건강은 데 제쎙트가 시로댕의 섬세한 사탕에서 미묘한 흔적을 발견하는, 향수로 치장된 빈혈증과도 정반대였던 것이다.

일종의 후각상의 대조처럼 미스 우라니아는 어쩔 수 없이 그의 기억 속에 중요하게 자리 잡았다. 그렇지만 이러한 자연스럽고 가공되지 않은 냄새를 맞닥뜨리기 무섭게 데 제쎙트는 세련된 숨결로 되돌아갔고 불가피하게 다른 애인들을 생각하게 되었다. 그녀들은 떼를 지어 그의 뇌리로 밀려들었다. 하지만 몇 달 동안이나 그 기괴함으로 그를 만족시켰던 한 여자가 다른 모든 여자보다 한층 높이 떠올랐다.

그녀는 마른 몸집에 키가 작은 갈색 머리의 여자였다. 그녀의 눈은 검었고 머리카락은 마치 붓으로 그린 듯이 머리에 딱 달라붙도록 기름을 발라 사내아이처럼 관자놀이 부근에서 가리마를 타고 있었다. 데 제쎙트는 그녀를 한 카페 콩세르[72]에서 알게 되었는데 그녀는 그곳에서 복화술 공연을 하고 있었다.

복화술 공연을 실제로 보면서 거북해 하던 청중들이 깜짝 놀랄 정도로, 그녀는 의자들 위에 골판지로 만든 어린아이들을 팬플루트[73] 모양으로 세워놓고 돌아가며 말하도록 하는 것이었다. 그녀는 거의 살아 있는 듯한 인형들과 대화를 나누었다. 홀 안에서는 샹들리에 부근에서 파리들이 윙윙거리는 소리를 내는 것 같았다. 가공의 마차들이 굴러가는 소리가 입구에서 무대까지 지나가면서 관객들을 스쳐갈 때면 앉아 있다는 것에 놀라 자신들의 특별석에서 흠칫 뒤로 물러서는 숨죽인 관객들의 웅성거림을 들

---

72 노래, 연극, 춤 등의 다양한 볼거리를 제공하는 유흥장.
73 대나무 등으로 만든 관을 일렬로 연결한 관악기.

을 수 있었다.

데 제쎙트는 완전히 매료되었다. 많은 생각이 그의 마음속에서 싹터 올랐다. 우선 그는 지폐를 마구 뿌려가며 서둘러 복화술사를 정복하려 애를 썼다. 미스 우라니아와의 뚜렷한 대조 그 자체로 그녀는 그의 마음에 들었다. 이 갈색 머리 여자는 퇴폐적이고도 자극적으로 조제된 향수들을 뿌렸고 화산 분화구처럼 뜨겁게 끓어올랐다. 갖은 술책을 다 동원하였지만 데 제쎙트는 단 몇 시간 만에 완전히 기진하고 말았다. 그럼에도 그는 친절하게도 그녀가 자신을 계속 갈취하도록 내버려두었다. 왜냐하면 애인 그 자체보다는 기형적인 인간으로서의 그녀가 훨씬 그의 마음을 끌었기 때문이었다.

더욱이 그가 품었던 계획들이 무르익었다. 그는 그때까지는 실현 불가능했던 계획들을 달성하기로 결심했다.

그는 어느 날 저녁 검은 대리석으로 된 작은 스핑크스를 가져오게 했다. 두 다리를 쭉 뻗고 뻣뻣하게 머리를 곤추세운 고전적인 자세로 엎드린 스핑크스였다. 그러고는 잡색 토기로 된 키메라도 가져오게 했다. 곤두세운 갈기를 흔들며 사나운 눈초리로 노려보고 꼬리에 난 주름으로 대장간의 풀무처럼 부풀어오른 옆구리를 부채질하고 있는 모습이었다. 그는 이 짐승들의 조각상을 방의 양끝에 놓아두었다. 그는 램프 불은 끈 채 벽난로의 잉걸불이 아궁이에서 붉은색으로 타오르게 하였고 그리하여 거의 어둠 속에 잠기다시피 한 물체들을 크게 보이도록 하였다.

그런 다음 그는 소파의 여자 옆에 누웠다. 움직임 없는 그녀의 얼굴은 숯불의 빛으로 붉게 물들었다. 그는 기다렸다.

사전에 그가 오랫동안 끈기 있게 연습시킨 기묘한 억양에 맞춰 그녀는 입술을 움직이지도 않고 그것들을 쳐다보지도 않은 채, 두 괴물에게 생기를 불어넣었다.

밤의 침묵 속에 스핑크스와 키메라 사이의 놀라운 대화[74]가 시작되었다. 처음에는 목구멍 깊은 곳에서 나오는 거친 목소리로, 이어서 인간의 목소리 같지 않은 날카로운 목소리로 낭송되었다.

"여기다. 키메라. 멈춰라."

"절대로 안 돼."

플로베르의 경탄할 만한 문장에 매료된 그는 숨을 몰아쉬며 소름 끼치는 이 이중창을 듣고 있었다. 뒷덜미에서 발끝에 이르기까지 전율이 그의 몸을 휩쓸고 지나갔다. 그때 키메라가 장중하고도 불가사의한 문장을 큰 소리로 외쳤다.

"난 새로운 향기들, 훨씬 넓은 꽃들 그리고 아무도 경험하지 못한 쾌락을 찾고 있다."

아! 주문처럼 신비로운 이 목소리는 바로 그에게 말하고 있는 것이었다. 그 목소리가 미지의 세계에 대한 열정을, 충족되지 않는 이상을, 사고의 한계들을 뛰어넘고 그 어떤 확신에도 도달함 없이 예술의 피안에 깔린 안개 속을 더듬어나감으로써 끔찍한 존재의 현실을 탈피하고픈 욕구를 바로 그에게 이야기해주는 것이었다. 그가 기울인 노력들의 모든 참담함이 그의 가슴을 조여왔다. 그는 곁에서 침묵을 지키는 여자를 부드럽게 끌어안았고, 마치 위로를 바라는 어린아이처럼 그녀의 품을 파고들었다. 무대에서 멀리 떨어져 휴식을 취해야 할 시간에 집에서 이 장면을 연출하고 자신의 장기를 보여주느라 뾰루퉁해진 여배우의 표정도 그의 눈에 들어오지

---

[74] 귀스타브 플로베르의 『성 앙투안의 유혹』에 나오는 스핑크스와 키메라의 대화. 합리와 질서를 상징하는 스핑크스와 감성과 일탈을 상징하는 키메라가 교접을 시도하다 실패하고 벌이는 이 대화는 19세기 후반기의 작가들에게 강한 영향을 끼쳤다.

않았다.

그들의 관계는 지속되었다. 그러나 데 쎙트의 성욕 감퇴가 악화되었다. 들끓는 그의 머리는 꽁꽁 얼어붙은 그의 몸을 녹이지 못했다. 그의 신경들이 더 이상 그의 뜻을 따라주지 않았다. 노인네들이 부리는 욕정의 광기들이 그를 지배했다. 애인 곁에서 점점 더 우유부단해지는 자신을 느끼며 그는 노쇠하여 불안정한 욕망에 가장 효과적인 강장제에 호소해보기로 했다. 그것은 다름 아닌 공포였다.

그가 여자를 안고 있는 동안 술주정꾼의 쉰 목소리가 문 뒤에서 터져 나왔다. "문 안 열래? 네년이 그 놈팡이와 있는 걸 다 안단 말이다. 기다려라. 기다려. 이 망할 년!" 야외나 풀밭, 튈르리 공원이나 공중변소 혹은 벤치에서 사랑을 나누다가 현장에서 붙들리리라는 두려움에 흥분하는 난봉꾼들처럼 그는 일시적으로 기력을 회복하여 복화술사에게 달려들었고 그녀의 목소리는 계속해서 방 밖에서의 소란을 연기해내었다. 이러한 소란의 와중에서, 그리고 음란 행위 도중 들키자 시간에 쫓겨 위험을 무릅쓰는 사람의 불안감의 와중에서 데 쎙트는 전혀 경험해보지 못한 희열을 맛보았다.

불행하게도 이러한 소동들은 오래 지속되지 못했다. 그가 지불한 과도한 대가에도 불구하고 복화술사는 그를 차버렸고 바로 그날 저녁 요구 조건이 훨씬 덜 복잡하고 허리 힘이 보다 확실한 건장한 남자에게 몸을 맡겼다.

정녕 그는 이 여자를 그리워했다. 그녀의 기교들을 기억하노라면 다른 여자들은 별다른 감칠맛이 없어 보였다. 어린아이들의 퇴폐적인 우아함도 그에게는 밋밋하기만 했다. 단조롭게 꾸며진 표정들에 대한 그의 경멸은 더 이상 그것들을 용납할 수 없을 정도로 심해졌다.

라투르 모부르 대로를 산책하던 어느 날 홀로 환멸을 곱씹고 있을 때 앵발리드 근처에서 바빌론 가로 가는 가장 빠른 길을 알려달라고 부탁하면서 한 앳된 청년이 그에게 다가왔다. 데 제쎙트는 그에게 갈 길을 알려주었다. 그 역시 광장을 가로질러 가야 했으므로 두 사람은 나란히 걸었다.

"그렇다면 왼쪽으로 가면 훨씬 멀다는 말씀이군요. 하지만 사람들이 대로를 비스듬히 돌아가면 훨씬 빨리 도착할 거라던데요"라고 말하며 좀 더 상세하게 길을 묻기 위해 뜻밖의 방식으로 강조하는 청년의 목소리는 애원하는 듯하면서도 수줍었고 매우 저음이면서도 부드러웠다.

데 제쎙트는 그를 쳐다보았다. 그는 중퇴한 중학생처럼 보였다. 그는 간신히 허리띠 아래로 내려와 엉치를 조이는 체비어 모직으로 된 작은 상의와 딱 달라붙는 검은 바지, 라발리에르형의 흰 줄무늬가 들어간 짙은 청색의 불룩한 넥타이 위로 브이자 모양으로 파져 깃이 접힌 셔츠를 초라하게 입고 있었다. 그는 손에 단단한 판지로 장정한 교과서를 들고 있었고 챙이 편편한 갈색 중산모자를 쓰고 있었다.

그의 얼굴은 관능적이었다. 긴 검은 머리 아래로 제법 균형 잡힌 창백하고 길쭉한 얼굴은 물기를 머금은 커다란 두 눈으로 빛났다. 푸르스름한 눈꺼풀은 금빛 주근깨가 몇 개 찍힌 코에 가까이 붙어 있었고 코 아래로는 작지만 마치 앵두처럼 가운데에 금이 가 둘로 나뉜 도톰한 입술이 에워싸고 있는 입이 벌어져 있었다.

한순간 그들은 서로를 정면으로 뜯어보았다. 그리고 청년은 눈을 내리깔고 가까이 다가왔다. 걸음을 늦추고 생각에 잠겨 이 청년의 가볍게 흔들리는 걸음걸이를 바라보는 데 제쎙트의 팔에 곧 그의 팔이 스쳤다.

이처럼 우연한 만남에서 통념을 벗어난 우정이 태어났고 몇 달 동안 지속되었다. 데 제쎙트는 그 생각을 할 때마다 소스라치곤 하였다. 그는 그처럼 유혹적이고도 강압적인 매춘은 겪어본 적이 없었다. 그는 그와 같은 위험을 경험한 적도, 또한 그처럼 고통스러운 만족감을 느꼈던 적도 전혀 없었다.

고독 속의 그를 에워싼 추억들 중에서 바로 이 상호적인 애착의 기억이 다른 모든 것을 압도하고 있었다. 신경쇠약 때문에 극도로 흥분된 정신이 지닐 수 있는 모든 방탕의 효모가 발효하고 있었다. 이러한 추억들 속에, 신학이 오래된 타락의 회귀에 붙인 이름 그대로 음울한 희열 속에 빠져 즐기다 보니 그는 십계명의 여섯번째와 아홉번째 계명을 어기는 죄악을 다루는 결의론자들인 부셈바움,[75] 디아나,[76] 리구오리,[77] 산체스[78] 등의 책에서 예전에 읽었던 내용들에 의해 돋워진 영적인 열정과 육체적인 영상들을 뒤섞게 되었다.

종교에 잠겨 있었던 그의 영혼, 앙리 3세의 치세까지 거슬러 올라가는 유전이 아마도 영향을 끼쳤을 그의 영혼 속에 종교는 인간을 초월하는 이상을 낳는 동시에 관능에 대한 불법적인 이상 역시 들쑤셔놓았다. 방탕하고도 신비주의적인 강박관념들이 서로 뒤섞이면서 그의 뇌리를 가득 메웠다. 이러한 강박관념들은 비속한 세상을 벗어나 일반적으로 숭상되는 풍습들에서 멀리 떨어져 독창적인 희열로 **빠져들고픈** 욕망과, 천상의 발작이건 저주받은 발작이건 간에 그것들이 유발하는 인산 감퇴로 공히 몹시 지치게 만드는 발작으로 **빠져들고픈** 끈질긴 욕망에 의해 손상되어 있

---

75 헤르만 부셈바움(1600~1668): 독일의 예수회 신학자.
76 안토니오 디아나(1585~1663): 이탈리아의 신학자. 저명한 결의론자로 『도덕적 결심』의 저자.
77 성 알폰소 드 리구오리(1696~1787): 나폴리 출신의 신학자.
78 토마 산체스(1550~1610): 에스파냐의 예수회 신학자. 결의론자로 『시골 사람의 편지』에서 파스칼의 비판을 받았다.

던 그의 뇌리를 떠나지 않았던 것이다.

    기진맥진한 데다 피로에 지쳐 거의 빈사 상태에 빠진 그는 이제 몽상에서 깨어났다. 곧바로 그는 초와 등잔을 켰다. 불빛에 잠긴 그에게 어둠 속에서보다 불분명하기는 하지만 목의 피부 아래에서 두 배나 빠른 박동으로 뛰고 있는 혈관들의 둔중하고도 끈질기며 참을 수 없는 소리가 들리는 것 같았다.

제10장

혈기가 소진된 종족을 유린하는 이 특이한 병이 진행되는 동안에는 발작 후에 갑작스러운 소강 상태가 이어지곤 한다. 어느 날 아침, 원인을 알 수 없지만 데 제쎙트는 완전히 건강한 상태로 잠이 깼었다. 허파를 송두리째 뽑아버릴 듯한 기침도, 목덜미에 나무망치로 쐐기를 박아대는 듯한 통증도 없었다. 다만 말로 표현할 수 없는 편안함을 느낄 뿐이었고, 생각이 맑아지고 불투명하고 끈적끈적하던 상념들이 마치 부드러운 색조의 비눗방울처럼 유동하는 무지갯빛으로 변한 듯 머리가 가벼워짐을 느낄 뿐이었다.

이 상태는 며칠 동안 계속되었다. 그러다가는 어느 날 오후 냄새의 환각이 갑작스레 모습을 드러냈다.

그의 방에선 아몬드 크림의 향기가 풍겼다. 그는 혹시나 향수병 하나가 열린 채 뒹구는 것은 아닌가 확인해보았다. 방 안에는 향수병이 하나도 없었다. 그는 자신의 서재로, 식당으로 가보았다. 하지만 냄새는 계속 풍겼다.

그는 하인을 불렀다. "아무 냄새도 안 나오?"라고 그가 물었다. 하인은 환기구의 냄새를 맡았고 아무 향기도 맡을 수 없다고 말했다. 더 이상 의심할 여지가 없었다. 또다시 새로운 감각 착란의 모습으로 신경쇠약이 재발한 것이었다.

이 가상적인 향기의 집요함에 지쳐 그는 진짜 향기들 속으로 빠져들기로 했다. 그러면서 그는 이 코에 대한 유사요법(類似療法)이 그를 낫게 하거나, 적어도 귀찮게 따라붙는 아몬드 크림 향을 저지해주기를 바랐다.

그는 화장실로 갔다. 그곳에는 그가 세숫대야로 사용하는 오래된 세례반(洗禮盤)이 있었고, 철로 만든 테가 푸르스름하게 죽어 있는 듯한 유리의 말간 면을 마치 달의 은빛 테두리처럼 가두고 있는 기다란 거울 아래에 다양한 크기와 모양의 유리병들이 상아로 만든 선반에 층층이 쌓여 있었다.

그는 이 병들을 탁자 위에 올려놓고 두 종류로 분류했다. 먼저 천연 향수, 즉 식물 추출물이나 증류물들의 부류가 있었고, 다음으로는 부케라는 총칭어로 지칭되는 혼합 향수의 부류가 있었다.

그는 안락의자에 몸을 깊숙이 파묻고 생각에 잠겼다.

이미 몇 년 전부터 그는 냄새의 학문에서 대단히 능숙한 사람이었다. 그는 청각이나 시각으로 느끼는 쾌감들과 동등한 쾌감을 후각으로부터 느낄 수 있다고 생각하고 있었다. 왜냐하면 천성적인 재능이나 해박한 기술 연마에 따라 각각의 감각들은 새로운 인상들을 인지하고 그 폭을 현저하게 증가시키고 조화를 이루게 하며, 그것들로 하나의 예술 작품을 구성하는 모든 것을 조제할 수 있기 때문이다. 그러므로 향기로운 액체들을 추출하는 데 하나의 예술이 존재할 수 있다는 것은 다른 예술들이 음파를 분리하거나 눈의 망막에 다양하게 채색된 광선이 맺힘으로써 존재하는 것에 비할 때 하등 이상할 것이 없는 노릇이었다. 다만 연습에 의해 발달된 특수한 직관 없이는 아무도 대가의 그림과 하찮은 그림을 구별할 수 없고,

베토벤의 아리아와 클라피송[79]의 아리아를 구분할 수 없는 것과 마찬가지로, 사전에 입문하지 않고는 어느 누구도 단번에 진지한 예술가가 만들어놓은 향기와 향신료 가게와 시장 판매용으로 공장에서 만들어진 싸구려 향료 단지를 혼동하지 않고 가려낼 수는 없는 것이다.

향수의 예술에서 다른 어떤 것보다도 한 가지 측면이 그를 매료시켰는데 그것은 거짓 정확성이었다.

실상 향수들이 그것들이 지닌 이름의 꽃들에서 추출된 적은 한 번도 없었다. 꽃을 증류하여 얻은 정제물은 대지 가득히 자신의 향기들을 퍼트리는 생화의 냄새와는 아주 거리가 먼 저속한 유사함만을 제공할 수 있으므로, 대담하게도 오로지 자연에서만 자신의 향수 성분들을 빌려오는 예술가는 진실성도, 특색도 없는 조잡한 작품만을 만들게 될 것이었다.

따라서 어떠한 위조도, 어떠한 유사품도 허용치 않고 엇비슷한 향기마저도 거부하는 저 모방할 수 없는 재스민 향을 제외한다면, 모든 꽃은 알코올 방향액과 증류액의 혼합을 통해서 정확하게 표현될 수 있다. 이 혼합물들은 원래의 향기에서 개성을 훔쳐낼 뿐만 아니라 거기에 극소량의 어떤 것, 즉 추가적인 어조, 자극적인 향취, 예술 작품을 특징짓는 희귀한 솜씨를 더하는 것이다.

결국 향수 제조에 있어서 예술가는 자연의 냄새를 다듬어 그것이 지닌 원래의 향기를 완성하며, 마치 보석 세공사가 보석의 광택을 정제하여 그것을 값지게 하는 것과 마찬가지로 자연의 향기를 세공한다.

모든 이가 가장 소홀히 한 이 예술의 비법들이 데 제쎙트 앞에 서서히 열렸다. 그는 이제 문학 언어만큼이나 다양하고 암시적인 이 언어, 그

---

[79] 앙투안 루이 클라피송(1808~1866): 프랑스의 음악가.

유동적이고 모호한 외관 아래 감춰진 유례 없이 간결한 문체를 해독하게 되었다.

그러기 위해서 그는 우선 문법을 연마하고 향기들의 통사론을 이해하며 그것들을 지배하는 규칙들을 잘 간파해야만 했다. 일단 이 언어와 친숙해진 다음에는 앳킨슨, 뤼뱅, 샤르댕, 비올레, 르그랑, 피에스 등의 거장들의 작품을 비교하고 그들이 만든 문장들의 구조를 해체하고 사용된 단어들의 비중과 문장들의 배열을 가늠해보아야 했다.

다음으로 이 액체들의 언어에서는 종종 불완전하고 진부한 이론들을 체험으로 뒷받침해주어야만 했다.

고전주의적인 향수 제조법은 실상 별로 다채롭지 않았고 거의 무채색에 가까웠으며 오로지 고대 화학자들이 주조해놓은 주형에 부어져 만들어졌다. 그것은 낡은 증류기에 갇혀 노망기로 횡설수설했으며, 바로 그때 열린 낭만주의 시기는 향수 제조법마저도 변모시켜 훨씬 젊고 다루기 쉬우며 한결 부드러운 것으로 만들었다.

향수 제조법의 역사는 차근차근 언어의 역사를 뒤따랐다. 루이 13세 시대에 귀중하게 여겨지던 성분들인 붓꽃 가루, 사향, 사향고양이의 향과 이전부터 천사의 물로 불려왔던 도금양수로 구성된 향수의 문체는 생타망[80]의 몇몇 소네트들이 아직도 간직하고 있는 기사도적인 우아함과 당시에 유행하던 약간은 선명한 색조들을 겨우 표현할 따름이었다. 그 후에는, 몰약과 유황처럼 강력하고도 엄격하여 신비로운 향료들을 가지고 보쉬에와 다른 설교의 대가들이 지닌 넘치는 기교와 대범하고 고상하며 다채로운 문

---

80 마르크 앙투안 지라르 생타망(1594~1661): 프랑스의 시인. 낭만적 정신의 소유자로 특히 1619년경에 쓴 「고독에 관한 오드」가 테오필 드 고티에에 의해 재평가됨으로써 19세기 문학가들에게 널리 알려졌다.

체를 표현하는 웅변술로 위대한 17세기의 성대한 외양을 드러내는 것이 거의 가능했다. 훨씬 나중에 루이 15세 치하 프랑스 사회의 지친 듯하고도 현학적인 우아함은 아몬드 크림 향과 마레샬 향에서 쉽게 그 대변자를 찾을 수 있었는데, 이것들은 말하자면 이 시대를 종합하는 것이었다. 그 후 오드콜로뉴와 로즈마리 향으로 조제한 향수들을 남용한 제1제정 시기의 따분함과 무관심이 지나간 다음, 향수 제조법은 빅토르 위고와 고티에를 따라 열대 지방으로 내달았다. 그리하여 동양의 향기들과 강렬한 향신료들의 다발을 만들었고 그때까지는 감히 시도되지 못했던 새로운 억양과 대구법들을 발견하였다. 아울러 고대의 뉘앙스들을 선별하고 재취합하여 복잡하게 만들고 정련하였으며 조화롭게 꾸몄다. 마침내 향수 제조법은 말레르브, 브왈로, 앙드리외,[81] 바우르 로르미앙[82] 등 하급 시 증류사들이 몰아갔던 의도적인 쇠락을 결연히 배척하게 된 것이었다.

그렇지만 1830년 이후 향기의 언어가 정체 상태로 머물렀던 것은 아니었다. 그것은 계속해서 변화하였고 세태를 본떠 다른 예술들과 보조를 맞추어 나갔으며, 애호가들과 예술가들의 요망에 부응하였다. 그리하여 중국풍과 일본풍으로 뛰어들었고 향기 나는 화첩들을 상상하였으며 타케오카의 꽃다발 향기를 모방하였다. 라벤더 향과 정향을 합성하여 롱들레시아의 향기를, 파출리 향유와 장뇌를 결합시켜 특이한 중국 묵향을, 레몬 향과 정향, 그리고 오렌지유 향을 조합하여 일본산 호베니아 포도의 향을 얻어내었다.

---

81 장 프랑수아 앙드리외(1682~1738) : 프랑스의 오르간 연주자 겸 작곡가.
82 피에르 바우르 로르미앙(1770~1854) : 프랑스의 시인. 특히 1801년 『오시앙 시집』을 번역하여 성공을 거두었으나 역설적이게도 낭만주의 논쟁에서는 신고전주의적 입장을 옹호하였다.

데 제쎙트는 이 액체들의 혼을 연구하고 분석하였고 그것들이 구성하는 텍스트에 주석을 달았다. 오로지 개인적인 만족을 위해 그는 심리 분석가의 역을 맡아 하고 한 작품의 구성 요소들을 분해하고 재조립하며 복합적인 향기의 구조물을 조각조각 뜯어보기를 즐겼다. 이러한 훈련 과정에서 그의 후각은 거의 완전무결한 필치의 확실성에 도달하게 되었다.

포도주 한 방울의 냄새만 맡아도 그 산지를 알아맞히는 포도주 상인이나 홉이 담긴 자루의 냄새만으로 곧바로 정확한 값어치를 결정하는 홉 판매자와 마찬가지로, 또한 냄새만으로 보이산의 어느 농가나 절에서 재배되어 언제 잎을 땄는지를 말하고 어느 정도로 볶았는지를 정확히 밝히며, 자두나무, 동백, 향올리브 등 차의 성격을 변화시키고 거기에 뜻밖의 강한 맛을 추가하여 어렴풋하고 신선한 꽃의 향기를 담백한 차의 향에 집어넣는 데 사용되는 이 모든 향료의 영향을 정확히 밝히는 중국인 차 상인과 마찬가지로, 데 제쎙트 역시 미량의 향기를 맡는 것만으로도 그 혼합 성분들의 함량을 이야기하고 배합이 드러내는 심리를 설명하며, 그것을 쓰고 거기에 고유한 문체의 흐름을 새겨 넣은 예술가의 이름을 거의 정확하게 알아맞힐 수 있었다.

향수 제조업자들이 사용하는 모든 향료 일습을 그가 보유한 것은 물론 당연한 일이었다. 그는 진품 메카 향유도 가지고 있었는데, 너무도 희귀한 이 향유는 중앙 아라비아의 일부 지역에서만 수확되었고 그 독점권은 대술탄에게 귀속되어 있었다.

화장실의 탁자 앞에 앉은 그는 새로운 향기를 창조할 궁리를 하고 있었다. 그는 몇 달간의 휴식 이후에 다시 새로운 작품을 시작할 준비를 하는 작가들이 익히 알고 있는 망설임의 순간에 사로잡혀 있었다.

작품에 착수하기 전이면 여러 장의 종이를 까맣게 메워야 할 절대적인 욕구에 사로잡히곤 하던 발자크처럼, 데 제쎙트는 그다지 중요하지 않은 몇 가지 작업으로 먼저 손을 푸는 것이 필요함을 알게 되었다. 헬리오트로프 향수목의 향을 조제하기 위해 그는 아몬드와 바닐라 향이 담긴 작은 병들을 손에 들고 무게를 헤아려보았다. 그러나 그는 생각을 바꿔 스위트피의 향기에 접근하기로 결심했다.

표현법들과 기법들이 가물가물 잘 생각나지 않았다. 그는 이런저런 방법들을 모색해보았다. 요컨대 이 꽃의 향기에서는 오렌지꽃 향기가 지배적이었다. 그는 여러 가지 배합을 시험해보았고 한 방울의 바닐라 향으로 연결한 월하향과 장미 향을 오렌지꽃 향기에 결합함으로써 마침내 정확한 향기에 도달할 수 있었다.

이제 불안감이 사라졌다. 미열로 그의 몸이 가볍게 떨렸다. 이제 작업을 할 만반의 준비가 된 것이었다. 그는 이집트 아카시아 향과 붓꽃 향을 섞어서 차의 향을 구성해보았다. 그런 다음 확신에 찬 그는 적극적으로 나서서 벼락 치는 듯한 하나의 문장을 힘주어 연주하기로 했다. 그 문장의 고압적인 떠들썩함이 아직도 방 안에서 이리저리 서성대는 교활한 아몬드 크림 향의 속삭임을 무너뜨리게 될 것이었다.

그는 용연향과 엄청난 반향을 지닌 히말라야 사향노루 향, 그리고 가공하지 않은 상태일 때 곰팡이와 녹 냄새를 풍기며 식물성 향료들 중에서 가장 자극적인 파츌리 향을 섞어보았다. 무슨 짓을 하더라도 18세기의 망령이 그를 사로잡았다. 살대를 넣은 치마와 주름치마들이 그의 눈앞에서 맴돌았다. 부셰[83]가 그린, 온통 살집만 있을 뿐 뼈가 없이 핑크빛 솜으로 가득 채워진 비너스의 기억들이 방의 벽들 위에 자리 잡고 있었다. 소설

---

[83] 프랑수아 부셰(1703~1770): 프랑스 로코코 예술을 대표하는 화가로「목욕하는 다이아나」등의 작품을 남겼다.

『테미도르』[84]와 타오르는 불꽃 같은 빛깔의 절망 속에 치마를 들어올린 우아한 로제트[85]의 기억이 그를 따라다녔다. 화가 난 그는 몸을 일으켰고 이 냄새에서 벗어나기 위해, 쥐오줌풀 냄새가 너무 강해 유럽인들에게는 대단히 불쾌하고 동양인들에게는 대단히 귀한 감송향의 순 농축액의 냄새를 있는 힘을 다해 들이마셨다. 너무도 강렬한 충격의 여파로 그는 어리둥절한 채로 있었다. 섬세하게 선조 세공된 향기는 마치 망치질로 짓이겨진 듯 사라져버렸다. 이 잠시의 유예를 이용하여 그는 지나버린 세기들과 케케묵은 향기의 발산에서 벗어나, 그가 예전에 했듯이 보다 덜 편협하고 훨씬 더 새로운 작품들에 몰입하려고 하였다.

예전에 그는 향수들 간의 화음을 마음속에 품어보는 것을 좋아했었다. 그는 시인들이 사용하는 것과 유사한 효과들을 사용하였는데 말하자면 「어쩌지 못할 일」과 「발코니」 같은 보들레르의 몇몇 작품들이 지닌 경탄할 만한 시행 배열을 이용하곤 했다. 이 시들에서 한 연을 구성하는 다섯 개의 시행 중 마지막 행은 첫번째 행의 반향운으로 되어 있어서 마치 후렴처럼 무한한 우수와 나른함 속에 영혼이 잠기도록 되돌아오는 것이었다.

그는 이 향기로운 시행들이 그에게 불러일으키는 몽상 속을 방황하던 중 갑자기 시의 향긋한 관현악 연주 속에 일정한 간격을 두고 다시 나타나는 첫 주제의 회귀에 의해 원점으로, 사색의 원래 주제로 되돌아왔다.

이제 그는 놀랍고도 변화무쌍한 풍경을 쏘다니고 싶어졌다. 그는 낭랑하고도 음량이 풍부한 문장으로 시작했고, 이 문장은 단번에 광활한 초원으로 이어지는 통로를 열었다.

분무기를 이용하여 그는 암브로시아 향, 미첨 지방 산 라벤더 향, 스

---

84 클로드 고다르 도쿠르(1716~1795)의 소설, 『테미도르 혹은 나의 이야기』.
85 올누아 부인(1650~1705)의 콩트, 『로제트 공주』의 주인공.

위트피 향과 다양한 향기로 만들어진 농축액을, 예술가의 솜씨로 증류되었을 때 흔히 '꽃이 만발한 초원의 추출물'이라고 불리는 이름에 걸맞을 농축액을 방 안에 주입하였다. 그런 다음 그는 이 초원에 월하향, 오렌지꽃, 아몬드를 정확하게 섞은 향기를 불어넣었다. 그러자 곧 인공적인 라일락 향기가 생겨났고, 런던의 보리수나무 농축액의 향기를 모방하는 연한 향내를 땅 위로 내려보내면서 보리수들이 하늘거리고 있었다.

감은 눈꺼풀 아래로 끝간 데 없이 펼쳐진 이 배경을 굵직한 몇 개의 선으로 그리고 난 뒤 그는 거의 고양잇과에 가까운 인간의 향기, 치마 냄새를 풍기며 분을 바르고 화장한 여인을 나타내는 향기들을 가볍게 흩뿌려 불어넣었다. 그 향기들은 마다가스카르 재스민, 아야파나, 오포파낙스, 베르가모트와 백단향을 섞은 키프로스 향, 캄파카 나무 향, 그리고 사르칸투스 향이었고, 이 향기들이 뒤섞이면서 발산하는 화장한 여인들의 인위적인 삶의 냄새에 땡볕 아래에서 노니는 땀에 젖은 웃음과 기쁨의 자연스러운 향기를 부여하기 위해 그 위에다가 극소량의 고광나무 향을 덧입혔다.

그런 다음 그는 선풍기를 돌려 이 향기로운 파동들이 흩어지게 하였고 들판의 향기만을 그대로 두었는데, 그는 이 향기를 새로 만들어 양을 증가시킴으로써 마치 자신의 시구들 속의 후렴구처럼 되돌아오도록 하였다.

점차 여인들은 사라져갔다. 들판은 비어 있었다. 바로 그때 매혹적인 지평선 위로 공장들이 솟아올랐고 엄청난 굴뚝들의 꼭대기는 마치 펀치 술 주발처럼 불이 붙어 있었다.

이제는 공장과 화학 약품들이 토해내는 입김이 그가 부채질로 일게 한 미풍 속에 담겨 지나가고 있었고, 이러한 대기의 화농 속에 자연은 여전히 자신의 부드러운 향기들을 발산하고 있었다.

데 제쎙트는 손가락 사이로 안식향 덩어리 하나를 매만지며 데웠다.

아주 이상한 냄새가 방에 퍼져 올랐다. 그것은 역겨운 동시에 그윽한 향기여서 황수선화의 감미로운 냄새와 구타페르카와 석탄유의 고약한 악취와 흡사했다. 그는 자신의 손을 소독하고 완전히 밀봉된 상자 안에 수지를 집어넣었다. 공장들 역시 사라졌다. 그러자 그는 다시 생생해진 보리수와 초원의 향기 가운데로 쿠마린을 원료로 한 뉴몬헤이 몇 방울을 흩뿌렸다. 그러자 잠시 동안 라일락이 없어진 이 마법의 장소 가운데로 건초 다발들이 솟아올라 새로운 계절을 몰고 왔고 여름의 향기들 안으로 섬세한 냄새를 퍼뜨렸다.

마침내 이 광경을 충분히 맛본 그는 서둘러 이국적인 향기들을 흩어지게 했고 여러 분무기의 내용물을 다 비웠으며 농축액들이 빠르게 움직이게 하여 모든 향수를 자유롭게 풀어두었다. 그러자 방 안의 과도하게 답답한 열기 속에 실성한 듯이 기화된 자연이 돌연히 나타나 그로 하여금 숨을 몰아쉬게 하였고, 인위적인 미풍 속에 광란에 빠진 방향성 증류액들을 담아냈다. 그것은 진실되지는 않았으나 매력적인, 그야말로 역설적인 자연이었다. 그것은 재스민, 산사나무 꽃, 마편초 등의 프랑스적인 향기에 열대 지방의 고추 향과 중국산 백단이 뿜어내는 후추 냄새 섞인 입김, 그리고 자마이카산 헤디오스미아 향을 한데 뒤섞었고, 계절이나 기후와는 무관하게 다양한 향의 나무들과 완전히 상반된 향기와 색채를 지닌 꽃들을 동시에 돋아나게 하고 있었다. 그것은 이러한 온갖 색조들의 융합과 충돌을 통해 이상하고 전혀 의외의, 이름 없는 총괄적인 향기를 만들어내었는데 그 안에서는 마치 집요한 후렴구처럼 도입부의 장식절, 즉 라일락과 보리수의 향으로 변질된 대평원의 향기가 다시 나타나고 있었다.

갑자기 격심한 고통이 그의 몸을 꿰뚫고 지나갔다. 마치 드릴로 관자놀이에 구멍을 내는 것 같았다. 그는 눈을 떴고 화장실 한복판의 탁자 앞에 앉아 있는 자신을 발견했다. 정신이 몽롱한 채 그는 힘겹게 창 쪽으로 걸어가서 창을 조금 열었다. 훅 하고 들어오는 신선한 공기가 그를 둘러싼 답답한 방 안의 공기를 진정시켰다. 다리의 힘을 되찾을 요량으로 그는 이리저리 방 안을 돌아다녔다. 그는 바닷가의 모래만큼이나 황금색인 우툴두툴한 바탕 위로 소금을 뒤집어쓴 게와 해조들이 돋을무늬로 새겨진 천장을 바라보면서 왔다 갔다 했다. 비슷한 무늬가 굽도리 널을 덮고 있었다. 굽도리 널에 맞닿은 벽면은 녹색의 일본산 크레이프 천으로 덮여 있었는데 약간 구겨진 이 벽지는 바람에 잔잔한 물결을 일으키는 개울의 졸졸거림을 모방하고 있었다. 개울의 가벼운 흐름 속에 장미 꽃잎 하나가 떠다니고 있었고 그 주변으로 먹으로 간단하게 그려진 한 무리의 피라미들이 맴돌고 있었다.

    그렇지만 그의 눈꺼풀은 여전히 무거웠다. 그는 세면대와 욕조 사이의 좁은 공간에서 걸어다니기를 멈추고 창틀에 몸을 기댔다. 몽롱함이 그쳤다. 그는 꼼꼼하게 향수병들의 뚜껑을 닫았고, 이 기회에 어질러져 있는 화장품들을 정리하려고 하였다. 퐁트네에 도착한 이후로 그는 화장품에 손을 댄 적이 전혀 없었으므로 예전에 그토록 많은 여자들의 방문을 받았던 화장용품 일습을 다시 보게 되어 거의 놀라움에 가까운 감정을 느꼈다. 갖가지 병과 단지들이 차곡차곡 쌓여 있었다. 한쪽에는 녹색 계열의 도기 단지 하나에 슈노다가 담겨 있었다. 그것은 경이로운 백색 크림으로 일단 뺨 위에 얇게 바르면 공기의 영향을 받아 부드러운 핑크색으로 변하고 이어 너무도 생생한 살색으로 변하는 까닭에 혈색이 좋은 피부와 정말로 똑같이 보이는 착각을 일으켰다. 다른 쪽에는 나전 칠기들이 일본산 금분과 가뢰[86]의 날개 빛인 아테네산 녹분들을 담고 있었다. 이 금분과 녹분은 물에 적시는 순간 짙은 보라색으로 변하는 것들이었다. 개암열매 크림, 하렘의 세르키스 분, 카슈미르의 백합 크림, 기초 화장용의 딸기 향 화장수와 딱총나무 화장수로 가득 찬 단지들 곁에, 또한 눈 화장용의 중국산 먹물과 장미수가 채워진 작은 병들 곁에는 상아, 진주조개 껍질, 쇠, 은으로 만들어진 도구들이 잇몸을 닦기 위해 개자리풀로 만든 솔과 함께 여기저기 흩어진 채 펼쳐져 있었다. 족집게, 가위, 목욕 수건, 브러시, 덧머리와 분첩, 등긁개, 애교점, 손톱용 줄 등이 여기저기 흩어져 있었다.

그는 예전에 특정한 향수와 향유의 냄새를 맡으면 황홀경에 빠지곤 하던 한 애인이 간청하여 구입했던 이 사치스러운 도구들을 만지작거렸다. 약간 제정신이 아니었던 데다가 신경질적이었던 그녀는 젖꼭지를 향수에 담그기를 좋아했다. 그리고 빗으로 머리를 빗어줄 때만, 혹은 비가 오는 날이면 애무를 받는 중에 숯 검댕 냄새나 건축 중인 집의 생회 냄새를 맡을 수 있을 때만, 여름에는 굵은 소나기 빗줄기에 젖은 먼지 냄새를 맡을 수 있을 때만 관능적이고도 숨넘어가는 듯한 희열을 맛보곤 하였다.

그는 이 추억들을 되씹어보았다. 할 일도 없고 궁금하기도 해서 이 여자와 함께 팡탱에 있는 그녀의 언니 집에서 보냈던 어느 날 오후가 그의 머릿속에 떠올랐다. 이 기억은 그동안 잊고 있었던 오래된 생각들과 옛날의 향수들의 세계를 들쑤셔놓았다. 두 여자가 수다를 떨고 서로 입은 옷을 자랑하고 있는 동안 그는 창가로 다가갔다. 먼지투성이의 유리 너머로 그는 진창이 가득한 길이 펼쳐진 것을 보았고 물웅덩이에 부딪히는 나막신들이 포도 위에서 내는 소리를 들었다.

이미 오래전의 이 광경이 갑자기 이상할 정도로 생생하게 나타났다. 살아서 움직이는 듯한 팡탱이 바로 그의 목전에, 그가 무심한 시선을 담

---

86 가룃과의 곤충을 통틀어 이르는 말. 날개가 퇴화되어 날지 못하는 해충.

그고 있는, 틀에 끼워진 거울 같은 모양의 달에 담긴 푸르스름하고 죽은 듯한 물속에 들어 있었다. 환영이 그를 퐁트네로부터 멀리 데리고 갔다. 거울은 길의 모습과 함께 그 길이 떠오르게 했던 생각들 역시 그에게 비춰 주었다. 파리로 돌아온 직후 써놓았던, 기발하고도 우수 어린, 그러면서도 위안을 주는 이 넋두리를 그는 몽상에 잠긴 채 되뇌어보았다.

—그래. 큰비가 내리는 날씨로구나. 인도 아래에 노랫소리가 울려 퍼지게 하면서 이무기돌들이 물을 토해내고 있다. 지저분한 오물들은 물웅덩이들 안에서 오래도록 절여진다. 웅덩이들은 대접 모양으로 여기저기 파인 마카담 도로를 카페오레로 채우고 있다. 가난한 행인들의 발을 씻어주는 대야들이 도처에 널려 있다.

낮게 깔린 하늘 아래, 후덥지근한 대기 속에서 집들의 벽은 검은 진땀을 흘리고 지하실의 환기창들은 악취를 풍긴다. 삶에 대한 불쾌감은 한층 커지고 우울은 이들을 짓누른다. 각자가 마음속에 지닌 타락의 싹들이 개화한다. 더럽게 취하고픈 욕구가 엄격한 이들을 뒤흔들고 존경받는 인사들의 머릿속에서는 도형수들이 품는 욕망들이 나타날 것이다.

그러나 난 활활 타는 불 앞에서 몸을 녹인다. 탁자 위에 놓인 활짝 피어난 꽃들이 담긴 바구니에서 안식향과 제라늄과 쇠풀 향기가 풍겨 나와 방을 가득 채운다. 11월이 한창인데도 팡탱의 파리 로(路)에는 봄이 계속되고 있다. 이렇듯 홀로 떨어져, 나는 추위가 다가오는 걸 피하려고 앙티브며 칸을 향해 쏜살같이 도망치는 겁쟁이 집안들을 비웃는다.

인정머리 없는 자연은 이 기이한 현상에 아무런 역할도 하지 않는다. 분명한 것은 팡탱에 이 인공의 계절을 만들어준 것은 다름 아닌 공장이라는 것이다.

실상 호박단으로 만든 이 꽃들은 놋쇠줄 위에 조립된 것이다. 피노 향수 공장과 생 잠 향수 공장처럼 주변의 공장들이 내뿜은 봄날의 향기가 창 틈새로 스며든다.

이 공장을 소유한 장사꾼들 덕분에 참으로 고된 노동에 지친 작업장의 장인들, 대부분이 가장인 말단 사원들이 좀 좋은 공기를 마시는 듯한 착각을 할 수 있는 것이다.

게다가 들판에 온 듯한 착각을 불러일으키는 이 멋들어진 기만술에서는 한 가지 영특한 치료법이 나올 수 있다. 우리가 남부 프랑스로 보내는 폐병 걸린 난봉꾼들은 습관으로부터의 급작스러운 단절로 인해, 그들이 누렸던 파리에서의 무절제에 대한 향수로 인해 마지막 숨이 끊어져 죽고 만다. 반면 여기에서는 거짓 기후 아래 난로 아궁이들의 도움을 받은 방탕한 추억들이 공장들에서 공기 중으로 발산된 여성적인 나른한 향내들과 함께 부드럽게 다시금 태어날 것이다. 이러한 속임수를 써서 의사는 자신의 환자를 위해 지방 생활의 치명적인 권태를 정신적인 차원에서 파리의 창녀들이 있는 규방의 분위기로 바꿀 수 있을 것이다. 대부분의 경우 환자가 약간 풍부한 상상력을 가지는 것만으로도 성공적인 치료를 이끌어내기에 충분할 것이다.

....

....

현재로서는 건전한 것이란 더 이상 존재하지 않는 까닭에, 또 우리가 마시는 포도주도 우리가 주장하는 자유도 이물질이 섞인 허접한 것인 까닭에, 마지막으로 지배 계급이 존경할 만하며 지배당하는 계급이 동정과 원조를 받을 자격이 있다고 생각하기 위해서는 참으로 특별한 분량의 선의가 필요한 까닭에, 팡탱 마을이 인공적인 니스라거나 날조된 망통[87]이라고 생각하기 위해 내 이웃에게 그들이 매일같이 어리석은 목적들을 위해 사용하는 양과 거의 동일한 양의 환상을 요구한다고 해서 우스꽝스럽거나 실성한 것 같아 보이지는 않는다고 데 쎄쎙트는 결론지었다.

....

온몸의 기력이 소진되어 상념에서 빠져나온 그가 말했다. "어쨌건 나를 짓누르는 이 달콤하고도 가증스러운 정신의 준동(蠢動)을 경계해야겠어." 그가 한숨을 내쉬었다. "아직도 쾌락을 억제하고 조심해야 한다니." 그는 이 향기들의 강박증에서 좀더 쉽사리 벗어날 수 있으리라 생각하며 서재로 피신했다.

그는 창문을 활짝 열어젖히며 신선한 공기를 온몸으로 맞을 수 있는 것에 행복해 했다. 그런데 갑자기 미풍에 실려 베르가모트 농축액의 어렴풋한 향기가 차오르는 것 같았고 이 냄새에 재스민, 이집트 아카시아, 장미수 증류액들이 엉겨붙는 것 같았다. 그는 숨을 헐떡이면서 중세에 마귀 쫓는 의식으로 다스리던 신들림의 노예가 된 것은 아닌가 자문해보았다. 끈질기게 지속되면서도 냄새는 바뀌었고 다른 모습으로 변했다. 몇 방울의 용연향과 사향으로 연결된 톨루 향유, 페루 향유, 사프란 향의 어렴풋한 냄새가 언덕 아래에 잠들어 있는 마을에서 솟아올랐다. 갑자기 변화가 일어났다. 분산되어 있던 이 편린들이 서로서로 연결되었다. 그의 후각이 그 성분을 분별해냈고, 그러자 그가 분석하려는 참이었던 아몬드 크림 향이 퐁트네의 계곡으로부터 성채에까지 터져 올라왔다. 그것은 그의 기진맥진한 콧구멍을 괴롭혔고 그의 피로한 신경들을 뒤흔들었으며 그를 너무 극심한 쇠약 상태로 밀어넣었으므로, 그는 정신을 잃고 거의 빈사 상태로 창틀 위로 쓰러지고 말았다.

---

87 니스와 망통, 그리고 앞 페이지에 나온 앙티브와 칸은 지중해에 면한 도시들로 따뜻한 기후의 대표적인 휴양지.

제11장

깜짝 놀란 하인들이 부랴부랴 퐁트네로 의사를 데리러 갔다. 그러나 의사는 데 제쎙트의 상태를 전혀 이해하지 못했다. 몇 마디 의학 용어를 더듬더듬 말하면서 진맥을 하고, 환자의 혀를 관찰한 뒤 말을 시켜보았으나 허사였다. 그는 진정제를 처방하고 휴식을 명하고는 다음날 오겠다고 약속했다. 하인들의 지나친 열성을 나무라고 이 침입자를 쫓아낼 만큼 힘을 회복한 데 제쎙트가 반대 의사를 표하자 그는 집을 떠났다. 어안이 벙벙하게 하는 실내장식을 보고 놀라 얼어버린 듯 옴짝달싹 못했던 그 의사는 이 집의 괴상망측함을 온 동네를 다니며 떠들어댔다.

주방 밖으로 감히 나설 생각도 못하고 있던 하인들이 깜짝 놀랄 정도로 주인은 며칠 만에 기운을 차렸다. 그들은 약간 불안한 표정으로 하늘을 바라보면서 창문을 손가락으로 두드리고 있는 주인의 모습을 보게 되었다.

어느 날 오후 하인들을 부르는 벨이 짧게 울렸다. 데 제쎙트는 장거리 여행용의 트렁크들을 준비해두라고 지시했다.

그의 지시에 따라 하인 부부가 가져갈 물건들을 고르는 동안, 그는 열에 들떠 선실 모양의 식당 안을 성큼성큼 걸어다녔고 그곳에 붙여놓은 여객선 운행 시간표를 들여다보았으며, 초조하면서도 만족한 표정으로 하늘의 구름을 유심히 살펴보면서 서재 안을 돌아다녔다.

벌써 일주일째 날씨가 엉망이었다. 숯처럼 검은 강물들이 하늘의 회색 평원들 사이, 땅에서 파낸 바위 덩이 같은 구름 덩어리들을 가로질러 흐르고 있었다.

이따금씩 쏟아지는 소나기는 격류처럼 내리는 빗속에 계곡이 패여 잠기게 했다.

이날 하늘의 모양이 바뀌었다. 잉크빛 물결은 증발해 말라버렸고 구름에 돋아 있던 돌기들은 녹아 없어졌다. 하늘은 기분 나쁜 백태로 뒤덮여 한결같이 밋밋하게 보였다. 이 백태가 조금씩 내려오는 것 같았고 물안개가 들판을 감쌌다. 그 전날처럼 비가 폭포처럼 쏟아져 내리지는 않았다. 비는 끊임없이 가느다랗게 스며들 듯하면서도 날카롭게 떨어졌다. 비는 오솔길들을 물러지게 하고 대로들을 망치면서 하늘과 땅을 무수한 끈으로 연결하고 있었다. 대기엔 희뿌연 빛만이 남아 있었다. 납빛의 햇빛이 이제는 진흙탕 연못으로 변한 마을을 비추고 있었다. 웅덩이에 고인 진흙탕물을 밝은 은빛 물방울로 찌르는 물의 바늘들이 이 연못 위로 점점이 찍히고 있었다. 황폐한 자연 속에 모든 색은 퇴색하였고 빛바랜 색조의 벽 위로는 지붕만이 반짝이고 있었다.

"웬 날씨가……" 하인이 한숨을 내쉬었다. 그러면서 그는 주인이 요청한 옷들을 의자 위에 내려놓았다. 예전에 런던에 주문하여 구입한 양복 한 벌이었다.

대답 대신 데 제쎙트는 손을 부볐다. 그리고 그는 비단 양말 일습이 부채꼴로 놓여 있는 유리장 앞에 가서 섰다. 그는 어떤 색을 선택할지 망설였다. 그러나 쓸쓸한 날씨와 그의 옷의 침울한 단색을 고려해서, 또한 달성해야 할 목표를 생각하면서, 그는 낙엽색의 비단 양말을 골라 재빠르게 신고 나서 버클이 달리고 앞이 뭉툭한 부츠를 신었다. 그리고 짙은 회색 체크무늬에 담비 모직이 점점이 박혀 있는 쥐색 양복을 입고 조그만 중산모를 쓴 다음 아마꽃 색의 푸른 맥팔란 외투를 걸쳤다. 트렁크와 접이식 여행 가방, 여행용 색, 모자 상자, 우산과 지팡이가 담긴 여행용 모포의 무게를 못 이겨 허리가 구부정해진 하인을 뒤따르게 하고 그는 역에 도착했다. 거기에서 그는 하인에게 언제 돌아올지 날짜를 기약할 수 없으며, 일 년, 한 달, 일주일, 어쩌면 더 빨리 돌아올 수도 있을 것이라고 말하고 집 안의 기물들을 절대로 옮기지 말라고 명령했다. 그가 떠난 동안 집을 유지하는 데 필요한 대략의 돈을 주고서 그는 객차에 올랐다. 출발하는 기차 옆의 차단기 너머로 어리둥절해 하는 늙은 하인이 팔을 흔들면서 입을 헤벌리고 서 있었다.

객실에는 그 혼자였다. 탁한 물이 담긴 어항 너머로 보이는 것처럼 더럽고 희끄무레한 들판은 비를 맞으며 달려가는 기차 뒤로 쏜살같이 사라져갔다. 생각에 잠긴 데 제쎙트는 눈을 감았다.

그토록 열렬하게 바라왔고 결국 획득한 이 고독은 또다시 끔찍한 비탄에 도달하고 말았다. 수년 동안 들어왔던 헛소리들에 대한 보상처럼 보였던 정적은 이제 참을 수 없는 무게로 그를 짓누르고 있었다. 어느 날 아침 그는 마치 감방에 수감된 죄수처럼 흥분하여 잠이 깨었다. 신경질적인 그의 입은 말소리를 내고 싶어 움찔거렸고 눈에는 눈물이 솟구쳤다. 그는 마치 몇 시간이고 흐느낀 사람처럼 목이 메었다.

걸어다니면서 사람들의 얼굴을 바라보며 타인과 말을 나누고 공동생활에 섞여들고픈 욕망에 시달리던 그는 핑계를 대고 하인들을 불러서 그들을 붙들어두기까지 했다. 그러나 대화는 불가능했다. 긴 세월 동안 침묵과 간병인의 습관들로 허리가 휜 이 노인들은 거의 벙어리에 가까웠을 뿐만 아니라, 데 제쎙트가 항상 그들과 유지했던 거리감 때문에 도대체 그들의 입을 열게 할 수가 없었다. 더욱이 그들은 둔한 머리의 소유자들이었고 묻는 질문들에 예, 아니오 이외의 말로는 대답할 수 없는 사람들이었다.

그러므로 그는 이들 곁에서 아무런 마음의 의지도, 위안도 얻을 수가 없었다. 그런데 새로운 현상이 벌어졌다. 예전에 신경을 진정시키려고 읽었으나 그가 기대했던 건강에 좋은 효과들과는 정반대의 효과만을 내었던 디킨스의 책에서 읽은 내용이 천천히 엉뚱한 방향으로 작용하기 시작했다. 그것은 영국 생활의 광경들을 떠오르게 하였고, 데 제쎙트는 몇 시간이고 이 광경들을 되씹곤 하였다. 점차로 이러한 허구적인 관찰 속에 정확한 현실, 끝난 여행, 검증된 꿈의 관념들이 스며들었고, 그 위로 새로운 인상들을 느끼고 그럼으로써 헛바퀴만 돌려대느라 얼떨떨해진 정신의 피곤한 방탕에서 도망치고 싶은 욕구가 덧붙여졌다.

지긋지긋한 안개와 비를 뿌려대는 날씨도 이런 생각이 떠오르게 하는 데 일조를 했다. 날씨는 그가 읽었던 책들의 추억을 돋보이게 하였고, 안개와 진창의 나라에 대한 변함 없는 영상이 그의 눈앞에 떠오르게 하였으며, 그 추억들의 출발점과 원천에서 벗어나 멀어지고픈 그의 욕망들을 가로막았다.

그는 더 이상 집착하지는 않았다. 그러던 어느 날 그는 갑자기 결심을 내린 것이었다. 그는 현재에서 벗어나 길거리의 웅성거림과 군중과 역의 소란 속에 떠밀리는 자신을 느끼고픈 생각에 너무도 안달이 나서 때가 되기도 전에 도망을 친 셈이었다.

"이제야 좀 살겠다." 열차가 원무를 늦추면서 전차대의 단속적인 소음으로 마지막 피루에트의 박자를 맞추며 소 역 플랫폼의 반원형 차고에 정차하는 순간 그는 생각했다.

앙페르 대로로 접어들자 그는 여행 가방들과 방수 덮개가 거치적거리는 것을 만끽하면서 길에 내려서서 마차꾼을 불렀다. 두둑한 팁을 약속하자 그는 담갈색 바지에 붉은 조끼를 입은 사내와 합의를 할 수 있었다. "정각에 도착해야 하오"라고 그가 말했다. "리볼리 가의 갈리냐니스 메신저[88] 서점 앞에 세우시오." 그는 출발에 앞서 바에데커[89]나 머레이[90] 출판사의 런던 안내서를 살 생각이었다.

바퀴 주위로 진흙탕을 원형으로 솟구치게 하면서 마차가 육중하게 출발했다. 마치 늪의 한가운데로 배를 타고 가는 것 같았다. 집들의 지붕을 짓누르는 것처럼 보이는 잿빛 하늘 아래 벽의 위에서 아래까지 도랑물이 줄줄 흘렀고 낙수통들은 넘쳐흘렀다. 도로에는 설탕과자 반죽 같은 밤색 진흙이 엉겨 있었고 그곳에서 행인들은 연신 미끄러졌다. 합승 마차들이 마음껏 유린하는 보도 위에 사람들이 한데 모여 멈춰 서 있었다. 무릎까지 치마를 걷어 올린 여자들은 우산 아래로 몸을 구부린 채 진창 벼락을 피하기 위해 가게들에 납작 붙어 있었다.

비가 사선을 그으며 차창 안으로 들어왔다. 데 제쎙트는 유리 창문들을 올려야만 했다. 빗물은 가는 세로줄무늬를 유리 위에 수놓았다. 진창 물방울들은 삯마차 주위로 마치 불꽃놀이처럼 온통 퍼져나갔다. 마차의

---

88 1814년부터 1895년까지 발행된 영자 일간지.
89 카를 바에데커(1801~1859): 독일의 작가, 출판인. 특히 1840년경부터 전 유럽의 여행 정보를 담은 안내서를 출판하였다.
90 존 머레이(1808~1892): 영국의 출판인. 여행 안내서로 대중적인 성공을 거두었다.

지붕과 여행 가방들 위로 방울져 떨어지는 소나기가 머리 위에서 단조롭게 콩자루 흔드는 소리를 내는 것을 들으며 데 제쎙트는 자신의 여행에 대해 몽상하고 있었다. 이 끔찍한 날씨에 그는 파리에서 이미 맛보기로 영국을 경험하고 있는 셈이었다. 비에 젖은 런던, 엄청나게 크고 광활한 런던, 달궈진 주철과 숯 검댕의 악취를 풍기며 쉴 새 없이 안개를 뿜어내는 런던이 이제 그의 눈앞에 펼쳐지고 있었다. 그리고 기중기며 캡스턴, 화물 덮개들로 그득한 선거(船渠)들이 줄을 지어 끝이 안 보이도록 펼쳐져 있었다. 돛대에 올라서거나 활대에 걸터앉은 사람들로 우글대었고, 부두 위로는 무수히 많은 사람들이 엉덩이를 하늘로 쳐든 채 큰 통들 위로 몸을 굽히고서 화물 창고 안으로 밀어넣고 있었다.

상상 속에 떠오른 템스 강의 뿌옇고 희미한 강물에 잠긴 거대한 화물 창고들 사이로, 빽빽한 돛대들 사이로, 하늘의 희끄무레한 구름을 찌르는 대들보들의 숲 사이로, 이 모든 것이 강변에서 활발하게 움직이고 있었다. 반면 기차들이 하늘에서 전속력으로 달렸고, 또 다른 기차들은 소름 끼치는 트림 소리를 내고 수직연통 아가리에서 연기의 물결을 토해내면서 시궁창을 달리고 있었다. 변할 줄 모르는 석양 노을 속에 기괴하고도 눈부신 비열한 광고판들이 번쩍이고 있는 모든 큰길, 모든 거리마다 눈은 앞을 바라보고 팔꿈치는 몸에 붙인 채 말없이 바삐 움직이는 사람들의 행렬 사이로 마차들의 물결이 흐르고 있었다.

이 끔찍한 상인들의 세계로, 이 짙은 안개로, 이 부단한 활동으로, 박애주의자들이 위로한다는 명목으로 시를 읽어주고 시편을 낭송하느라 귀찮게 구는 수백만 불우한 사람들을 으스러뜨리는 냉혹한 톱니바퀴 장치로 자신이 섞여 들어감을 느끼며 데 제쎙트는 기분 좋게 몸을 떨고 있었다.

그런데 그를 좌석에서 펄쩍 뛰어오르게 한 삯마차의 흔들림과 함께 이 장면은 갑자기 꺼져버렸다. 그는 차창 밖을 바라보았다. 어둠이 내려 있었다. 짙은 안개 속에서 누르스름한 후광 가운데로 가스등들이 깜빡거리고 있었다. 불꽃의 리본들이 늪지에서 떠다니고 있었고 마차 바퀴 주변을 돌고 있는 듯이 보였고, 바퀴들은 더러운 액체 불꽃 속에서 뛰어오르고 있었다. 그는 어디쯤 와 있는지 알아보려고 했다. 카루젤 광장이 보였다. 갑자기 아무런 이유도 없이, 어쩌면 그저 높이 솟은 가공의 공간으로부터 굴러 떨어진 충격 때문이었는지 그의 생각은 치졸하기 짝이 없는 사건으로까지 굴러 떨어졌다. 가방을 꾸리는 것을 지켜보면서 하인이 깜빡 잊고 세면도구함에서 칫솔을 빼먹은 것이 기억났다. 곧 그는 잘 포장된 물건들의 목록들을 죽 훑어보았다. 모든 것이 그의 가방 안에 정돈되어 있었다. 다만 칫솔을 빠뜨렸다는 불만은 마부가 마차를 멈추어 그의 회상과 아쉬움의 고리를 끊을 때까지 계속 남아 있었다.

    그는 리볼리 가의 갈리냐니스 메신저 서점 앞에 서 있었다. 간판 글씨와 신문에서 오린 기사들과 파란색 전보 용지들을 담은 액자로 덮인 불투명 유리가 끼워진 문을 사이에 두고 두 개의 진열장에는 화보들과 책들이 넘쳐나고 있었다. 앵무새 빛 청색과 돋을무늬가 들어간 양배추 빛 녹색 종이로 된 하드커버 장정이며, 금박과 은박 무늬를 넣은 온갖 솔기들이며, 앞뒷면에 찬 인두로 눌러 검은 그물 무늬를 넣은 담갈색, 연녹색, 연두색, 짙은 핑크색 표지들에 이끌려 그는 가까이 다가갔다. 이 모든 것은 파리 풍이 아닌 외관, 프랑스 내에서 만들어진 싸구려 제본들보다 더 거칠지만 그러나 덜 천박한 상업적인 풍모를 지니고 있었다. 뒤 모리에와 존 리치의 회화적인 장면들을 그리거나, 콜더컷[91]이 그린 기마 행렬이 미

---

91 랜돌프 콜더컷(1846~1886): 영국의 삽화가. 동화책의 삽화를 주로 그렸다.

친 듯이 평원을 가로질러 내달리는 석판화 삽화집들이 펼쳐진 사이로 프랑스 소설 몇 권이 이 신포도즙 색조에 온화하고도 만족한 듯한 천박성을 섞으며 모습을 드러내고 있었다.

훑어보기를 마친 그는 문을 밀고 사람이 가득한 넓은 서가로 들어갔다. 외국인 여자들이 자리에 앉아 지도들을 펼쳐보며 알 수 없는 언어로 종잡을 수 없는 얘기를 지껄이고 있었다. 한 점원이 그에게 여행 안내서 한 질을 가져다주었다. 그 역시 자리에 앉아서 소프트커버 표지가 손가락들 사이에서 휘어지는 책들의 책장을 넘겼다. 이 책들을 두루 살펴보던 그는 바에데커가 쓴 런던의 박물관들을 소개하는 책장을 오래 들여다보았다. 그는 여행 안내서의 간결하고도 정확한 내용에 흥미를 느꼈다. 하지만 그의 관심은 과거의 영국 회화로부터 보다 더 흥미로운 현대 회화로 옮겨갔다. 그는 국제 전람회에서 봤던 몇 점의 그림을 기억해내었고 어쩌면 런던에서 그것들을 다시 볼 수 있으리라 생각했다. 너무도 창백한 은백색을 띤 녹색의 「아그네스 성녀의 철야기도」 같은 밀레이[92]의 화폭들, 자황과 인디고 블루가 뒤섞인 묘한 색채의 와츠[93]의 화폭들, 병든 귀스타브 모로가 스케치하고 빈혈에 걸린 미켈란젤로가 색칠하고 공상에 잠긴 라파엘이 손질한 듯한 그림들이 그것이다. 다른 그림들 중에서도 그는 「카인의 고발」「이다」「이브들」을 기억에 떠올렸다. 그 그림들에서는 이 세 거장의 기묘하고도 신비로운 혼합 속에서 현학적이고도 몽상적인, 강렬한 색조의 강박증에 사로잡혀 괴로워하는 한 영국인의 정제된 동시에 거친 성격이 솟

---

92 존 에버레트 밀레이(1829~1896) : 영국의 화가. 로세티, 헌트 등과 함께 전(前)라파엘파로 활동하였다.
93 조지 프레데릭 와츠(1817~1904) : 영국의 화가. 그의 그림인 「유혹낭한 이브」가 파리의 오르세 미술관에 소장되어 있다.

아나고 있었다.

　이 화폭들이 한꺼번에 그의 기억으로 몰려들었다. 탁자 앞에 앉아 넋을 놓고 있는 손님을 보고 놀란 점원이 그에게 이 여행 안내서들 중에서 어떤 것을 골랐는지 물었다. 데 제쎙트는 멍하니 있었다. 그러고는 미안하다고 말하고 바에데커의 책을 사가지고 문을 나섰다. 습기로 몸이 얼어붙었다. 옆에서 불어오는 바람은 비를 채찍 삼아 아치형 회랑을 후려치고 있었다. "저기로 갑시다"라고 그가 한 회랑의 끝 부분을 손가락으로 가리키면서 마부에게 말했다. 그것은 리볼리 가와 카스티글리온 가가 만나는 모서리에 있는 한 상점이었다. 실내 조명이 비쳐서 희끄무레한 창문으로 인해 그곳은 안개의 불안감 속에, 병든 시대의 불행 속에 타오르는 거대한 야등처럼 보였다.

　그건 주점 '보데가'였다. 데 제쎙트는 넓은 홀에 들어서서 어디로 갈지 갈피를 잡지 못하고 있었다. 주철로 된 기둥들이 떠받치고 있는 홀은 복도 형태로 길게 뻗어 있었고 양옆으로는 술통 받침대 위에 세로로 세워진 키 큰 술통들이 벽을 뒤덮고 있었다.

　쇠 테두리가 붙은 술통들의 불룩한 부분에는 파이프 걸이를 흉내 낸 나무 걸개가 붙어 있었는데 각각의 홈에는 튤립 모양을 한 유리잔들이 받침 부분을 위로 향한 채 걸려 있었다. 아랫부분에 구멍을 뚫어 사암 꼭지를 붙인 이들 왕실 문양을 단 술통들에는 생산지명, 통의 용량, 통째로나 병으로 혹은 잔으로 살 때의 포도주의 가격 등이 적힌 색색의 상표들이 붙어 있었다.

　이 도열한 술통들 사이, 무쇠빛 회색으로 칠해진 흉측한 천정등의 화촉들에서 웅웅거리는 소리를 내고 있는 가스등 불빛 아래의 빈 통로에는 바구니들, 팔머 비스킷, 짭짤한 마른 과자, 파이와 싱거워 보이는 껍질 속에 매운 겨자 반죽을 숨기고 있는 샌드위치가 쌓여 있는 접시들이 놓인 탁자들이 의자들의 숲 사이로 이 술집의 안쪽까지 죽 이어져 있었다. 거기에는 떡갈나무로 된 허리춤에 인두로 그려넣은 이름들이 새겨진 작은 술통들을 이고 있는 또 다른 큰 술통들이 있었다.

도수 높은 술들이 잠들어 있는 이 홀 안에 자리를 잡고 앉으니 술 냄새가 훅 끼쳐 올랐다. 그는 주변을 둘러보았다. 한켠에는 종류별로 포르토, 씁쓸하거나 과일향이 나는 포도주들을 잔으로 따르게 되어 있는 마호가니색과 자단색의 술통들이 늘어서 있었다. 술통들은 '오래된 포트 와인, 가볍고 섬세한, 아주 훌륭한 콕번스, 격조 높은 올드 레지나' 등 찬양조의 상표들로 구별되어 있었다. 다른 한켠에는 엄청나게 큰 배를 불쑥 내밀면서 커다란 술통들이 빽빽이 늘어서 있었고, 그 안에는 에스파냐산의 호전적인 포도주며 원석 토파즈의 황옥빛 혹은 가열한 토파즈의 분홍빛을 띤 세리주와 그 부산물들, 산 루카르 주, 파스토, 페일 드라이, 올로로조, 달거나 씁쓸한 아몬티야산 포도주가 담겨 있었다.

주점은 만원이었다. 탁자 한구석에 팔꿈치를 기대고서 데 제쎙트는 마침 탄산소다가 담긴 타원형 병을 따고 있던 남자에게 포르토 한 잔을 주문하고 기다렸다. 그 병들은 좀 과장해서 말하자면 약국에서 몇몇 약들의 쓴맛을 감추기 위해 사용하는 젤라틴 캡슐과 글루텐 캡슐을 연상시키는 것들이었다.

그의 주위로는 온통 영국인들이 북적거렸다. 머리 끝부터 발끝까지 검은 옷을 입고 헐렁한 모자를 쓰고 끈을 매는 구두를 신고, 가슴에 작은 단추들이 점점이 박힌 길고 긴 프록코트에다 턱수염을 말끔히 깎고 둥그런 안경에 기름이 흐르는 딱 붙은 머리를 한 창백한 신사들의 망측한 모습들이 보였다. 뇌졸중 환자의 목에, 토마토처럼 생긴 귀, 검붉은 뺨에 쑥 들어간 멍청한 눈, 그리고 마치 덩치 큰 원숭이들처럼 목을 빙 둘러가며 수염을 기른 내장 장수들의 불그스레한 얼굴이나 개의 상판들도 보였다. 더 멀리 포도주 창고 끝에는 삼베 부스러기 머리에 마치 아티초크[94] 속처럼 흰털이 듬성듬성 난 턱을 가진 키다리 얼간이가 돋보기 너머로 영자 신문의 깨알 같은 글씨를 판독하고 있었다. 맞은편에는 햇빛에 그을은 피부에 주먹코인 땅딸막하고 딱 벌어진 미국 해군 제독처럼 생긴 한 사람이 털로 뒤덮인 입에 시가를 물고서 샹파뉴 포도주 광고와 페리에, 뢰더러, 하이드시엑, 뭄 등의 상표들, 그리고 고딕체로 렝스의 돔 페리뇽이라고 씌어진 이름과 함께 두건을 쓴 수도사의 머리가 그려진 액자들을 바라보면서 졸고 있었다.

　이 위병소의 분위기 속에서 왠지 모를 나른함이 데 제쎙트를 감쌌다. 자기들끼리 이야기를 나누는 영국인들의 수다에 어리둥절해진 그는 몽상에 잠겼다. 술잔들을 가득 채운 포르토 포도주의 자줏빛 앞에서 이 술을 그토록 즐겨 마시던 디킨스 소설의 인물들을 떠올리고, 상상 속에서 이 술집을 새로운 인물들로 채웠다. 이쪽에서는 윅필드 씨의 백발과 불그레한 얼굴을, 저쪽에서는 블릭하우스의 음침한 소송 대리인인 털킹혼 씨의 냉정한 표정과 준엄한 눈을 보았다. 모든 인물이 그의 기억에서 떨어져 나와 자신들의 행동거지를 보여주면서 보데가 주점에 정말로 자리를 잡고 있는 것 같았다. 최근에 읽은 탓에 또렷해진 기억들이 전에 없이 정확하게 떠올랐다. 소설가의 마을이며 환하게 불을 밝히고 따뜻하게 난방이 된 집, 잘 정돈되고 밀폐된 집, 도리트와 도라 코퍼필드, 톰 핀치의 여동생이 천천히 따르는 술병들이 진흙탕과 숯 검댕의 홍수 속에 마치 따뜻한 방주

94　국화과의 여러해살이 풀.

처럼 떠다니며 그에게 나타났다. 튈르리 궁 뒤편 다리 가까이에서 침울한 울음소리를 내는 예인선들이 템스 강을 떠다니는 소리를 들으면서, 그는 안전하게 몸을 숨긴 것을 즐거워하며 이 가공의 런던에서 푹 쉬고 있었다. 그의 잔이 비었다. 시가와 파이프의 연기로 여전히 달궈진 이 술집 안에 흩어져 있는 증기에도 불구하고 악취를 풍기는 나쁜 날씨로 인해 현실로 다시 굴러 떨어지면서 그는 작은 전율을 느꼈다.

그는 아몬티야산 포도주 한 잔을 주문했다. 그런데 이 단맛이 없고 희끄무레한 포도주 앞에서 영국인 소설가의 부드러운 무궁화 꽃과 같은 차분한 이야기는 한 잎 두 잎 꽃잎을 떨구었고, 에드가 포의 냉혹한 유도제, 고통스러운 피부 발적제가 솟아올랐다. 아몬티야 포도주 통과 지하실에 갇힌 사람의 서늘한 악몽이 그를 괴롭혔다. 홀을 차지하고 있는 미국인과 영국인 손님들의 선하고 평범한 얼굴들이 그에게는 무의식적인 잔혹한 생각들, 본능적이고 혐오스러운 계획들을 반영하고 있는 듯이 보였다. 문득 그는 홀로 남겨진 것을 알았다. 저녁식사 시간이 가까웠다. 돈을 지불하고 의자에서 몸을 일으킨 그는 몽롱한 상태로 문으로 갔다. 밖으로 나서기가 무섭게 축축한 비가 그의 뺨에 떨어졌다. 비와 돌풍에 잠긴 가로등들은 빛을 발하지도 못하고 작은 부채꼴의 불꽃들을 흔들고 있었다. 몇 칸 더 아래로 떨어진 하늘은 집들의 허리춤까지 내려와 있었다. 데 쎙트는 어둠 속에 잠기고 비 속에 가라앉은 리볼리 가의 아치형 회랑들을 쳐다보았다. 그는 자신이 마치 템스 강 아래로 뚫린 음습한 터널에라도 와 있는 것 같았다. 위의 쓰라림이 그를 현실로 되돌아오게 했다. 마차로 간 그는 역 부근의 암스테르담 가에 있는 식당의 주소를 마부에게 큰 소리로 일러주었다. 그러고 난 그는 시계를 보았다. 일곱 시였다. 정확히 저녁을 먹을 시간이 남아있었다. 기차는 여덟 시 오십 분에 떠날 것이었다. 그는 손가락을 꼽아가며 디에프에서 뉴헤븐까지 가는 데 걸리는 시간을 계산해 보곤 속으로 생각했다. '안내서에 나온 수치들이 정확하다면 난 내일 낮 열두 시 반 종이 칠 때면 런던에 가 있겠구나.'

삯마차가 식당 앞에 멈추었다. 데 제쎙트는 또다시 차에서 내려 길다란 홀로 들어갔다. 금박 장식 없이 갈색으로 칠해진 홀은 허리 높이의 칸막이들로 나뉘어서 마치 마구간의 말집과 비슷한 칸들이 늘어선 모양이었다. 문간에서부터 폭이 넓어지는 이 홀에는 계산대 위로 맥주 펌프들이 빽빽이 늘어서 있었다. 그 곁에는 낡은 바이올린만큼이나 손때가 묻은 돼지다리 햄이며 광명단으로 칠한 바다가재, 그리고 둥글게 썬 양파와 생당근, 얇게 저민 레몬, 월계수 잎과 백리향 다발, 탁한 소스 위로 떠다니는 노간주나무 열매와 굵은 후추로 양념한 고등어 요리가 놓여 있었다.

마침 칸 하나가 비어 있었다. 그는 이 칸을 차지하고는 검은 옷을 입은 청년을 불렀다. 청년은 알아들을 수 없는 말을 주절대면서 머리를 숙여 인사했다. 식기를 놓는 동안 데 제쎙트는 옆에 앉은 손님들을 바라보았다. 보데가 주점에서와 마찬가지로 도자기로 만든 듯한 눈에 불그스레한 얼굴색, 생각에 잠기거나 거만한 태도의 섬나라 사람들이 외국 신문들을 뒤적이고 있었다. 남자 동행이 없는 여자들이 마주 보고 앉아서 저녁을 먹고 있었다. 남자아이처럼 생긴 얼굴에 팔레트만큼이나 넓적한 이, 사과처럼 홍조를 띤 뺨에 손과 발이 커다란 덩치 큰 영국 여인들이었다. 그녀들은 정말로 열렬하게 럼스테이크 파이에 달려들고 있었다. 그것은 버섯 소스에 익힌 더운 쇠고기로 파이처럼 바삭바삭한 껍질이 입혀져 있었다.

그토록 오랫동안 식욕을 잃었던 후라 그는 이 건장한 여인들 앞에서 당황한 채로 있었다. 그녀들의 탐식이 그의 허기를 자극했던 것이다. 그는 옥스테일 수프를 주문했고, 쇠꼬리로 만든 이 연하고도 부드러운, 기

제11장 **189**

름지면서도 든든한 수프를 맛있게 먹었다. 그런 다음 그는 생선요리 목록을 들여다보았고 대구 요리를 주문했다. 그것은 일종의 훈제 대구 요리로 썩 괜찮아 보였다. 다른 사람들이 게걸스럽게 먹는 걸 보느라 심하게 허기를 느낀 그는 감자를 곁들인 로스트비프를 먹었고, 섬세하고도 창백한 영국산 백맥주가 풍기는 사향 향이 깃든 외양간 냄새에 자극되어 두 잔의 백맥주를 벌컥벌컥 마셨다.

그의 허기는 완전히 채워졌다. 그는 약간 씁쓸한 맛이 달콤한 맛에 배어 있는 스틸턴산 청색 치즈 한 조각을 께적거리며 먹었고, 대황 줄기를 넣은 파이를 조금씩 먹었다. 변화를 주기 위해 그는 단맛을 뺀 감초즙 맛이 나는 포터 맥주로 갈증을 풀었다.

그는 숨을 돌렸다. 몇 년 이래로 이만큼 먹고 마신 적은 없었다. 갑작스러운 습관의 변화, 예견치 않았던 든든한 음식의 선택은 그의 위를 깊은 잠에서 이끌어내었다. 의자에 몸을 파묻은 채로 그는 담배를 한 대 피웠고 진을 떨어뜨린 커피를 먹을 채비를 했다.

비는 계속 내리고 있었다. 그는 비가 홀 안쪽의 천장을 덮고 있는 유리 위로 투덕투덕 떨어지고 낙수통으로 폭포처럼 흘러내리는 소리를 듣고 있었다. 홀 안에서 움직이는 사람은 하나도 없었다. 모두가 그처럼 비를 피해 작은 술잔을 앞에 두고 그럭저럭 시간을 보내고 있었다.

혀들이 풀렸다. 거의 모든 영국인이 말하면서 눈을 위로 치켜떴으므로 데 제쎙트는 그들이 궂은 날씨 얘기를 하고 있다고 결론을 내렸다. 그들 중 웃는 사람은 아무도 없었다. 모두가 담황색과 압지색의 분홍색으로 체크무늬가 짜인 회색 체비엇 모직 옷을 입고 있었다. 그는 색과 모양에서 다른 사람들의 옷과 별반 차이가 없는 자신의 옷을 몹시 기쁜 눈으로 바라보았다. 그는 이 장소에서 혼자만 튀지 않는다는 만족감을, 말하자면 피상적이지만 런던의 시민으로 귀화하였다는 만족감을 느꼈다. 그러다 그는 소스라쳐 놀랐다. '기차 시간은?' 하고 그가 생각했다. 시계를 들여다보았다. 여덟시 십 분 전이었다. 아직 삼십 분은 그곳에 더 있어도 될 것이었다. 그리고 한 번 더 그는 자신이 기도한 계획을 생각해보았다.

그의 칩거 생활 중에 단 두 나라만이 그의 관심을 끌었는데 그것은 바로 네덜란드와 영국이었다.

그의 소원 중에서 처음 것은 벌써 달성한 상태였다. 어느 날 더 이상 참을 수 없게 된 그는 파리를 떠나 네덜란드의 도시들을 하나하나 방문했었다.

결국 이 여행에서는 혹독한 환멸만이 생겨났다. 그는 테니에[95]나 스틴,[96] 렘브란트, 오스타드[97] 등의 작품에 의거해서 네덜란드의 모습을 그려보았다. 그는 자기 마음대로 필요에 따라 코르도바의 가죽만큼이나 황금빛으로 햇빛에 물든 빼어난 유대인 주거지역을 미리 꾸며보았고, 풍성한 시장이며 시골 마을에서의 연이은 술의 향연을 상상해보았다. 그리고 이들 옛 거장들의 칭송을 받았던 소박한 우직함이며 명랑한 방탕을 기대했다.

물론 하를렘과 암스테르담은 그를 매료시켰다. 진짜 시골마을에서 본 촌티를 못 벗은 사람들은 반 오스타드가 그린 사람들과 아주 흡사했다. 거친 매무새에 세련되지 않은 아이들이며 커다란 젖통에 불룩한 배가 솟아 있는 뚱뚱한 아낙들까지 그림 그대로였다. 하지만 광적인 쾌락이라든지 허물없는 술주정은 전혀 없었다. 그가 인정해야만 했던 것은 한 마디로

---

95 데이비드 테니에(1610~1690): 17세기 플랑드르의 화가.
96 얀 스틴(1626~1679): 네덜란드의 화가.
97 아드리엔 반 오스타드(1610~1684): 네덜란드의 화가. 하를렘 출생. 1634년 이후 고향에서 화가조합 회원이 되어 유채화 800점 이상, 동판화 약 50점을 남겼다.

루브르 박물관의 네덜란드파가 그를 오도했다는 사실이었다. 그것은 단지 그의 몽상들에 도약대 역할만을 한 것이었다. 그는 힘차게 도움닫기를 하여 엉뚱한 방향으로 뛰어올라 비교할 수 없이 아름다운 영상들 속을 헤매고 다닌 것이었다. 그러고는 착지하여 그가 원했던 저 환상적인 동시에 실제적인 나라를 전혀 발견하지 못했고, 술통들이 드문드문 서있는 풀밭 위에서 눈물이 날 정도로 기뻐하고, 행복에 겨워 발을 구르며 웃느라고 치마와 바지에 오줌을 지리는 농민들의 춤을 전혀 볼 수가 없었던 것이다.

그렇다. 정말로 이 모든 것을 볼 수가 없었다. 네덜란드는 그저 다른 나라들과 꼭 같은 평범한 나라였다. 게다가 전혀 원초적이지도 소박하지도 않은 나라였다. 왜냐하면 그곳에서는 개신교가 엄격한 위선과 장중한 완고함으로 창궐하고 있었기 때문이었다.

이 환멸이 그의 머리에 떠올랐다. 다시 한 번 그는 시계를 들여다보았다. 열차 시각까지는 아직 십 분이 남아 있었다. '음식값을 치르고 떠나야 할 때로군'이라고 그는 생각했다. 그는 위에 갑갑함을 느꼈고 몸 전체가 극도로 무거워짐을 느꼈다. 그가 혼잣말을 했다. "자. 용기를 북돋기 위한 이별의 술잔을 들어야지." 그는 계산서를 요구하면서 브랜디 한 잔을 채웠다. 뾰족한 머리통에 대머리이고, 뻣뻣한 데다가 회색이 도는 턱수염에 콧수염은 기르지 않았으며, 검은 옷을 입고 한쪽 팔에 수건을 걸치고 있는 흡사 시종장처럼 생긴 한 사람이 앞으로 걸어왔다. 연필을 귀 뒤에 꽂고 마치 성악가처럼 한 발을 앞으로 내민 자세를 취한 그는 주머니에서 수첩을 꺼내었다. 그는 종이는 쳐다보지도 않고 천장의 샹들리에 부근을 응시하면서 음식값을 적어 넣고 계산을 마쳤다. "여기 있습니다"라고 수첩에서 종잇장을 떼어내며 그가 말했다. 그는 자신을 마치 희귀한 짐승처럼 호기심 어린 눈으로 물끄러미 바라보고 있는 데 제쎙트에게 그

종잇장을 건넸다. 데 제쎙트는 깔끔하게 면도한 입 부분이 어렴풋이 미국 해군의 조타수 같은 외모 또한 연상시키는 이 차분한 사람을 바라보면서 생각했다. '정말 놀랄 만한 영국놈이로군.'

이 순간 식당 문이 열렸다. 사람들이 들어왔다. 그들은 물에 젖은 개에서 나는 냄새를 몰고 들어왔는데 여기에 바람 때문에 주방으로 방향을 바꾼 석탄 연기 냄새가 섞였다. 주방의 걸쇠 없는 문이 쾅 하고 닫혔. 데 제쎙트는 다리를 움직일 수조차 없었다. 부드럽고도 포근한 무력증이 그의 온 사지를 타고 미끄러져 내려갔고, 시가를 피우기 위해 손을 뻗기조차 어렵게 만들었다. 그가 생각했다. '자, 어서 일어나서 가야지.' 하지만 즉각적인 반박들이 그의 명령을 거역했다. '움직여서 무엇하랴? 의자에 앉아서도 이토록 멋들어지게 여행할 수 있는데. 런던의 냄새며 분위기며 시민들이며 음식물이며 식기들이 나를 둘러싸고 있으니 난 이미 그곳에 와 있는 것 아닌가? 네덜란드에서처럼 실망 외에 도대체 내가 뭘 기대할 것이 있겠는가?'

이제는 역으로 달려갈 시간만이 남아 있었다. 그러나 여행에 대한 엄청난 혐오감이, 조용히 머물러 있고 싶은 거역할 수 없는 욕구가 점점 더 또렷하고도 집요한 의향을 드러내며 그에게 확고하게 자리 잡았다. 생각에 잠긴 그는 몇 분을 흘려보냈다. 이렇듯 스스로 퇴로를 봉쇄하고는 생각했다. '이젠 매표구로 서둘러 달려가서 짐을 들고 급하게 뛰어야 한다. 아! 얼마나 난처한 일인가! 얼마나 고역일 것인가!' 그런 다음 다시 한 번 되뇌었다. '결국 내가 느끼고 보고자 했던 것은 모두 느꼈고 보았다. 출발한 이후로 난 신물 날 정도로 영국 생활을 경험했다. 쓸데없이 돌아다니느라 이 분명한 감각들을 잃어버리려 하는 것은 미친 짓이지. 게다가 내 오래된 생각들을 부정하려고 애쓰고 나의 뇌리의 말 잘 듣는 환영들을 단죄하며 마치 진짜 풋내기처럼 여행의 필요성과 신기함과 재미를 믿었다니, 난 얼마나 터무니없는 생각을 했단 말인가?' 시계를 들여다보면서 그가 말했다. "자. 집으로 돌아갈 시간이다." 이번에는 그는 다리를 딛고 일어서서 밖으로 나와서는 마부에게 소 역으로 다시 데려다달라고 명령했다. 장기간의 위험천만한 여행을 마치고 집으로 돌아오는 사람이 느낄 법한 심신의 피로를 느끼면서 그는 그의 많은 가방, 꾸러미, 트렁크, 방수 덮개, 우산, 지팡이를 가지고 퐁트네로 되돌아왔다.

제12장

　집으로 돌아온 후 며칠 동안 데 제쎙트는 소장하고 있는 책들을 살펴보았다. 오랫동안 책들과 떨어졌을 수도 있었다는 생각에 그는 상당히 오래 집을 비우고 난 후 그것들을 다시 보았을 때에 못지않은 만족감을 실제로 맛보았다. 이러한 감정에 이끌려 그에게는 이 책들이 새롭게 보였다. 구입한 이후로 잊고 있었던 아름다움을 다시금 발견하였기 때문이었다.
　책이며 장식용 집기들, 그리고 가구에 이르기까지 모든 것이 그가 보기에 독특한 매력을 지니고 있었다. 런던에서 깔고 잘 수도 있었던 잠자리에 비할 때 그의 침대는 훨씬 푹신해 보였다. 호텔 보이들의 소란스러운 수다에 생각만으로도 지쳐 있던 그에게 하인들의 신중하고도 조용조용한 서비스는 아주 흡족한 것이었다. 우연히 훌쩍 장거리 여행을 떠나는 것이 가능해진 이후로 그의 질서정연한 일과 구성은 훨씬 더 선망의 대상이 되는 것 같은 효과를 내었다.
　그는 다시금 습관에 젖은 분위기 속으로 잠겨들었고 거짓 아쉬움은 거기에 훨씬 더 많은 강장 효과를 불어넣었다.

하지만 책들이 그의 주된 관심사였다. 퐁트네로 이사온 이후 더위와 비로 인해 표지가 상하고 진귀한 종이가 얼룩지지 않았는지 확인하면서 그는 책들을 검토하고 책장에 다시 정돈했다.

우선 그는 라틴 문학 서가 전체를 다 옮겼다. 그는 아켈라오,[98] 알베르 르 그랑,[99] 뢸르,[100] 강신술과 신비철학을 다룬 아르노 드 빌라노바[101]의 희귀한 작품들을 새로운 순서로 배열했다. 마침내 그는 당대의 책들을 하나하나 열람했고 기쁜 마음으로 모든 게 젖지 않고 무사하다는 걸 확인했다.

이 장서는 그가 엄청난 비용을 치르고 구입한 것이었다. 실상 그는 자신이 아끼는 작가들이 자신의 서재에서 다른 사람들의 서재에서와 똑같이 무명지에 인쇄되어 오베르뉴 촌놈의 징 박은 나막신을 신고 있는 것을 용인할 수 없었다.

예전에 파리에서 그는 개인적으로 특별히 고용한 기능공들에게 상당 수의 책들을 수동 인쇄기로 찍도록 한 적이 있었다. 때로 그는 리용의 페렝 인쇄소에 의뢰하기도 했다. 그곳의 부드럽고도 깔끔한 활자는 오래된 책들을 고풍스럽게 새로 찍어내기에 적합했다. 때로는 19세기의 작품들을 인쇄하기 위해 영국이나 미국에서 새로운 활자들을 들여오기도 했다. 또 어떤 때는 몇 세기 동안이나 고딕식 활자 일습을 보유하고 있는 릴의 한 인쇄소에 의뢰하기도 하였다. 마지막으로 그는 하를렘에 있는 유서 깊은 엔슈데 인쇄소를 온통 뒤지기도 했는데, 그곳의 주자소(鑄字所)에는 예

---

98 아켈라오: 헤롯 대왕의 아들로 기원전 4년 유대의 지방장관으로 임명되었으나 폭정으로 폐위되었다.
99 알베르 르 그랑(1200~1280): 독일의 과학자, 철학가.
100 레몽 뢸르(1232~1316): 귀족 가문 출신으로 삼십 세에 가톨릭으로 개종하여 수도원을 세우고 유럽 및 아프리카를 돌며 전도에 힘썼다.
101 아르노 드 빌라노바(1240?~1313): 13세기의 저명한 의사이자 연금술사.

절체라고 불리는 활자 모형과 자모가 보존되어 있었다.

종이에 있어서도 그는 같은 방식으로 작업했다. 어느 날 표백 당지와 상감된 금빛 일본지, 백색 화트먼지, 회갈색 홀란드지, 터키지, 담황색 빛이 나는 세첼 밀스지에 싫증이 나고 공장에서 만들어진 종이들에 혐오감을 느낀 그는 비르에 있는 유서 깊은 공장들에 투명 줄무늬가 든 특수 종이들을 주문했다. 그곳에서는 예전에 대마를 빻기 위해 사용했던 공이를 여전히 사용하고 있었다. 자신의 수집품에 약간의 변화를 주기 위해 그는 몇 차례에 걸쳐 런던으로부터 마감질된 천이며, 보풀이 이는 종이, 커튼용 천과 흡사한 종이들을 부쳐오도록 했다. 애서가들에 대한 그의 경멸을 부추기기라도 하려는 듯, 뤼벡의 한 상인은 그에게 완벽한 샹델지를 마련해주었다. 그것은 푸른 기가 돌았고 약간 빳빳하여 맑은 소리가 났으며, 원료 펄프에는 지푸라기 대신에 단치히산 화주에 점점이 떠있는 것과 같은 금 부스러기가 들어 있었다.

이런 연유로 그는 단 한 권밖에 존재하지 않는 희귀한 책들을 손에 넣게 되었다. 그는 이전에 사용된 적이 없던 판형들을 채택하여 로르틱,[102] 트라우츠 보조네,[103] 샹볼[104] 또는 카페의 후계자들로 하여금 고대 명주와 압형을 찍은 쇠가죽, 그리고 캅 지역의 양가죽으로 나무랄 데 없는 제본을 하도록 시켰다. 제본 방식은 물결무늬가 든 비단이나 천으로 속지를 댄 통가죽 제본, 격자무늬, 모자이크 제본 등이었다. 이 책들은 성직자용 책처럼 걸쇠나 귀퉁이쇠로 장식되고, 때로는 그루엘 엥겔만 제본

---

102 마르슬랭 로르틱(1822~1892) : 프랑스의 제본업자.
103 게오르규 트라우츠(1808~1879) : 독일의 제본업자. 1830년 프랑스로 이주하여 1848년부터 트라우츠 보조네 제본소를 운영했다.
104 르네 빅토르 샹볼(1834~1898) : 프랑스의 제본업자. 이폴리트 뒤뤼와 함께 샹볼 뒤뤼 제본사를 경영했다.

소[105]에서 산화은과 투명 법랑으로 칠보 세공되기도 했다.

이런 식으로 그는 유서 깊은 르 클레르 인쇄소의 멋진 주교용 활자들로, 미사 경본을 연상시키는 대형 판형에, 일본산의 대단히 가볍고도 푹신한, 딱총나무의 속살만큼이나 부드러우면서 유백색 바탕에 미세하게 약간의 홍조가 물든 펠트지에 보들레르의 작품들을 인쇄하도록 하였다. 중국산 먹의 부드러운 검은빛을 띤 단 한 권짜리 이 판본은 수천 마리 중에서 고른 암퇘지의 아름다운 진짜 가죽으로 안팎이 감싸여 있었다. 살색을 띤 이 가죽은 모공 자리에 얼룩점 무늬가 박혀 있었고, 위대한 예술가에 의해 냉압연기로 압착되었으며 놀라우리만치 잘 어우러진 검은 레이스 장식을 달고 있었다.

그날 데 제쎙트는 책장에서 비할 데 없이 탁월한 책을 꺼냈다. 단순하지만 더없이 소중한 틀 안에 끼워져 있어 평소보다 더 감동적으로 보이는 몇 편의 시를 다시 읽으면서 그는 경건하게 책을 손으로 더듬어보았다.

이 작가에 대한 그의 숭배는 한이 없었다. 그의 견해로는 그때까지 사람들은 문학에서 영혼의 표면만을 탐험하는 것으로 만족하거나, 불이 환하게 밝혀져서 접근이 가능한 영혼의 지하실에 들어가보는 것으로 만족하고 있었다. 그들은 여기저기서 칠죄종의 광상(鑛床)들을 드러내 보이거나 그 광맥들과 성장 과정을 연구하고, 예를 들어 발자크의 경우처럼 하나의 열정에 의한 편집증, 즉 야망, 인색, 어리석은 부성애, 노망 난 사랑 등에 사로잡힌 영혼의 지층들을 기록하고 있었던 것이다.

요컨대 그것들은 빼어난 건강 상태의 미덕들과 악덕들, 평범하게 짜맞춰진 두뇌들의 태연한 술책들, 병적인 퇴폐의 이상도 피안의 세계도 없

---

105 고서를 모방하여 고급 장정을 한 책을 인쇄하던 제본소.

는 보편적인 사고들의 실제 현실에 지나지 않았다. 결국 심리분석가들의 발견물들이란 교회에 의해서 분류된 악한 사색, 혹은 선한 사색들에 그치고 마는 것이었다. 그것은 천연 토양에 심어진 정상적인 꽃들의 예견된 발달 과정을 가까이에서 추적하는 식물학자의 단순한 연구나 일상적인 관찰에 지나지 않는 것이었다.

    보들레르는 한결 멀리 나아갔다. 그는 무궁무진한 광산의 밑바닥까지 내려가서 버려지거나 알려지지 않은 갱도들로 들어가 사고의 기괴한 식물군들이 무수히 잔가지들을 뻗치고 있는 영혼의 구석구석까지 도달한 것이었다.

    정신병과 착란, 신비로운 파상풍과 뜨거운 음욕의 열병, 그리고 죄악의 티푸스와 열병이 머무르는 경계 지역 가까운 그곳에서 그는 권태라는 음울한 덮개 아래 은밀히 잠복하고 있던 감정과 상념의 시대가 무시무시하게 회귀하였음을 발견한 것이다.

    그는 감각의 가을에 도달한 정신의 병적인 심리를 드러내었고, 고통에 사로잡히고 우울에 의해 특별히 선택된 영혼들의 증세들을 이야기했다. 그는 청춘의 열광과 자신감이 말라버리게 될 때, 그리하여 남은 것이라곤 부조리한 운명으로 박해받는 정신들이 견뎌낸 비참과 그들이 받은 모진 대접, 그리고 그들이 경험한 속상한 일들의 메마른 기억들뿐일 때, 썩어 문드러진 인상들의 상처가 점점 커가는 것을 보여주었다.

    쉽사리 성을 내고, 보다 더 심하게 고통받기 위하여 자신의 생각들이 서로 속임수를 쓰게 하고, 자기 스스로를 속이는 데에 능한 인간의 모습을 바라보면서, 또한 분석과 관찰에 의거하여 모든 가능한 기쁨을 사전에 망쳐버리면서, 그는 이 참담한 가을의 추이를 한 단계 한 단계 추적해갔던 것이다.

그런 다음 염증을 일으킨 이러한 영혼의 감수성에서, 또한 헌신의 불쾌한 열정과 너그러운 자비의 능욕들을 거부하는 사나운 사고에서, 그는 이 해묵은 열정들과 농익은 사랑들이 점차로 추악한 모습으로 떠오르는 것을 보았다. 그 사랑들 안에서 어떤 이는 자신의 몸을 바치는 반면 다른 이는 벌써 방어자세를 취하고 있었다. 또한 그 안에서 싫증은 애인들에게 겉보기에는 젊고 새로워 보이는 지성 어린 애무를 요구하고, 모성애 섞인 순진함들을 요구하는데, 그 감미로운 순진함은 이를테면 어렴풋한 근친상간에 대한 흥미로운 회한들을 풀어주고 용인한다.

멋진 페이지들 속에서 그는 충족될 방도가 없음으로 인해 악화된 이 기괴한 사랑들을 보여주었고, 고통을 잠재우고 권태를 억제하는 것을 돕기 위해 동원된 마약과 독약의 위험한 거짓말들을 보여주었다. 문학이 삶의 고통을 거의 전적으로 버림받은 사랑과 간통에서 기인한 질투심 탓으로 치부하는 시대에, 그는 이들 유치한 병들은 내버려두고 현재로 괴로워하고 과거에 혐오감을 느끼며 미래가 공포와 절망으로 몰아넣는 폐허가 된 영혼들에서 포만과 환멸, 그리고 경멸로 생긴 훨씬 치유하기 힘들고 강렬한 깊은 상처들을 탐색했던 것이다.

보들레르를 다시 읽으면 읽을수록 더욱더 데 제쎙트는 이 작가에게서 뭐라 말하기 힘든 매력을 발견하였다. 시가 단지 사람들과 사물들의 외양을 그리는 데 사용되었을 뿐이던 시기에 그는 근육질의 단단한 언어에 힘입어 형언할 수 없는 것을 표현하는 데에 성공했고, 다른 모든 것보다 표현들의 신비한 싱싱함으로 기진맥진한 정신들과 쓸쓸한 영혼들의 가장 아스라하고도 떨리는 병적인 상태를 고착시킬 수 있는 놀라운 능력을 지녔다.

보들레르 이후로 그의 서가에 꽂힌 프랑스어 책들의 수는 아주 제한되어 있었다. 그는 분명 능숙한 취향의 소유자라면 응당 황홀해 하는 것이 마땅할 작품들에 대해서는 무관심했다. '라블레의 폭소'나 '몰리에르의 확연한 희극성'은 찌푸린 그의 주름을 펴는 데에 이르지 못했다. 이들 익살극에 대한 그의 반감은 아주 심해서, 예술의 관점에서 그것들을 장터에서 흥을 돋우는 바람잡이 대머리들의 행렬에 비교하기를 주저하지 않을 정도였다.

오래된 시에 있어서 그는 우수에 찬 발라드가 감동을 주는 비용[106]의 작품과 믿지 못할 정도의 격렬함을 지닌 욕설들과 저주들로 그의 피를 끓게 하는 도비녜[107]의 몇몇 작품들 이외에는 거의 읽지 않았다.

산문에 있어서 그는 볼테르와 루소, 심지어 디드로까지도 별로 관심을 두지 않았다. 사람들이 그토록 찬양하는 디드로의 『살롱』조차도 그에게는 이상하리만치 교훈적인 객설들과 멍청한 열망들로 가득 차 있는 것처럼 보였다. 이 모든 횡설수설에 대한 증오로 그는 거의 전적으로 기독교 설교집들의 독서에, 낭랑하고도 장식적인 문장들이 그에게 경외심이 들게 하는 부르달루[108]와 보쉬에[109]의 독서에 몰두하게 되었다. 그렇지만 그는 되도록이면 니콜의 사상이 만들어낸 문장들이나 파스칼이 만들어낸 문장들처럼 엄격하고도 강직한 문장들 안에 농축된 수액들을 만끽하곤 하였는데, 특히 파스칼의 엄격한 염세주의와 고통스럽고 불완전한 회개에 마음이 끌렸다.

이들 몇몇 권의 책을 제외하면 그의 서재에서 프랑스 문학은 19세기

---

106 프랑수아 비용(1431~1463?): 프랑스의 시인.
107 테오도르 아그리파 도비녜(1552~1630): 프랑스의 작가, 군인.
108 루이 부르달루(1632~1704): 17세기 프랑스의 성직자. 루이 14세 시기의 가장 대표적인 설교가로 명성을 날렸다.
109 자크 베니뉴 보쉬에(1627~1704): 17세기 프랑스의 성직자. 빼어난 설교가로 특히 그의 추도사가 유명하다.

와 더불어 시작되었다.

서재에 있는 그의 책들은 두 부류로 나뉘어 있었다. 한 부류는 세속 작가들의 일반적인 문학 작품들을 포함하였고, 다른 한 부류는 거의 알려져 있지는 않지만 수백 년 역사를 지닌 세계 방방곡곡의 대형 서점들에 의해 소개된 특수 문학인 가톨릭 문학 작품들을 포함하고 있었다.

그는 용기를 내어 이 지하 예배당들을 돌아다녀보았다. 그리하여 그는 세속 문학에서와 마찬가지로, 하찮은 내용들의 거대한 무더기 아래 진정한 거장들이 쓴 몇몇 작품들을 발견할 수 있었다.

이 문학을 식별할 수 있게 하는 특징은 항구적으로 변할 줄을 모르는 그 사상과 언어였다. 가톨릭 교회가 성물(聖物)들의 최초의 형태를 보존해온 것과 마찬가지로 이 문학 역시 자신의 교리상의 성유물들을 간직하였고, 그것들을 담아두는 성체함으로서 17세기의 설교어를 소중하게 보존하고 있었다. 가톨릭 작가들 중의 한 사람인 오자낭[110]이 말했듯이 기독교 문체는 루소의 언어를 전혀 필요로 하지 않았다. 그것은 오로지 부르달루와 보쉬에가 사용했던 방언을 쓰기만 하면 되었다.

이러한 주장에도 불구하고 좀더 아량 있는 가톨릭 교회는 그 시대의 세속어에서 차용해온 몇몇 표현들과 어법들을 눈감아주었고, 그래서 가톨릭 교회의 어법은 특히 보쉬에에게서 두드러진 긴 삽입절과 대명사들의 연속을 통해 만들어지는 육중하고도 둔한 문장들을 약간은 계워내었다. 하지만 양보는 그것이 전부였다. 있었다 하더라도 아마 별 신통한 결과는 없었을 것이었다. 왜냐하면 그 정도로 가벼워진 문장만으로도 가톨릭 교회가 어쩔 수 없이 다루어야 하는 제한된 주제들을 다루기에 충분할 것이

---

110 앙투안 프레데릭 오자낭(1813~1853) : 프랑스의 문학사가, 철학자. 몽탈랑베르, 라코르데르 등과 더불어 사회적 가톨릭 이념의 대표자.

기 때문이었다.

　동시대의 삶을 정면으로 다룰 수 없고 가장 단순한 사람들과 사물조차도 보고 만지듯이 표현할 수 없으며 은총에는 무관심한 두뇌의 복잡한 술수들을 설명하기에 무기력한 이 언어는, 그러나 추상적인 주제에서는 탁월한 능력을 발휘하였다. 논쟁적인 토론이나 교리의 증명, 불분명한 주해에 있어 유용한 이 언어는 어떤 교리의 가치를 아무런 이론의 여지 없이 주장하는 데에 필수적인 권위를 다른 어떤 언어보다도 많이 지니고 있었던 것이다.

　불행하게도 다른 곳에서나 마찬가지로 여기서도 헤아릴 수 없이 많은 현학자들의 떼거리가 성소를 침범하여 자신들의 무지와 무재능, 뻣뻣하고 점잔 빼는 태도로 그곳을 더럽혔다. 설상가상으로 독실한 여류 문사들이 끼어들었고, 어설픈 신도 회합이나 경솔한 살롱들은 이 여자들의 하찮은 객설들을 마치 천재적인 작품인 양 찬양하기조차 하였다.

　이 작품들 중에서 데 제쎙트는 스베친 부인[111]의 작품들을 관심 있게 읽어보았다. 그녀는 러시아 장군의 아내였고, 파리에 있는 그녀의 집은 가장 열렬한 가톨릭 교도들이 많이 찾는 곳이었다. 이 작품들은 그에게 천편일률의 견디기 힘든 따분함만을 풍겼다. 그것들은 아주 보잘것없는 작품들이었다. 그것은 점잔 빼는 돈독한 신앙심을 지닌 한 떼의 사람들이 모여 기도문을 웅얼거리고 낮은 목소리로 서로의 안부를 물으며, 신비하고도 심오한 태도로 정치와 청우계의 예보와 현재 대기의 상태에 관해 몇몇 상투어들을 되풀이하고 있는 작은 예배당에 깃든 메아리의 인상을 심어주는 것이었다.

111　소피 소이모노프 스베친(1782~1857) : 러시아 출생의 여류 가톨릭 문인. 7월왕정 시기의 왕당파 가톨릭의 대표적인 인물로 활동.

하지만 더 심한 작가가 있었다. 학사원의 인가를 받은 여류 계관시인인 오귀스트 크라방 부인[112]은, 가톨릭 여론 전체가 떠들썩하게 나팔과 오르간을 울려가며 옹호한 『여동생의 이야기』 『엘리안』 『꽃천사』의 저자였다. 절대로, 그렇다, 절대로 데 제쎙트는 어느 누구도 그처럼 무의미한 글을 쓸 수 있으리라고 생각해본 적이 없었다. 이 책들은 그 발상의 측면에서 너무도 멍청하였고 또한 너무도 구역질 나는 언어로 씌어졌기에 오히려 거의 독창적이고도 희귀하게 보일 정도였다.

게다가 영혼이 별로 싱싱하지 못하고 기질적으로 별로 감상적이지도 않은 데 제쎙트는 여성들에게서는 자신의 기호에 적당하게 만들어진 문학의 은신처를 전혀 발견할 수 없었다.

어쨌거나 어떤 초조함에도 굴하지 않을 관심을 기울여가며 가톨릭 작가 집단이 유식한 여류학자 동정녀로 추켜세우는 한 천재 소녀의 작품을 음미하려고 그는 애를 써보았다. 그의 노력은 수포로 돌아갔다. 그는 『일기』와 『편지』에 도대체 재미를 붙일 수가 없었다. 이 책들에서 으제니 드 게랭[113]은 무분별하게도 남동생의 엄청난 재능을 찬양하고 있었는데, 그녀의 남동생은 매우 진솔하고 우아하게 운을 맞추기 때문에 그만큼 대담하고도 새로운 작품들을 만나기 위해서는 드 주이[114] 씨나 에쿠샤르 르브룅[115] 씨의 작품에까지 거슬러 올라가야만 한다는 것이었다!

---

112 오귀스트 크라방 부인(1808~1891): 프랑스의 여류 시인. 본명은 폴린 드 라 페로네.
113 으제니 드 게랭(1805~1848): 프랑스의 여류 작가. 요절한 남동생인 모리스 드 게랭(1810~1839)에 대한 애정을 『일기』와 『편지』에 담아내었다.
114 빅토르 조젭 에티엔 드 주이(1769~1846): 프랑스의 문인. 언론인, 극작가, 비평가 등 다방면에서 활동했고 특히 로시니의 오페라 『윌리엄 텔』의 극본을 썼다.
115 퐁스 드니 에쿠샤르 르브룅(1729~1807): 프랑스의 시인. 과장된 서정성이 넘치는 시편들로 유명세를 누렸으며 '프랑스의 핀다로스'라는 별명으로 불렸다.

그는 또한 이 작품들이 제공한다는 희열을 이해하려고 애써보았지만 허사였다. 거기에서 볼 수 있는 이야기들이란 다음과 같은 것들이었다. "오늘 아침 난 아빠의 침대 곁에 어린 소녀가 어제 그에게 주었던 십자가를 걸어놓았다." "미미와 나는 내일 로키에 씨 댁에서 있을 종의 축성식에 참석해달라는 초대를 받았다. 이런 외출은 마음에 든다." 또한 다음과 같은 대단히 중요한 사건들을 찾아볼 수 있었다. "나는 루이즈가 내게 콜레라 예방제라고 보내준 성모 마리아가 새겨진 메달을 방금 목에 걸었다." 또 이런 종류의 시도 볼 수 있었다. "오 내가 읽고 있는 복음서 위로 방금 쏟아져내린 아름다운 달빛이여!" 마지막으로 다음과 같은 섬세하고도 통찰력 있는 지적들도 만날 수 있었다. "십자가 앞을 지나면서 성호를 긋거나 모자를 벗는 사람을 볼 때면 난 '저기 기독교인이 지나가는구나'라고 생각한다."

이런 식으로 끊임없이 쉬지도 않고 계속되다가는, 마침내 모리스 드 게랭이 죽고 그의 누이는 새로운 대목들에서 그를 애도하기에 이르렀다. 이 대목들은 여기저기 단편적인 시들이 널려 있는 축축한 산문으로 씌어졌는데 그 창피할 정도의 빈곤함은 마침내 데 제쎙트에게 측은한 마음을 불러일으켰다.

아! 할 말은 아니지만, 가톨릭파는 총애하는 여류 작가들의 선택에 있어 별로 까다롭지도 않았고 게다가 별로 예술적이지도 못했구나! 그들이 그토록 애지중지했고 가톨릭 신문 지면들의 복종심을 총동원하여 찬양한 이 림프액 가득한 여자들은 한결같이 수도원의 기숙생들처럼 희끄무레한 언어로, 어떤 지혈제로도 멈출 수 없이 줄줄 흐르는 문장으로 글을 써댔던 것이다!

따라서 데 제쎙트는 질겁하여 이 문학에서 등을 돌렸다. 하지만 사제직에 있는 동시대의 거장들 역시 그의 실망을 치유하기에 충분한 보상을 제공해주지는 못했다. 이들은 빈틈없고 정확한 설교가, 혹은 논쟁가들이었다. 하지만 가톨릭의 언어는 이들의 설교와 책 속에서 마침내 개성을 잃어버리게 되었고, 미리 예견된 동작부와 휴지부를 지닌 수사법 속에서, 단 하나의 모델에 따라 구성된 일련의 문장들 속에서 마침내 고착되어버렸다. 실상 모든 성직자는 자연스러움과 과장에 있어 다소간 차이가 있긴 하지만 결국 똑같은 방식으로 글을 쓰고 있었다. 그리하여 뒤팡루 혹은 랑드리오, 라부이예리, 혹은 곰 등의 대주교들이 썼건, 돔 게랑제 혹은 라티스본 사제가 썼건, 프레펠 혹은 페로 대주교가 썼건, 라비냥 혹은 그라트리 수도원장이 썼건, 예수회의 올리비에, 카르멜회의 도시테, 도미니크회의 디동이 썼건, 생 막시맹 수도원의 수도원장이던 쇼카른이 썼건 간에 한결같은 단색화들 사이에는 거의 차이가 없었던 것이다.

데 제쎙트는 자주 이 문제를 생각해보았다. 너무도 차가운 이 언어를 녹이고 어떤 특출한 사상도 정직한 주장도 옹호할 수 없는 이 만인공통의 문체에 활기를 불어넣으려면 참으로 진정한 재능, 참으로 심오한 독창성이 필요할 것이었다.

그렇지만 이 언어를 녹여 휘게 할 만한 열렬한 웅변력을 지닌 몇몇 작가들이 존재하였다. 특히 라코르데르[116]는 수년 전부터 교회가 만들어낸 진정한 작가들 중의 한 사람이었다.

그 역시 동료들과 마찬가지로 정통 교리에 충실한 사색의 좁은 틀에 갇혀 있었고, 그들처럼 제자리걸음을 하면서 교부들이 말하고 축성한 이후에 설교의 대가들이 발전시킨 사상들만을 접할 수밖에 없었다. 하지만

---

116 앙리 라코르데르(1802~1861) : 도미니크회 소속의 유명한 설교가로 아카데미 프랑세즈 회원으로 선출된 유일한 수도사.

그는 변화를 주어 그 사상들을 신선하게 만들었고 보다 독창적이고 활기찬 형태로 그것들을 변모시키기까지 하였다. 그의 노트르담 성당 강연록 여기저기에는 새롭게 찾아낸 표현들, 대담한 어휘들, 애정에 찬 어조들, 용솟음들, 희열에 찬 외침들, 자신의 펜대 아래 수백 년 묵은 문체에서 김이 모락모락 솟아오르게 하는 격정적인 감정의 토로들이 흩어져 있었다. 그리고 한 사회의 자유주의적 이론들과 교회의 권위적인 교리의 화해라는 불가능한 과업에 온갖 솜씨와 노력을 다해 매달린 이 능란하고 온화한 수도사에게는 재능 있는 웅변가로서의 모습 이외에도, 열렬한 자애로움과 수완 좋은 부드러움의 기질이 있었다. 따라서 그가 젊은이들에게 쓴 편지 속에는 아들들에게 권고하는 아버지의 어루만짐, 미소 띤 훈계, 친절한 충고, 관대한 용서들이 이어졌다. 자신의 애정에 대한 갈망을 자백할 때면 그의 편지들은 매력이 있었고, 또 그가 자신의 신앙에 대한 흔들리지 않는 확신으로써 용기를 북돋워주고 의심이 사라지게 할 때면 그 편지들은 거의 압도적이라 할 만했다. 결국 그의 펜 아래에서 부드럽고 여성적인 양상을 띠고 나타나는 이러한 부성애는 그의 산문에 성직자 문학을 통틀어 가장 독보적인 개성을 새겨 넣는 것이었다.

라코르데르 이후로는 어느 정도의 개성을 지닌 성직자나 수도승들은 아주 드물어졌다. 기껏해야 그의 제자인 페레브 사제[117]가 쓴 몇몇 대목들은 그래도 참고 읽어줄 만했다. 그는 스승에 관해 감동적인 전기를 남겼고 몇 통의 다정한 편지를 썼다. 또한 강론용의 낭랑한 언어로 소논문을 쓰고 낭독조가 지나친 성인 예찬 강론을 했다. 분명히 페레브 사제는 라코르데르식의 감동도 열정의 불꽃도 지니고 있지 않았다. 그는 지나치게

---

117 앙리 페레브(1831~1867): 프랑스의 성직자. 오자낭, 몽탈랑베르, 코생 등 가톨릭파의 지도자들과 교류하였다.

사제다웠고 인간다운 면은 무척이나 적었다. 하지만 그의 설교 수사법 여기저기에서는 특이한 비교들, 폭이 넓고도 단단한 문장들, 엄격하다 싶을 정도의 숭고함이 터져 나왔다.

주의를 기울일 만한 가치가 있는 산문가들을 만나려면 사제 서품을 전혀 받지 않은 작가들, 가톨릭의 이익에 충실하며 그 대의에 헌신하고 있는 세속 작가들에 이르러야만 했다.

성직자들에 의해 그토록 평범하게 다루어졌던 주교들의 문체는 팔루 공작[118]에 이르러 새로이 담금질되어 남성적인 활력을 되찾았다. 이 아카데미 회원은 외모는 온순해 보였지만, 담즙처럼 쓰디쓴 원한을 분비하고 있었다. 1848년 의회에서 그가 행한 연설들은 장황하고 생기가 없었지만, 『통신원』지에 게재된 후 단행본으로 묶인 그의 기사들은 과도한 예의범절을 지키면서도 통렬하고 신랄했다. 애초에 훈계조로 씌어진 이 기사들은 단호하게 가혹한 열변을 담고 있었고 관용을 모르는 신념으로 인해 놀라움을 불러일으켰다.

계략을 이용하는 위험한 논쟁가인 동시에 곁길로 새면서 불식간에 공격하는 노회한 논리가인 팔루 백작은 스베친 부인의 죽음에 관하여 통찰력 있는 글을 쓰기도 하였다. 그는 그녀가 남긴 소책자들을 전집으로 엮었고 마치 성녀를 대하듯 그녀를 칭송하였다.

하지만 이 작가의 기질이 진정 뚜렷이 부각되었던 것은 두 권의 팸플릿에서였는데, 한 권은 1846년에 출판되었고, 1880년에 나온 다른 한 권은 '국민의 통합'이라는 제목을 달고 있었다.

냉철한 분노로 분기탱천하여 빈틈없이 무장한 정통 왕조파 논객은 이

---

118 프레데릭 알프레드 피에르 팔루(1811~1886): 프랑스의 정치가, 역사가. 자유주의적인 가톨릭 이념을 대변하였으며 기관지 『통신원』의 편집자를 역임했다..

번에는 평소의 습관과는 달리 정면으로 공박하고 나섰으며, 결론을 대신하여 무신앙가들에게 다음과 같은 위협적인 욕설을 퍼부었다.

"당신들, 인간의 본성을 외면하고 이상향을 꿈꾸며 틀에 박힌 몽상가들이여, 기괴한 몽상과 증오로 살찐 무신론의 지지자들이여, 여성 해방론자들이여, 가정 파괴범들이여, 유인원의 계보학자들이여, 예전에는 이름 자체가 욕설이었던 당신들이여, 기뻐하라. 당신들은 선지자가 될 수도 있을 것이며 당신들의 제자들은 끔찍한 미래의 고위 성직자가 될 터이니!"

또 다른 팸플릿은 '가톨릭 당'이란 제목을 달고 있었는데, 『위니베르』지의 전횡과 비록 이름을 직접 거명하는 것은 꺼리고 있지만 뵈이요[119]를 겨냥하고 있었다. 여기서는 다시 한 번 배배 꼬인 공격이 시작되었다. 온몸에 피멍이 든 신사가 싸움꾼의 발길질에 경멸적인 야유로 대꾸하고 있는 듯한 글의 각 행마다 독즙이 배어 나오고 있었다.

이들 두 사람은 불화를 거듭하다가 결국 막무가내의 증오에 이르고 마는 가톨릭 교회의 양대 파를 대표하는 사람들이었다. 훨씬 거만하고 용의주도한 팔루는 자유주의파에 속했는데 거기에는 이미 몽탈랑베르, 코생, 라코르데르, 브로글리 등이 모여 있었다. 교회의 강압적인 교리들을 약간의 관용으로 덧칠하려 애쓰는 잡지인 『통신원』에 실린 생각들에 그는 완전히 빠져 있었다. 좀더 단정치 못하고 솔직한 뵈이요는 이런 가면들을 떨쳐버리고 거침없이 교황지상주의의 압제를 인정하였으며 큰 목소리로 냉혹한 교리들의 속박을 요구하고 있었다.

뵈이요는 싸움에 쓰기 위해 아주 특이한 언어를 만들어냈는데, 라 브뤼예르의 말투와 그로 카이유 지역의 변두리 말투가 뒤섞인 언어였다. 이

---

119 루이 뵈이요(1813~1883): 1833년 미뉴 신부가 창간한 이래 정통 가톨릭주의를 표방했던 대표적 신문인 『위니베르』지의 편집 주간.

난폭한 인사가 휘두르는 반쯤은 엄숙하고 반쯤은 천박한 이 문체는 무시무시한 곤봉의 무게를 지니게 되었다. 유난히도 고집이 세고 용맹한 그는 이 엄청난 무기를 가지고 있는 힘을 다해 두들겨 팼고 상대가 어느 편에 속하든지 막론하고 마치 성난 황소처럼 달려들어 자유사상가들과 대주교들을 때려눕혔다. 이처럼 격에 맞지 않는 문체도 변두리 건달의 몸짓도 인정하지 않는 교회의 의심을 샀던 이 부랑아 종교인은 그러나 커다란 재능을 보여줌으로써 자신을 인정하게끔 만들었다. 그는 『파리의 냄새들』에서 피가 나도록 혼을 내주었던 언론 전체를 선동하고 다녔으며, 모든 공격에 맞서, 자신의 다리를 잡고 늘어지려는 모든 삼류 문사를 구둣발로 걷어차 떼어냈다.

불행하게도 이 이론(異論)의 여지가 없는 재능은 격투의 와중에만 존재할 따름이었다. 평온을 찾은 뵈이요는 평범한 작가에 지나지 않았다. 그가 쓴 시와 소설들은 안쓰러운 마음이 들 정도였다. 후추 소스에 적신 그의 언어는 두들겨 팰 상대가 없으면 김이 새버리고 마는 것이었다. 가톨릭 교회의 전담 싸움꾼인 그는 휴식 중에는 따분한 연도를 토해내고 유치한 송가를 우물거리는 약골로 변하였다.

가톨릭 교회가 아끼는 호교론자이자 기독교 언어의 종교 재판관인 오자낭은 훨씬 멋을 부리는, 보다 어색하며 심각한 작가였다. 데 제쎙트는 쉽게 놀라는 사람은 아니었지만 자신이 개진하는 믿을 수 없는 주장들에 대한 증거를 제시해야 했음에도 태연하게 신의 헤아릴 수 없는 계획들을 말하는 이 작가에게 놀라지 않을 수 없었다. 더할 나위 없이 침착하게 그는 사건들을 왜곡하였고, 다른 파당들에 속한 신성 칭송자들보다 한결 뻔뻔하게 공인된 역사적 사건들을 부정하였다. 또한 그는 교회가 과학에 대한 경의를 숨긴 적이 없었다고 확언하는가 하면, 이단들을 불순한 부패성

악취로 규정하였고, 불교나 여타 종교들은 하도 멸시하는 태도로 대해서 그 종교들의 교리를 공격함으로써 가톨릭의 산문을 더럽히는 것에 대해 용서를 구할 정도였다.

이따금씩 종교적 열정은 차가운 얼음장 밑으로 감춰진 격렬한 물결이 들끓고 있는 그의 웅변적 언어에 모종의 열기를 불어넣곤 했다. 단테와 성 프란체스코, 「스타바트 마테르」[120]의 저자, 프란체스코회 시인들, 사회주의, 상법 등 다양한 주제에 관한 수많은 저작들에서 그는 그 자신이 불멸하다고 믿는 바티칸을 옹호하고자 변론했으며, 자신이 신봉하는 대의와 어느 정도 가까운가 먼가에 따라 무차별적으로 모든 주장을 평가하였다.

단 하나의 관점으로 모든 문제를 검토하는 이러한 방식은 어떤 사람들이 그의 맞수로 내세우기도 하는 네트망[121]이라는 한심한 엉터리 작가의 방식이기도 했다. 이 사람은 태도가 좀더 부드러웠고, 덜 고상하고도 훨씬 세속적인 주장들을 짐짓 꾸며대고 있었다. 여러 차례에 걸쳐 그는 오자낭이 스스로를 가두어두고 있던 문학의 수도원 밖으로 나가 세속적인 작품들을 쭉 섭렵하여 판단을 내리기도 했다. 마치 어린아이가 지하실에 들어갈 때처럼 그는 손으로 앞을 더듬어가며 그 안으로 들어갔다. 그는 주변에서 암흑만을 볼 뿐이었고 그 어둠 한가운데 몇 발 앞에서 빛을 발하는 촛불만을 식별할 수 있었다.

이처럼 익숙하지 않은 길과 어둠 속을 헤매면서 그는 걸핏하면 실수를 저질렀다. 그는 뮈르제[122]에 대해 말하면서 '정교하게 다듬어지고 정성

---

120 Stabat Mater: 13세기 이탈리아의 종교 시인 야코포네 다 토디의 시. 이 제목은 '성모는 서 계시다'라는 뜻의 라틴어로 가톨릭의 성모통고(聖母痛苦) 기념일(9월 15일) 미사에서 쓰는 기도문이다.
121 알프레드 네트망(1805~1869): 철저한 정통 왕당파 문인.
122 앙리 뮈르제(1822~1861): 『모니퇴르』지의 편집 주간. 『방랑문인 생활의 광경들』의 저자.

들여 마감질 된 문체'의 소유자라고 했고, 위고에 대해서는 불결하고 흉한 것들을 추구한다고 하였으며 감히 위고와 드 라프라드[123]를 견주기도 했다. 들라크루아에 대해서는 규칙을 무시한다고 하였고, 폴 드라로슈[124]와 시인인 르불[125]은 격찬하였는데 그들이 신앙심을 지닌 것처럼 보인다는 이유 때문이었다.

데 제쎙트는 이런 한심한 의견들 앞에서 어깨를 으쓱하며 경멸을 표하지 않을 수 없었다. 이 의견들이 담긴 그의 산문은 부축을 받아야만 서 있을 정도였고 이미 여러 번 사용하여 해진 바탕천은 문장들의 구석구석마다 엉겨 찢어지고 있었다.

다른 한편 푸줄라,[126] 주누드,[127] 몽탈랑베르, 니콜라,[128] 카르네[129]의 작품은 네트망의 작품보다 더 강렬한 관심을 불러일으키지 못했다. 브로글리 공[130]이 박학한 지식을 쏟아 탁월한 언어로 다룬 역사에 대한 호감이라든지, 사크레 쾨르 성당에서의 감동적인 수녀 서원식을 이야기한 편지를 통해 자신의 존재를 알린 바 있는 앙리 코생[131]이 다룬 사회 문제, 종교 문제들에 대한 취향은 데 제쎙트에게서 더 이상 뚜렷이 나타나지 않았다.

123　빅토르 드 라프라드(1812~1833) : 라마르틴을 모방한 삼류 문사로『자연에 대한 감성사』의 저자.
124　폴 드라로슈(1797~1856) : 아카데미풍의 역사 화가로 7월왕정 중 들라크루아에 반대하는 입장을 취했다.
125　장 르불(1796~1864) : 몇몇 시집으로 유명세를 누리던 시인.
126　프랑수아 푸줄라(1808~1880) : 정통 왕당파의 기관지인『라 코티디엔』지의 편집자.
127　앙투안 으젠 주누드(1792~1849) : 다작(多作)으로 유명한 가톨릭 작가.
128　아메데 니콜라(?~?) : 성모 출현의 이적으로 유명한 라 살레트를 전문으로 다루었던 작가.
129　루이 마르시엥 카르네(1804~1876) : 열렬한 가톨릭 신자로 7월왕정에 참여하였고 1863년 아카데미 프랑세즈 회원으로 선출되었다.
130　빅토르 드 브로글리(1785~1870) : 프랑스의 정치가, 외교관.
131　오귀스탱 코생의 아들.

그는 오래전부터 이 책들에 손도 대지 않았다. 음울한 퐁마르탱이나 한심한 페발의 유치한 역작들을 넝마주이에게 던져주고, 뒤퐁 드 투르 씨와 성모에 의해 이루어진 기적들을 기록한 저급한 성인전 작가들인 오비노와 라세르의 너절한 이야기책들을 하인들에게 허드렛용으로 쓰라고 건네준 지는 벌써 오래전이었다.

결국 데 제쎙트는 자신을 권태로부터 순간적으로나마 벗어나게 해줄 기분 전환조차 이 문학으로부터 이끌어내지 못했다. 그리하여 그는 예전에 예수회 사제들의 학교를 졸업하고 나서 연구했던 이 한 무더기의 책들을 서가의 외진 구석으로 밀어놓았다. 다른 책들 뒤에 가려진, 그에겐 특히 역겨운 책들을 발견하고는 그가 중얼거렸다. "이것들은 파리에 버리고 올걸." 그것은 라므네 사제[132]의 책들과 말이 먹혀들지 않을 광신자인 조젭 드 메스트르[133]가 너무도 당당하게 그리고 너무도 거창하게 따분하고도 내용 없이 쓴 책들이었다.

서가의 빈칸에는 단 한 권의 책이 그의 손이 닿을 자리에 놓여 있었다. 에르느스트 엘로가 쓴 『인간』이었다.

이 작가는 종교계의 동료들과는 완전히 정반대의 사람이었다. 그의 행동거지에 질겁한 신자들의 그룹에서 거의 외톨이가 된 에르느스트 엘로는 마침내 지상에서 천국으로 이르는 대로(大路)에서 벗어나기에 이르렀다. 아마도 너무나 진부한 이 길이 주는 역겨움과 벌써 몇 세기째 줄줄이 똑같은 길을 따라 앞사람의 발자취 그대로 나아가며 동일한 장소에 멈춰 서서

---

132 위그 펠리시테 로베르 드 라므네(1782~1854): 프랑스의 사상가·종교철학자. 총 4권의 『종교 무관심론』을 간행하여 폭발적인 명성을 얻었고, 자유주의와 교황지상주의를 결합한 독자적인 이론을 주장했다.
133 조젭 마리 드 메스트르(1753~1821): 프랑스의 소설가, 철학자, 정치가. 프랑스의 전통주의를 대표하는 사상가로 프랑스 혁명에 반대하여 절대왕정과 교황의 지상권을 주장했다.

종교와 교부들 그리고 자신들의 동일한 신앙과 스승들에 관해 상투어를 나누는 문학 성지 순례자 무리가 주는 역겨움 때문에 그는 옆으로 난 오솔길로 접어들어 파스칼이 발견한 음습한 공터에 도달하였고 거기서 오랫동안 멈추어 서서 숨을 고른 다음 다시 길을 재촉하여 그 자신 야유를 퍼부었던 그 장세니스트보다도 더 먼저 멀리 인간 사고의 다양한 지방으로 들어섰던 것이다.

재치와 세련미를 갖춘 동시에 삐뚤어지고 현학적이며 복합적인 엘로는 자신의 분석에 담긴 통찰력 있는 주장들로 데 제쎙트에게 18세기와 19세기의 몇몇 무신앙인 심리분석가들이 해놓은 면밀하고도 고도로 정확한 연구들을 기억나게 했다. 그에게서는 일종의 가톨릭 교도가 된 뒤랑티,[134] 하지만 훨씬 단호하고도 예리한 뒤랑티의 모습을 볼 수 있었다. 노련한 현미경 조작자인 동시에 박식한 영혼의 기술자, 능란한 두뇌 수리공으로서 그는 열정의 메커니즘을 검사하고 그것을 조목조목 상세하게 설명하기를 즐겼다.

이처럼 이상하게 형성된 정신에는 전혀 의외의 사고의 결합과 의외의 대조와 대비가 존재하였다. 거기에다 비록 이따금씩 그 연관관계가 매우 미약하지만 단어들의 어원을 거의 예외 없이 기발하고 강렬한 사고들의 도약대로 삼는 흥미로운 방식이 있었다.

그리하여 균형이 잘 잡히지 않은 문장 구성이었지만 그는 아주 독특한 통찰력으로 '수전노' '시시한 사람'이라는 개념을 분해하였고 '속물 취향'과 '불행에 대한 열정'을 분석하였으며, 사진 작업과 기억 작용 사이에 성립할 수 있는 흥미로운 비유들을 보여주었다.

---

[134] 루이 뒤랑티(1833~1880): 잡지 『레알리즘』을 창간하고 샹플뢰리와 함께 사실주의 문학 이론가로 활동했다.

하지만 교회의 적대자들에게서 그가 훔쳐낸 이 완벽한 분석 수단을 다루는 솜씨는 이 사람이 지닌 기질의 여러 측면 중 하나에 지나지 않았다.

그의 내부에는 전혀 다른 존재가 살고 있었다. 그의 정신은 둘로 나뉘었고 겉모습에 이어 이 작가의 속모습, 즉 광신자에다 성서에 나오는 선지자다운 모습이 나타났다.

여기저기 탈구된 개념과 문장이 기억나게 하는 위고와 마찬가지로 에른스트 엘로는 밧모 섬에서의 사도 요한의 후계자 역할을 하기를 좋아하였다. 그는 생 쉴피스 가의 싸구려 종교용품점에서 만든 바위 위에서 미사를 집행하고 예언을 하면서 독자에게 군데군데 이사야의 침통함이 가미된 묵시록적인 언어로 장황하게 설교했다.

그러면서 그는 심오함을 향한 과도한 포부를 짐짓 꾸며대곤 하였다. 몇몇 아첨꾼들은 천재가 났다고 외치고 그를 위인으로 추켜세우며 동시대의 학문을 퍼올릴 우물로 간주하는 척하곤 했다. 어쩌면 우물일 수도 있으리라. 하지만 그 밑바닥에서 대개는 물 한 방울 볼 수 없는 우물일 것이다.

그의 책『신의 말씀』은 성서를 장황하게 설명하고 명확한 의미들을 복잡하게 만들려고 애를 쓰고 있다. 다른 책인『인간』에서, 또 애매한 데다가 툭툭 끊어지는 성서 문체로 씌어진 소책자인『구주의 날』에서 그는 복수심에 차 있고 우울증에 시달리는 오만한 사도처럼 보였다. 또한 그는 신비주의적인 간질병에 걸린 부사제나 재능을 갖춘 메스트르처럼 까탈스럽고 가차 없는 광신자처럼 보였다.

데 제쎙트는 생각을 이어갔다. 이 병적인 엉뚱함은 종종 결의론자(決疑論者)의 창의적인 탈출구를 막기만 했을 뿐이었다. 오자낭보다도 한결 더 독단적으로 그는 자신의 당파에 속하지 않는 모든 것을 결연하게 부정함과 동시에 가장 황당한 금언들을 부르짖었고 당혹스러울 정도로 권위 있게 "지질학은 모세에게로 되돌아갔다"면서 박물학, 화학, 요컨대 모든 현대 과학은 성서의 과학적 정확성을 입증한다고 주장하기도 하였다. 매 페이지마다 유일무이한 진리, 교회의 초인적인 지식이 문제가 되었고, 이 모든 것은 무척이나 위험천만한 경구들과 18세기의 예술에 대해 푸짐하게 퍼부어진 노기 등등한 저주로 가득 차 있었다.

이 기묘한 혼합에 천상의 부드러움들에 대한 애정, 즉 더할 나위 없이 유연한 우둔함으로 가득한 책인 앙젤 드 폴리뇨[135]의 『환영들』과, 13세기의 신비주의자로 난해한 열광과 부드러운 심정의 토로 그리고 신랄한 열정들이 문장 안에서 이해하기 힘들지만 매력적으로 뒤섞여 있는 위대한 얀 로이스부르크[136] 선집 번역에 대한 애정이 덧붙여졌다.

이 책에 관해 쓴 해괴한 서문에는 교만한 교황의 멋부린 태도라는 엘로의 참모습이 솟아올랐다. 그 자신이 지적했듯이 "비범한 사건들은 더듬더듬 말해질 수밖에 없다" "로이스부르크가 자신의 독수리 같은 날개를 펼쳐 만들어낸 신성한 어둠은 그의 대양, 그의 먹이, 그의 영광이며 사방의 수평선은 그에게는 너무도 꽉 끼는 옷이다"라고 선언하면서 실제로 그는 말을 더듬고 있었다.

그가 어떤 사람이건 간에 데 제쌩트는 바로 이 균형이 잡히지는 않았으나 섬세한 정신의 소유자에게 마음이 끌림을 느꼈다. 능숙한 심리분석가와 독실한 현학자 사이의 융합은 이루어질 수 없었다. 그러나 이 덜컥거림, 모순들이야말로 이 인물의 성격 그 자체였다.

---

135 앙젤 드 폴리뇨(1248~1309) : 이탈리아 폴리뇨 출신의 성녀. 성 프란체스코의 영향을 받아 13세기 신비주의를 대표하는 성녀가 되었다.
136 얀 로이스부르크(1293~1381) : 13~14세기에 걸쳐 독일의 에크하르트와 그의 제자 타울러가 주창하였던 독일 신비주의 영향을 받은 네덜란드의 신비주의자.

그와 더불어 성직자 진영의 선두에서 일하는 소그룹의 작가들이 충원되었다. 이들은 부대의 주력에 속하지 않았다. 엄밀히 말하자면 그들은 충분히 복종적이지도 또한 충분히 평범하게 보이지도 않는다는 이유로 뵈이요나 엘로처럼 재능 있는 사람들을 경계하는 종교의 척후병들이었다. 결국 생각할 줄 모르는 병사들, 맹목적인 전투원 부대, 또한 엘로가 실제로 구속을 당해본 사람의 입장에서 분노하여 언급했던 무능한 자들의 부대가 필요한 것이었다. 그리하여 가톨릭교는 서둘러 유격대원 중의 한 사람인, 과격한 동시에 재치 있고, 순진한 동시에 악착같은 언어로 글을 쓰는 레옹 블루아[137]라는 광적인 팸플릿 작가를 친가톨릭 잡지들에서 멀리 떼어놓았다. 그러고는 목이 터져라 가톨릭교를 찬미하고 있는 또 한 사람의 작가인 바르베 도르빌리[138]를 마치 페스트 환자나 더러운 거지처럼 가톨릭 서점들의 문밖으로 내쫓았다.

바르베가 너무나도 평판에 해로우며 온순하지 않은 것은 사실이었다. 다른 이들은 질책에 결국 머리를 숙이고 제자리로 돌아갔다. 그러나 그는 가톨릭 진영의 인정을 받지 못한 문제아였던 것이다. 그는 문자 그대로 여자 꽁무니를 따라다녔고 가슴을 완전히 풀어 헤친 여자들을 성전으로 데리고 왔다. 스승들을 섬긴다는 이유로 예배실의 유리창을 깨고 성체기를

---

137 레옹 블루아(1846~1917) : 프랑스의 작가, 평론가, 언론인. 바르베 도르빌리의 문하에서 감화를 받아 열렬한 가톨릭 신자가 되었다. 그러나 시종 자연주의 문학과 세기말의 풍조, 특히 위스망스, 부르제 등 가톨릭적 입장의 작가들에게까지 독설을 퍼부어 문단의 외톨이가 되었다. 『거꾸로』가 집필되던 시점만 하더라도 위스망스와 블루아는 강한 우정으로 연결되어 있었으나 이 우정은 곧 깨어지고 만다.
138 쥘르 아메데 바르베 도르빌리(1808~1889) : 프랑스의 소설가. 열렬한 가톨릭 신자이자 철저한 정통 왕당파로 시대의 흐름에 역행하는 사상의 소유자였으나 탁월한 이야기꾼으로서의 재능과 특히 보들레르의 가치를 알아보는 평론가로서의 예리한 식견을 겸비한 문인이었다.

가지고 손재주를 부리며 감실(龕室) 주변에서 민속춤을 추어대는 이 이상한 하나님의 종이 정식 파문을 통해 교회법의 보호를 박탈당하지 않도록 하기 위해서는 가톨릭교가 엄청난 경멸로 그 재능을 뒤덮어버려야 하기조차 했다.

바르베 도르빌리가 쓴 두 개의 작품이 특히 데 제쎙트의 호기심을 돋우었는데 그것은 바로 『결혼한 사제』와 『악마숭배자들』이었다. 『신들린 여자』 『건반의 기사』 『늙은 애인』 같은 다른 소설들은 물론 훨씬 균형 잡히고 완성된 작품들이었다. 하지만 그것들은 열병으로 쇠약해지고 날카로워져 병색이 완연한 작품들에만 정말로 관심을 가지는 데 제쎙트를 한결 냉담하게 만드는 작품들이었다.

이처럼 거의 온전한 책들에서 바르베 도르빌리는 결국에는 서로 만나게 되는 가톨릭교의 두 개의 도랑, 즉 신비주의와 사디즘 사이에서 항상 우물쭈물하곤 했다.

데 제쎙트가 훑어보고 있는 이 두 책 속에서 바르베는 완전히 신중함을 잃고서 자신이 탄 말에 몸을 맡겨 전속력으로 내달려 각각의 길마다 가장 먼 지점까지 달려나가고 있었다. 『결혼한 사제』라는 이 믿을 수 없는 책 위로 중세의 모든 신비로운 공포가 떠다니고 있었다. 마법이 종교에 뒤섞여들었으며 마법사의 주문은 기도와 뒤섞였다. 악마보다도 훨씬 가혹하고 난폭한 원죄의 신은 자신이 배척한 순진무구한 칼릭스트에게 쉬지 않고 커다란 고통을 가했다. 그는 예전에 한 천사를 시켜서 자신이 죽이고자 하는 무신앙자들의 집을 표시했던 것과 마찬가지로 그녀의 이마에 붉은 십자가로 표시를 해두었다.

금식 기도 중에 착란에 사로잡힌 한 수도사의 머리에 떠오른 이 광경들은 불안감에 사로잡힌 사람의 고르지 못한 문체 안에서 펼쳐지고 있었다. 불행하게도 호프만[139]의 흥분한 코펠리아 일가와 마찬가지로 미쳐버린 인물들 중에서 넬 드 네우 같은 인물들은 발작에 이어지는 쇠약의 순간에 구상된 것처럼 보였다. 그들은 전체적인 침울한 광기의 분위기와 잘 어울리지 않았고, 괘종시계의 받침대 위에 흐물흐물한 장화를 신고 뿔피리를 불고 있는 아연으로 만든 작은 신의 형상이 풍기는 본의 아닌 희극성을 이러한 분위기에 부여하고 있었다.

이러한 신비적인 헛소리가 있고 난 이후 작가는 약간의 진정기를 맞았다. 그러고는 다시 한 번 끔찍한 발작에 빠져들었다.

인간이 뷔리당의 당나귀[140]처럼 우유부단한 존재이며 번갈아가며 그의 영혼을 수중에 넣었다가는 잃고 마는 동등한 힘을 지닌 두 개의 권능 사이에서 갈팡질팡하는 존재라는 믿음, 인생이란 천국과 지옥 간에 벌어지는 불확실한 전투에 지나지 않는다는 확신, 악마와 예수라는 상반된 두 개체에 대한 신앙은 숙명적으로 이러한 내적인 부조화를 만들어내었을 것이다. 그러한 부조화 속에서 끊임없는 싸움에 의해 흥분되고, 말하자면 약속과 위협에 의해 들뜬 영혼은 끝내 자신을 내맡기고 두 편 중에서 가장 집요하게 따라붙는 편에 자신을 팔아버리는 것이다.

바르베 도르빌리는 『결혼한 사제』에서 자신을 유혹하기에 성공한 예수에 대한 찬양을 노래하고 있었다. 『악마숭배자들』에서 작가는 악마에게 굴복하여 그를 찬양하였고, 그러자 수세기 동안 종교가 어떤 모습으로 나타났건 간에 구마의식과 화형대로 응징해온 가톨릭교의 사생아 사디즘이 모습을 드러냈다.

---

139 에른스트 테오도르 아마데우스 호프만(1776~1822): 독일 낭만주의 시기의 작가, 작곡가.
140 물과 먹이의 중간에서 망설이며 어느 것을 택할지 결정하지 못하는 당나귀를 뜻하며 인간의 자유의지를 비유하는 표현이다.

대단히 흥미롭지만 잘 정의되어 있지는 않은 이 정신 상태는 실상 신앙이 없는 사람의 영혼에서는 생겨날 수 없다. 그것은 단지 피가 흐를 정도의 학대로 자극된 과도한 육욕에 빠져드는 데에만 그 본질이 있는 것은 아닌데, 왜냐하면 그 경우 사디즘이란 탈선한 성욕, 극도의 성숙도에 도달한 병적인 색정증의 한 사례에 지나지 않을 것이기 때문이다. 그것의 본질은 무엇보다도 신성모독 행위, 윤리적인 반항, 정신적인 방탕, 전적으로 관념적이고도 전적으로 기독교적인 광란에 있었다. 또한 두려움에 의해 희석된 쾌락, 부모들이 분명하게 가까이 가지 말라고 금했다는 단 하나의 이유로 금지된 물건들을 가지고 놀면서 부모의 뜻을 거역하는 어린애들이 느끼는 불량한 충족감과 흡사한 쾌락에 그 본질이 있는 것이다.

사실상 신성모독 행위를 포함하고 있지 않다면 사디즘은 존재 이유를 잃고 말 것이다. 다른 한편으로 종교의 존재 자체로부터 생겨나는 신성모독은 신자에 의해서만 의도적으로, 그리고 합당하게 완수될 수 있다. 왜냐하면 인간은 자신과는 무관하거나 자신이 모르는 법을 위반하는 데에서 어떤 희열도 느끼지 못할 것이기 때문이다.

그러므로 사디즘의 힘, 그리고 그것이 지닌 매력은 신에게 드려야 할 찬양과 기도를 악마에게로 보낸다는 금지된 기쁨에 전적으로 깃들어 있는 것이다. 또한 그것은 예수를 더욱 심하게 조롱하기 위하여 그가 가장 명백하게 영벌(永罰)을 내린 두 죄악, 즉 예배의 모독과 육욕의 난무라는 죄악을 범함으로써 사람들이 비록 거꾸로라도 준수하는 가톨릭의 규율들에 복종하지 않는 데 있는 것이다.

결국 사드 후작이 자신의 이름을 물려준 이 증세는 교회의 역사만큼이나 유서가 깊은 것이었다. 더 멀리 거슬러 올라가지 않더라도 그것은 일종의 격세유전 현상에 의해 중세의 마녀 집회의 불경한 관행들을 되살려냄으로써 18세기에 창궐했던 것이다.

    교회로 하여금 수천 명의 강신술사들과 주술사들을 화형으로 전멸시키도록 했던 자콥 스프렝제의 끔찍한 규범서인 『마녀들의 망치』[141]만 읽어보더라도 데 쎙트는 중세의 마녀 집회에서 사디즘에 의한 모든 종류의 음탕한 관행들과 모든 불경한 언행들을 알아볼 수 있었다. 악마가 애지중지하는 추잡한 광경이며, 적법하건 패륜적이건 성교에 계속해서 바쳐지는 밤들, 색정에 의한 폭행으로 인해 피로 물든 밤들 외에도, 데 쎙트는 빵과 술에 저주를 퍼부으며 사람들이 네발로 엎드린 여인의 등에서 악마의 미사를 집전하고 그녀의 노출된 엉덩이를 계속해서 능욕하며 제단으로 삼고, 참석자들은 조롱하듯이 숫염소의 모습이 새겨져 있는 검은 밀떡으로 영성체를 하는 데에서 예배 행렬에 대한 우스꽝스러운 모방, 지속적으로 신에게 가해지는 욕설과 위협, 그리고 신의 적대자에 대한 헌신을 찾아볼 수 있었다.

    불경한 조롱들과 지저분한 모욕들의 토악질은 자신의 위험한 관능에 신성모독적인 욕설을 곁들인 사드 후작에게서 명확하게 나타났다.

    그는 하늘을 보고 울부짖었고 루시퍼에게 애원하였으며 신을 비열한 존재로, 불한당으로, 멍청이로 취급했다. 그는 영성체에 가래침을 뱉었고 더러운 오물로 신성을 오염시키려 애를 썼다. 한층 더 강하게 신에게 도전하기 위해 신이란 존재하지 않는다고 외치면서도 그는 바로 그 신이 자신을 제발 처단해주었으면 하고 바랐다.

    바르베 도르빌리는 이러한 심리 상태에 근접해 있었다. 비록 그가 극악한 저주를 구세주에게 퍼부으며 사드만큼이나 멀리 나가지는 않는다 할

---

[141] 1489년에 종교 재판관이던 스프렝제와 인스티토리스가 쓴 이 책은 이후 두 세기 동안 모든 종교 재판관의 지침서가 되었다.

지라도, 또한 훨씬 신중하고 겁이 많은 그가 늘 교회를 숭배한다고 주장한다 할지라도 그는 여전히 중세 시대처럼 악마에게 자신의 소원을 빌었으며 역시 신에게 맞서기 위해 자신 역시 악마적인 호색증으로 빠져들었던 것이 사실이다. 그는 관능적인 끔찍함을 고안해냈으며, 그가 「무신론자의 저녁식사」라는 단편을 쓸 때는 『규방에서의 철학』에서 한 일화를 빌려다가 새로운 양념으로 가미하기도 하였다.

이 과도한 책은 데 제쎙트를 기쁘게 했다. 그래서 그는 추기경복의 자줏빛 틀에다가 로마 교황청 재판소의 청중들이 축성하였던 진짜 양피지에 주교복 색의 보라색으로 『악마숭배자들』 한 권을 인쇄하게 했다. 이 판본에서는 예절체라는 글자체가 사용되었는데 일그러진 갈고리 모양과 말아 올려진 꼬리와 손톱 모양의 장식부는 악마적인 모습을 흉내 내고 있었다.

마녀 집회에서 여러 밤 동안 외쳐진 노래들을 모방하여 지옥의 신도송을 노래했던 보들레르의 몇 편의 시 이후로 이 책은 현대 호교 문학에 속하는 모든 작품 중에서 유일하게 독실한 동시에 신앙심이 없는 정신 상태를 증거하는 책이었다. 신경쇠약의 잦은 발작에 자극을 받아 생겨난 가톨릭교로 귀의하고픈 욕구는 데 제쎙트를 자주 이 상태로 몰아가곤 했다.

바르베 도르빌리와 더불어 일련의 종교 작가들이 끝이 났다. 솔직히 말해서 교회에서 배척당한 이 작가는 모든 관점에서 볼 때 그가 자신의 자리를 요구하나 사람들이 거절하고 있는 문학보다는 차라리 세속 문학에 속하는 사람이었다. 복잡하게 엉킨 낭만주의가 배어나는 그의 언어, 뒤틀린 표현과 사용된 적이 없는 어법들, 그리고 과도한 비유들로 가득 찬 그의 언어는 채찍질로 그의 문장들을 열광시켰고, 문장들은 텍스트 내내 시끄러운 방울 소리를 내면서 폭죽처럼 터져 올랐다. 결론적으로 도르빌리는 교황지상주의자들의 마구간을 가득 메우고 있는 거세마 사이에서 유일한 종마처럼 보였다.

데 제쎙트는 이 책의 여기저기에서 몇몇 대목들을 다시 읽으면서 이런 생각을 하였다. 이 신경질적이고 다양한 문체를 그의 동료들이 지닌 림프질의 고정된 문체와 비교하면서 그는 또한 다윈이 그토록 정당하게 밝힌 언어의 진화를 생각하였다.

속인들과 섞여 있었고 낭만주의 유파에 의해 양육되었으며 새로운 작품들에 정통하고 근대 저작물들의 거래 방식에 익숙한 바르베는 어쩔 수 없이 수없이 많은 변화를 겪었고 17세기 이래 쇄신되었던 방언을 소유하고 있었다.

이와는 반대로 자신들의 영지에 머물러 있고 한결같은 옛날 책들의 독서에 갇혀 수세기에 걸친 문학의 동향을 모르며, 그것을 보지 않기 위해 필요하다면 자신들의 눈이라도 후벼 팔 작정을 하고 있는 성직자들은 필연적으로 변화가 없는 언어를 사용하고 있었다. 그것은 마치 캐나다에 정착한 프랑스인의 후손들이 아직도 유창하게 말하고 쓰는 18세기 언어와 같은 것으로, 옛 수도로부터 고립된 채 사방이 영어에 둘러싸인 그들의 방언에서는 어떠한 어법이나 어휘도 도태되지 않은 채로 보존되어 있는 것이었다.

그때 삼종기도[142] 시각을 알리는 종의 낭랑한 소리가 데 제쎙트에게 점심이 준비되었음을 알렸다. 그는 책들을 그 자리에 내려놓고 이마를 손으로 문지른 다음 식당 쪽으로 걸어갔다. 그러면서 그는 방금 정리한 책들 중에서 바르베 도르빌리의 책들만이 그 사상과 문체에 있어서 그 자신

---

142 날마다 아침, 점심, 저녁에 종을 세 번 칠 때마다 드리는 기도.

오래전의 라틴 문학 혹은 수도원 문학의 데카당 작가들에게서 그토록 즐겨 만끽했던 이 곰삭은 맛, 불건전한 반점들, 상한 껍질들, 농익은 맛을 유일하게 보여준다고 생각했다.

제13장

날씨가 점점 나빠져만 갔다. 그해에는 모든 게 뒤죽박죽이었다. 돌풍과 안개가 지나고 나면 마치 양철판처럼 하얗게 달궈진 하늘이 수평선을 비집고 나오곤 했다. 단 이틀 만에 아무런 중간 단계도 없이 안개 낀 음습한 추위와 줄줄 흐르는 비가 찌는 듯한 더위와 끔찍하게 후텁지근한 날씨로 이어졌다. 마치 부지깽이로 맹렬하게 불길을 돋운 것처럼 태양은 가마의 아궁이 모양으로 열렸고 눈이 따가울 정도의 백색광에 가까운 빛을 쏘아붙이고 있었다. 바싹 타들어간 길 위로 무수한 불꽃들이 솟아올라 바싹 마른 나무들을 태우며 누렇게 변한 풀밭들을 노랗게 구워대고 있었다. 석회유를 바른 벽들의 반사광과 지붕을 덮은 아연판과 창문의 유리 위로 불타오르는 화덕들로 앞이 안 보일 정도였다. 한껏 불을 땐 제련소 내부 같은 기온이 데 제쎙트의 집을 무겁게 내리눌렀다.

옷을 반쯤 벗은 채로 그는 창문을 열었고 얼굴 가득 용광로에서 나오는 더운 김을 맞았다. 더위를 피해 들어간 식당은 작열하고 있었고 희박해진 공기는 들끓고 있었다. 낙담한 그는 자리에 앉았다. 왜냐하면 책을 정리하면서 몽상에 빠져들게 된 이후 그를 지탱해주었던 극도의 흥분 상태가 끝나버렸기 때문이었다.

신경쇠약에 시달리는 모든 사람과 마찬가지로 더위는 그를 짓이기고 있었다. 추위에 의해 억제되었던 빈혈은 비 오듯 흐르는 땀으로 인해 허약해진 몸을 더 약하게 만들었다.

셔츠는 흠뻑 젖은 등에 들러붙고 사타구니는 축축하였으며 팔다리는 젖어 있었다. 땀으로 이마가 범벅이 된 채, 뺨 위로 짠 땀방울을 흘리면서 데 제쎙트는 기진맥진하여 꼼짝 않고 의자에 누워 있었다. 바로 그때 탁자 위에 놓인 고기를 보자 구역질이 났다. 그는 고기를 안 보이게 치우라고 시키고는 반숙 계란을 가져오게 해서 빵조각에 찍어 먹어보려고 했다. 그러나 목에 걸려 넘어가지 않았다. 구역질이 입술에까지 치밀었다. 몇 방울의 포도주를 마셨으나 마치 불에 달군 바늘처럼 그의 위를 찔러댔다. 그는 얼굴의 물기를 닦아냈다. 조금 전까지 미지근하게 흐르던 땀은 이제 관자놀이를 따라 차갑게 흘러내렸다. 구역질을 가라앉힐까 하여 얼음 몇 조각을 빨아보았지만 허사였다.

끝도 없는 쇠약으로 인해 그는 식탁에 기대어 누울 수밖에 없었다. 답답해진 그는 일어났다. 하지만 반숙에 적셔 먹었던 빵조각들이 부풀어올랐고 꽉 막힌 식도를 통해 서서히 위로 올라오고 있었다. 그로서는 이번처럼 스스로 불안하고 허약하며 불편하게 느꼈던 적이 한 번도 없었다. 게다가 눈앞이 흐려졌다. 물건들이 두 개로 보였고 제자리에서 빙빙 돌고 있었다. 곧 거리감이 없어졌다. 거울은 마치 몇 킬로미터나 멀리 있는 것처럼 보였다. 그는 자신이 감각 기관들이 일으키는 환상의 노리개가 되었나 보다라고 생각했으나 저항할 수가 없었다. 그는 거실의 소파에 가서 누웠다. 하지만 항해 중인 배에서나 느낄 법한 울렁거림이 그를 흔들어댔고 구역질이 심해졌다. 다시 몸을 일으킨 그는 소화제를 먹어서 목을 메이게 한 이 반숙 계란들을 내려보내기로 했다.

그는 다시 식당으로 갔고 이 선실에 있는 자신을 뱃멀미를 하는 승객들과 씁쓸하게 비교해보았다. 그는 휘청거리면서 찬장 쪽으로 가서 미각의 오르간을 살펴보았으나 열지는 않았고 좀더 위쪽에 있는 칸에서 베네딕틴 병을 집어들었다. 그는 이 병의 모양이 은근히 호화스러운 동시에 어렴풋이 신비로운 상념들을 암시하는 것 같아서 지니고 있었다.

하지만 지금 이 순간 그는 흐릿한 눈으로 짙은 녹색의 작달막한 병을 바라보면서 무심하게 있었다. 이 술병은 과거 수도사의 배를 닮은 불룩한 부분이며, 양피지 두건으로 덮인 머리와 목이며 세 개의 은빛 주교관으로 갈라져 병목 부분에서 마치 교황의 교서처럼 납 끈으로 묶여 있는 붉은 밀랍 봉인이며, 세월에 의해 색이 바랜 듯 누런 종이 위에 쩌렁쩌렁 울리는 라틴어로 '리코르 모나코룸 베네딕티노룸 아바티오 피스카넨시스'[143]라고 쓴 상표 등이 그의 머릿속에서 중세의 수도원장들을 떠오르게 하곤 했다.

십자가에다 성직자를 뜻하는 돔(DOM)이라는 이니셜이 찍혀 있어서 대단히 수도원의 분위기를 풍기는 포장 아래로, 진짜 고문서처럼 양피지와 끈으로 둘러싸인 채 그윽하게 섬세한 맛의 주황색 리쾨르가 잠들어 있었다. 이 술은 설탕으로 부드러워진 요오드와 브롬을 포함한 해초에 뒤섞여 극도로 정제된 안젤리카와 히솝의 향을 풍겼다. 이 술은 대단히 순결하고도 순진한 단맛 아래 숨겨진 영적인 열렬함으로 입천장을 자극하였고, 천진하면서도 신심 깊은 애무에 감싸인 미량의 타락한 향기로 후각을 기분 좋게 어루만졌다.

---

143 베네딕트회 페캉 수도원의 술이라는 뜻.

용기와 내용물 사이, 그리고 의례를 연상시키는 병의 윤곽과 거기에 담긴 대단히 여성적이고 현대적인 혼 사이에 있는 특이한 불일치에서 유래하는 이 위선은 예전에 그를 몽상에 빠지게 하곤 했다. 또한 그는 이 병을 마주하고서 그것을 팔던 수도사들인 페캉 수도원의 베네딕트회 수도사들을 오랫동안 생각해보았다. 이들은 역사 편찬 작업으로 유명한 생 모르 종단에 속하여 성 베네딕트의 규율 아래 활동하였지만, 시토회의 백의(白衣) 수도사들이나 클뤼니의 흑의(黑衣) 수도사들의 계율은 전혀 따르지 않았다. 반박의 여지 없이 그들은 중세 시대처럼 약초들을 재배하고 증류병들을 데우며, 특효의 만병통치약과 확실한 묘약들을 증류기로 달이는 사람들처럼 보였다.

그는 이 리쾨르를 한 모금 마셨다. 몇 분 동안 그는 증세가 완화되는 것을 느꼈다. 하지만 좀 전에 마신 포도주 한 모금이 그의 내장에 피워두었던 불꽃을 곧 되살렸다. 그는 냅킨을 던지고는 서재로 돌아가서 이리저리 서성댔다. 그는 마치 자신이 점차 진공이 되어가는 종형 감압실에 들어앉아 있는 것 같았고, 참을 수 없이 달콤한 무력증이 머리로부터 온 팔다리를 통해 흘러내렸다. 몸이 뻣뻣해져 더 이상 견딜 수 없게 된 그는 퐁트네에 도착한 이후 거의 처음으로 정원으로 나와서 둥그런 그늘을 드리운 나무 밑으로 몸을 숨겼다. 풀밭 위에 앉아서 그는 멍한 표정으로 하인들이 가꿔놓은 네모난 채소밭들을 바라보았다. 비록 응시하고는 있었으나 한 시간이 지난 후에야 비로소 그는 그것들을 실제로 알아볼 수 있었다. 왜냐하면 초록색이 도는 안개가 그의 눈앞을 떠다니며 마치 물속에 들어앉아 볼 때처럼 모양과 색조가 변화를 거듭하는 모호한 영상들만을 보게 했기 때문이었다.

하지만 마침내 그는 안정을 되찾았고 분명하게 양파와 양배추를 분별할 수 있었다. 더 멀리로는 상추밭이 있었고 그 안쪽으로 울타리를 따라서 흰 백합꽃들이 무더운 공기 중에 꼼짝도 않고 늘어서 있었다.

갑자기 입술에 잔주름을 잡으면서 그는 미소를 지었다. 왜냐하면 백합의 암술이 외형상 당나귀의 성기와 비슷하다고 생각했던 니칸더 노인[144]의 묘한 비유가 생각났기 때문이었다. 또한 알베르 르 그랑[145]이 쓴 의학서 한 구절이 떠올랐는데, 여기에서 이 연금술사는 상추를 이용해서 처녀가 동정녀인지 아닌지를 알아보는 아주 독특한 방법을 가르쳐주고 있었다.

이 기억들은 그를 약간 쾌활하게 해주었다. 그는 정원을 찬찬히 살펴보았고 더위 때문에 시든 풀이며 불타올라 대기 중에 분말 상태로 연기처럼 피어오르는 뜨거운 밭의 흙에 관심을 가졌다. 그런 다음 그는 성채로 올라가는 오르막길과 그의 정원 아래쪽을 가르는 울타리 너머로 땡볕을 받으며 환한 빛 속에 나뒹구는 꼬마들을 보았다.

그는 녀석들에게 주의를 기울였는데 바로 이때 덩치가 작고 한눈에 보기에도 불결하기 그지없는 한 녀석이 나타났다. 해초처럼 부석부석한 머리에는 모래가 가득했고 코 아래에는 초록색 콧물이 두 방울 매달려 있었다. 쪽파를 다져 넣은 얼룩 치즈 때문에 생긴 흰 때로 둘러싸인 입술은 몹시 더러웠다.

데 제쎙트는 숨을 깊이 들이마셨다. 일종의 이식증(異食症), 미각 이상이 그를 엄습했다. 저 흉측한 치즈 바른 빵이 그의 입에 군침이 돌게 했던 것이다. 모든 음식을 거부하였던 자신의 위가 이 끔찍한 음식은 소화시

---

144 니칸더(?~?): 2세기 그리스의 시인이자 의사. 맹독성 동물들로 인해 생긴 상처와 그 치유법을 다룬 연구서를 남겼다.
145 알베르 르 그랑(1206~1280): 독일의 과학자, 철학자. 1941년 기독교도 과학자들의 수호 성인으로 축성되었다.

킬 수 있을 것 같았고 정말로 맛난 음식처럼 달게 먹을 수 있을 것 같았다.

그는 단숨에 일어나 부엌으로 달려가서는 마을로 가서 둥근 빵과 흰 치즈, 쪽파를 구해다가 꼬마가 먹고 있는 것과 완전히 똑같은 타르틴을 만들어 오라고 시켰다. 그리고 그는 나무 그늘로 다시 가서 앉았다.

꼬마들은 이제 싸움질을 벌이고 있었다. 녀석들은 빵 조각을 서로 뺏어서 손가락을 빨아가며 입에다 우겨넣고 있었다. 발길질과 주먹질이 비오듯 쏟아졌다. 땅바닥에 넘어져 밟히던 제일 약한 녀석들은 뒷발질을 해댔고 자갈밭에 엉덩이를 뭉개가며 울어댔다.

이 광경은 데 제쎗트에게 생기를 불어넣었다. 아이들의 싸움에 호기심을 갖게 되자 그는 자신의 병에 대한 상념들에서 멀어질 수 있었다. 말썽꾸러기들이 악착같이 싸우는 광경 앞에서 그는 생존을 위한 투쟁이라는 잔인하고도 가증스러운 법칙을 생각하게 되었다. 비록 이 아이들이 비천한 처지에 있었건만 그는 그들의 운명에 관심을 가지지 않을 수 없었고 이 아이들의 엄마가 이들을 차라리 낳지 않았던 것이 이 아이들에게는 훨씬 좋았을 것이라 생각하지 않을 수 없었다.

사실상 유아기부터 습진이며 복통이며 열병이며 홍역을 앓아야 하고 걸핏하면 따귀를 얻어맞는 게 그들의 숙명이었다. 열세 살 무렵이면 구둣발에 차이고 단순 노동에 종사해야 한다. 성년이 되면 여자들한테 기만당하고 질병에 시달리며 아내의 바람기를 감수해야 한다. 또한 인생의 황혼녘에는 걸인 수용소나 빈민 요양원에서 불구가 되어 임종을 맞아야 한다.

결국 미래란 모두에게 똑같은 것이므로. 사람들이 조금이라도 양식이 있었다면 서로 시기하지 않을 수도 있었을 것이다. 부유한 자들에게도 환경만 다를 뿐 똑같은 열정과 똑같은 근심, 똑같은 고난, 똑같은 질병이 기다리고 있었다. 또한 알코올중독에 빠지건 문학에 심취하건 육욕에 탐닉

하건 간에 한결같이 시시한 향락들이 기다리고 있었다. 심지어 모든 악에는 막연하게나마 보상이 있었다. 즉 훨씬 허약하고 수척한 부자들의 육신을 짓누르는 육체적 고통에서 빈자들을 쉽게 벗어나게 해줌으로써 계급들 사이에 불행의 균형을 되찾아주는 일종의 정의가 존재하는 것이다.

'애들을 낳다니 웬 미친 짓이람!' 데 제쎙트가 생각했다. '게다가 금욕과 정절을 서약한 성직자들이 순진한 아이들을 불필요한 고통에서 구해내었다는 이유로 뱅상 드 폴[146]을 성인품에 올리는 어처구니없는 짓거리까지 하다니!'

이 성인은 자신의 가증스러운 예방을 통해서 몇 년 동안은 무식하고 지각없는 아이들의 죽음을 막을 수 있었을지 모른다. 그 결과 나중에 그들이 거의 이해할 수 있는 나이에 어쨌건 간에 고통을 느낄 수 있게 되어 장래를 예견함에 따라 예전 같았으면 그 이름조차도 몰랐을 죽음을 기다리며 두려워하게 되었고 몇몇은 부조리한 신학 규범에 의거하여 이 성인이 자신들에게 부과한 인생의 형벌에 대한 증오로 죽음을 애타게 외치기조차 했던 것이다.

이 노인이 죽고 난 후에 그의 사상이 득세를 하게 되었다. 사람들은 버려진 아이들이 부지불식간에 서서히 죽어가도록 내버려두는 대신에 그들을 받아들였다. 하지만 사람들이 그들에게 보장해준 삶은 하루가 다르게 점점 더 혹독하고 따분한 것이 되고 말았다. 게다가 자유와 진보라는 미명 하에 사회는 인간의 비참한 조건을 한결 악화시킬 수단을 발견해냈다. 개인을 그의 집에서 끌어내서는 우스꽝스러운 옷으로 요란하게 치장하고, 개인용 무기들을 나누어 주고, 과거에 인류가 연민으로 흑인들을

---

146 뱅상 드 폴(1581~1660) : 프랑스의 성직자. 빈민들의 고통에 관심을 기울여 빈민구호 사업을 벌였고 각종 의료 시설을 세웠다. 1729년 성인품에 올랐다.

해방시켜주었던 그 노예 제도와 똑같은 노예 제도 아래 바보로 만들면서 말이다. 더군다나 이 모든 것이 제복을 입지 않은 채 단독으로, 훨씬 조용하고도 덜 신속한 무기를 가지고 활동하는 일반적인 살인자들처럼, 교수대에 매달릴 위험 없이 자신의 이웃을 죽일 수 있도록 만들기 위함이다.

'전 인류의 이익을 위한다고 외치면서 육체적인 고통을 없애기 위해 마취제들을 개량하려 애쓰고, 동시에 윤리적인 고통을 악화시키기 위한 자극제들을 준비하는 이 시대는 참 희한한 시대가 아닌가'라고 데 제쎙트는 생각했다.

'아! 만일 쓸모 없는 출산을 정녕 연민의 이름으로 없애야 한다면 바로 지금이다!' 하지만 여기서 포르탈리스[147]나 오메[148] 같은 인사들이 제정한 법률들이 또 한 번 가혹하고도 기묘하게 모습을 드러냈다.

법원은 출산에 관한 한 불법 행위들을 아주 당연한 것으로 여기고 있었다. 그건 공인된 사실이었다. 제아무리 부유하다 할지라도 잿물을 써서 아이를 지우지 않는 가정은 없었고 공공연히 팔리고 있는 인위적인 장치들을 사용하지 않는 가정 역시 없었다. 그 장치들에 대해서는 어느 누구 하나 규탄할 생각조차 하지 않았다. 하지만 이 신중한 조치들 아니 이 술책들이 충분치 못한 경우, 불법 행위가 실패로 돌아갔을 경우, 그걸 바로잡기 위해서 사람들은 훨씬 더 효과적인 조치들에 호소하게 된다. 아! 그리하여 밤에 아내와의 잠자리에서 가능한 한 아이를 만들지 않으려고 최선을 다해 속임수를 쓰는 자들이 진심으로 단죄하는 사람들을 다 가두려면 감방도, 장기범 형무소도, 도형장도 모자랄 판이었다!

그러므로 속임수 그 자체는 범죄가 아니었다. 반면 속임수를 바로잡

---

147 오귀스트 포르탈리스(1801~1855) : 7월왕정기의 정치가.
148 플로베르의 『보바리 부인』에 나오는 인물로 프티부르주아의 편협함을 전형적으로 구현한다.

는 행위가 범죄였던 것이다.

요컨대 사회에 있어서 삶을 부여받은 존재를 죽이는 행위는 범죄로 여겨졌다. 하지만 태아를 낙태시킨다는 것은 태어나는 순간부터 우리가 별 탈 없이 목 졸라 죽일 수 있는 개나 고양이보다 형태도 잘 갖춰지지 않았고 활기도 없으며 분명 지능도 떨어지고 훨씬 추한 짐승 하나를 없애버리는 것에 지나지 않았다!

'그러므로 좀더 공정성을 기하려면 일반적으로 서둘러 죽어버리는 어리숙한 남성이 아니라 어리숙함의 희생자인 여성이 죄 없는 아이의 목숨을 부지한 죄를 속죄해야만 한다는 점 역시 덧붙여 생각해야겠지!'라고 데 제쎙트는 생각했다.

'어쨌든 원시인이나 폴리네시아의 야만인도 오로지 본능의 작용에 따라 행할 정도로 자연스러운 이 행위들을 규탄하려 들다니 정말 세상이 온통 편견으로 가득 차긴 한 모양이군.'

도금한 은쟁반에 주인이 원했던 치즈 바른 빵을 가져온 하인이 데 제쎙트가 곱씹고 있던 자비로운 생각들을 중단시켰다. 구역질이 데 제쎙트의 몸을 뒤틀리게 했다. 그는 빵을 베어 물 용기가 나지 않았다. 왜냐하면 병적인 위의 흥분은 이미 끝난 뒤였기 때문이다. 끔찍한 쇠약감이 다시 그를 엄습했다. 그는 일어서야만 했다. 해가 넘어가면서 조금씩 그가 앉은 자리로 다가오고 있었기 때문이었다. 더위는 훨씬 갑갑하고도 강렬해졌다.

그가 하인에게 말했다. "이 빵을 길 위에서 서로 죽도록 치고받고 있는 저 애들한테 주시오. 약한 녀석들은 어디가 부러지도록 내버려두고 한 조각도 얻어먹지 못하게 하시오. 그리고 녀석들이 바지가 찢어지고 눈에 멍이 든 채로 집에 돌아가서 가족들에게 흠씬 두들겨 맞게 놔두시오. 녀

제13장 233

석들을 기다리는 인생이 어떤 것인지 맛보기로 알게 될 거요." 그리고 그는 집 안으로 돌아가서 실신하듯 안락의자에 털썩 앉았다.

"그래도 뭔가 좀 먹어야겠어." 그가 혼잣말을 했다. 그는 비스킷 하나를 들어 포도주에 적셔보았다. 그것은 클로에트가 생산한 오래된 콩스탄시아 포도주로 몇 병이 포도주 창고에 남아 있었다.

약간 그을은 양파 껍질 색깔에, 잘 익은 말라가산 포도주나 포르토 포도주와 비슷하나 특별하고 달콤한 향을 지녔고 뜨거운 햇볕에 농축되고 증류된 과즙을 지닌 포도송이의 뒷맛을 지닌 이 포도주는 가끔씩 그에게 힘을 주었고 억지 단식을 겪은 후로 약해진 그의 위에 새로운 힘을 불어넣어주곤 했다. 하지만 평소에는 너무도 확실했던 이 강장제도 아무 효력이 없었다. 그러자 그는 다른 완화제가 그를 불태우고 있는 달궈진 인두들을 식혀줄 수 있을 것이라 생각했다. 그는 무광 금박을 입힌 병에 담긴 러시아산 리쾨르인 날리프카를 사용해보았다. 부드러운 산딸기 맛을 내는 이 시럽 역시 효과가 없었다. 이럴 수가! 아직 건강이 좋았던 시절 데 제쎙트가 그의 집에서 한창의 삼복더위에 눈썰매에 올라탄 채, 모피 옷을 뒤집어쓰고 앞섶을 여미면서 몸을 떨려고 애쓰고 이가 딱딱 소리나도록 부딪치려고 애쓰면서 이렇게 말하곤 하던 시절은 벌써 옛날 얘기가 되고 말았다. "아! 바람이 매섭구나. 여긴 꽁꽁 얼도록 춥군. 꽁꽁 얼도록 추워." 그러다 보면 그는 날씨가 춥다는 확신에 도달하곤 했던 것이다!

그의 병세가 실제로 나타난 이후 이 치료법은 불행하게도 더 이상 효과가 없었다.

게다가 그는 아편정기를 사용할 수도 없었다. 이 진정제는 그를 진정시키기는커녕 휴식을 취할 수 없을 정도로까지 그를 자극했다. 예전에 그는 아편과 마리화나로 환상들을 얻어보려고 했던 적이 있었다. 하지만 이 두 약물은 구토와 강렬한 신경장애를 유발했다. 곧바로 그는 그것들의 복용을 포기해야만 했고, 이런 육체의 흥분제들에 호소하지 않고 오로지 자신의 두뇌에만 그를 일상에서 멀리 떨어진 꿈속으로 데려가달라고 요구해야 했다.

이제는 수건으로 목의 땀을 닦으며, 남아 있는 힘이란 힘은 모두 새롭게 떨어지는 땀방울에 녹아 나오는 것을 느끼며 그는 '참 고약한 날이야'라고 생각했다. 열에 들뜬 듯한 흥분이 그를 제자리에 가만히 있지 못하게 했다. 한 번 더 그는 이 방 저 방의 모든 의자에 앉아보면서 돌아다녔다. 그러다 마지못해 서재의 책상 앞에 주저앉고 말았다. 책상에 기댄 채로 아무런 생각도 없이 그는 기계적으로 서진(書鎭) 대용으로 한 더미의 책과 메모지들 위에 올려놓은 천문의를 매만졌다.

그는 조각된 구리에 금박을 입힌, 17세기에 독일에서 만들어진 이 기구를 클뤼니 박물관 관람을 마치고 나서 파리의 한 고물상에서 구입했다. 클뤼니 박물관에서 그는 세공된 상아로 만들어지고 그 신비스러운 풍모가 매력적으로 보이던 멋들어진 천문의 하나를 오랫동안 황홀하게 바라보았었다.

이 서진은 그의 머릿속에서 한 무리의 회상들을 들쑤셔놓았다. 이 보물의 모습에 의해 유발되고 자극받은 그의 생각은 퐁트네를 떠나 파리로 가서 그걸 팔았던 고물상에게로 갔다가 다시 로마 공중목욕탕 유적 박물관까지 거슬러 올라갔다. 그의 눈은 계속해서 책상 위에 있는 구리 천문의를 쳐다보고는 있었으나 더 이상 눈에 들어오지 않았고, 그는 마음속으로 상아로 된 천문의를 다시 바라보고 있었다.

그리고 그는 박물관에서 나와 도심을 떠나지 않고 한가로이 길을 거닐었고 솜라르 가와 생 미셸 대로를 쏘다녔다. 인근의 샛길로 접어든 그는 드나드는 단골손님이나 대단히 독특한 분위기로 인해 여러 번 그를 놀라게 했던 몇몇 가게들 앞에 멈추어 섰다.

천문의에서 비롯된 그의 정신적 여행은 라탱 지구의 싸구려 카페로 귀착되었다.

그는 무슈 르 프랭스 가 전체와 오데옹에서 가까운 보지라르 가의 일부분에 이런 술집이 번창했던 것을 기억했다. 때로는 그런 술집들이 카날 오 아랑 가와 앙베르 가의 오래된 선술집들처럼 죽 이어지기도 했고 거의 유사한 진열대를 보도에 내놓고서 줄줄이 늘어서 있기도 했다.

반쯤 열린 문과 색유리와 커튼으로 완전히 가려지지 않은 창문들을 통해서 그는 마치 거위들이 그렇게 하듯 목을 내밀고 느릿느릿 몸을 끌면서 걸어다니는 여자들을 얼핏 보았던 기억이 났다. 다른 여자들은 긴 의자에 앉아 몸을 앞으로 내밀어 대리석 탁자 위에 팔꿈치를 문질러대거나 두 주먹을 관자놀이에 대고 콧노래를 흥얼거리면서 무언가 생각에 골똘히 잠겨 있었다. 또 다른 여자들은 미용실에서 윤을 낸 가발을 피아노를 치듯 손가락 끝으로 두들기면서 거울 앞에서 건들거리고 있었다. 다른 여자들은 용수철이 고장 난 동전 지갑에서 하얀 동전들과 수우 동전들 뭉치를 꺼내 작은 더미로 꼼꼼하게 일렬로 세우고 있었다.

이 여자들 대부분은 육중한 체형이었고 쉰 목소리를 냈으며 유방은 축 늘어졌고 짙은 눈화장을 하고 있었다. 그리고 모두가 한결같이, 마치 똑같은 렌치로 조립된 자동인형처럼 똑같은 어조로 똑같은 추파를 던졌고 똑같은 미소를 지으며 똑같이 황당한 생각과 괴상한 얘기들을 지껄이고 있었다.

데 제쎙트의 정신 속에서 생각들의 결합이 이루어졌다. 추억을 통해 마치 조감도처럼 이들 수많은 선술집들과 거리들을 한눈에 보게 된 지금 그는 하나의 결론에 도달했다.

그는 한 세대 전체의 정신 상태에 부응하고 있는 이들 카페들의 의미를 이해하게 되었고 거기에서 자신의 시대에 대한 종합적인 관점을 이끌어냈다.

사실 증후들은 농후하고 확실했다. 사창가들이 사라졌고 그것들 중 하나가 문을 닫을 때마다 새로운 싸구려 카페가 개업을 했다.

이처럼 등록제 매춘이 줄어들고 은밀하게 성이 거래되는 현상은 물론 육욕의 관점에서 남자들이 지닌 이해할 수 없는 환상들에 그 원인이 있었다.

제아무리 흉측하게 보일지라도 싸구려 카페는 적어도 하나의 이상은 충족시킨다.

비록 유전을 통해 이어받고, 중학교의 조숙한 무례함과 계속된 난폭 행위에 의해 발전된 공리주의적 성향들이 오늘날의 젊은 세대를 특이하게도 버릇없고 그에 못지않게 특이하게도 실증적이고 냉철하게 만들었을지라도, 젊은 세대는 마음 깊숙이 한 송이 오래된 푸른 꽃을, 시큼한 냄새를 풍기면서도 아스라한 애정에 대한 오래된 이상을 여전히 간직하고 있는 것이다.

요즘 젊은이들은 피가 들끓을 때 사창가에 들어가서 쾌락을 향유하고 돈을 내고 밖으로 나오는 일을 할 수가 없다. 그들의 눈에 그것은 짐승 같은 짓으로, 두서없이 암캐를 덮치는 수캐의 욕정으로 비치는 것이다. 그리고 시늉이나마 저항도 없고 겉치레나마 정복도 없으며 선망의 여지도 없고, 심지어 값에 따라 애정을 자로 재듯 베푸는 포주에게서 후한 인심조차 기대할 수 없는 사창가에서 허영심도 충족되지 못한 채 도망치듯 빠져나오는 것이었다. 반대로 선술집의 여자에게 환심을 사는 행위는 사랑의 모든 민감성, 모든 섬세한 감정을 제공해주었다. 한 여자를 두고 다투다가 그녀에게서 푸짐한 임금을 받는 대가로 밀회의 기회를 부여하겠노라는 허락을 얻어낸 남자들은 진심으로 연적을 상대로 그녀를 획득했으며, 자신이 명예 훈장의 수훈자이자 아주 드문 총애의 대상이 되었노라고 상상하게 되었다.

하지만 등록제 사창가에 고용된 여인들 못지않게 카페에 소속된 여인들 역시 어리석고 타산적이며 천박하고 산전수전 다 겪은 여인들이었다. 전자와 마찬가지로 후자도 줄창 술을 마셔대고 이유도 없이 헤프게 웃으며 작업복 차림 노동자의 애무를 몹시 밝히고 이유 없이 서로 욕하며 머리채를 휘어잡고 싸움판을 벌이기 때문이다. 어쨌든 오래전부터 파리의 청년들은 싸구려 카페의 하녀들이 미모의 측면에서나 매너와 차림새의 측면에서 볼 때 호화 살롱에 갇혀 있는 여자들에 비해 대단히 열등하다는 점을 깨닫지 못하고 있었다! 데 제쎙트가 생각했다. '맙소사! 선술집 주변을 나방처럼 맴도는 자들은 참으로 멍청하군. 왜냐하면 우스꽝스러운 환상을 품는 것은 물론이요, 저질에 수상쩍기까지 한 유혹의 위험을 망각하기에 이르렀으니 말이지. 또 그들은 카페 여주인이 미리 정해놓은 만큼 술을 마시면서 지출하는 돈도, 값을 올려 받기 위해 지체된 상품의 배달을 기다리느라 빼앗긴 시간도, 팁을 놓고 벌이는 줄다리기를 유도하고 원활하게 만들기 위해 반복되는 망설임도 더 이상 고려하지 않거든!'

각박한 실용주의에 결합된 이 어리석은 감상주의는 19세기의 지배적인 사상을 대변하고 있었다. 10수우를 벌기 위해 친지들의 눈이라도 후벼팔 사람들도 자신들에게 인정머리 없이 추근대고 쉴 새 없이 미끼를 던져대는 수상쩍은 선술집 여인들 앞에만 서면 모든 명석함도 모든 눈치도 다 잃어버리곤 했다. 공장주들은 조업, 가장들은 장사라는 미명 하에 서로 사기극을 벌이다가 결국 자식들에게 돈을 털리게 마련이고, 이들은 다시금 이 여자들에게 갈취당하며, 마지막으로 이 여인들은 기둥서방들에게 털리고 마는 것이다.

동서남북 할 것 없이 파리 시 전체에는 끝없는 사기의 연쇄와 점차로 반향이 커지는 조직적인 절도의 연쇄충돌 현상이 존재하였다. 그런데 이 모든 것은 사람들을 즉각적으로 만족시키는 대신 그들을 참도록 하고 기다리게 만들 줄 알았기 때문에 가능하였다.

결국 인간의 지혜를 요약하자면 그것은 사건들을 길게 질질 끄는 데에 그 본질이 있었다. 우선 아니라고 말한 뒤 그다음에 결국 맞다고 하는 기술 말이다. 왜냐하면 사람들은 핑계를 대고 늦춤으로써만 진정 출산을 조절할 수 있기 때문이다.

'아! 위도 마찬가지였다면 좋으련만!' 머나먼 고장에서 방황하던 정신을 퐁트네로 급히 되돌아오게 한 위경련으로 몸을 뒤틀며 데 제쎙트가 한숨지었다.

제14장

위장의 경계심을 달래는 데 성공한 몇 가지 술수 덕분에 그럭저럭 며칠이 흘러갔다. 하지만 어느 날 아침 고기의 기름 냄새와 피 맛을 감춰주었던 소스를 더 이상 받아들일 수 없게 되자 걱정에 찬 데 제쌩트는 이미 위중했던 자신의 상태가 더 악화되어 병석에 누워야 하는 것은 아닌가 자문해보았다. 갑자기 한 줄기 빛이 비탄 중에 솟아올랐다. 예전에 몹시 아팠던 그의 한 친구가 중탕기 덕분에 빈혈을 고치고 쇠약증을 저지했으며 약간이나마 남은 기력을 유지하는 데 성공했던 기억이 났다.

데 제쌩트는 하인을 급히 파리로 보내 이 진귀한 기구를 구해오도록 했다. 그는 제조업자가 첨부해놓은 설명서대로 로스트비프용 쇠고기를 잘게 다져서 한 조각의 파와 당근과 함께 이 주석 솥 안에 물 없이 넣은 다음, 뚜껑의 나사를 조이고 이 모두를 네 시간 동안 중탕으로 끓이는 방법을 몸소 주방의 하녀에게 설명해주었다.

조리 시간이 지나고 나면 남아 있는 심줄을 짰고 솥바닥에 고인 질펀하고 짭짤한 한 스푼 분량의 즙을 마셨다. 그럴 때면 미지근한 골수나 부드러운 애무 같은 것이 목 안으로 흘러 내려가는 것처럼 느껴졌다.

이 음식물 엑기스는 위경련과 공복의 구역질을 멈추게 했고 위를 자극해서 몇 숟가락의 수프나마 거부 반응 없이 받아들이게 했다.

이 중탕기 덕분에 신경쇠약은 답보 상태를 유지했다. 데 제쎙트는 생각했다. '이만큼이라도 다행이지. 어쩌면 온도가 변하고 날 기진맥진하게 만든 저 지독한 태양에 하늘이 몇 줌 재라도 뿌려줄지도 모르지. 그럼 별다른 지장 없이 첫 안개와 첫 추위를 기다릴 수 있겠지.'

이러한 무기력과 무료함으로 인한 권태의 와중에도 정리가 덜 끝난 서재가 그의 마음에 걸렸다. 안락의자에서 꼼짝도 않는 그의 눈에는 계속해서 세속 문학 책들이 들어왔다. 그것들은 서가의 칸들에 비스듬히 놓여 있었고 서로 엇갈리게 쌓이거나 연달아 쓰러져 쌓기 놀이를 하다 무너진 카드처럼 옆으로 납작하게 누워 있었다. 이 무질서는 그에게 충격을 주었다. 벽을 따라서 열병식에서처럼 정성들여 줄지어 세워놓은 종교 문학 작품들의 완벽한 균형과 대비되었던 만큼 더욱 그랬다.

그는 이 혼돈을 종식시키려 애를 써보았다. 하지만 십 분을 일하고 나자 땀으로 뒤범벅이 되었다. 녹초가 된 그는 소파에 가서 누웠고 종을 울려 하인을 불렀다.

그의 지시에 따라 늙은 하인은 일을 시작했다. 그에게 책을 한 권씩 가져왔고 그는 그것을 검토한 후에 위치를 정해주었다.

이 일은 아주 금방 끝이 났다. 왜냐하면 데 제쎙트의 책장에는 극히 제한된 수의 현대 세속 문학 작품들만이 꽂혀 있었기 때문이다.

마치 금속 띠를 강철 다이스에 통과시켜서 가늘고 가벼워져 거의 알아볼 수 없을 정도로 얇은 철사를 뽑아내듯이 뇌리에서 이 작품들을 걸러낸 끝에 그는 이러한 처리법에 저항하는 책들, 아주 단단하게 담금질되어서 다시금 독서를 통해 압연하더라도 견뎌낼 수 있는 책들은 더 이상 소장하지 않게 되었다. 그와 같은 정련을 고집하다 보니 그가 우연의 장난으로 태어나게 된 이 세상이 품고 있는 생각들과 자신들이 품고 있는 생각들 사이의 돌이킬 수 없는 갈등을 한 번 더 강조하게 되었다. 그는 모든 즐거움을 제한시키고 거의 고갈시켜버리기까지 했고, 이제 그는 자신의 은밀한 욕망들을 충족시켜주는 작품을 더 이상은 하나도 발견하지 못하는 결과에 이르고 말았다. 예전에는 그의 정신을 예민하게 해주고 그를 그토록 의심 많고 섬세하게 만들었던 작품들에서조차 그의 경탄은 멀어지게 되었던 것이다.

하지만 예술에 관한 그의 관념들은 비교적 단순한 관점에서 출발하고 있었다. 그에게 있어서 유파들은 존재하지 않았다. 오로지 작가의 기질만이 중요했다. 또한 그가 접근하는 주제가 무엇이건 간에 오로지 작가의 두뇌 활동만이 흥미를 끌었다. 불행하게도 라 팔리스[149]에 걸맞은 자명한 이치인 이러한 평가는 다음과 같은 단 하나의 이유로 적용하기가 거의 불가능했다. 즉 모든 편견을 떨쳐내고 모든 열정을 삼가길 원할지라도 각자는 되도록이면 자신의 기질과 가장 긴밀하게 일치하는 작품들을 지향하게 되고 그러다 보면 다른 작품들은 뒷전으로 밀어두게 되기 때문이다.

이러한 선정 작업이 그의 내부에서 서서히 일어났다. 그는 예전에는 위대한 발자크를 숭배했다. 그러나 신체적 균형이 깨어지고 신경증이 부각됨과 동시에 그의 편향은 변모하였고 그가 찬양하는 대상 역시 변하였다.

곧이어 물론 『인간 희극』을 쓴 이 비범한 저자에 대한 자신의 태도가 부당하다는 것을 알고는 있었지만, 그는 곧이어 너무도 건장한 예술이 그의

---

149 자크 드 라 팔리스(1470~1525): '죽기 십오 분 전 그는 아직 살아 있었다'는 후렴을 붙여 동요를 불렀던 까닭에 자명한 이치의 대명사가 된 인물.

기분을 언짢게 만드는 발자크의 책들을 더 이상 펼쳐보지 않게 되었다. 어찌 보면 뭐라 정의할 수 없는 다른 열망들이 이제 그를 동요시키고 있었다.

그렇지만 스스로를 차분히 탐색하는 과정에서 우선 그는 자신의 관심을 끌기 위해서는 작품이 에드가 포가 역설했던 기묘한 성격을 띠어야 한다는 것을 알 수 있었다. 그리하여 그는 흔쾌히 이 길을 따라 훨씬 멀리까지 나아갔고 비잔틴 양식의 식물군이 우거진 정신과 까다롭게 타락한 언어를 요구하게 되었다. 그가 원한 것은 불안에 빠뜨리는 불확실성이었다. 그것은 일시적인 그의 정신 상태에 따라 자의적으로, 훨씬 더 애매하게, 혹은 더 확고하게 만들 수 있을 때까지 몽상할 수 있는 불확실성이었다. 요컨대 그는 작품 자체에 의해, 그 작품이 자신에게 부여할 수 있는 것에 의해 예술 작품이 될 수 있는 그러한 작품을 원하고 있었다. 그는 작품 덕분에 마치 목발의 부축을 받듯이 작품과 함께거나 어떤 탈것에 올라탄 듯이 승화된 감동들이 그에게 의외의 충격을 각인할 영역, 그리고 그 원인을 그가 오랫동안 분석하려 애써도 헛수고가 될 영역으로 가길 원했던 것이다.

마침내 파리를 떠난 이후로 그는 점점 더 현실에서 멀어졌고 특히 그가 점점 더 끔찍하게 생각하는 당대의 사교계에서 멀어졌다. 이러한 증오는 어쩔 수 없이 그의 문학적, 예술적 취향에 영향을 주었다. 그래서 그는 주제가 뚜렷하게 현대 생활로 한정되는 그림이나 책에는 가능한 한 등을 돌리게 되었다.

그리하여 어떤 형식으로 제시되건 아름다움을 무차별적으로 찬양하는 능력을 상실하게 된 그는 플로베르에게서는 『감정교육』보다 『성 앙투안의 유혹』을, 공쿠르에게서는 『제르미니 라세르퇴』보다 『포스탱』을, 졸라에게서는 『목로주점』보다 『무레 신부의 과실』을 선호하게 되었다.

이러한 관점은 그의 눈에는 당연한 것으로 비춰졌다. 덜 직접적이지만 훨씬 울림이 많고 또한 인간적인 이 작품들은 그로 하여금 이 대가들, 가장 진솔하고도 자연스럽게 존재의 가장 신비로운 충동들을 내보이는 이 대가들이 지닌 기질의 가장 깊은 속까지 이해하게 해주었다. 또한 이 작품들은 그가 그토록 짜증스러워하는 시시한 삶 밖으로, 다른 작품들보다 훨씬 높이 그를 고양시켜주었다.

이 작품들로 인하여 그는 그것들을 구상한 작가들과 완벽한 사상적 교감에 도달하게 되었다. 왜냐하면 그들은 그가 처해 있던 상황과 흡사한 정신적 상황에 처해 있었기 때문이었다.

사실 재능 있는 사람이 어쩔 수 없이 살아야 하는 시대가 보잘것없고 어리석을 때, 예술가는 자신도 모르는 사이 다른 시대의 향수에 사로잡히게 마련이다.

자신이 살아가는 환경과는 그야말로 이따금씩만 조화를 이룰 수 있고, 환경과 거기에 영향을 받는 피조물들의 고찰을 통해서 기분을 전환시켜줄 만한 관찰과 분석의 즐거움을 더 이상 찾지 못하는 예술가는 자신의 내부에서 특이한 현상이 돋아나 꽃피는 것을 느낀다. 그러면 애매한 이동의 욕망들이 일게 마련인데 이 욕망들은 사색과 연구 중에 명확해진다. 본능과 감동, 유전적으로 물려받은 편향들이 거역할 수 없이 확고하게 깨어나 구체화되면서 강하게 자리 잡는다. 그는 개인적으로 알지 못하는 존재와 사물들의 추억을 기억하게 되고, 일순간 19세기의 감옥에서 분연히 도주하여 최종적인 환상을 통해 그가 보기에 자신과 가장 잘 일치될 것처럼 보이는 다른 시대 속을 완전히 자유롭게 쏘다니는 때가 오게 마련이다.

어떤 예술가들에게서는 끝나버린 시대, 사라진 문명, 죽어버린 시간으로의 회귀가 나타난다. 다른 이들에게서는 환상의 세계와 꿈의 세계에 대한 동경이 나타난다. 그것은 앞으로 다가올 시대에 대한 다소간 강렬한 영상으로 일종의 격세유전 현상에 의해 알지 못하는 사이 지나간 시대들을 재현하게 된다.

플로베르에게서는 장엄하고도 거대한 화폭들, 웅대한 의식들이 나타났다. 그 야만적이고도 화려한 틀 안에는 섬세하며 신비롭고 오만한 피조물들, 완벽한 아름다움을 지닌 채 고통에 빠진 영혼을 소유한 여인들이 맴돌고 있었다. 그 영혼들의 밑바닥에서 그는 끔찍한 혼란들과 미친 듯한 열망들을 분별해낼 수 있었다. 그 여인들은 혹시 생겨날지도 모를 쾌락들의 위협적인 진부함에 이미 침통한 표정을 하고 있었다.

『성 앙투안의 유혹』과 『살람보』에 담긴 타의 추종을 불허하는 몇몇 대목들에서는 위대한 예술가의 기질 전체가 명백히 드러나고 있었다. 거기에서 플로베르는 우리가 살고 있는 저속한 삶에서 멀찌감치 떨어진 고대 동양의 화려함과 그러한 화려함의 분출, 불가사의한 쇠락, 한가한 노망을 언급하고 있었고, 사람들이 완전히 소진하기도 전에 풍요와 기도에서 흘러나오는 권태에 의해 조종되는 잔혹함을 말하고 있었다.

공쿠르에게서는 18세기에 대한 향수, 영원히 사라져버린 사회의 우아함으로의 회귀가 나타났다. 방파제를 때리는 바다와 이글거리는 창공 아래 끝없이 펼쳐진 사막으로 구성된 거대한 배경은 그의 향수 어린 작품에는 들어 있지 않았다. 그의 작품은 피로한 미소를 띠고 퇴폐적으로 입을 비죽거리며 눈동자엔 반항과 사색을 담은 여인의 관능적인 향기로 미지근해진, 궁정 정원에 가까운 규방으로 제한되었다. 그가 인물들에게 불어넣는 혼은 플로베르가 자신의 피조물들에게 불어넣는 혼처럼 어떠한 새로운 행복도 불가능하다는 무정한 확신으로 인해 미리 반항심을 지니게 된 혼은 아니었다. 그것은 보다 더 참신한 정신적 관계들을 창조하기 위해, 그리고 연인들이 다소간 기발한 욕구를 충족하는 와중에 수백 년의 세월을 거치며 영향을 끼쳐온 저 아득한 쾌락을 개선하기 위해 시도했던 모든 노력이 수포로 돌아가고 난 이후, 그러한 경험을 통해 반항에 도달한 영혼이었다.

비록 우리와 함께 살고 있고 그 몸과 마음이 우리 시대의 소산임에도 불구하고 포스탱은 선대들의 영향으로 인해 18세기의 인물이었다. 그녀는 지나간 이 세기에 특징적으로 나타나는 영혼의 향신료들과 피로한 정신, 탈진된 감각을 소유하고 있었다.

에드몽 드 공쿠르의 이 책은 데 제쎙트가 가장 많이 어루만지는 책들 중의 하나였다. 사실 이 책에서는 그가 주장하는 꿈의 암시가 넘쳐나고 있었다. 문자로 씌어진 행들 아래, 열정의 분출구들을 여는 형용사와 어떤 단어로도 채울 수 없는 영혼의 무한함을 알아채게 하는 묵설법에 의해 표시된, 오직 정신의 눈으로만 볼 수 있는 또 다른 행이 드러나는 이 작품에서는 그러한 암시가 넘쳐흐르는 것이었다. 게다가 이 책의 언어는 모방할 수 없는 웅장한 언어인 플로베르의 언어가 아니었다. 그것은 통찰력 있고 병적인, 신경질적이면서도 음험한 문체, 감각에 충격을 주고 감동을 유발하는 만질 수 없는 인상들을 열심히 기록하는 문체, 그 자체로 특이하게도 복잡한 시대의 복잡한 뉘앙스들을 조절하는 데에 뛰어난 문체였다. 결국 이것은 스스로의 욕구를 표현하기 위하여 어떤 시대에 만들어졌는가와는 상관없이 다양한 어의와 어법, 신조어, 문장들, 단어들을 필요로 하는 황혼 녘에 다다른 문명들에 필수적인 언어였던 것이다.

로마에서는 죽어가던 고대 문명이 자신의 운율법을 변형시키고 언어를 변화시켰다. 오소니우스와 클로디아누스가 그러했다. 또한 주의 깊고 꼼꼼하며, 자극적이고 낭랑한 문체가 특히 반사광과 그림자, 색조 변화들을 묘사하는 부분에서 필연적으로 공쿠르 형제의 문체와 유사성을 드러내는 루틸리우스가 그러했다.

    파리에서는 문학사에서 유일무이한 사건이 벌어졌다. 몰락해가던 18세기 사회는 그 사회의 취향에 물들고 교리들에 푹 젖은 화가들과 조각가들, 음악가들과 건축가들은 보유하고 있었으나, 빈사 상태에 빠진 자신의 우아함을 표현하고 그토록 혹독한 대가를 치른 열띤 쾌락들의 정수를 표현할 진정한 작가를 만들어내지 못했다. 이를 위해서는 동시대의 지적인 빈곤과 저열한 열망들이 보여주는 고통스러운 광경에 의해 한결 더 북받치는 회한과 추억으로 빚어진 기질을 지닌 공쿠르의 출현을 기다려야만 했다. 그제서야 비로소 역사서에서뿐만 아니라 『포스탱』 같은 향수 어린 작품에서 이 작가는 이 시기의 혼을 소생시킬 수 있었고, 사랑과 예술이라는 고통스런 유도제들을 완전히 기진맥진할 때까지 맛보기 위해 자신의 가슴을 쥐어짜고 정신의 고통을 가중시키느라 고통스러워하던 이 여배우를 통해 신경질적인 섬세함을 구현할 수 있었던 것이다.

    졸라에게서 피안의 세계에 대한 향수는 전혀 다른 것이었다. 그에게는 사라진 체제들과 까마득히 먼 시간 속을 떠도는 세계로의 이주의 욕구가 전혀 없었다. 강력하고 튼튼하며, 삶의 풍요함과 힘찬 혈기, 건강한 윤리에 푹 빠진 기질로 인하여 그는 18세기의 인위적인 우아함과 분 칠한 빈혈증은 물론 고대 동양의 종교적인 엄숙성, 애매하고 여성적인 몽상들에도 등을 돌렸다. 그 역시 이러한 우수, 자신이 탐구하는 현대 세계로부터 멀리 도망치고 싶은, 시정(詩情)과 동일한 욕구에 사로잡힐 때면 햇볕을 받아 수액이 끓어오르는 이상적인 전원으로 달려갔다. 그는 환상적인 하늘의 욕정과 대지의 기나긴 황홀경, 꽃들의 헐떡이는 생식 기관들 위로 비처럼 떨어지는 비옥한 꽃가루들을 생각하곤 하였다. 그는 거대한 범신론에 도달하였고, 자신의 아담과 이브를 집어넣은 에덴 동산과 같은 환경을 가지고 어쩌면 자신도 모르는 사이에 경이로운 힌두교의 시를 만들어 내게끔 되었다. 그것은 생생하게 칠해놓은 널찍한 색조들이 인도 회화의 묘한 광채 같은 것을 지닌 문체로 육체의 찬가를, 살아 움직이는 물질을 노래하는 것이었고, 격렬한 생식의 욕구를 통해 인간에게 사랑이라는 금단의 열매와 그 숨막힘, 본능적인 애무, 자연스러운 체위를 보여주는 것이었다.

보들레르와 함께 이 세 거장은 현대 프랑스 세속 문학에서 데 제쎙트의 정신을 가장 잘 내면화시켜 빚어놓은 작가들이었다. 하지만 그들을 다시 읽고 그들의 작품을 물릴 정도까지 섭취하며 그 작품들 전체를 속속들이 알게 된 나머지, 이 작품들을 더 흡수하기 위해서는 그것들을 잊어버리고 책장의 칸들에 얼마간 쉬도록 내버려두어야만 했다.

그리하여 하인이 그에게 건네주는 순간에도 그는 거의 이 작품들은 펼쳐보지 않았다. 다만 그것들이 차지해야 할 위치만을 지시하는 것으로 그쳤고, 올바른 순서로 편안하게 정리되는 것에만 신경을 썼다.

하인이 그에게 새로운 책 더미를 가져왔다. 이 책들은 한결 그의 가슴을 짓누르는 것들이었다. 이 책들은 그의 관심이 점점 더 쏠리는 책들이었고, 그 결함들조차 훨씬 큰 역량의 작가들이 지닌 완벽함으로부터 기분을 전환시켜주는 책들이었다. 여기서도 또한 정련을 원하다 보니 데 제쎙트는 불분명한 페이지들 사이로, 비우호적인 환경에서는 기가 사라지는 문장들 중에서, 그를 전율케 하는 일종의 전기 충격을 발하는 문장들을 찾기에 이르렀다.

불완전함조차도 그것이 남의 생각에 기생하거나 남을 맹목적으로 모방하지 않는 한 그의 마음에 들었다. 데카당스 시기의 하급 작가, 독특하지만 아직은 불완전한 작가가 진정 위대하고도 완벽한 당대의 예술가보다 훨씬 자극적이고 입맛 당기는 시큼한 향기를 정제해내고 있다는 그의 이론에는 일정 부분 진실이 담겨 있었다. 그의 생각으로는 가장 날카롭게 고양된 감각과 심리의 가장 병적인 변덕들을 발견하며 또한 감각과 사상들의 끓어오르는 염기들을 담아두고 감싸 안도록 요청받았으나 최종적으로 거부하는 언어의 가장 과도한 퇴폐를 발견할 수 있는 것은 이들의 소란스러운 습작들에서였던 것이다.

그리하여 필연적으로 그는 거장들에 이어 몇몇 작가들에게 다가가곤 했는데, 이들의 작품을 이해할 능력이 없는 독자 대중이 그들에게 표하는 경멸은 그에게 있어 그들을 한결 호감이 가고 소중하게 만들어주었다.

그들 중의 한 사람인 폴 베를렌은 『사투르누스의 시』란 시집으로 이미 문단에 데뷔했다. 이 시집은 거의 미발육 상태의 작품집이라 할 만했는데 그 안에는 르콩트 드 릴을 모방한 작품들과 낭만적 수사학 습작들이 한데 붙어 있었다. 하지만 이 시집에서는 「낯익은 몽상」이라는 제목이 붙은 소네트 같은 몇몇 작품을 통해 이미 시인의 진정한 개성이 배어나오고 있었다.

그의 전력을 찾다가 데 제쎙트는 아직은 자신감이 없던 습작들 너머로 이미 보들레르에 깊이 물든 재능을 다시 알아보게 되었다. 불멸의 거장이 허락한 이러한 선물은 명백하게 드러나지는 않았지만 훗날 그러한 영향은 더욱 뚜렷하게 나타났다.

그 이후『좋은 노래』『사랑의 축제』『말없는 연가』, 그리고 그의 최근작인『예지』같은 시집에는 동료들과 뚜렷하게 대비되는 독창적인 작가의 모습을 드러내주는 시들이 포함되어 있었다.

동사의 시제와 아울러 이따금 단음절 단어에 이어져 마치 육중한 폭포가 바위 모서리에서 떨어져내리듯 하는 긴 부사들에 의해 얻어진 운율을 갖춘 데다 이상야릇한 중간 휴지로 끊겨 있는 그의 시는 대담한 생략에다가 꽤나 매력을 풍기는 기이하게도 부정확한 표현들을 지니고 있어 종종 유별나게 난해해 보였다.

어느 누구보다도 운율법을 잘 사용하는 그는 정형시들을 참신하게 만들려고 시도했다. 아가미를 아래쪽으로 향하고 받침대 위에 올려진 울긋불긋한 일본산 물고기 모양 토기와 마찬가지로 그는 종결부가 위로 가게끔 소네트를 뒤집어놓곤 했다. 그도 아니면 시인이 각별한 애정을 가진 것처럼 보이는 남성운만으로 행들을 연결하면서[150] 소네트 형식을 타락시키기도 했다. 또한 그는 자주 기묘한 형태를 사용했는데, 가운데 행이 운율이 없는 채로 있는 3행으로 된 연이라든지, 단 하나의 시행이 일종의 후렴으로 던져져 이어지고 「지그 춤을 춥시다」에서 반복되는 '스트리트'라는 단어처럼 홀로 메아리치는 단일운으로 된 3행시를 사용하곤 했다. 그는 색다른 리듬을 사용했는데 거기에서는 거의 사라진 듯한 음절의 울림이 마치 흐릿한 종소리처럼 멀리 떨어진 연에서 들리는 것이었다.

그러나 그의 개성은 바로 다음과 같은 점에 있었다. 즉 그가 어렴풋하고도 달콤한 속내를 낮은 목소리로 황혼 녘에 표현할 수 있다는 점이다. 오로지 그만이 몇몇 불안감을 주는 영혼의 피안, 너무나 작은 사상의 속삭임, 웅얼거리듯 중단되는 고백들을 표현할 수 있었으므로, 이것들을 듣는 귀는 감각되기보다는 추측에서 비롯된 이 신비로운 입김에 의해 자극된 나른함을 영혼에 흘려 넣으며 우물쭈물하게 마련인 것이다. 베를렌의 모든 특성은 『사랑의 축제』에 담긴 이 경탄할 만한 시구들에 담겨 있었다.

---

150 랭보와의 관계로 널리 알려진 폴 베를렌의 동성애 취향을 암시하는 대목.

"날이 저물었다. 모호한 가을날의 저녁이
몽상에 잠긴 채 우리의 팔에 매달린 미녀들은
그때 너무도 낮은 소리로 번지르르한 말을 했기에
그 이후로 우리의 영혼은 떨며 놀라지."[151]

이것은 더이상 보들레르의 불후의 문들이 열어 보인 광활한 지평은 아니었다. 그것은 달빛 아래 좀더 좁고 좀더 내밀한 어떤 밭을 향하여 빼꼼히 벌어진 틈새였다. 게다가 이것은 데 제쎙트가 열렬히 좋아하고 있는 다음의 소절에서 자신의 시학 체계를 표명한 이 시인에게만 고유한 것이었다.

"우리는 여전히 뉘앙스를
색채가 아닌 오로지 뉘앙스를 원하기에
……
그 외는 모두 문학이다."

데 제쎙트는 기꺼이 이 시인을 따라 몹시 다양한 그의 작품들을 두루 섭렵했다. 상스의 한 신문 인쇄소에서 발간되었던 『말없는 연가』 이후로 베를렌은 오랫동안 침묵을 지켰다. 그리고 비용[152]의 부드럽고도 위축된 어조가 스쳐 지나가는 매력적인 시구들에서 "육욕에 찬 정신과 쓸쓸한 육체뿐인 현재에서 멀어져" 성모 마리아를 노래하면서 다시 모습을 나타냈다. 데 제쎙트는 『예지』라는 책을 자주 다시 읽어보았고, 이 시들을 대하

---

151 「순진한 사람들」의 한 대목.
152 프랑수아 비용(1431~1463?): 중세 프랑스의 시인.

고서 일순간 19세기로 길을 잘못 접어든 시달리즈[153]로 변모하는 비잔틴 양식의 성모에 대한 비밀스러운 사랑의 이야기들이 연상시키는 은밀한 몽상들을 머리에 떠올리곤 했다. 이 성모는 하도 신비롭고 관능적이어서, 그녀가 정녕 이루어지기가 무섭게 못 견디도록 매혹적으로 변할 망측한 타락을 열망하고 있는 것은 아닌지, 그게 아니라면 몸소 꿈으로, 지속적인 무의식 상태와, 또한 지속적인 순수 상태로 영혼의 찬양이 그녀 주변을 떠다닐 순진무구한 꿈으로 뛰어들었는지 알 수 없을 정도였다.

이외에도 그로 하여금 비밀 얘기를 털어놓도록 부추기는 다른 시인들도 있었다. 그중엔 1873년 만인의 무관심 속에 『황색 사랑』이라는 제목이 붙은 대단히 기발한 책 한 권을 내놓았던 트리스탕 코르비에르[154]가 있었다. 평범함과 진부함에 대한 증오로 인해 가장 두드러진 광기와 가장 야릇한 괴상함들일지라도 받아들였을 데 제쎙트는 이 책과 더불어 홀가분하게 몇 시간을 맛보곤 했다. 이 책에서는 익살이 무절제한 기력에 섞여들었고, 예기치 않은 시구들이 완벽한 어둠에 잠긴 시에서 터져 나왔다. 예를 들어 「잠」이라는 시에 담긴 긴 열거를 통해 어디선가 잠이 "신심이 돈독한 사산아들의 음탕한 고해신부"라고 규정되었을 때처럼 말이다.

그의 시어는 거의 프랑스어가 아니었다. 시인은 흑인 노예의 언어를 말했고 전보 용어로 처리했으며, 함부로 동사를 생략했고 야유를 퍼붓는 척 외판원들의 넌덜머리 나는 농담에 몰두했다. 그러다가는 이 난잡한 소동 중에 갑작스레 우스꽝스럽게도 화려하고 장식적인 문체와 수상쩍은 애

---

[153] 18세기 프랑스의 반계몽주의 작가인 팔리소의 『철학자들』에 나오는 희화화된 살롱 여주인의 이름.
[154] 트리스탕 코르비에르(1845~1875): 1884년 베를렌의 평론집 『저주받은 시인들』에서 조소와 우수에 찬 과격한 시인으로 소개된 뒤 문인들 사이에서 호평을 받았다.

교가 몸을 배배 꼬면서 나타났고, 또한 갑자기 마치 끊어진 첼로의 현에서 나는 것과 같은 날카로운 고통의 비명이 솟았다. 이와 더불어 울퉁불퉁하고 메마르며 아주 황폐한 데다가 사용된 적 없던 어휘들과 의외의 신조어들이 불쑥불쑥 솟아오른 이 문체에는 새롭게 발견된 표현들과 원래의 운율에서 오만하게도 따로 떨어져 나온 떠돌이 시행들이 섬광을 발하고 있었다. 마지막으로 데 제쎙트가 '영원한 머저리들의 영원한 여성형'이라는, 여성에 대한 심오한 정의를 찾아낸 『파리의 시들』외에도 트리스탕 코르비에르는 거의 강력하다고 할 간결한 문체로 브르타뉴의 바다와 바다의 궁전들과 생트 안느의 순례제를 노래했다. 그리고 콩리 기지[155]에 관하여 그가 '카트르 셉탕브르 광장의 장돌뱅이들'이란 별명을 붙여 불렀던 인사들에게 욕설을 퍼붓는 와중에 이 시인은 웅변적인 증오의 경지에 도달하기까지 했다.

    데 제쎙트가 몹시 좋아하고 있던 이 문체, 이 시인이 그에게 보여주는, 경직된 형용사들과 항상 약간은 수상쩍은 상태로 남아 있는 이 곰삭은 문체는 또 다른 시인에게서 한번 더 찾아볼 수 있었다. 그는 테오도르 아농[156]으로 보들레르와 고티에의 제자였으며 희귀한 우아함과 인위적인 쾌락에 대한 아주 특별한 감각으로 무르익은 시인이었다.

    별다른 교잡 없이 특히 심리적 측면과 사상의 궤변이 심한 뉘앙스, 감정의 현학적인 정수의 측면으로 보들레르를 이어받은 베를렌과는 달리 테오도르 아농은 특히 조형적인 측면에서, 그리고 인물들과 사물들의 외관

---

[155] 1870년 9월 2일, 스당에서의 전투로 제2제정이 붕괴하자 프로이센과의 전면전을 위해 레옹 강베타는 총동원령을 내렸고 브르타뉴 군사령관으로 임명된 케라트리는 콩리에 5만 명을 수용할 수 있는 기지를 건설하고 자원병을 모집했으나 물자 부족과 무질서로 인한 혼란 속에 결국 브르타뉴 군은 변변히 싸워보지도 못하고 다음해 1월 해산하고 말았다.
[156] 테오도르 아농(1851~1916): 벨기에 출신의 시인. 프랑스 상징주의의 영향을 받았으며 위스망스는 그에게 각별한 우정을 표하였다.

의 측면에서 스승을 계승하고 있었다.

이 시인의 매력적인 타락은 운명적으로 데 제쌩트의 성향에 부합하는 것으로, 그는 안개 낀 날이나 비 오는 날이면 이 시인이 상상한 은신처에 숨어서 그가 그려내는 옷감들의 아롱거림과 보석들의 작열을 떠올리며, 또한 두뇌의 자극을 돕고 마치 칸타리스 분말처럼 미지근한 향 속에 얼굴에는 분을 바르고 배는 향수로 물든 브뤼셀의 여신상과 같은, 전적으로 물질적인 화려함을 떠올리며 자신의 눈을 도취 상태에 빠뜨리곤 했다.

이 시인들과 따로 분류하기 위해서 하인에게 한구석으로 치워놓으라고 명한 스테판 말라르메를 제외한다면, 대체로 데 제쌩트의 마음이 시인들에게 이끌리는 정도는 매우 약했다.

그 장중한 형태에도 불구하고, 또한 너무도 찬란하게 솟구쳐 심지어 위고의 6각시조차도 비교해보면 음울하고 희미하게 보일 정도로 당당한 풍채의 시구들에도 불구하고 르콩트 드 릴은 이제 더 이상 그를 만족시키지 못했다. 플로베르에 의해 그토록 멋들어지게 소생되었던 고대 세계는 그의 손에서 싸늘하게 식어 미동도 하지 않았다. 대부분의 경우 어떠한 사상도 받쳐주지 못하는, 껍데기로만 남은 그의 시구들에서는 아무것도 살아 요동치지 않았다. 이 사막 같은 시에는 아무것도 살아 있지 않았고 이 시에 담긴 무감동한 신화들은 마침내 그를 냉담하게 만들었다. 또한 오랫동안 애지중지한 끝에 데 제쌩트는 역시 고티에의 작품에서도 흥미를 잃게 되었다. 비길 데 없는 화가인 이 작가에 대한 그의 찬미는 하루하루 녹아 내려갔고, 이제 그는 말하자면 무심한 그의 묘사를 보고 황홀해하기보다는 오히려 놀라고 있었다. 대상들의 인상은 너무도 생생하게 그의 눈에 고정되었지만 그 인상은 거기에 국한되었을 뿐 그의 뇌리와 육신 속으로 더 이상 침투해 들어가지 못했다. 경이로운 반사경과 마찬가지로 그는 항상 개성 없는 명확함으로 주변을 비추는 것으로 그치곤 했다.

물론 데 제쎙트는 희귀한 보석이나 머나먼 과거의 진귀하고 사라진 물건들을 좋아하는 것과 마찬가지로 여전히 이 두 시인의 작품을 좋아하고 있었다. 하지만 이들 완벽한 연주자들의 어떠한 변주곡도 더 이상 그를 황홀경으로 몰고 갈 수는 없었다. 왜냐하면 어느 것 하나 꿈으로 이어지지 않았으며, 마찬가지로 어느 것 하나 적어도 그를 위해 느릿한 시간의 흐름을 빠르게 만들 수 있는 활력에 찬 출구를 열어주지 못했기 때문이다.

그는 이들의 책에서 아무것도 섭취하지 못하고 빠져나왔다. 사정은 위고가 쓴 책들의 경우도 마찬가지였다. 동양적이고도 족장다운 측면은 그를 붙들어두기에는 지나치게 진부하고 공허했다. 유모나 할아버지 같은 측면은 그를 화나게 했다. 그의 빈틈없는 운율법의 묘기 앞에서 말울음 소리 같은 탄성을 지르려면 『거리와 숲의 노래』에 도달해야만 했다. 하지만 결국, 이미 나온 『악의 꽃』에 버금가는 보들레르의 신작만 나왔더라면 이 모든 묘기를 아무런 아낌없이 포기했을 것이었다. 왜냐하면 정녕 보들레르는 화려한 껍질 아래 향기롭고 영양가 많은 골수를 지닌 시를 쓰는 거의 유일한 사람이었기 때문이다!

하나의 극단에서 다른 극단으로, 관념이 결여된 형식에서 곧바로 형식이 결여된 관념으로 건너뛰어보았건만 데 제쎙트는 마찬가지로 신중하고 냉랭한 채로 있었다. 스탕달의 심리적인 미로들과 뒤랑티의 분석적인 곁가지 설명들은 물론 그를 매료시켰다. 하지만 그들이 지닌, 관료적인데다가 특징 없고 삭막한 언어, 남에게서 빌린, 그리하여 기껏해야 천박한 대중 연극 대본에나 적합할 그들의 산문은 그를 불쾌하게 했다. 게다가 능란하게 인간 심리를 분해하는 그들의 흥미로운 작업들은 솔직히 말하자면 더 이상 그를 감동시키지 못하는 열정에 들뜬 정신들에 관한 것이었다. 그는 일반적인 애착이라든지 상투적인 관념들의 결합에는 거의 관심을 기울이지 않았다. 정신의 폐색 현상이 악화되어 그는 이제 최상질의 감각들과 가톨릭적이고 관능적인 고뇌들만을 받아들이게 되었기 때문이다.

그의 바람대로 간결한 문체에 예리하고도 고양이처럼 유연한 분석을 결합시킨 작품을 즐기기 위해서는 귀납법의 대가인 저 심오하고도 기이한 에드가 포에 도달해야만 했다. 이 작가의 작품을 다시 읽은 이래로 그에 대한 데 제쎙트의 사랑은 시들 줄을 몰랐다.

이 작가는 내밀한 친화감으로 다른 어떤 이들보다도 데 제쎙트의 명상적인 전제들에 잘 부응하는 것 같았다.

보들레르가 영혼의 상형문자들 가운데에서 감정과 상념의 시대가 회귀하는 것을 해독하였다면 그는 병적인 심리로 펼쳐진 길을 따라 특히 의지의 영역을 탐색했다.

문학의 영역에서 최초로 그는 「변태성의 악마」라는 상징적인 제목으로 부지불식간 의지에 영향을 미치고, 최근 들어 정신병리학이 거의 확실한 방식으로 설명하는 거역할 수 없는 증후들을 탐색했다. 또한 그는 마취제가 감각을 마비시키고 쿠라레 독이 운동신경 계통을 무력화시키는 것과 마찬가지로 공포가 의지에 작용하여 우울증에 빠지도록 영향을 미친다는 것을, 최초로 꼬집어 지적했다고는 할 수 없겠지만, 적어도 그것을 최초로 공표했다. 바로 이 점, 곧 의지의 혼수 상태에 관해서 자신의 연구를 집중해서 그는 정신적 독약의 효과를 분석했고, 또한 그 진행 과정에서 나타나는 증세들, 즉 불안감에서 출발하여 고뇌로 지속되다가 마침내 비록 약간 충격을 받는 할망정 지능은 저하시키지 않은 채 의지력을 경악시키는 공포의 형태로 터져 나오는 장애들을 지적했다.

모든 극작가가 그토록 남용했던 죽음을 그는 이를테면 그 안에 대수

적이고도 초인적인 요소를 도입함으로써 날카롭게 다듬고 색다르게 만들었던 것이다. 하지만 솔직히 말하자면 그가 묘사하는 것은 실제 환자의 임종이라기보다는, 차라리 초라한 침상 앞에서 고통과 피로가 만들어내는 기괴한 환영들에 사로잡힌 유족의 정신적 임종이었다. 가혹한 매력을 가지고 그는 공포의 영향과 의지의 균열에 관하여 상세한 설명을 늘어놓았고, 기계적으로 꾸며진 열병의 악몽들을 마주하고 숨이 막혀 헐떡거리고 있는 독자의 목을 차츰차츰 졸라가며 냉철하게 그것들을 검토했다.

유전적인 신경쇠약으로 경련을 일으키고 정신의 무도병(舞蹈病)에 기접한 그의 인물들은 극도의 긴장 상태 속에 살아가고 있었다. 모렐라와 리제이아 같은 그의 여주인공들은 광범위한 교양을 가지고 있었고 독일 철학의 몽롱함과 고대 동방의 주술적인 신비 속에 잠겨 있었다. 그녀들 모두는 천사들이 지닌 납작하고 생기 없는 가슴을 지녔는데, 말하자면 둘 다 중성적인 여자들이었다.

공통된 시학과 정신병을 고찰하는 공동의 성향 때문에 종종 하나로 묶이는 보들레르와 포 두 사람은 그러나 그들의 작품에서 너무도 큰 위치를 차지하는 애정에 대한 관념에서 극단적인 차이를 드러내고 있었다. 보들레르의 경우는 변질되고 부당한 사랑이 다루어졌고, 그 잔인한 혐오감은 종교 재판소의 보복을 생각나게 했다. 포의 경우는 정숙하고도 공기처럼 가벼운 사랑으로, 그 안에 관능이란 존재하지 않았다. 그 사랑에서는 두뇌만이 외톨이로 서서 신체 기관들에 대꾸조차 하지 않고 있었는데 신체 기관들은 비록 존재한다 할지라도 영원히 얼어붙어 순결함을 유지하고 있었다.

숨막히는 분위기에서 해부를 집도하는 이 정신의 외과의사가 그 주의력이 흐트러지기가 무섭게 마치 부드러운 부패독처럼 몽환적이고도 천상적인 환영들을 흩뿌리는 스스로의 상상력의 희생자가 되고 마는 이 정신의 외과병동은 데 제쎙트에게는 마르지 않는 추측의 원천이었다. 그러나 그의 신경쇠약이 악화된 지금, 어떤 날에는 이러한 독서로 맥이 풀리기도 했고, 또 다른 날에는 비통한 어셔[157]처럼 알 수 없는 불안과 은밀한 공포에 사로잡혀 있다는 느낌에 귀를 쫑긋 세우고 손을 떨고 있기도 했다.

그리하여 그는 자제해야만 했고 이 무시무시한 묘약들을 거의 만지지 말아야만 했다. 마찬가지로 붉게 치장된 거실에 들러 오딜롱 르동의 어두운 미지의 세계와 얀 뤼켄의 고문 장면들로 눈을 도취시킬 때마다 무탈하게 넘어갈 수 없었다.

그렇지만 이런 기분이 드는 날이면 미국에서 수입된 이 끔찍한 묘약들에 비할 때 모든 문학이 싱거워 보였다. 그럴 때면 그는 빌리에 드 릴아당에게 호소했다. 이 작가의 산만한 작품 속에서 그는 여전히 반란을 선동하는 관찰과 발작적인 진동들을 주목했다. 그러나 적어도 「클레르 르누아르」를 제외하고는 이러한 관찰들과 진동들이 충격적인 공포를 퍼붓지는 못했다.

1867년 『문학·예술』지에 실린 「클레르 르누아르」는 『음울한 이야기들』이라는 전체 제목으로 묶인 일련의 단편들 중 첫 작품이었다. 헤겔 영감에게서 빌려온 난해한 사색의 바탕 위에 망가진 인물들이 바삐 움직이고 있었다. 엄숙하고도 치기 어린 트리뷸라 보노메라는 의사와 백 수우짜리 동전만큼이나 크고 동그란 푸른 색안경이 거의 멀어버린 눈을 가리고 있는 익살스럽고도 불길한 인물인 클레르 르누아르였다.

이 단편은 단순한 간통 사건을 주제로 전개되었으나 결말부에서 말할 수 없는 공포에 도달하고 있었다. 그 부분에서는 보노메가 임종한 클레르

---

[157] 에드가 앨런 포가 쓴 「어셔 가의 몰락」의 주인공.

의 눈동자를 열고 흉측한 내시경을 그 안에 집어넣어, 카나카족처럼 군가를 부르짖으며 아내의 애인의 잘린 머리를 손에 들고 휘두르고 있는 남편의 모습이 또렷하게 비치는 것을 바라보고 있었다.

예를 들어 황소 같은 몇몇 짐승들의 눈은 숨을 거두는 순간 최후의 시선 아래에 놓였던 사람들과 사물들의 이미지를 부패하기 전까지는 마치 사진기 필름처럼 보존한다는 어느 정도 타당한 의견에 근거한 이 콩트는 분명 에드가 포의 단편에서 유래한 것이었다. 포식의 꼬치꼬치 따지는 토론과 격렬한 공포가 이 작가에 의해 받아들여지고 있었던 것이다.

「전조」라는 단편 역시 마찬가지였는데 이 단편은 훗날 『잔인한 콩트들』에 포함되어 출판되었다. 이것은 반박할 수 없는 재능을 드러낸 단편집으로 그 안에는 데 제쎙트가 걸작으로 간주하는 「베라」라는 단편이 실려 있었다.

여기에서는 그윽한 부드러움이 환각에 깃들어 있었다. 미국인 작가의 침울한 환상은 더 이상 없었다. 대신 거의 천국의 모습처럼 포근하고도 부드러운 영상이 있었다. 같은 장르에 속했지만 그것은 검은색 아편의 피할 수 없는 악몽에 의해 배태된 구슬프고 창백한 유령들인 베아트리스와 리제이아와는 정반대였던 것이다!

이 단편 역시 의지의 활동을 주제로 삼고 있었지만 공포의 작용으로 인한 의지의 약화나 패배를 다루고 있지는 않았다. 반대로 이 작품은 고정관념으로 변질된 확신의 충동으로 인한 의지의 항진을 탐구하였고, 대기를 가득 채우고 스스로의 신념을 주변의 사물들에까지 강요하기에 이르는 의지의 권능을 증명하고 있었다.

빌리에의 다른 책인 『이시스』는 또 다른 관점에서 흥미로워 보였다. 「클레르 르누아르」의 잡동사니 철학이 마찬가지로 이 책을 가득 메우고 있었다. 이 책은 수다스럽고 혼미한 관찰들과 지하 감옥이며, 단도며, 줄사다리 등 오래된 멜로드라마들의 유물들, 그리고 프란시스크 기용이라는 생 브리외의 한 무명 인쇄업자가 출판하였으나 지금은 잊혀진 작품들인 「엘렌」과 「모르간」에서 빌리에가 분명 전혀 쇄신하지 못했던 낭만주의적인 모든 상투어들을 믿을 수 없을 정도로 뒤섞어 보여주고 있었다.

이 책의 여주인공인 튈리아 파브리아나 후작부인은 에드가 포의 여자 주인공들이 지녔던 바빌론의 마법 지식과 스탕달의 산세브리나 탁시의 수완 좋은 통찰력을 지닌 것으로 여겨졌고, 게다가 고대의 키르케[158]와 브라다만트[159]를 합한 수수께끼 같은 몸가짐을 지니고 있었다. 이처럼 분해할 수 없는 혼합물들은 거무스름한 연기를 내뿜었고 그 연기 사이로 철학적인 영향들과 문학적인 영향들이 어떻게 정돈해볼 도리 없이, 작가가 7권 이상으로 구성될 이 작품의 서론을 쓰는 순간 그의 뇌리에서 엎치락뒤치락하고 있었다.

하지만 빌리에의 기질에는 아주 다른 방식으로 날카롭고 명확한 어떤 구석, 음흉한 농담과 잔혹한 빈정거림이 있는 구석이 있었다. 그것은 에드가 포식의 역설적인 기만은 아니었고 스위프트가 몰두했던 것과 같은 음울한 희극성이 깃든 조롱이었다. 「비엥필라트르 양」「천국의 게시판」「영예로운 기계」「세상에서 가장 멋진 만찬」 같은 일련의 작품들에는 특이하게도 창의적이고 신랄한 야유의 정신이 담겨 있었다. 현대의 모든 공리적인 사상들의 오물과 이 세기의 상업의 추잡함이 이 작품들에서 예찬되고 있었는데 그 날카로운 아이러니가 데 제쎙트를 열광시켰다.

이처럼 심각하고도 날카로운 짓궂은 농담의 장르에 있어서는 다른 어

---

158 호메로스의 『오디세이아』에 나오는 마녀.
159 아리오스트의 『격노한 롤랑』의 여주인공.

떤 책도 프랑스에 존재하지 않았다. 기껏해야 전에 『신세계』지에 실렸던 샤를 크로의 단편인 「사랑의 과학」 정도가 그 화학을 응용한 미친 짓과 꼬집는 듯한 유머, 냉담하게 웃기는 관찰들로 충격을 줄 수 있었으나 그 즐거움은 완전치 않았다. 왜냐하면 글을 쓰는 데 있어 치명적인 과오가 범해졌기 때문이었다. 빌리에가 지닌 단단하고 화려하며 자주 독창적이기도 한 문체는 사라졌고, 아무나 문학 작업대에서 대충 거칠게 다듬어낸 잡고기 볶음 요리 같은 문체가 그 자리를 차지하고 있었다.

하인이 올라서 있던 발판에서 내려와 모든 책장을 한눈에 볼 수 있도록 하려고 비켜서는 것을 보면서 데 제쎙트는 "맙소사! 맙소사! 다시 읽어볼 만한 책이 이렇게 적다니!"라고 한숨을 내쉬면서 말했다.

데 제쎙트는 잘 되었다는 표시로 고개를 끄덕거렸다. 책상 위에는 이제 두 권의 소책자만이 남아 있었다. 손짓으로 늙은 하인을 나가게 한 다음 야생 당나귀 가죽으로 장정된 몇 페이지를 훑어보았다. 이 가죽은 수력 프레스로 매끈하게 만든 다음 수채 물감으로 은빛 구름무늬를 넣고 낡은 중국산 비단으로 속지를 댄 것이었는데, 약간 색이 바랜 비단의 당초문은 말라르메가 너무도 달콤한 그의 시에서 노래한 생기 없는 사물들의 우아함을 지니고 있었다.

총 9장의 페이지들은 단행본으로 출판된 『현대 파르나스 시집』 1호와 2호에서 발췌하여 양피지에 인쇄한 것으로, '몇 편의 말라르메의 시'라는 제목을 앞에 달고 있었는데 그것은 오래된 수사본들처럼 채색되고 금박으로 무늬를 넣은 옹시알체로 놀라운 솜씨의 필경사가 쓴 것이었다.

이러한 표지 안에 묶인 열한 편의 시 중에서 「창」「결문」「창공」 같은 몇 편의 시가 그를 사로잡았다. 하지만 다른 무엇보다 「에로디아드」의 한 대목이 이따금씩 마치 마법처럼 그를 매료시켰다.

얼마나 많은 밤, 갓을 낮춘 불빛으로 고요한 방을 비추는 등잔 아래에서 그는 이 에로디아드가 자신을 스쳐감을 느꼈던가! 에로디아드는 이제 어둠이 깔린 귀스타브 모로의 작품 속에서 한결 은은하게 자취를 감추었고, 꺼져버린 보석들의 화로에서 여전히 흰빛을 내는 어렴풋한 석상 같은 모습만을 내비치고 있었다.

어둠은 핏빛을 가리고 반사광과 금빛을 잠들게 했다. 어둠은 사원의 원경을 어둡게 만들었고 짙게 바랜 색조들로 범죄의 조역들을 감싸고 뒤덮었다. 그리고 수채화의 흰 부분들만을 남긴 채 어둠은 보석들의 거푸집에서 여자를 나오게 했고 그녀의 나신을 한층 또렷이 부각시켰다.

거역할 수 없이 그는 눈을 들어 그녀를 바라보았고 기억에 생생히 남은 윤곽으로 그녀를 알아보았다. 그녀는 말라르메가 빌려준 이 기이하고도 부드러운 시구들을 입술로 읊조리며 다시 살아나고 있었다.

"오 거울이여!
너의 틀 안에 권태로 얼어붙은 차가운 물이여
몇 번이고 몇 시간 동안 계속
몽상들로 침통해져 깊은 구멍이 뚫린
너의 유리 아래 책장들 같은 나의 추억을 찾으며
네 안에서 난 머나먼 그림자처럼 보였던가!
하지만 끔찍해라! 얼마나 많은 밤 너의 매서운 샘 안에서
난 내 산만한 꿈의 알몸을 깨달았던가!"

보통선거의 세기와 금전욕이 팽배한 시기에 문인들과는 따로 떨어져, 경멸로 주변의 어리석음을 피하고, 세상에서 멀리 떨어져 지성의 경이와

자신의 뇌리에 떠오른 영상들에 몰두하며, 이미 매력적인 자신의 생각들을 정련하고 그것들에 비잔틴 양식의 세련됨을 접목시키며, 눈에 보이지 않는 실로 겨우 연결되어 은근히 드러난 추론들로 자신의 관념들을 영속시키는 이 시인의 작품들을 좋아하는 것과 마찬가지로, 이 시구를 진정 사랑했다.

잘 짜이고 재기 넘치는 이 관념들을 그는 접착력이 강하고 고독하며 은밀한 언어, 수축된 문장들과 생략된 표현들 그리고 대담한 비유로 가득 찬 언어로 엮어내고 있었다.

지극히 멀리 떨어진 유추들을 인지한 그는 종종, 단순히 전문 용어로 지칭되었다면 모든 면모와 뉘앙스들을 이끌어내기 위해 수없이 많은 다양한 형용사를 갖다 붙여야 했을 사물이나 인물을 유사성의 효과에 의해 형태와 향기, 색깔, 특성, 광택을 동시에 나타내는 한 단어로 지칭하곤 했다. 그런 식으로 그는 비교의 내용을 없애는 데 성공하곤 했다. 비교는 유추에 의해 독자가 상징을 꿰뚫어 보기가 무섭게 그의 정신 속에서 홀로 성립되기 때문이었다. 그는 줄줄이 배치된 각각의 형용사들이 제시할 수도 있을 특질들 각각에 관심을 분산시키지 않고, 예를 들면 회화에서처럼 유일하고도 완벽한 모습, 전체의 양상을 만들어내는 단 하나의 단어, 단 하나의 총체로 모든 관심을 집중시켰던 것이다.

이것은 농축된 문학, 정수로 만든 소스, 예술의 승화물이었다. 그의 초기작들에서는 일단 제한적으로 사용되었던 이 전략을 말라르메는 테오필 고티에에 관한 시에서 그리고 「목신의 오후」에서 대담하게 과시하고 있었다. 일종의 목가인 「목신의 오후」에서는 관능적인 쾌락의 섬세함이 신비롭고 감미로운 시구들 안에서 펼쳐졌는데 목신의 야만스럽고도 실성한 듯한 외침이 갑자기 이 시구들을 끊으며 울렸다.

"그때 난 첫 열기를 받아 깨어나리,

똑바로 혼자, 옛스런 빛줄기 아래,

백합이여! 그리고 당신 전부 중 하나는 나의 순진함으로"

앞의 행에서 떨어져 나온 백합이라는 단음절어로 무언가 단단하고 솟아오른 것, 행 말미에 위치한 순진함이라는 명사에 의해 그 의미가 강조되는 흰 것의 이미지를 환기하는 이 시구는 요정들을 보고서 정욕에 안절부절못하는 총각 목신의 열정, 흥분, 일시적인 상태를 단 한 단어로 경쾌하게 표현하고 있었다.

이 비범한 시에서는 새롭고 처음 보는 충격적인 이미지들이 끊임없이 솟구치고 있었고, 시인은 덧없이 사라질 거푸집 안에 거길 가득 메웠던 요정들의 모양을 움푹하게 파인 모습으로 간직하고 있는 갈대숲을 늪가에서 바라보고 있는 사티로스의 격정과 회한을 묘사하고 있었다.

그리고 데 제쎙트는 그 내용 못지않게 이 자그마한 책자를 쓰다듬으면서도 자극적인 희열을 느끼고 있었다. 응고된 우유만큼이나 희디흰 일본산 펠트 천으로 된 이 책자의 표지는 하나는 중국풍 분홍색이고 다른 하나는 검은색인 두 줄의 비단 끈으로 묶게끔 되어 있었다.

표지 뒤에 숨겨진 검은색 끈은 분홍색 끈과 연결되어 있었는데 이 분홍색 끈은 오래된 흰빛 위로, 그리고 책의 순수한 살색 위로 백분 향과 현대 일본 분의 희미한 흔적, 음탕한 보조제 같은 것을 첨가하고 있었다. 검은색 끈은 가벼운 팔자 매듭으로 자신의 어두운 색을 밝은 색에 연결하면서, 그리고 꺼져버린 열정과 진정된 감각의 과잉 흥분에 이어지는 회한의 은밀한 경고, 슬픔의 모호한 위협을 암시하면서 책을 감고 있었다.

데 제쎙트는 책상 위에 「목신의 오후」를 내려놓았고 개인용으로 인쇄한 또 다른 책자를 뒤적였다. 그것은 산문시 선집으로, 보들레르의 가호 아래 세워지고 그의 시의 마당을 향해 열린 작은 예배실이었다.

이 선집은 기인 알로시우스 베르트랑[160]의 『한밤의 가스등』에서 골라낸 시편들을 담고 있었다. 알로시우스 베르트랑은 다빈치의 기법들을 산문으로 옮겨 자신의 금속 산화물들로 강렬한 색채들이 영롱한 법랑의 색처럼 아롱거리는 작은 화폭들을 그려내었다. 데 제쎙트는 여기에 빌리에의 「민중의 소리」를 덧붙였다. 이것은 르콩트 드 릴과 플로베르의 초상이 금빛 문체로 멋들어지게 찍힌 작품이었다. 그리고 주디트 고티에의 저 달콤한 『비취의 서』의 몇 대목을 발췌하여 실었다. 이 작품이 풍기는 인삼과 녹차의 이국적인 향기는 달빛 아래 책 전체를 따라 졸졸 흐르는 개울의 신선한 향기에 섞여들고 있었다.

그런데 이 선집에는 폐간된 잡지들에서 구해낸 몇몇 시들이 편집되어 있었다. 「유추의 악마」 「파이프」 「창백한 거지 소년」 「중단된 공연」 「미래의 현상」 그리고 특히 말라르메의 「가을의 탄식」 「겨울의 떨림」이 그것들이었다. 이 두 시는 말라르메의 걸작이자 산문시의 걸작으로 꼽히는 것들이었다. 그 이유는 이들이 너무도 멋지게 배치되어 그 자체로 우수에 찬 주문처럼, 그리고 도취감을 일으키는 선율처럼 진정시켜주는 언어에다가 저항할 수 없는 암시력을 지닌 생각들, 요동치는 신경들이 황홀할 정도로, 아니 괴로울 정도로 독자를 파고들 만큼 격심하게 전율하고 있는 예민한 영혼의 충동들을 결합시키고 있기 때문이었다.

모든 문학 형식 중에서도 산문시야말로 데 제쎙트가 선호하는 형식이

---

160 알로시우스 베르트랑(1807~1841) : 그의 유작 『한밤의 가스등』은 프랑스 산문시의 기원을 연 작품이다.

었다. 그가 보기에 천재적인 연금술사의 손으로 다루어진 이 형식은 그 작은 분량 안에 기나긴 분석과 중언부언의 묘사를 제거해버린 소설의 힘을 오브 미트[161]의 상태로 지니게 될 것이었다. 데 쎙트는 환경을 설정하고 인물들의 성격을 묘사하며 확실히 증거하기 위한 관찰들과 세부 사항들을 겹겹이 쌓는 데에 늘 사용되는 수백 페이지의 증류액을 포함하게 될, 단 몇 문장으로 농축된 소설의 집필이라는 불안한 문제에 관해 매우 빈번히 명상해보곤 했다. 그렇게 되면 선택된 단어들은 다른 모든 단어를 대체하고도 남을 만큼 교체할 수 없는 것이 될 것이었다. 형용사는 하도 정교하고 결정적인 방식으로 쓰인 탓에 정당한 방식으로는 제자리를 박탈당하지 않을 것이고, 너무도 많은 전망을 열어 보여서 독자는 몇 주간이고 적확한 동시에 다의적인 그 의미에 관해 몽상할 수 있을 것이다. 또한 그는 이 유일한 형용사의 미광에 비추어 드러난 인물들의 영혼의 현재를 확인할 수 있을 것이고, 그 과거를 재구성하며 미래를 점칠 수 있을 것이다.

이렇게 구상되어 하나, 혹은 두 페이지로 농축된 소설은 마술적인 작가와 이상적인 독자 사이의 사고의 교감, 세상에 흩어진 열 명의 우월한 사람들 사이에 묶인된 영적인 협력, 섬세한 사람들에게 주어지고 오로지 그들만이 접근할 수 있는 희열이 될 것이었다.

한마디로 산문시는 데 쎙트에게는 응고된 문학의 원액, 골즙(骨汁)에 해당하였고, 예술의 엑기스 유(油)라 할 만했다.

단 한 방울 안에서 발전되고 농축된 이 풍미는 이미 보들레르에게 존재하고 있었고, 또한 그가 그토록 깊이 기뻐하며 향기를 맡고 있는 말라르메의 시편들에 존재하고 있었다.

---

161 오브 미트(of meat)는 19세기에 나온 육즙 통조림의 상표로 위스망스는 정수, 혹은 엑기스를 추구하는 자신의 미학을 비유하기 위해 자주 사용한다.

자신의 산문시 선집을 닫고 나서 데 제쎙트는 이 마지막 책에서 멈춘 그의 장서는 아마도 절대로 더 이상 늘어나지 않을 것이라고 생각했다.

사실 그 조직에 있어서 회복 불가능할 정도로 병들고 관념들의 나이로 인해 쇠약해졌으며 구문 구성법의 과잉으로 기진맥진하여 환자들을 열에 들뜨게 하는 희귀한 것들에만 민감한 문학, 그렇지만 몰락기에는 모든 것을 표현하느라 바쁘고 임종 시에는 빠뜨린 모든 쾌락을 보충하고 극도로 미묘한 고통의 추억들을 물려주는 데에 악착을 떠는 문학의 데카당스는 가장 완벽하고도 빼어나게 말라르메에 구현되어 있었다.

그것은 보들레르와 포 문학의 정수를 표현의 극단으로까지 몰고 간 것이었다. 그것은 한 번 더 증류되어 새로운 향기와 새로운 도취를 발산하는 세련되고도 강력한 그들의 본질이었다.

그것은 세기를 거듭하며 반점이 생기다가 마침내 와해되기에 이른 낡은 언어, 성 보니파스[162]와 성 아드헬름[163]의 난해한 관념들과 수수께끼 같은 표현들에서 숨을 거두었던 라틴어의 조해(潮解) 상태에 이른 낡은 언어의 최후였다.

요컨대 프랑스어의 해체는 단번에 이루어졌다. 라틴어에서는 클로디아누스와 루틸리우스의 얼룩덜룩하고 빼어난 어법과 8세기의 곰삭은 어법 사이에 기나긴 중간 단계, 곧 4백 년의 격차가 존재했었다. 프랑스어에서는 어떤 시간적 격차도, 어떠한 시대들의 연속도 일어나지 않았다. 공쿠르의 얼룩덜룩하고 빼어난 문체와 베를렌과 말라르메의 곰삭은 문체가 동일한 세기, 동일한 시대에 파리에서 서로 가까이 살고 있었던 것이다.

데 제쎙트는 보면대 위에 펼쳐진 2절판 책들 중의 하나를 바라보면서

---

162 성 보니파스(680~755): 영국의 수도승.
163 성 아드헬름(?~?): 영국의 수도승, 신학자다.

미소를 지었다. 해박한 뒤 캉주가 수도원들 안에서 노쇠로 거친 숨을 몰아쉬던 라틴어의 마지막 웅얼거림, 마지막 경련 그리고 마지막 섬광을 기록했던 주해서와 흡사한 주해서를 어떤 박학자가 프랑스어의 데카당스에 관하여 준비하게 될 때가 다가올 것이라고 그는 생각했다.

제15장

　짚단에 옮겨 붙은 불처럼 빠르게 타오른 그의 중탕기에 대한 열광은 마찬가지로 빠르게 식어버렸다. 일단 진정되었던 신경성 소화불량이 다시 나타났다. 거기에 이 보양즙은 내장을 하도 심하게 자극해서 데 제쎈트는 되도록 빨리 복용을 중단해야만 했다.
　병세가 다시금 악화되기 시작했다. 전에는 알지 못했던 증상들이 병세의 악화에 뒤이어 나타났다. 악몽과 후각의 환각, 시력 장애, 시계처럼 정확하게 맞춰진 밭은기침, 혈관과 심장에서 나는 소리 그리고 식은땀에 이어서 병의 말기에만 나타나는 증상인 환청이 불쑥 생겨났다.
　고열에 시달린 데 제쎈트는 갑자기 물이 졸졸 흐르는 소리며 말벌이 날아다니는 소리를 들었고 이 소리들은 하나로 섞여서 마치 쇠 깎는 기계에서 나는 윙윙거리는 소리처럼 들렸다. 이 윙윙거림이 약해지고 가늘어지더니 점차로 낭랑한 종소리로 변하는 것이었다.
　그러자 그는 착란에 빠진 자신의 정신이 음악의 선율에 실려서 유년기의 신비로운 소용돌이 속으로 흘러 들어가는 것을 느꼈다. 예수회 신부들의 학교에서 배운 노래들이 다시 들려왔다. 이 노래들은 기숙사며 그 노래들이 울려 퍼지던 예배실을 세웠고, 이 환청을 청각과 시각 기관에까지 반향시켜 향 연기와 높다란 아치 아래로 난 색유리의 빛이 퍼져나가는 어둠으로 이 건물들을 휘감았다.

예수회 학교에서 종교 의례는 아주 성대하게 거행되었다. 탁월한 오르간 주자와 빼어난 성가대장은 이 영적인 수련을 예배에 유용한 예술적 희열로 만들었다. 오르간 주자는 오래된 거장들에 흠뻑 빠진 사람이었다. 축제일이면 그는 팔레스트리나[164]와 오를란도 라소[165]의 미사곡과 마르첼로의 시편곡들, 헨델의 오라토리오와 요한 세바스티안 바흐의 모텟 성가들을 연주하곤 했고, 사제들이 특히 좋아하던 랑비요트 사제[166]의 유연하고도 평이한 편곡집과 16세기의 「라우디 스피리투알리」를 연주하곤 했다. 데 쎙트는 특히 「라우디 스피리투알리」의 성직자다운 경건한 아름다움에 여러 번 매료되곤 했다.

하지만 그는 무엇보다도 오르간 주자가 숱한 새로운 사상들에도 불구하고 고집했던 그레고리안 성가를 듣노라면 지울 수 없는 희열을 맛보곤 했다.

요즘에는 기독교 의례에서 낡아빠진 고딕 형식이나, 고고학적인 골동품, 혹은 지나간 과거의 유물로 치부되는 이 형식은 고대 교회의 언어였으며 중세의 혼이었다. 그것은 영혼의 고양을 따라 조율되고 노래된 영속적인 기도송이었고, 수세기 전부터 창조주를 향해 지속적으로 바쳐진 찬가였던 것이다.

강력한 합창부에 마치 커다란 바위 덩어리처럼 장중하고도 육중한 화

---

164 팔레스트리나(1525~1594) : 이탈리아의 작곡가.
165 오를란도 라소(1532~1594) : 벨기에 플랑드르 출신의 작곡가.
166 루이 랑비요트(1796~1855) : 벨기에 출신의 예수회 사제.

음부를 지닌 이 전통적인 선율은 오래된 성당들과 잘 어울렸고 로마네스크 양식의 궁륭들을 꽉 채울 수 있었다. 그것은 말하자면 로마네스크 궁륭들의 발산물 혹은 그것들의 음성 자체인 것처럼 보였다.

향로에서 나와 움직이는 연기 사이로 기둥들이 흔들리고 있는 성당의 중앙부에 그레고리안 성가의 층계송인 「크리스투스 팍투스 에스트」가 솟아오르고, 음울한 애도가인 「데 프로푼디스」가 반드시 죽어야 할 운명을 슬퍼하고 측은히 여긴 구세주의 자비를 애원하는 인류의 절망적인 호소처럼 가슴을 에이게 하며 계속된 흐느낌처럼 신음할 때면, 얼마나 여러 번 데 제쌩트는 저항할 수 없는 성스러운 기운에 사로잡혀 머리를 조아렸던가!

교회의 정기에 의해 창조되었으며 발명자를 알 수 없는 오르간과 마찬가지로 비개인적이고 익명적인 이 굉장한 음악에 비할 때 다른 모든 성가는 속되어 보였다. 요컨대 조멜리[167]와 포르포라,[168] 카리시미[169]와 두란트[170]의 모든 작품과 헨델과 바흐의 가장 경탄할 만한 작품들 중에는 대중적인 성공의 포기, 예술적 효과의 희생, 자신의 기도 소리를 듣는 인간적 오만함의 포기가 없었다. 기껏해야, 생 로크 성당에서 연주되는 레쉬외[171]의 웅대한 미사곡들의 예처럼, 오래된 단선율 성가의 엄격한 장엄함에 가까워짐으로써만 종교적 양식은 철저한 장식음 배제의 관점에서 진중하고도 엄숙하게 확립되는 것이었다.

그 이후로 「스타바트 마테르」에 페르골레시[172]나 로시니 같은 작곡가

---

167 니콜로 조멜리(1714~1774): 나폴리 출신 이탈리아의 작곡가.
168 니콜라 포르포라(1686~1768): 나폴리 출신 이탈리아의 작곡가.
169 자코모 카리시미(1605~1674): 이탈리아의 작곡가.
170 프란체스코 두란트(1684~1755): 이탈리아의 작곡가.
171 장 프랑수아 레쉬외(1760~1837): 프랑스의 작곡가.
172 지오반니 바티스타 페르골레시(1710~1736): 18세기 이탈리아의 작곡가.

들이 상상해내 갖다 붙인 구실들과 사교계 예술이 종교 예술에 침범하는 현상에 너무도 격분한 데 제쎙트는 관대한 교회가 눈감아주고 있는 이들 작품들로부터 멀찌감치 거리를 유지해왔다.

더욱이 헌금 수입을 늘릴 욕심에 묶이되고 신도들의 호감을 사려는 기만적인 겉모습을 한 이러한 나약함은 곧바로 이탈리아의 오페라나 추잡한 카바티나와 단정치 못한 카드릴 곡들에서 빌려와 대규모 오케스트라에 의해 멋들어지게 연주된 노래들로 귀결되고 말았다. 그 결과 교회 자체가 규방으로 변모하여 고음부에서 꽥꽥 소리를 질러대는 광대들에게 넘겨지고 말았던 것이다. 그리하여 아래쪽 신자석에서는 여자들이 화려한 치장으로 경쟁을 해대고 외설적인 목소리로 오르간의 성스러운 소리를 오염시키는 엉터리 배우들의 고함에 황홀해 하는 것이다.

몇 년 전부터 그는 이 종교적인 진수성찬에 참여하기를 고집스럽게 거부해왔다. 그리고 그는 유년기의 추억에 머물면서 위대한 거장들이 만들어낸 몇몇 「테 데움」을 들었던 것조차 후회하고 있었다. 왜냐하면 그는 단선율 성가로 된 경이로운 「테 데움」을 기억하고 있기 때문이었다. 그것은 너무도 단순하고 장엄한 찬가로 암브로시아 성녀인지 힐라리오 성인인지 확실치 않은 어떤 성인이 작곡한 것이었다. 오케스트라의 복잡한 표현력과 현대 과학이 만들어낸 음악적 장치들이 없었던 작곡자는 자신만만하고도 확신에 차, 거의 초자연적인 곡조를 통해 전 인류의 영혼에서 빠져나온 열렬한 신앙과 열광적인 희열을 드러내었던 것이다.

게다가 음악에 관한 데 제쎙트의 생각들은 다른 예술들에 대해 그가 표명한 이론들과 명백한 모순을 드러내고 있었다. 종교 음악에 있어 그는 중세 수도원의 음악만을, 말기 기독교 라틴 문학의 몇몇 대목들과 마찬가지로 그의 신경에 본능적으로 작용하는 바싹 야윈 음악만을 진정으로 인정하고 있었다. 그리고 스스로 인정하듯 그는 현대 거장들이 가톨릭 예술에 도입할 수 있었던 술책들을 이해할 수가 없었다. 우선 그는 회화와 문학으로 그를 몰아갔던 바로 그 열정으로 음악을 연구하지 않았다. 그는 누구나 칠 수 있는 정도로 피아노를 쳤고 오랫동안 더듬거린 끝에 그럭저럭 악보를 읽을 수 있었다. 하지만 그는 화음을 몰랐고 뉘앙스를 실제로 포착하고 미묘함을 평가하며, 속속들이 사정을 알고서 세련미를 음미하기 위해 필요한 기법 역시 모르고 있었다.

다른 한편으로 책을 읽듯이 집에서 홀로 읽을 수 없다면 세속 음악이란 집단적인 혼잡의 예술이었다. 음악을 맛보기 위해서는 극장들마다 넘쳐나는 늘상 똑같은 청중 속으로 섞여 들어가야만 할 것이었다. 그리고 비스듬히 넘어가는 햇볕 아래 세탁장 같은 분위기에서 목수 같은 풍채의 한 사내가 허공에 대고 레몰라드 소스를 휘저으며, 지각없는 청중의 입맛에 딱 맞게끔 납땜된 바그너의 오페라 대목들을 마구 훼손하는 시르크 디 베르 극장으로 몰려드는 청중들에 뒤섞여들어야만 할 것이었다!

그는 몇몇 대목에서 열정적인 고양과 솟구치는 격정으로 그를 매료시켰던 베를리오즈의 음악을 들으러 이 군중 속에 스스로 뛰어들 용기가 없었다. 또한 그는 천재적인 바그너의 오페라에서 단 한 장면, 단 한 문장조차도 별 무리 없이 전체에서 떨어져 나올 수 없다는 것을 분명히 알고 있었다.

조각조각 나뉘어 음악회라는 쟁반에 담겨 제시된 곡들은 모든 의미를 잃어버리고 말았다. 그것들은 마치 서로를 보완하며 함께 동일한 결론, 동일한 목표로 나아가는 책의 장들처럼 선율들이 그에게 인물들의 성격을 묘사하고 그들의 생각들을 구현하며 가시적이든 은밀하든 그들의 동기들을 표현하는 데에 기여하기 때문이었고, 또한 그 선율들의 기발하고도 집요한 회귀는 제시부부터 주제를 쭉 경청해온 청중들에게만, 점차로 인물들이 명확해지는 과정을 본 청중들에게만, 그것을 떠나서는 인물들이 마치 나무에서 잘린 가지가 시들듯이 필연적으로 소멸하게 만드는 환경 속에서 그들이 성장하는 것을 본 청중들에게만 이해될 수 있는 것이기 때문이다.

따라서 데 제쎙트는 좌석 안내원들이 입을 닥치고 오케스트라의 연주를 고이 듣게 해줄 때라도 마구잡이로 연주되는 악보를 아는 사람이, 일요일이면 극장의 객석에서 황홀해 하는 음악광들 중에서 스무 명도 채 안 될 거라고 생각하고 있었다.

또한 아주 똘똘한 애국심이 프랑스 내의 극장에서 바그너의 오페라가 상연되는 것을 막고 있는 마당에 음악의 비결들을 모르고 바이로이트에 갈 수 없거나 갈 맘이 없는 구경꾼들은 그저 집에 죽치고 있는 수밖에 없었다. 그게 바로 그가 택할 수 있었던 합당한 선택이었다.

다른 한편으로, 훨씬 대중적이고 쉬운 음악이라든지 혹은 오래된 오페라들과 무관한 곡들은 거의 그의 관심을 끌지 못했다. 오베르[173]와 보엘디외,[174] 아당[175]과 플로토[176]의 저급한 장식음이라든지 앙브루아즈 토마나 바쟁 같은 이들이 표명한 상투적인 수사법은 이탈리아인들의 케케묵은 교태나 천박한 우아함만큼이나 그에게 혐오감을 주었다. 그리하여 그는 음악으로부터 결연히 멀어지게 되었다. 벌써 몇 년째 음악을 기피해온 동안 그는 베토벤과 슈만과 슈베르트의 음악을 들었던 몇몇 실내악 모임들만을

---

173 다니엘 프랑수아 오베르(1782~1871) : 프랑스의 음악가.
174 프랑수아 아드리엥 보엘디외(1775~1834) : 19세기 초반의 프랑스 오페라 작곡가.
175 아돌프 아당(1803~1856) : 대중적인 인기를 얻었던 프랑스의 작곡가.
176 프리드리히 폰 플로토(1812~1883) : 독일 출신으로 파리에서 활동한 작곡가.

기꺼이 기억해보곤 했다. 특히 슈만과 슈베르트는 에드가 포의 가장 내밀하고도 파란만장한 시들과 마찬가지 방식으로 그의 신경을 으스러뜨리는 음악가들이었다.

슈만의 첼로곡 몇 대목은 숨막히는 히스테리 덩어리로 참으로 그를 숨막혀 헐떡이게 했었다. 하지만 그를 고양시켜 그의 밖으로 내던졌다가 마치 심기의 손실 이후, 영혼의 신비로운 폭식 이후와도 같이 그를 탈진하게 만들었던 것은 무엇보다 슈베르트의 가곡들이었다.

이 음악은 뼛속까지 사무치도록 그를 울리고 들어와서 어렴풋한 불운들과 막연한 고통들이 그토록 많은 데에 놀란 그의 심정에 잊어버린 고통들과 오래된 우울들을 끝도 없이 밀어넣는 것이었다. 존재의 가장 깊숙한 곳에서 절규하는 이 비탄에 잠긴 음악은 그를 매료시키면서도 두렵게 했다. 「처녀의 탄식」을 홀로 부를 때마다 신경질적인 눈물이 눈가에 솟구치지 않은 적이 없었다. 이 탄식 속에는 비통함 이상의 무언가가, 그의 심금을 들쑤셔놓은 무언가 떨어져나간 듯한 아픔이, 쓸쓸한 풍경 속에서의 사랑의 종말 같은 무언가가 들어 있었기 때문이었다.

이 우아하고도 음산한 탄식이 그의 입술에서 맴돌 때면 항상 그것들은 그에게 변두리의 한곳, 삶에 지친 사람들이 소리 없이 허리를 굽히고 황혼 속으로 사라져가는 고요하고도 척박한 장소를 떠올리게 했다. 그럴 때면 쓸쓸함에 젖고 혐오감에 가득 찬 그는 형언할 수 없는 우수와 그 알 수 없는 강렬함이 모든 위로도 동정도 휴식도 거부해버리는 끈덕진 비애에 북받쳐 넋을 잃은 채 비탄에 잠긴 자연 속에 혼자인 듯, 완전히 혼자인 듯 느끼곤 했다. 고열에 지치고 이유를 알 수 없는 만큼 더욱더 진정시킬 수 없는 근심으로 불안해진 그가 잠자리에 든 이 순간 마치 조종처럼 이 노래가 그의 머리를 떠나지 않았다. 그는 마침내 그의 머릿속에서 느릿하고 낮은 톤으로 솟구치는 시편의 노래에 의해 잠시 가로막혀 있던 이 음악이 갑자기 쏟아내는 고뇌의 격류에 휩쓸려 넘어지도록 자신을 내버려두었고 물결치는 대로 흘러가는 상태가 되었다. 그의 멍든 관자놀이는 마치 종에 달린 공이로 두들겨 맞고 있는 것 같았다.

하지만 어느 날 아침 이 소리들이 잠잠해졌다. 그는 한결 자제력을 되찾았고 하인에게 거울을 좀 보여달라고 부탁했다. 거울은 곧 그의 손에서 미끄러졌다. 그는 자신의 얼굴을 거의 알아볼 수 없었다. 얼굴은 흙빛이었고 입술은 부풀어올라 말랐으며, 혀에는 주름이 잡혔고 피부는 꺼칠해져 있었다. 병이 난 이후 하인이 다듬어주지 않은 머리와 수염은 쑥 들어간 얼굴과 털이 비죽비죽 솟은 이 해골 같은 두상에서 열에 들뜬 광채로 불타고 있는 커다랗고 멀건 눈의 끔찍함을 더해주고 있었다. 전신의 쇠약, 음식물을 섭취하려는 모든 시도를 거부하는 억제할 수 없는 구토, 그리고 그가 빠져든 극도의 무기력보다 이 변화된 얼굴이 훨씬 더 그를 경악케 했다. 그는 자신이 가망이 없다고 생각했다. 그러고는 그를 짓누르는 쇠약 상태 속에서, 궁지에 몰린 사람의 마지막 힘이 그를 일어나 앉게 했고, 파리에 있는 주치의에게 편지를 쓰고 하인에게 당장 그를 찾아가서 무슨 일이 있더라도 그날 중으로 데려오라고 명령할 기력을 주었다.

갑자기 그는 가장 철저한 단념으로부터 가장 용기를 주는 희망으로 옮겨갔다. 그 의사는 저명한 전문의로 신경질환 치료로 명성을 날리던 의사였다. '그는 내 증상보다 훨씬 고약하고 위험한 경우도 고쳤을 테지. 분명 며칠 후면 난 완쾌될 거야'라고 데 제쎈트는 생각했다. 그리고 이러한 확신에 철저한 환멸이 이어졌다. '제아무리 유식하고 직관이 풍부하다고 해도 의사들은 신경쇠약에 관해서는 아무것도 아는 게 없고 심지어 그 원인조차 모르고 있지. 다른 의사들과 마찬가지로 이자도 늘상 똑같은 산화아

연과 키니네, 브롬화칼륨과 쥐오줌풀을 처방하겠지.' 지푸라기라도 잡는 심정으로 그가 생각을 이어갔다. '하지만 누가 알아? 이 약들이 여태껏 내게 효과가 없었다면 그건 아마도 내가 정확한 양을 사용하지 않아서였을 수도 있지.'

어쨌건 이렇듯 희망을 갖고 기다리는 것은 그에게 힘을 북돋워주었다. 하지만 그에겐 새로운 걱정거리가 생겼다. 요행히 의사가 파리에 있어서 그곳으로 오는 수고를 마다하지 않아야 할 터였다. 그러자 하인이 의사를 만나지 못했을 수도 있다는 두려움이 그를 망연자실하게 했다. 그는 다시 힘이 빠지기 시작했다. 그는 시시각각 가장 터무니없는 희망에서 가장 미친 듯한 공포를 넘나들었고, 갑작스레 병이 나을지도 모른다는 희망과 빠른 속도로 악화될 것이란 두려움을 과장해서 느끼고 있었다. 몇 시간이 흘렀다. 절망 속에 힘이 쭉 빠진 채, 정녕 의사가 오지 않을 것이라 확신한 그는 분노하여 만일 제때에 그가 구하러 왔더라면 자신은 분명 살아날 수 있었을 것이라고 되뇌고 있었다. 자신을 죽도록 내버려둔다고 원망하던 하인과 의사에 대한 분노는 사라졌다. 결국 그는 자기 자신에 대해 화가 치밀었다. 도움을 청하기 위해 그토록 오랜 시간을 들인 자신을 비난했으며, 바로 그 전날 강력한 약과 효율적인 치료를 요청하기만 했더라도 자신은 이미 치료되었을 것이라고 확신하고 있었다.

그의 텅 빈 머릿속에서 번갈아 요동치던 경각심과 희망이 조금씩 잠잠해졌다. 그 충격들은 그를 완전히 기진맥진하게 만들었다. 그는 피로에 지쳐 황당무계한 꿈들이 가로지르는 잠으로, 즉 의식 없이 빈번하게 눈만 떴다 감았다 하는 일종의 혼수상태로 빠져들었다. 그는 자신의 욕망과 공포에 대한 관념을 완전히 잃어버린 나머지 갑자기 의사가 들어왔을 때 아무런 놀라움도 기쁨도 느끼지 못하고 멍하니 있었다.

아마도 하인이 데 제쎙트의 생활 방식은 물론 강렬한 향수들 때문에 창가에서 기절했던 주인을 안아 일으켰던 날 이후 직접 관찰할 수 있었던 다양한 증상들에 관하여 의사에게 소상히 알려준 것 같았다. 왜냐하면 비록 잘 아는 사이이고 오래전부터 그의 병력을 알고 있긴 했지만 의사는 환자에게 질문을 거의 던지지 않았기 때문이었다. 그렇지만 그는 환자를 살펴보았고 청진기를 댔다. 그러곤 소변을 주의 깊게 관찰했는데, 몇 줄기의 흰 자국은 환자가 앓고 있는 신경쇠약증의 가장 결정적인 원인들 중의 하나를 드러내고 있었다. 그는 처방전 하나를 써주었고 곧 다시 오겠노라고 말한 다음 한마디 말도 없이 가버렸다.

의사의 왕진으로 데 제쎙트는 원기를 회복했다. 하지만 그는 의사의 침묵에 깜짝 놀라서 하인에게 더 이상 진실을 숨기지 말라고 요구했다. 하인은 의사가 아무런 불안감도 표하지 않았다고 말했다. 제아무리 의심 많은 데 제쎙트였지만 이 노인의 태연한 얼굴에서 멈칫거리며 거짓말하고 있다는 것을 보여주는 낌새는 전혀 알아차릴 수 없었다.

그러자 그의 상념에서 근심이 걷혔다. 게다가 고통은 잠잠해졌고 온몸을 통해 느꼈던 쇠약증에는 어떤 부드러움, 불명확한 동시에 느릿한 모종의 다정한 손길 같은 것이 덧붙여졌다. 게다가 약과 약병들로 번거로워지지 않게 된 것에 한편으로 놀라면서도 만족해 했다. 그리고 하인이 펩톤 양분 관장기를 가져와서 하루에 세 번씩 처치를 할 것이라고 알렸을 때 데 제쎙트의 입술이 옅은 미소를 띠며 움찔했다.

시술은 성공적이었다. 데 제쎙트는 자신이 창조한 존재 방식을 완성하는 이 사건에 대해 무언의 찬사를 스스로에게 보내지 않을 수 없었다. 자신이 의도하지 않았음에도 인공적인 것으로 향하는 그의 취향이 이제 최고도로 실현되었던 것이다. 아무도 이보다 더할 수는 없을 것이었다. 이렇게 거꾸로 섭취한 음식은 분명 우리가 범할 수 있는 최후의 일탈 행위일 것이기 때문이다.

그가 생각했다. '건강을 완전히 회복한 뒤에라도 이 단순한 식사 방식을 계속하는 건 참 기분 좋은 일이겠지. 얼마나 많은 시간을 절약할 수 있을 것인가! 게다가 식욕 부진 환자들이 고기를 먹을 때 느끼는 역겨움으로부터 나는 확실히 해방될 수 있을 것 아닌가! 요리들 중에 항상 어쩔 수 없이 제한된 선택을 해야 하는 피곤함을 결정적으로 떨쳐버릴 수 있을 것 아닌가! 또 이것은 저속한 탐식의 죄악에 대한 얼마나 통렬한 반박이란 말인가! 마지막으로 이 늙어빠진 자연의 면전에 얼마나 단호하게 욕설을 퍼붓는 셈인가! 한결같은 생리적 욕구들은 영원히 사라져버릴 테니 말이다!'

작은 소리로 그는 계속 혼잣말을 이어갔다. "소박한 아페리티프 한 잔을 부어넣는 것만으로도 식욕을 돋우기가 쉬워지겠지. 그러곤 '지금 몇 시지? 밥 먹을 시간인 것 같은데? 뱃가죽이 등짝에 붙었어'라고 당연히 말하게 될 때면 저 멋진 기구를 식탁보 위로 올려놓는 것만으로 상차림은 끝날 테고. 그러면 식사 기도를 암송할 시간으로 식사라는 저 따분하고도 저속한 고역을 해치울 수 있을 거란 말야."

며칠 후 하인이 관장기를 내밀었다. 그런데 안에 든 내용물의 색깔은 물론 냄새도 펩톤 관장액과는 전혀 달랐다.

"이런! 같은 게 아니로군." 기계 안에 들어 있는 액체를 몹시 감동하여 바라보던 데 제쎙트가 외쳤다. 마치 레스토랑에서처럼 그는 메뉴판을 요구했다. 그러곤 의사의 처방전을 펼치면서 다음과 같은 내용을 읽을 수 있었다.

대구 간유　· · · · · · ·　20그램
쇠고기 육수　· · · · · · ·　200그램
부르고뉴 포도주　· · · · · · ·　200그램
계란 노른자　· · · · · · ·　1개

　그는 몽상에 잠겼다. 허약한 위장 때문에 본격적으로 요리법에 관심을 가질 수 없었던 그였지만, 자신도 모르게 가짜 미식가가 준비한 음식물의 배합에 대해 명상하고 있음을 문득 깨달았다. 괴상한 생각이 그의 뇌리를 스쳐갔다. 어쩌면 의사는 고객의 묘한 미각이 펩톤 맛에 벌써 식상했다고 생각했을 수도 있다. 아마도 솜씨 좋은 주방장처럼 그는 음식물의 맛을 다채롭게 하고 단조로운 식단 때문에 완전한 식욕 부진이 일어나지 않게 하려고 했는지도 몰랐다. 일단 이런 생각들에 뛰어들자 데 제쎙트는 금요일에는 대구 간유와 포도주의 분량을 늘리고 교회가 명백하게 금하는 육식인 쇠고기 육수를 삭제하여 채식 만찬을 준비하면서 전대미문의 요리법들을 만들어냈다. 하지만 그는 곧 이 영양가 많은 음료들에 대해 더 이상 숙고할 필요가 없었다. 왜냐하면 의사는 조금씩 구토를 달래가면서 그로 하여금 정상적인 경로로 말린 고기 분말을 녹인 펀치 시럽, 흐릿한 카카오 향이 입에 잘 맞는 시럽을 마시게 했기 때문이었다.
　몇 주가 흘렀다. 그의 위장은 마침내 정상적으로 작동하기 시작했다. 여전히 구역질이 이따금씩 되살아나곤 했지만 그것도 생강 맥주와 리비에르 제토 물약으로 가라앉힐 수 있었다.
　이윽고 신체 기관이 조금씩 원기를 회복하게 되었다. 펩신 효소의 도움을 받아 진짜 고기도 소화시킬 수 있었다. 힘을 회복한 데 제쎙트는 자신의 방에서 서 있을 수 있었고, 지팡이를 짚고 가구들의 모서리에 기대가면서 걷기 연습을 할 수도 있었다. 이러한 성공을 기뻐하는 대신에 그는 사라져버린 고통은 잊어버리고, 더딘 회복에 속이 상했으며 이처럼 찔끔찔끔 치료한다고 의사를 원망했다. 성과 없는 시도들이 치료를 더디게 한 것은 사실이었다. 데 제쎙트가 초조하게 확인한 것처럼 가나피 못지않게 철분은 비록 아편제 물약에 섞은 것이라도 별 효과가 없어서, 보름 동안이나 헛된 노력과 시간 낭비를 한 끝에 그것들을 비산염 함유물로 대체해야만 했다.

마침내 그는 오후 내내 서 있을 수 있고 부축을 받지 않고 이 방 저 방을 돌아다닐 수 있게 되었다. 그러자 서재는 그의 기분을 상하게 했다. 오랫동안 비워두었던 그곳으로 돌아가기가 무섭게 습관적으로 익숙해 있던 결함들이 뚜렷이 드러났다. 등잔불에 비추어 보이도록 선택한 색깔들은 자연광과는 조화를 이루지 못했다. 그는 이 색들을 바꾸어야겠다고 생각했다. 그는 몇 시간 동안이고 색조들의 무질서한 조화와 천과 가죽을 뒤섞어 결합시키는 방안들을 이리저리 강구해보았다.

'내가 정말로 건강을 회복해가고 있는 모양이야.' 예전의 관심사와 오래된 기호들이 돌아오는 것을 세밀하게 관찰하며 그가 생각했다.

어느 날 아침 그는 주황색과 파란색 벽들을 바라보면서, 그리스정교회의 영대로 만든 이상적인 벽지들을 상상하고, 금은 자수를 수놓은 러시아의 제의와 우랄산 보석들과 진주 술로 장식한 슬라브어 글자들로 꽃가지 무늬를 넣은 화려한 비단 법의에 관해 몽상에 잠겨 있었다. 바로 그때 의사가 들어왔다. 환자의 시선을 살펴보면서 그가 질문을 던졌다.

데 제쎙트는 그에게 자신의 실현할 길 없는 소망들을 알려주었다. 그는 새로운 색채 연구를 계획하고 앞으로 준비할 색조들의 조화와 단절들을 말하기 시작했다. 바로 이때 의사가 어쨌든 이 계획들을 실행에 옮길 곳은 이 집이 아닐 것이라고 단호하게 말하며 그의 머리에 찬물을 끼얹었다.

숨을 돌릴 시간도 주지 않고 그는, 소화 기능을 회복시켜놓아서 일단 급한 불은 껐으니 이제는 전혀 차도가 없고 향후 몇 년간 식이요법과 간병이 필요할 신경쇠약의 치료에 착수해야 한다고 선언했다. 끝으로 그는 모든 약을 쓰기에 앞서, 그리고 퐁트네에서는 계속하기가 불가능한 모든 냉수욕 요법을 시작하기에 앞서, 이 외진 곳을 떠나 파리로 되돌아가야 하고 다른 사람들처럼 기분 전환을 해가면서 평범한 삶을 되찾도록 노력해야 한다고 덧붙였다.

"하지만 다른 사람들이 즐거워하는 일은 전혀 내 기분을 풀어주지 못한단 말이오"라고 데 제쎙트가 화가 나서 외쳤다.

이 의견에 대꾸도 하지 않고 의사는 자신이 요구하는 이러한 극단적인 생활의 변화는 그가 보기에는 죽느냐 사느냐의 문제이며, 건강해지느냐 아니면 얼마 안 가 결핵 합병증으로 번질 광기에 빠지느냐의 문제라고 간략하게 단언했다.

"그렇다면 죽이든지 감옥으로 보내든지 하시오!" 낙담한 데 제쎙트가 외쳤다.

사교계 인사라면 당연히 지니게 되는 온갖 편견에 젖어 있던 의사는 미소를 지으며 대답도 하지 않고 문으로 갔다.

제16장

　데 제쌩트는 침실에 처박혀서 하인들이 꾸려놓은 이사용 궤짝들에 못을 박아대는 망치 소리를 듣지 않으려고 귀를 틀어막았다. 망치 소리 하나하나가 그의 가슴을 쳐댔으며 생살에 강렬한 고통을 박아넣는 것 같았다. 의사가 내린 판결이 효력을 발휘하였다. 의사의 직권으로 그에게 형벌처럼 강요한 가증스러운 생활에 대한 증오보다는, 예전에 그가 겪었던 고통들을 또다시 겪어야 한다는 두려움과 끔찍한 단말마의 고통에 대한 공포가 데 제쌩트에게 더욱 강한 영향을 끼쳤던 것이다.
　그는 생각했다. '그렇지만 아무하고도 말을 나누지 않고 홀로 사는 사람들도 있고 은둔자들이나 트라피스트 수도사들처럼 세속을 벗어나 내면으로 침잠하는 사람들도 있지 않은가? 이 불행한 사람들, 그리고 이들 현자들 모두가 미치거나 결핵 환자가 된다는 증거는 어디에도 없단 말이다.' 그는 이런 예들을 의사에게 들어보았으나 허사였다. 의사는 아무 대꾸도 허용하지 않을 법한 무뚝뚝한 어조로, 모든 신경쇠약 병리학자들의 의견을 물어 확인한 자신의 결론은 기분 전환과 오락, 쾌락만이 이 병의 치료에 영향을 끼칠 수 있으며, 약품의 화학적 효능은 이 병의 정신적 측면에 아무 효과가 없다고 말했다. 환자의 항의에 짜증이 난 그는 마지막으로 만일 환경을 바꾸어 다시금 위생적인 환경에서 살겠다고 동의하지 않는다면 더 이상 치료를 계속하지 않겠노라고 선언했다.

데 제쎙트는 즉시 파리로 가서 다른 전문의들에게 진료를 받았고 그들에게 공정하게 자신의 증세를 알렸다. 모든 의사들이 주저 없이 주치의의 처방을 인정하자, 그는 사람이 산 적이 없는 새 건물에 거처를 하나 세낸 다음 퐁트네로 돌아왔다. 격노하여 하얗게 질린 그는 하인에게 이삿짐을 꾸리라고 명령을 내렸다.

안락의자에 깊숙이 몸을 파묻은 채 그는 그의 의도들을 뒤흔들고 현재 생활의 끈들을 끊으며 장래의 계획들을 매장해버리는 이 단호한 규칙을 곱씹어보고 있었다. 그의 완전한 행복은 이렇게 끝나버리고 말았다. 그를 보호해주던 이 은신처를 이제 포기해야 했고 예전에 그에게 몰아치던 어리석음의 광풍 한가운데로 다시 들어가야 하는 것이었다!

의사들은 오락과 기분 전환을 말하지만 도대체 누구와 그리고 무엇을 하면서 그가 즐거워하고 희희낙락하길 원한다는 말인가?

그 자신 사회로부터 스스로를 추방했던 것 아닌가? 대체 자신의 삶처럼 명상에 빠져들고 몽상 속에 머물려 애쓰는 삶을 사는 단 한 사람이라도 그가 알고 있단 말인가? 한 문장의 우아함과 그림의 세밀한 터치, 사고의 정수를 평가할 수 있는 사람, 말라르메를 이해하고 베를렌을 좋아할 만큼 섬세하게 다듬어진 영혼을 지닌 사람을 단 하나라도 알고 있는가?

대체 어디서, 언제, 어떤 세상을 탐색하여야 자신을 꼭 닮은 정신, 상투어에서 벗어나 침묵을 하나의 선행으로 축복하고 배은망덕을 위로로 여기며 의혹을 기착지이자 기항지로 축복하는 정신을 찾아낼 수 있단 말인가?

퐁트네로 떠나기 이전에 그가 지냈던 사교계에서? 하지만 예전에 자주 만나던 귀족들 중 대부분은 그 이후로 살롱들에서 한결 더 쇠약해졌을 것이고, 카드놀이 판에서 멍청해졌을 것이며, 계집들의 입술 속에서 끝장 나버렸을 것이 분명했다. 게다가 대부분은 결혼도 했을 것이다. 그들은 평생 건달들이 남긴 찌꺼기만을 차지하더니, 이제는 그 아내들이 창녀들이 남긴 찌꺼기들을 소유하게 된 셈이었다. 왜냐하면 만물의 지배자인 하층민만이 찌꺼기를 남기지 않는 유일한 계층이기 때문이었다!

"얌전 빼는 이 사회가 받아들인 관습은 얼마나 멋들어진 숨바꼭질인가! 또 얼마나 멋진 바꿔치기란 말인가!" 데 제쎙트가 생각했다.

그리고 부패한 귀족은 죽어버렸다. 귀족들은 어리석음과 추잡한 짓거리에 푹 빠져 있었다! 노망난 후예들 때문에 귀족 계급은 사라져가고 있었다. 세대를 거듭할수록 이들의 지능은 저하되었고 마침내 마차꾼이나 기수들의 머릿속에서나 들끓는 고릴라의 본능으로 귀결되고 말았다. 그렇지 않다면 슈아쐴-프랄랭이나 폴리냐크, 슈브뢰즈 가문들의 경우처럼 소송의 진창 속을 뒹굴고 있었고, 이것은 파렴치함에 있어서 그들을 다른 계급들과 구별할 수 없게 하고 있었다.

저택들과 수백 년 묵은 문장, 문장이 새겨진 제복, 이 오래된 신분 계급의 화려한 예절조차도 사라져버렸다. 더 이상 소득을 내지 못하게 되자 영지들은 성들과 함께 경매에 부쳐지고 말았다. 왜냐하면 오래된 가문들의 얼빠진 후손들에게는 성병의 재앙을 갚기에 돈이 부족했기 때문이었다!

가장 비양심적이고 꾀바른 자들은 모든 염치를 내팽개쳤다. 그들은 행상에 가담하고 사업의 진창에 키질을 해대며, 비속한 도둑놈들과 매한가지로 중죄 재판소에 출두하고 있었다. 그리하여 항상 편파적일 수만은 없는지라 그들을 결국 감옥의 사서들로 임명하기도 하는 인도주의적인 법원의 성가를 드높이는 데에 기여하고 있었던 것이다.

돈벌이에 대한 이러한 악착같음, 억누를 길 없는 금전욕은 항상 귀족 계급에 의지했던 또 다른 계급인 성직자 계급에도 마찬가지로 영향을 끼쳤다. 이제는 신문들의 4면에서 발의 티눈을 고쳐준다는 사제의 광고를 볼 수 있을 정도였다. 수도원들은 제약 공장이나 술도가로 변모를 거듭했고 조리법을 팔거나 직접 만들어 팔고 있었다. 시토회는 초콜릿과 트라피스트 수도회 상표의 술, 전분, 아르니카 알코올 침제를 팔았고 마리아회는 약용 이인산 석회와 소독약을, 도미니크회는 뇌일혈 예방약을, 브누아 성인의 제자들은 베네딕틴 술을, 브뤼노 성인을 섬기는 수도사들은 샤르트뢰즈 술을 팔았다.

상업은 수도원 깊숙이 침입을 해서 교송성가집 대신에 커다란 사업 장부들이 보면대 위에 놓여 있을 정도였다. 문둥병과 마찬가지로 이 시대의 탐욕이 교회를 황폐화시켰고 재고 목록과 영수증 위로 수도사들이 허리를 구부리게 하였으며, 수도원장들을 잼 제조공이나 사이비 약사로, 조수사와 수습 수사들을 평범한 포장공이나 하급 약제사로 변모시켰다.

그렇지만 데 제쎙트가 어느 정도까지 자신의 취향들과 짝을 이루는 관계들을 기대할 수 있는 것은 그래도 역시 성직자들에게서였다. 일반적으로 유식하고 교육을 잘 받은 참사회원들의 모임에서라면 그는 며칠이고 다감하고도 포근한 저녁 시간을 보낼 수 있을 것이었다. 하지만 그들의 신앙을 함께하는 것은 물론, 유년기 추억들의 지원을 받아 이따금씩 수면 위로 떠오르는 신앙의 충동들과 비종교적인 사상 사이에서 더 이상 표류하지 않는 것이 필요할 것이었다.

그리고 획일화된 견해들을 가지는 것이 필요할 것이었다. 그 자신 열광의 순간들에는 기꺼이 그렇게 하듯 앙리 3세 치하에서처럼 약간의 마법이 곁들여지고 또한 18세기 후반기처럼 약간의 사디즘이 곁들여진 가톨릭 교리를 더 이상은 인정하지 말아야 할 것이었다. 이 특이한 교권주의, 이 따금씩 자신이 다가가고 있는 예술적으로 퇴폐하고 타락한 신비주의는 성직자라면 아무도 언급조차 않을 것이었다. 왜냐하면 그 성직자는 그를 이해하지 못하거나 곧바로 겁에 질려 그를 쫓아낼 것이기 때문이었다.

이 해결할 수 없는 문제가 스무 번도 넘게 그를 불안하게 했다. 그는 퐁트네에서 그가 헛되이 빠져 허우적거리던 의심의 상태가 끝나기를 바랐을 것이었다. 이제 새 출발을 하게 되었으니 그는 억지로라도 신앙을 가지고 그것을 잡기가 무섭게 몸 안에 박아넣으며, 자신의 영혼에 갈고리로 단단하게 부착시켜서 신앙을 뒤흔들고 뽑아내는 모든 상념으로부터 그것을 안전하게 보호해야만 할 것이었다. 하지만 그가 신앙심을 원하면 원할수록 그의 정신의 공허함은 채워지지 않았고 그만큼 예수의 왕림은 더욱 더 늦어졌다. 신앙의 허기증이 커져감에 따라, 그리고 언뜻 보이기는 하지만 그곳에 도달하기 위해 뛰어넘어야 할 거리 때문에 그를 겁에 질리게 하는 이 신앙심을 마치 미래를 위한 몸값처럼, 새로운 삶에 대한 대가처럼 있는 힘을 다해 부르면 부를수록, 상념들은 여전히 활활 타고 있는 그의 정신 속에 밀려들어와서는 확고하지 않은 그의 의지를 밀어내고 상식에 기초한 이유들과 수학에서 제시하는 증거들을 들어가면서 신비로운 기독교 교리들을 몰아내는 것이었다!

그는 괴로워하며 생각에 잠겼다. '나 자신과 논쟁하지 말아야지. 눈 딱 감고 이 조류에 휩쓸리도록 몸을 내맡기자. 그리고 2백 년 전부터 교회의 이론 체계를 철저히 파괴해온 저주받은 발상들을 잊어야겠어.'

"그렇지만 가톨릭 교리를 파괴하는 것은 생리학자도 무신앙자들도 아니란 말이야"라고 그가 한숨을 쉬며 말했다. "그것은 바로 어설픈 활동으로 가장 단단하게 박힌 신앙심조차 뽑아버리는 성직자들이거든."

도미니크회의 도서관에서 신학 박사이자 수도사인 루아르 드 카르 수도원장은 『성체의 위조에 관하여』라는 제목이 붙은 소책자에 의거, 예배에 사용되는 성체들이 상인들에 의해 날조되었다는 이유를 들어 대부분의 미사들이 무효라고 단호하게 입증하지 않았던가!

오래전부터 성유(聖油)는 닭이나 오리의 기름으로 위조되고 있었고 밀랍은 불태운 뼈로, 훈향은 저속한 송진과 오래된 안식향으로 위조되고 있었다. 하지만 보다 심각한 것은 영성체에 필수적인 성체들, 그것들 없이는 어떠한 봉헌도 불가능한 두 성체 역시 변조되고 있다는 것이었다. 포도주는 여러 가지 술을 섞고 페르낭북 나무와 딱총나무의 열매, 알코올, 명반, 살리신산염, 일산화납을 불법적으로 첨가하여 변조되고 있었다. 곱게 간 밀가루로 반죽되어야 마땅할 성찬식의 빵은 콩가루와 포타슘, 그리고 파이프용 흙으로 날조되고 있었던 것이다!

이러한 날조는 요즘 들어서는 한층 더 심해졌다. 사람들은 감히 밀가루를 완전히 빼버리기조차 하였다. 뻔뻔한 상인들은 모든 성체배령용 면병을 감자 전분으로 만들고 있는 것이다!

그러나 신은 전분에 강림하기를 거부하고 있었다. 그것은 부정할 수 없는 확실한 사실이었다. 윤리 신학의 두번째 권에서 구세 추기경 역시 장황하게 신성의 관점에서 날조의 문제를 다루었다. 반박의 여지 없는 이 대가의 권위 있는 의견에 따르면 귀리 가루, 메밀, 혹은 독보리 가루로 만든 빵은 축성될 수 없었다. 호밀 빵의 경우라면 약간 의심쩍을 수도 있다지만, 성직자들의 표현에 따르면 그 어떤 명목으로도 성체에 합당한 물질이 아닌 전분이 문제가 될 경우에는 아무런 토론도, 논쟁도 있을 수 없다는 것이었다.

전분은 신속하게 빚을 수 있는 데다 이 물질로 만들어진 효모 없는 빵이 보여주는 매끈한 외양으로 인해 이러한 비열한 사기극은 너무도 널리 횡행하고 있어서, 빵과 포도주가 예수의 살과 피가 되는 성체화의 신비는 이제 거의 존재하지 않았고, 사제들과 신도들은 부지불식간에 텅 빈 성체로 영성체를 하고 있었다.

아! 프랑스의 왕비인 라드공드[177]가 제단에 바칠 빵을 손수 준비하던 때는 참으로 먼 옛날이 되고 말았다! 클뤼니의 관례에 따라 금식한 세 명의 사제 혹은 부사제가 당백의와 흰 천을 목에 두르고 얼굴과 손을 닦고 나서 밀을 한 알 한 알 일일이 골라 맷돌로 갈아 차고 맑은 물에 반죽한 뒤, 시편을 부르며 맑은 불에 손수 굽던 시절은 먼 옛날이 되고 말았다!

데 제쎙트가 생각했다. '성찬식에서조차 항상 속을 수밖에 없으리라는 전망이 이미 허약한 신앙심이 확고하게 뿌리를 내리도록 하는 데에 도움이 되지 않으리란 건 분명하군. 게다가 한 줌의 전분과 미량의 알코올에 의해서조차 가로막히는 신의 전능성을 어찌 인정할 수 있단 말인가?'

이러한 생각들은 그의 장래 생활의 모습을 한층 더 어둡게 했고 그에 대한 전망을 한층 더 위협적이고도 암울하게 만들었다.

정말로 그에게는 어떤 정박지도 어떤 제방도 남아 있지 않았다. 가족도 친구도 없는 파리에서 그는 어떻게 살 것인가? 노쇠하여 목소리는 떨리고 낡아빠진 먼지로 부스러져 내리며, 신식 사회에서 마치 시들고 텅 빈 콩깍지처럼 누워 있는 생 제르맹 지역과 그를 연결해줄 어떤 인척도 없었다! 게다가 온갖 재난들을 축재를 위해 이용하고, 자신들의 테러와 도

---

177 라드공드 성녀(518~587): 튀링겐 왕의 딸로 프랑스의 왕 클로테르의 포로가 되었다가 훗날 그의 왕비가 되었다. 독실한 신자로 빈자와 약자를 돌보았으며 푸아티에의 생 크루아 수도원을 설립하였다. 훗날 성녀로 축성되었다.

둑질에 대한 존경을 강요하기 위해 모든 종류의 재앙들을 유발하면서 조금씩 상승해온 이 부르주아 계급과 자신 사이에 어떤 접점이 있을 수 있단 말인가?

혈통의 귀족이 물러나고 이제는 금전의 귀족이 자리를 잡았다. 계산대에 앉은 칼리프 통치, 상티에 가의 독재, 돈에 홀린 편협한 생각에다 허황되고 음흉한 본능을 지닌 상업의 폭정이 판을 치고 있었다.

빈털터리가 된 귀족 계급보다, 또한 몰락한 성직 계급보다 훨씬 악랄하고 천박한 부르주아지는 이들에게서 경박한 허풍과 케케묵은 거드름을 빌려다가는 자신들에게 있지도 않은 예절로 그 품위를 떨어뜨렸고, 그들에게서 결함들을 훔쳐내서는 위선적인 악덕으로 바꿔놓곤 했다. 권위적이고도 음흉하며, 천박하고도 졸렬한 부르주아지는 자신의 영원하고도 필연적인 사기의 대상인 천민 계급, 오래된 신분 계급들에 달려들어 목덜미를 물어뜯도록 손수 재갈을 풀어주고 잠복시켰던 그 천민 계급에 가차 없이 기총 소사를 퍼부었던 것이다.

이제 그것은 기정사실이었다. 일단 작업이 끝나자 천민들은 위생 조치라는 미명 하에 창백해질 정도로 피를 흘려야만 했다. 확신을 얻은 부르주아는 자신의 자본력으로 어리석음을 전염시켜가며 경박하게도 군림하고 있었다. 그들이 군림하게 된 결과는 모든 지능의 압살, 모든 정직의 부정, 모든 예술의 죽음이었다. 실제로 타락한 예술가들은 무릎을 꿇었고 고위 악질 브로커들과 저급한 폭군들의 냄새 나는 발에 뜨겁게 입 맞추고 있었던 것이다. 이들의 적선이 그들을 먹고살게끔 해주기 때문이었다!

회화에 있어서는 물컹한 허섭스레기의 홍수였다. 문학에 있어서는 진부한 문체와 비굴한 사상들이 넘쳐흘렀다. 왜냐하면 이제 문학은 투기꾼 사업가의 정직, 자기 아들을 위해서는 지참금 사냥에 나서면서도 자기 딸의 지참금을 주는 것은 거절하는 사기꾼의 미덕, 성직자를 강간범으로 비난하면서도 진정한 예술적인 타락도 없이 위선적이고 멍청하게도 수상쩍은 방들에 가서 대야에 담긴 끈적끈적한 물과 더러운 치마들에서 나는 은근한 후추 냄새를 킁킁거리며 맡아대는 볼테르주의자의 정숙한 사랑이 필요했기 때문이었다.

그것은 구대륙으로 옮겨놓은 미국의 거대한 도형장이었다. 그것은 또한 은행가와 졸부들이 저지르는, 깊이도 폭도 측량할 수 없는 버르장머리 없는 짓거리였다. 그것은 은행들의 불경한 성막 앞에 납작 엎드려 불결한 성가를 토해내는 우상숭배의 도시 위로 비천한 태양처럼 빛을 발하는 것이었다!

"자! 무너져라, 사회여! 제발 죽어라, 낡은 세계여!" 자신이 떠올린 광경이 너무도 비열한 데 분격한 데 제쎙트가 소리쳤다. 이 외침이 그를 짓누르던 악몽을 중단시켰다.

그가 말했다. "아! 이 모두가 꿈이 아니라니! 내가 이 세기의 파렴치하고도 굴종적인 떼거리에게로 돌아가야 한다니!" 상처를 아물게 하기 위해 그는 쇼펜하우어의 위안이 담긴 금언들에 도움을 호소해보았다. 그리고 파스칼의 비통한 격언을 되뇌어보았다. "생각에 잠길 때, 영혼이 보는 것은 모두 영혼에 고통을 주는 것들이다." 하지만 이 말들은 그의 정신에서 마치 의미를 잃어버린 음성들처럼 울리고 있었다. 권태가 그 말들을 분해하고 거기에서 모든 의미와 모든 진정 효과며 실질적이고도 부드러운 효력을 앗아가버렸다.

그는 마침내 염세주의의 추론들이 그를 위로할 수 없다는 것을 깨달았고 불가능해 보이는 내세에 대한 믿음만이 유일하게 진정 효과가 있다는 것을 깨달았다.

발작적인 분노가 체념과 무관심으로 가고자 하는 시도들을 마치 태풍처럼 휩쓸어버렸다. 스스로를 기만할 수는 없었다. 더 이상은 아무것도, 아무것도 없었다. 모든 것이 땅바닥으로 무너져내렸다. 부르주아들은 클라마르에서와 마찬가지로 거대한 교회의 폐허 아래 무릎을 꿇고 앉아서 종이에 음식을 싸서 게걸스럽게 먹고 있었다. 교회의 폐허는 연인들의 밀회 장소가 되어 형언할 수 없는 조롱들과 추잡스러운 정사로 더럽혀진 잔해 더미가 되고 말았다. 무시무시한 창세기의 하나님과 골고다 십자가에 못 박히신 창백한 사람은 단 한 번만이라도 그 존재함을 드러내기 위해 꺼져버린 지각변동을 되살려내고 예전에 영벌을 받았던 도시들과 죽어버린 도시들을 불살랐던 불꽃의 홍수를 다시 한 번 일으키지는 않을 것인가? 이 진흙탕은 계속 흘러 퇴폐의 싹들만이 돋아나고 타락의 수확물만이 자라나는 낡은 세계를 악취로 뒤덮어버릴 것인가?

갑자기 문이 열렸다. 멀리 문틀 너머로 머리엔 등잔을 이고, 면도 자국이 선명한 뺨에 입술 아래로 검은 점이 붙은 사람들이 나타나서는 궤짝들을 만지고 가구들을 옮겼다. 그리고 문은 책 보따리들을 들고 나가는 하인 뒤로 다시 닫혔다.

데 제쎙트는 낙담하여 의자 위에 털썩 앉았다. 그가 말했다. "이틀 후면 난 파리에 있을 것이다. 자, 모든 게 끝났다. 거대한 해일처럼 인간들의 비루함의 물결이 하늘까지 치솟고 있다. 그것들은 내가 본의 아니게 둑을 열어버린 이 은신처를 집어삼킬 것이다. 아! 내겐 용기가 부족하고 구역질이 치솟는구나! 주여! 주의 존재를 의심하는 이 기독교도를, 당신을 믿고 싶어 하는 이 무신앙자를 가엾이 여기소서! 낡은 희망의 위안을 주는 등대들도 더 이상 비추지 않는 어두운 밤하늘 아래 홀로 배에 올라탄 인생의 도형수를 가엾이 여기소서!"

■ 옮긴이 해설

세기말 문학의 정수, 위스망스의 『거꾸로』

컬트 소설

대중적인 인기와는 무관하게 소수의 관객들에게서 숭배에 가까운 열광적인 호응을 받는 영화를 '컬트 무비'라고 한다. '컬트'라는 수식어를 원용한다면 광범위한 독자층을 확보하고 있지는 않지만 소수의 독자들에게서 애독되는 소설을 '컬트 소설'이라 부르는 것도 가능할 것이다. 조리스 카를 위스망스의 『거꾸로 A Rebours』는 이러한 호칭에 정확하게 부합하는 소설이라고 할 수 있다. 1884년 프랑스의 샤르팡티에 출판사에서 발간된 이후 현재까지 이 소설은 베스트셀러의 반열에 들었던 적이 없었다. 『거꾸로』는 발간 후 10년간 6천 부, 20년이 넘은 1910년까지는 고작 1만 4천 부만이 발행되었을 따름이다. 비슷한 시기 대중적인 인기를 누리던 소설들에 비교할 때 이 발행 부수는 초라하기 그지없는 것이었다. 예를 들어 1876년 신문에 연재되었던 에밀 졸라의 『목로주점 L'Assommoir』은 1877년에만 4만 부가, 1893년까지는 총 14만 부가 판매되었으니 비슷한 기간에 열 배가 넘는 독자층을 확보한 셈이다. 이처럼 단순히 수량적인 비교를 통해서 본다면 위스망스의 『거꾸로』는 상업적인 성공을 거둔 작품이라고 볼 수 없다. 비록 1970년대부터 일반 독자 대중이 접근하기 쉬운 문고판으로 인쇄되면서 해마다 7천 부 정도가 꾸준히 팔려나가고 있다고는 하나 이것 역시 베스트셀러의 판매 부수와는 거리가 멀다.

하지만 이처럼 독자층이 제한되어 있음에도 이 소설은 발간 당시부터 프랑스 문학, 특히 소설 분야에서 좀처럼 예를 찾아보기 어려운 반향을 일으켰고, 현재에 이르기까지 부단한 관심과 논의의 대상이 되고 있다. 위스망스 자신의 표현대로라면 "『거꾸로』는 문학 시장에 마치 혜성처럼 떨어졌고" 문단은 "경악과 분노"로 들끓었으며 여론은 "대혼란"에 휩싸였다. 이러한 충격은 일과성의 해프닝으로 끝난 것이 아니라 오히려 시간이 흐를수록 강화되는 양상을 보여왔다. 『거꾸로』는 '데카당의 지침서'로 일컬어지면서 위스망스의 동세대 혹은 한 세대 후의 문인들에게 지대한 영향을 끼쳐 이 작품을 본뜬 일련의 아류작들의 기원이 되기도 하였고 19세기 말을 대표하는 작품으로 손꼽혀왔다. 또한 작품 창작에 전념하는 작가들뿐만 아니라 작품을 해석하고 평가하는 평론가 집단과 대학 사회 내에서도 『거꾸로』는 프랑스 소설사의 한 획을 그은 작품으로 중요성을 인정받아왔다. 자연주의 운동이 종언을 고하고 소위 '소설의 위기'가 거론되던 문학적 상황에서 이 작품은 소설이라는 문학 형식이 어떤 방향으로 변모해나갈 것인가라는 까다로운 질문에 대한 해답의 실마리를 제시한 지표가 되었기 때문이다. 또한 현재까지 프랑스를 위시한 프랑스어 사용권은 물론 여타 지역에서도 이 작품을 주제로 수없이 많은 학술 회의가 열리고 학위 논문을 비롯한 각종 연구서들이 꾸준히 나오고 있는 것은 이 작품이 지닌 의미의 광맥이 여전히 고갈되지 않고 있음을 보여주는 증거라 할 것이다. 그 광맥은 당대의 사회상에 대한 비판적 묘사와 문학 · 미술 · 음악 등 예술 장르에 대한 날카로운 비평, 더 나아가 무의식과 꿈의 세계에 대한 심원한 탐색에 이르기까지 광범위하게 뻗어 있다.

위스망스가 이 소설을 집필한 후 오로지 "열 사람만을 위해," 그리고 "머저리들에게는 단단히 빗장이 잠겨진 난해한 책을 썼다"라고 밝힌 것에서 알 수 있듯이 『거꾸로』의 무궁무진한 의미망은 일반 독자들이 접근하여 풀어내기에 그리 쉽지 않은 것이 사실이다. 스탕달에 의해 유명해진 "행복한 소수에게"라는 표현을 이 소설만큼이나 잘 구현한 작품을 찾아보기란 아마도 쉽지 않으리라. 그 결과 많은 사람이 『거꾸로』라는 소설에 대해 들어 알고는 있으되 정작 그것을 직접 읽은 실제 독자의 수는 많지 않은 독특한 수용 양상이 생겨나게 되었던 것이다. 이러한 배경에서 이 소설 주변으로 무성한 비평적 담론과 해석의 장막이 형성되었고, 이것은 독자들로 하여금 위스망스라는 소설가를 친근하게 만들기보다는 오히려 그로부터 멀어지게 하면서 그의 대표작인 『거꾸로』가 난해한 작품이라는 인상을 한층 짙게 만드는 요소가 되어왔다. 따라서 한국어로 처음 번역된 이 소설에 대한 해설은 이미 지나치게 많은 해석에 또 다른 해석을 더하여 생경한 인상을 더하기보다는 작가와 작품 자체에 대한 충실한 소개로 국한되어야 할 것이다. 왜냐하면 이러한 일차적인 이해야말로 그 어떤 정교한 분석보다 이 기묘한 소설을 이해하기 위한 의미 있는 출발점이 되기 때문이다.

위스망스의 생애와 작품 세계

조리스 카를 위스망스는 프랑스의 파리에서 1848년 2월 5일에 태어났다. 그의 호적상 이름은 샤를 마리 조르주 위스망스였다. 그의 아버지인 고트프리드 위스망스는 브레다 출신의 네덜란드인으로 프랑스로 귀화하여 파리에서 활동하던 삽화가였다. 위스망스의 생애와 소설가로서의 활동을 통해 볼 때 그가 아버지의 나라인 네덜란드에 대해 일종의 자부심을 느끼고 있었음을 알기란 그리 어렵지 않다. 예를 들어 프랑스어를 모르는 부계 친척들은 그를 부를 때 샤를 마리 조르주 대신 네덜란드식 이름인 조리스 카를이라고 불렀는데, 위스망스는 이 이름을 자신의 필명으로 받아들였다. 또한 아버지가 화가였고 부계의 친척 중에 화가가 많았다는 점에서 위스망스는 예술가의 자질을 물려준 네덜란드에 대한 애착을 평생 간직했다.『거꾸로』가 출간된 직후인 1885년『오늘의 인물』이라는 잡지에 뫼니에라는 가공의 기자가 위스망스를 인터뷰한 기사가 실린 적이 있었다. 실상 이 인터뷰 기사를 쓴 사람은 위스망스 자신으로 그는 당시의 애인이던 안나 뫼니에의 이름을 빌려 질의응답 형식으로『거꾸로』의 작가인 자신을 소개하고 있다. 여기에서 위스망스는 루브르 미술관에 그림이 소장된 코르넬리우스 위스망스를 필두로 하여 대대로 그림을 그리는 집안의 후손으로 자신을 소개하고 있는데, 이것만 보더라도 그가 예술가적 기질을 물려준 부계 조상에 대해 어느 정도로 긍지를 느끼고 있었는지 엿볼 수 있다.

하지만 위스망스의 유년기는 그다지 평탄한 것만은 아니었다. 8세 되던 해, 아버지를 여의고 그다음 해에 어머니가 재혼하면서 그는 어린 소년으로서는 감당하기 벅찬 충격을 경험하였다. 어머니와 의붓아버지에 의해 기숙학교에 보내진 위스망스는 가정의 따뜻함을 느끼지 못하면서 청소년기를 보낼 수밖에 없었다. 유복한 동급생들에 대한 부러움, 재혼한 어머니에 대한 원망, 가족에게서 버림받았다는 절망감 등 위스망스의 학창시절을 특징짓는 요소들은 그의 성격 형성에 뚜렷한 영향을 미치게 된다. 사물의 어두운 면에 민감한 비관적인 성격이라든지 자립심이 강하면서도 타인의 애정을 그리워하는 성격은 이러한 영향의 결과라고 할 수 있다. 훗날 그가 쇼펜하우어의 염세주의에 열광하고 결혼과 출산의 부조리함을 역설하게 되는 것 역시 이러한 청소년기의 영향과 무관하지 않다고 할 수 있다. 그의 작품에서도 이러한 불우한 학창 시절에 대한 언급을 찾아볼 수 있는데, 예를 들어 1881년에 출간된 『결혼생활』에서는 기숙학교에서 위스망스 자신이 경험했던 불우한 과거의 기억들이 작중인물들의 대화에서 상세하게 묘사되고 있다.

생 루이 고등학교를 다니던 중 위스망스는 자퇴를 결심하고 사설 학원에 등록하여 1866년 대학입학자격시험인 바칼로레아를 통과한다. 가족들의 권유로 법과대학에 진학하였지만 곧 법학은 등한시하고 문학에 대한 열정을 불태우면서 또래의 문학청년들과 어울린다. 한편 같은 해에는 프랑스 내무부에 하급 서기로 채용되어 일하기 시작한다. 원래 경제적 독립을 위해 선택한 직업이었으나, 위스망스는 1893년 정년을 맞을 때까지 공무원의 신분을 유지하면서 소설가 활동을 병행한다. 각종 문예지에 미술평과 서평을 기고하던 위스망스는 1870년 보불전쟁이 발발하자 국민 방위군에 배속되어 전선으로 향한다. 프랑스군이 궤멸되고 나폴레옹 3세가 투항하는 등 일방적인 패전 국면에서 이질에 걸려 야전병원을 전전하던 그는 온갖 우여곡절 끝에 소집 해제되어 파리로 돌아온다. 변변히 싸워보지도 못하고 끝난 위스망스의 전쟁 체험은 『배낭을 메고』(1880)라는 소설의 소재가 되기도 하였다.

문학에 대한 위스망스의 열정이 본격적으로 꽃을 피우게 된 것은 바로 이때부터라고 할 수 있다. 낭만주의와 보들레르적인 상상력의 영향이 짙게 배어 있는 『당과 항아리』(1875)라는 제목의 산문집으로 문단에 첫선을 보인 위스망스는 당시 큰 파문을 일으키던 에밀 졸라의 문학 이론에 심취하였고 앙리 세아르의 소개로 졸라와 교분을 쌓는다. 위스망스는 「에밀 졸라와 목로주점」이라는 평론으로 자연주의 이론을 적극 옹호하였고, 『마르트, 어느 창녀의 이야기』(1876), 『바타르 자매』(1879), 『결혼 생활』(1881) 등 자연주의적인 성격이 뚜렷한 소설들을 연이어 발표했다. 그는 모파상, 세아르 등의 젊은 문인들과 함께 졸라의 문하생으로 불릴 정도로 자연주의 운동에 경도되었고 이러한 동인 활동은 1880년 『메당의 야회』라는 공동 단편집의 발간으로 이어진다. 졸라를 필두로 모파상, 위스망스, 세아르, 알렉시, 에닉 등 젊은 자연주의 소설가들이 참여하여 자연주의 유파의 존재를 대외적으로 알리는 계기가 되기도 했던 이 단편집은 프랑스 군대의 지리멸렬함과 전쟁의 폭력과 부조리를 들추어냄으로써 문단에 충격을 주기도 하였다. 알자스와 로렌을 독일에 빼앗기고 복수를 외치는 애국주의적인 담론이 들끓던 당대의 사회 분위기에서 이 단편집은 대단히 도발적인 성격을 띨 수밖에 없었다. 특히 모파상을 일약 유명하게 만들었던 『비곗덩어리』와 위스망스의 『배낭을 메고』에서 드러나는 전쟁의 희화화와 아이러니는 커다란 파문을 일으켰고 논란의 대상이 되었다.

    그러나 자연주의는 의외로 내적인 결속력이 결여된 문학운동이었다. 『거꾸로』가 발간된 뒤 20년 후인 1903년에 붙인 서문에서 위스망스는 당시의 상황을 상세하게 서술하고 있다. 자연주의가 한창 성가를 날리던 당시 그를 포함한 젊은 소설가들은 "자연주의가 막다른 골목에 다다른 것이 아닌가, 그리고 얼마 안 있어 〔……〕 골목 끝의 벽에 부딪히지 않을 것인가를 자문"하면서 무언가 새로운 이론을 도출함으로써 이러한 상황에서 벗어나려고 고심하던 중이었다. 위스망스 스스로 밝히고 있듯이 그는 이 막다른 골목을 벗어나 "편견을 떨쳐내고 소설의 한계들을 부수며 그 안에 예술·과학·역사를 집어넣고픈 욕망, 한마디로 이 문학 형식을 그 안에 보다 더 진지한 작업을 집어넣기 위한 틀로써만 사용하고픈 욕망"에 사로잡혀 있었던 것이다. "무슨 수단을 써서라도 새것"을 만들어내야 한다는 필요성은 그에게는 창작 활동의 성패를 가늠할 정도로 중요하였고, 이에 대한 인식으로부터 그는 기존의 이론적 틀을 넘어서는 독창적인 시도로 나아갈 수밖에 없는 상황에 처하게 되었다. 기실, 자연주의란 사실주의 소설의 연장선상에 있었고 소위 과학적 방법론을 도입하여 그것을 완성하려는 시도였으므로, 졸라 이후의 세대에게는 소재의 고갈이라든지 전망의 부재로 인한 위기감은 한층 강하게 느껴질 수밖에 없었을 것이다. 그리하여 위스망스를 위시한 젊은 세대 작가들이 당면했던 중대한 과제는 어떻게 하면 자연주의 이론에 의해 규정된 소설과는 다른 면모를 지닌 소설을 창안해 낼 것인가의 문제로 집약된다고 할 수 있다.

1884년 출간된 『거꾸로』는 이처럼 소설 창작 자체에 대한 위기감에서 비롯된 작품이다. 그로부터 2년 전인 1882년에 발표된 『물 흐르는 대로』에서 이미 감지할 수 있었던 변모의 양상은 『거꾸로』에 이르러 더욱 확연하게 드러나며, 이후로 위스망스의 작품 세계는 지속적으로 자연주의에서 멀어지게 된다. 특히 데 제쎙트라는 주인공을 내세워 그의 내면에서 일어나는 갈등과 성찰로 모든 서술을 집중시키는 방식은 자연주의로부터의 이탈을 알리는 요소로서 이후 위스망스 소설의 중요한 특성으로 자리 잡는다. 『피항지에서』(1886), 『저 아래로』(1891) 등의 소설에서 그러한 면모가 한층 뚜렷해짐을 알 수 있는데, 특히 두번째 소설에서 위스망스는 작중인물의 입을 빌려 자연주의적 기법을 동원해 인간 내면을 탐구하는 자신의 소설을 '신비적 자연주의' '초자연주의' 등의 개념으로 정의하였다.

한편 위스망스는 소설뿐만 아니라 미술 평론의 영역에서도 활발하게 활동했던 작가이기도 하다. 훗날 한 문인이 "위스망스는 눈이다"라고 평했을 정도로 탁월한 관찰력과 미술 작품에 대한 식견을 지녔던 그는 당시

아카데미 미술가 집단에 의해 배척당하던 마네, 드가, 시슬레 등을 옹호함으로써 인상주의가 공식적으로 인정받고 결국 화단의 중심을 차지하는 데에 결정적인 기여를 하였다. 위스망스의 미학은 『거꾸로』 등 그의 소설에서 미술에 관해 펼쳐지는 주인공의 몽상을 통해서도 부분적으로 찾아볼 수 있지만, 『현대 미술』(1883), 『어떤 이들』(1889)이라는 두 권의 미술비평집에서 본격적으로 다루어지고 있다. 위스망스는 인상주의 화가들 이외에도 귀스타브 모로, 오딜롱 르동, 펠리시엥 롭스 등에 대해서 열렬한 찬사를 보내기도 하였는데, 그 어떤 유파로도 분류하기 어려운 이들의 독창성을 부각시킴으로써 19세기 말 미술계의 지형에 대한 중요한 안내자 역할을 하고 있다.

위스망스의 생애에는 몇 차례의 결정적인 전환점이 있었다. 『거꾸로』가 자연주의와 단절하는 계기였다고 한다면 1895년에 발간된 『출행』에서 다루고 있는 가톨릭으로의 개종은 신비주의적인 요소가 강하게 드러나는 그의 후기 작품 세계의 시작을 알리는 기점이 되고 있다. 위스망스는 『출행』에 이어 샤르트르 대성당의 조형적인 아름다움을 중세 기독교의 상징론을 이용하여 서술한 『대성당』(1898), 수도원 외부에 기거하지만 서원(誓願)을 하고 수도회의 규율에 따른 삶을 살아가는 이들을 그린 『제3회인』(1903) 등으로 구성된 가톨릭 3부작을 연이어 집필한다. 신비주의에 경도된 위스망스는 이외에도 『시담의 리드빈 성녀』(1901)라는 성인전과 성모의 출현으로 19세기 최고의 순례지가 된 남프랑스의 작은 마을 루르드를 직접 방문하고 쓴 『루르드의 군중들』(1906) 등 종교적인 저작들을 남기기도 하였다. 그러나 1906년부터 아래턱 부분에서 암 증세가 나타나면서 건강이 급속도로 악화된 위스망스는 1907년 5월 11일 59세의 나이로 생을 마감한다.

『거꾸로』의 구성

생애와 작품이 위스망스만큼이나 밀접하게 연관되어 있는 작가도 그리 흔치 않다. 이런 연유로 작품의 의미를 작가의 생애와 그가 실제로 경험한 사실들에 비추어 규정하는 전기적인 해석 방식이 생존시는 물론 사후에도 위스망스 연구의 주류를 이루어왔다. 그의 작품 세계를 자연주의 시기, 『거꾸로』 이후의 탈자연주의 시기, 개종 이후의 가톨릭 시기 등의 삼단계로 나누어 분석하는 것이 그 예라 할 수 있다. 그러나 이러한 방식은 위스망스라는 작가에게서 일관되게 발견되는 요소들을 간과하는 단점이 있었다. 예를 들어 그의 끈질긴 염세주의라든지 대단히 독특한 감수성, 그리고 예술에 대한 일관된 열정 같은 요소들의 통일성은 조명하지 못하였던 것이다. 따라서 작품 내적인 논리에 의거하여 자연주의로부터 신비주의와 상징주의로 변모해나간 위스망스 작품의 변천을 설명하는 연구들이 최근 들어 활발하게 이루어지고 있다. 그럼에도 『거꾸로』가 위스망스의 작품 세계에서 결정적인 전환점이라는 점을 부인하기란 사실 쉽지 않다. 왜냐하면 이 소설 이후로 위스망스 자신은 물론, 그와 같은 세대에 속한 문인들은 소설이라는 문학 장르에 대하여 전혀 다른 관념을 가지게 되기 때문이다.

소설 『거꾸로』의 독특함은 그 구성 방식에서부터 드러난다. 엄밀하게 본다면 이 소설의 줄거리는 "한 귀족 가문의 마지막 후손이 세상에 염증을 느껴 약 일 년간 자신이 꾸민 인공낙원에서 칩거를 시도하나 결국 실패한다"라는 단 한 문장으로 요약할 수 있다. 이 점에서 『거꾸로』는 「출간 20년 후에 붙인 서문」에서 새로운 소설의 특성이란 "전통적인 줄거리, 나아가 열정과 여자를 제거한다는 것, 그리고 촉광(燭光)을 한 인물에게만 집중한다는 것"이라고 했던 주장에 충실한 작품으로 보인다. 이 소설을 구성하는 「일러두기」와 총 16개의 장(章)은 하나의 줄거리를 따라 논리적으로 연결되어 있지 않고 각기 독립된 주제들에 할애되어 있다. 위스망스의 표현대로 이 소설의 구성 요소들은 "『거꾸로』의 진열장에 배열된 특산품들"처럼 배치되어 있는 것이다.

특히 독자들의 관심을 끄는 부분은 아마도 소설의 맨 앞에 놓인 「일러두기」일 것이다. 소설의 서두에서 이런 호칭을 만나는 것 자체가 그리 흔한 일은 아니다. 「일러두기」란 보통은 저자가 자신이 집필한 저서에 대해 간략하게 소개하거나 근본적인 원칙들을 설명하는 부분이다. 그런데 『거꾸로』에 실린 「일러두기」는 주인공의 이름, 외모, 사회적·유전적 환경을 규정하고 유년기에서 성년에 이르는 약 삼십 년에 걸친 생애를 서술함으로써, 실제로는 사실주의, 혹은 자연주의 소설에서 흔히 볼 수 있는 도입부의 기능을 담당하고 있다. 그렇다면 소설의 1장이라 불러도 무방할 것인데 위스망스는 일련의 숫자로 표기된 다른 장들과는 다른 명칭을 사용하고 있는 셈이다. 왜일까? 그 이유는 주인공인 데 제쎙트에 대한 '자연주의적 서류철'들을 담고 있어 "열 페이지로 압축된 한 편의 자연주의 소설"이라 평가되기도 하는 이 부분과 자신이 소설로 간주하는 다른 장들 사이의 차이점을 부각시키려 한 의도에서 찾아보아야 할 것이다. 마치 하나의 소설 안에 성격이 다른 두 개의 소설이 병치되어 있는 듯한 구성인 것이다. 그리하여 「일러두기」의 마지막을 장식하는 문장, 즉 "그러고는 어느 날 갑자기, 자신의 계획에 대해 그 누구에게도 알리지 않은 채, 쓰던 가구들을 처분하고 하인들을 내보낸 뒤, 문지기에게 아무 연락처도 남기지 않고 사라져버렸다"라는 문장은 데 제쎙트라는 인물이 사교계 생활을 정리하고 기존 질서를 뒤집는 삶을 시작하는 기점일 뿐만 아니라 문학사적으로 19세기의 소설 전통의 종착점이자 새로운 소설 유형의 시발점으로

서의 중요성을 지니게 되는 것이다.

이미 언급한 대로 "한 귀족 가문의 마지막 후손이 세상에 염증을 느껴 약 일 년간 자신이 꾸민 인공낙원에서 칩거를 시도하나 결국 실패한다"라는 한 문장이 『거꾸로』를 요약한다. 「일러두기」에서 데 제쎙트가 세상에 대한 혐오와 은둔에 대한 욕망으로 은신처를 구해 떠나가고 마지막 장인 16장에서는 퐁트네의 은신처로부터 현실 세계로 나오게 되는 장면이 서술되므로 이 두 부분만으로도 『거꾸로』의 줄거리를 충족시키기에는 부족함이 없다. 나머지 부분은 소설 줄거리의 진행과는 무관하게 구성되는 특성을 보이는데, 15개의 장들이 논리적인 연관성 없이 하나의 목록처럼 배열되어 있다. 이들 장들은 크게 시각·후각·청각 등의 감각을 다룬 부분과 문학·미술·음악 등 예술 작품에 할애된 부분, 마지막으로 작중인물의 과거의 기억과 포개지는 내면세계를 묘사한 부분으로 나누어볼 수 있다. 그러나 이러한 분류는 별다른 의미를 지니지 않는다. 이처럼 다양한 주제들은 마치 작가가 아무런 의도 없이 늘어놓은 듯 뒤엉켜 있기 때문이다. 그리하여 이들의 순서를 뒤바꾼다고 하더라도 『거꾸로』의 내용에는 별다른 변화가 없을 것처럼 보인다. 『거꾸로』를 구성하는 장들의 순서별로 그 내용을 요약한 다음의 도표에서는 이러한 특성이 명확하게 드러난다.

	주요 내용
일러두기	데 제쎙트의 유년기, 세상에 대한 혐오, 은둔의 욕망
제1장	퐁트네의 저택 꾸미기, 파리의 사교계 생활에 대한 추억, 장례 만찬
제2장	선실을 닮은 식당, 자연에 대한 도전, 인위적인 창조물 찬양
제3장	데카당스 시기의 라틴 문학에 대한 성찰
제4장	금박 거북이, 미각 오르간, 치과 체험
제5장	회화에 관한 몽상, 귀스타브 모로의 「살로메」, 르동, 침실 내부장식
제6장	사회질서 교란에 얽힌 과거의 회상, 대기랑드, 오귀스트 랑글루아

	주요 내용
제7장	유년기 회상, 제주이트 신학교에서 받은 교육, 교리서 독서
제8장	기괴한 화초 구입, 매독 여신에 쫓기는 악몽
제9장	과거의 애인들에 대한 회상, 미스 우라니아, 복화술사, 소년
제10장	후각과 향수, 팡탱에 대한 몽상
제11장	파리에서 중단된 런던 여행
제12장	가톨릭 문학에 대한 단상, 보들레르, 가톨릭 작가, 바르베 도르빌리
제13장	식욕 부진, 출산과 매춘에 대한 몽상
제14장	발자크에서 말라르메에 이르는 19세기 당대 문학
제15장	환청으로 인한 음악에 대한 몽상, 관장기 식이요법
제16장	퐁트네에서의 은둔 생활 종결, 사회에 대한 저주

    다수의 등장인물들 사이에서 벌어지는 사건을 중심으로 탄탄하게 짜여진 줄거리가 특성인 19세기의 소설적 전통에 비할 때 이처럼 산만하고도 느슨한 구성 방식은 명백한 대조를 보이는 형식이 아닐 수 없다. 위스망스는 『거꾸로』가 지닌 이러한 구성상의 특성에 대해 명확하게 인식하고 있었다. 「출간 20년 후에 붙인 서문」에서 그가 두 번씩이나 "『거꾸로』라는 선반에 정리된 몇몇 작은 병들" 혹은 "『거꾸로』라는 진열장에 배열된 특산품"이라는 비유를 동원하여 이 소설의 형식이 지닌 특수성을 강조하고 있는 것은 바로 이러한 인식의 증거다. 그렇지만 『거꾸로』의 소설 형식은 그 자체로는 그다지 새로운 것이 아니라고 볼 수 있다. 왜냐하면 전통적인 줄거리가 배제된 소설 형식에 대한 논의는 위스망스를 포함한 다수의 소설가들에게 전혀 낯선 것은 아니었기 때문이다. 예를 들어 『거꾸로』보다 5년 앞서 1879년에 발간된 위스망스의 『바타르 자매』에 관한 평론에서 에밀 졸라는 자연주의 소설이 궁극적으로 이르게 될 소설 형식에 대해 "우리는 결국 곡절도 결말도 없는 단순한 연구들을 내놓게 될 것이다. 약 1년에 걸친 인생에 대한 분석, 하나의 열정의 이야기, 한 인물의

전기, 실제의 삶에서 취하여 논리적으로 분류된 기록들 말이다"라고 언급하고 있다. 사실 위스망스의 『거꾸로』는 졸라가 예견한 바 있는 이러한 자연주의 소설의 이상형과 대부분 일치하고 있다. 데 제쎙트라는 한 인물의 생애에 초점을 맞추어 퐁트네에서의 약 1년에 걸친 은둔 생활을 분석하고 있는 점이 그러하며, 뚜렷한 줄거리의 전개 없이 다양한 주제들에 관한 성찰과 몽상이 배열되고 있다는 점 역시 그러하다. 또한 후기 로마의 데카당스 문학을 다루는 소설의 3장에서 데 제쎙트가 페트로니우스의 『사티리콘』을 극찬하면서 부각시키는 장점, 즉 "줄거리 연결 없이," "어색한 목적이나 모랄을 들이댈 필요도 없이, 생생한 로마의 생활에서 뚝 떼어낸 〔……〕 삶의 한 단면"이라는 측면 역시 졸라가 언급한 소설의 형식을 염두에 둘 때 이해할 수 있을 것이다. 따라서 비록 『거꾸로』의 형식적 특성이 동시대에 통용되던 소설 형식에 비할 때 특이한 것은 틀림없지만, 그 자체가 위스망스의 독자적인 창안물이라고는 할 수 없는 것이다. 위스망스가 서문에서 소설이라는 "이 문학 형식을 그 안에 보다 더 진지한 작업을 집어넣기 위한 틀로만 사용하고픈 욕망"에 자신이 사로잡혀 있었노라 토로한 것을 다시 한 번 상기할 때, 『거꾸로』라는 소설이 지닌 진정한 독창성을 이해하기 위해서는 이처럼 느슨한 형식적 틀에 담긴 내용의 참신성이라는 측면에서 접근해야 할 것이다.

'거꾸로'의 미학과 인공낙원

내용의 측면에서 『거꾸로』가 지닌 온갖 독창적인 면모들을 압축적으로 요약하는 개념은 다름 아닌 그 제목이다. '거꾸로'는 이 소설에 담긴 몽상과 과거의 회상, 다양한 주제들에 대한 철학적·미학적 성찰에서 대전제이자 결론이 되고 있다. 말하자면 퐁트네의 저택에 칩거한 채 데 제쎙트가 몰입하는 성찰과 실험, 논평과 분석은 부동의 현실로 인정된 우주 삼라만상을 뒤집어 바라보고, 모든 고정관념을 일단 부정하고 그 반대의 관념들을 추적하는 작업으로서 일관성을 지니는 것이다.

가장 대표적으로 독자의 관심을 끄는 것은 문학에 대한 데 제쎙트의 평가다. 문학에 대한 성찰은 『거꾸로』의 가장 중요한 주제가 되고 있는데, 총 16개의 장 중에서 3장(데카당스 시기의 라틴 문학), 12장(가톨릭 문학), 14장(동시대의 문학) 등 세 개의 장이 문학에 할애되어 있다. 데 제쎙트의 문학관을 특징짓는 요소는 기존의 모든 문학적 평가에 대한 부정이다. 대학의 문학 교수들이 라틴 문학의 위대한 세기를 빛낸 주역으로 숭상하던 베르길리우스, 오비디우스, 호라티우스, 키케로 등에 대해 데 제쎙트는 무관심을 표명하고 경우에 따라서는 혹독한 폄하를 주저하지 않는다. 이에 반해 그의 관심은 로마 제국의 쇠락기에 출현하여 평자들에 의해 흔히 열등한 것으로 간주되어온 작가들과 작품들로 집중된다. 데 제쎙트는 이 작품들에서 문학적 퇴보를 보는 대신 절정에 도달한 문화가 풍기는 나른한 화려함을 표상하는 문체상의 기교를 찬양하고 있다. 가톨릭 문학에 대한 그의 입장 역시 이러한 뒤집어 보기의 원칙에 충실한 것으로 탁월한 종교 작가로 칭송 받는 작가들의 무미건조함을 혹평하고 있다. 대신 그는 바르베 도르빌리 등 가톨릭 문학의 주된 흐름에서 비켜나 있는 주변적인 작가들의 장점들을 치켜세운다. 19세기 문학에 대한 성찰을 다룬 14장에서도 마찬가지의 입장이 드러남을 볼 수 있는데, 플로베르, 공쿠르, 졸라의 작품에 대해서도 당시 상대적으로 독자들의 관심을 끌지 못하던 작품들을 선호한다거나, 소위 '저주받은 시인들'로 불리며 작품 발표의 기회조차 얻지 못한 채 아예 평단의 관심 밖에 머물던 시인들, 특히 베를렌과 말라르메에 열광한 것이 그 대표적인 예라 할 수 있다. 특히 당시 시집을 발표하지 않았던 말라르메의 경우 데 제쌩트의 숭배에 가까운 격찬에 힘입어 비로소 자신의 시를 책으로 묶어낼 수 있었고, 그의 가장 난해한 작품으로 꼽히는 「데 제쌩트를 위한 산문」이라는 시를 써서 위스망스의 작중 인물에 대해 감사의 뜻을 표하기도 하였다.

이러한 역행의 원칙을 지탱하고 정당화하는 것은 이따금 병적으로 보이기도 하는 선민의식이다. "타인은 곧 그의 지옥이다"라는 말이 가능할 정도로 『거꾸로』의 주인공은 타인의 취향에 대한 거의 무조건적인 혐오를 표명한다. 데 제쌩트에게서 예술 작품은 물론 아주 사소한 집기의 선택에 이르기까지 소위 '혼잡의 미학'에 대한 경멸이야말로 가장 중요한 기준이 되고 있다. 그는 자신이 소장하고 있는 고야의 판화를 액자에 넣는 것을 단념하는데, 그 이유는 "혹시라도 아무 머저리나 주위들은 말로 그 작품들 앞에서 헛소리를 늘어놓고 황홀해 하는 것이 당연하다고 생각하지 않을까" 두려워하기 때문이다. 또한 금박을 입힌 거북의 등껍질에 박아넣을 보석들을 선정할 때에도 상인들이 선호하는 다이아몬드, 진짜 보석을 원하는 소시민들에게나 소중할 토파즈, 푸줏간 주인들에 의해 격이 떨어진 자수정은 일찌감치 제외된다. 데 제쌩트는 그레고리안 성가의 아름다움을 격찬하면서도 세속 음악에 대해 일정한 거리를 유지하며 음악 애호가를 자처하지 않는다. 극장마다 넘쳐나는 청중들 속으로 섞여 들어가야만 한다는 끔찍함 때문에 그는 대중적인 음악을 들으러 가느니 차라리 서재에 틀어박혀 책 읽기를 선택한다. 이처럼 대중적인 인기의 대상이 되는 모든 것은 그것이 지닌 가치와 아름다움과는 상관없이 그에 의해 진부함과 상스러움의 낙인이 찍히고 만다.

이러한 역행의 원칙과 오만한 선민의식은 단순한 편집증이나 기벽으로만 국한될 수 없는 대단히 전복적인 철학적 함의를 지니기도 한다. 모든 고정관념과 기성 질서에 대한 데 제쎙트의 체계적인 반발은 궁극적으로는 자연의 질서 자체에 대한 부정으로 이어지기 때문이다. 소설의 2장에서 "자연은 이제 그 시효를 다하였다"라고 되뇌면서 자연계의 아름다움보다 인간이 만들어낸 창조물들이 지닌 아름다움을 우위에 둘 때, 그는 근대 이래로 서구의 인식 체계를 지탱해온 자연관에 단신으로 맞선 도전자의 모습으로 나타나고 있다. 그가 생각하기에 자연의 창조물들이 지닌 아름다움들 중에 인간의 천재성이 똑같이 혹은 훨씬 우월하게 만들어내지 못할 것이라고는 없다. 심지어 그는 인간이 창조한 기관차가 자연계에서 가장 아름답다는 여성에 비해 그 우아하고도 정교한 아름다움에 있어 비교할 수 없는 우위를 점한다고 서슴지 않고 주장한다. 따라서 자연의 질서를 교란하고 정반대의 질서를 실험하는 것은 데 제쎙트의 은둔 생활의 가장 큰 목표이자 원칙이 되고 있다. 그는 낮과 밤이 완전히 뒤바뀐 생활을 하여 오후 다섯 시경에 점심을, 밤 열한 시경에 저녁을 먹고 난 뒤 새벽녘에 야식을 먹고 잠자리에 든다. 마치 이러한 밤낮의 뒤바뀜만으로는 충분치 않다는 듯 소설의 후반부에 이르면 식사의 방향 자체가 뒤바뀌는 웃지 못할 해프닝이 벌어지기도 한다. 식욕 부진으로 탈진 상태에 이른 데 제쎙트의 원기를 회복시키기 위해 그의 주치의는 관장기(灌腸器)를 통해 영양분을 공급하는 치료법을 시술한다. 데 제쎙트는 인공적인 것으로 향하는 자신의 취향을 최고도로 실현하는 이 치료법에 대해, 그리고 "자신이 창조한 존재 방식을 완성하는 이 사건에 대해 무언의 찬사"를 보내며 흡족해 한다. 그가 보기에 이처럼 거꾸로 섭취된 음식이야말로 자연에 맞서 인간이 범할 수 있는 최후의 일탈 행위이기 때문이다.

사회적 관점에서 이와 같은 자연적 질서의 교란 작업은 기존의 제도와 관습에 대한 거부의 형태로 표출된다. 데 제쎙트는 19세기 후반 프랑스 사회를 지배하던 부르주아 계급에 의해 자명한 이치로 인정되던 모든 제도적 장치를 부정하고 그것들을 무력화시킬 방안들에 대한 몽상을 이어 나간다. 그에게 부르주아 사회의 기본 단위인 가정은 가장 먼저 파괴해야 할 대상으로 떠오른다. 그는 결혼의 폐단들을 열거하면서 위선적인 애정 관계보다는 차라리 공인된 매춘굴에서 욕구를 충족하라고 권장하는가 하면, 정상적인 가정의 테두리 내에서 이루어지는 새로운 세대의 출산을 인류의 행복을 저해하는 요소로 통렬하게 비난하기도 한다. 소설의 말미에서 사회로 되돌아가야만 한다는 자신의 처지에 분노한 데 제쎙트가 "자! 무너져라, 사회여! 제발 죽어라, 낡은 세계여!"라고 절규하는 대목에 이르면 그의 반사회적인 몽상은 차라리 무정부주의자의 사상에 가까워 보인다. 보통선거의 허울 아래 실제로는 혈통의 귀족의 자리를 차지하고 앉은 자본의 귀족이 군림하는 사회, 은행가와 졸부의 파렴치함이 황금을 우상으로 숭배하는 도시 위로 비천한 태양처럼 빛을 발하는 사회, 모든 계층이 오로지 금전적 이익에 집착하여 한 방향으로만 움직여 나가는 도형장과도 같은 사회에 대한 데 제쎙트의 절규는 의외의 파급력을 지니면서 소설 『거꾸로』가 지닌 염세주의에 사회 전복적인 함의를 부여하는 요소가 되고 있다.

　동시대인들을 매료시키고 현재에 이르기까지 독자들의 열광을 이끌어내고 있는 위와 같은 요소들을 살펴보노라면 『거꾸로』의 진정한 의미가 추악한 현실에 대한 인식을 촉구하고 개인적 차원에서 그와는 정반대의 가상현실을 창조해낼 가능성을 제시한다는 점으로 요약되고 있음을 알 수 있다. 데 제쎙트는 "이 모든 것은 요령을 아는가, 자신의 정신을 한 점에 집중할 줄 아는가, 환영을 이끌어내 실재에 대한 몽상으로 실재 자체를 대체할 만큼 충분히 초연한 정신을 유지할 수 있는가에 달린 것"이라고 강조함으로써 세계 자체를 변모시킬 수 있는 정신력을 지닌 개인의 모습을 구현하고 있다. 극히 예외적이긴 하지만 데 제쎙트와 같은 개인에게서 순수하게 정신활동의 소산인 환상은 실재를 대체하기에 이르고, 주체의 의지에 고분고분 복종하는 "말 잘 듣는 환영들"이 연이어 피어오르는 것이다. 런던으로의 여행이 파리에서 중단된 것은 이러한 맥락에서 당연한 결과인데, 데 제쎙트에게는 여행에 대한 몽상이 중요하지 실제의 여행 자체는 환멸과 실망만을 줄 것이기 때문이다. 따라서 퐁트네의 은둔지에서 그가 벌이는 실험들이란 결국 자신의 의지대로 환상들을 무성하게 이끌어냄으로써 이러한 가공의 현실의 범람에 밀려 실제의 현실이 비집고 들어설 자리를 잃고 마는 인공낙원을 창조하려는 시도로 이해될 수 있는 것이다.

이러한 시도는 자연주의적인 관점에서 본다면 개인이 자신을 둘러싼 환경의 영향을 떨쳐내고 나아가 그러한 환경을 압도하고 군림하는 꿈의 실현을 지향하고 있다. 자연의 질서를 교란하고 그것을 인공의 질서로 대체하려는 데 제쎙트의 이상은 물론 아무런 대가 없이 이루어질 수 있는 것은 아니다. 소설 내내 그는 환청과 환영, 심지어 후각적인 환각에 이르기까지 모든 감각을 자극하는 환상들을 겪어야 하고 그로 인해 자신의 건강 자체를 해치고 생명을 담보로 '거꾸로' 된 가상 세계의 창조에 몰두하고 있다. 그러므로 도처에서 밀려드는 현실의 압력에 맞서 혼신의 힘을 다해 버티고 서서 출입문을 막고 있는 외로운 은둔자의 모습은 『거꾸로』의 주인공에 대한 적절한 비유일 것이다. 소설의 마지막 장만을 본다면 이러한 외로운 저항은 실패로 돌아가게끔 운명지어져 있다.

그렇다면 위스망스의 『거꾸로』는 실패의 소설인가? 꼭 그렇지만은 않다. 왜냐하면 최종적인 실패의 확인 이전에 이미 모든 것이 다 말해지고 행해졌기 때문이다. 이 점에서 위스망스는 대단히 의미심장한 방식으로 소설을 끝맺고 있는데, 퐁트네에 칩거한 데 제쎙트로 하여금 현실을 마음껏 거스를 수 있도록 방조한 다음 막상 현실의 보복과 응징이 시작되려는 순간 소설을 끝내버림으로써 응징의 대상을 잃어버린 현실은 허공에 대고 헛손질할 수밖에 없는 상황을 만들고 있기 때문이다. 개인과 사회의 대립을 틀로 삼아 이상과 현실의 괴리와 갈등을 다룬 문학 작품들은 헤아릴 수 없이 많지만 이러한 방식으로 개인과 이상의 우위를 확보해준 작품은 극소수에 지나지 않으리라. 이처럼 『거꾸로』의 성과는 마치 숙명처럼 현실의 영향을 받기만 하던 개인이 마침내 그러한 연결 고리를 끊고 자율성을 얻게 될 가능성을 데 제쎙트라는 인물의 창조를 통해 보여준 점에 있다고 할 수 있다. 바그너의 오페라 『탄호이저』에 나오는 「새벽별의 노래」를 배경으로 르동이 그린 "태양의 원반을 마주하고 바위 위에 쇠약하고 침울한 자세로 앉아 있는 우수의 얼굴"을 연상시키는 데 제쎙트는 그러나 단순히 낭만주의적인 고독의 표상만은 아니다. "난 새로운 향기들, 훨씬 넓적한 꽃들 그리고 아무도 경험하지 못한 쾌락을 찾고 있다"라는 플로베르의 문장에 감격하는 이 인물은 『거꾸로』라는 소설의 한계를 넘어 새로운 인식론적 모험을 알리는 선구자다운 면모를 간직하고 있는 것이다.

발간 당시부터 『거꾸로』는 흔히 '데카당의 지침서'로 불려왔다. 그러나 이 호칭은 우리가 소설의 내용적 측면에서 살펴본 의미의 역동성을 축소시킬 위험성을 내포하고 있다. 위스망스가 공개적으로 데카당스를 표방한 적은 없었다. 『거꾸로』에서 위스망스는 데카당스라는 단어를 후기 라틴 문학을 지칭하는 데만 사용하였고, 이후에도 그는 19세기 후반 프랑스 문학계의 한 조류를 형성하였던 데카당스 운동과의 연관성을 적극 부인하고 있다. 예를 들어 『저 아래로』에서 그는 "영혼에 대한 잡담을 한다는 미명 아래 이해할 수 없는 전보 용어들로 횡설수설하면서," "의도적으로 황당하게 만든 문체 아래 비할 데 없는 사상의 결핍을 감추고" 있는 데카당 유파를 비판하고 있다. 그렇다면 '데카당의 지침서'라는 별명은 작가의 의도이기보다는 독자, 혹은 평자들의 시각이 투영된 결과라고 보는 것이 타당할 것이다. 즉 무의식적으로, 혹은 의식적이었다 하더라도 적어도 비공개적으로 위스망스는 『거꾸로』를 통해 데카당스 문학에 이끌리던 동시대의 독자들의 욕구와 강박관념을 문학적 주제들로 형상화시켰고, 그 결과 이 소설은 데카당스 문학의 대표작으로 자리 잡게 되었던 것이다. 그러나 『거꾸로』에는 데카당스 문학의 틀만으로는 한정할 수 없는 의미의 원천들이 여기저기에 감추어져 있다. 소설에서 이 원천들을 탐사하고 발굴하여 새로운 의미들을 이끌어내는 일은 여전히 독자들의 몫으로 남아 있다.

■ 작가 연보

1848   2월 5일 파리에서 출생. 아버지인 고트프리드 위스망스는 프랑스로 귀화한 네덜란드인으로 파리에서 삽화가로 활동하였다. 위스망스는 자신의 프랑스 이름인 샤를 마리 조르주의 네덜란드식 발음인 조리스 카를을 필명으로 택하여 예술가의 자질을 물려준 아버지의 나라 네덜란드에 대한 애착을 표명한다.

1856   아버지의 죽음. 어머니는 백화점 점원으로 취업한다.

1857   어머니가 쥘 옥이라는 사업가와 재혼. 이 사이에서 쥘리에트, 블랑슈 등 여동생이 출생한다. 위스망스는 어머니와 떨어져 오르튀스 기숙학교에 입학한다.

1862   생 루이 고등학교에서 수학.

1865   고등학교 자퇴. 개인 교습을 통해 바칼로레아를 준비한다.

1866   바칼로레아 합격. 4월 1일부터 내무부의 말단 직원으로 근무. 이후 공직에서 은퇴하기까지 공무원 신분을 유지하면서 소설가 활동을 병행한다. 가을 학기에 법과 대학에 등록하나 곧 학업은 등한시하고 문학에 대한 열정을 불태운다.

1867	의붓아버지의 죽음. 보비노의 단역배우와 연애에 빠진다.
1870	보불전쟁 발발. 세느 국민방위군에 소집되었으나 이질에 걸려 야전병원을 전전하다 소집 해제되어 파리로 귀환한 후 병무부로 전속되어 베르사유에서 근무한다.
1871	앙리 세아르, 알베르 피나르 등과 교류. 파리 코뮌을 배경으로 '허기 La Faim'라는 소설을 기획하지만 끝내 완성하지 못한다.
1874	산문집『당과(糖菓) 항아리 Drageoir à épices』를 자비로 출판.
1875	제목을 수정하여『당과 항아리 Drageoir aux épices』재출판. 보불전쟁에서의 체험을 바탕으로 자전적인 중편소설『배낭을 메고 Sac au dos』를 집필한다.
1876	어머니의 죽음. 세브르 가의 제본소 운영과 두 여동생에 대한 책임을 떠맡게 된다. 1867년부터 약 3년간 이어진 보비노 극장의 여배우와의 관계를 담은 첫 소설『마르트, 어느 창녀의 이야기 Marthe, histoire d'une fille』를 벨기에 브뤼셀의 칼바에르 출판사에서 출판하였으나 외설적이라는 이유로 거의 대부분의 책을 세관에서 압수당한다. 10월경 앙리 세아르의 소개로 에밀 졸라를 알게 되면서 폴 알렉시, 레옹 에니크, 기 드 모파상 등 자연주의 소설가들과 활발하게 교류하기 시작한다.
1877	브뤼셀의 한 잡지에 기고한 평론「에밀 졸라와 목로주점」에서 졸라의 문학과 자연주의 이론을 열렬히 옹호한다. 위스망스를 위시한 젊은 자연주의 작가들이 졸라와 공쿠르, 플로베르를 초청하여 개최한 트랍 식당에서의 만찬이 여론의 관심을 집중시키면서 자연주의의 존재를 알리는 계기가 된다.
1879	에밀 졸라에게 바치는 헌사와 함께 자연주의적 성향이 뚜렷한『바타르 자매 Les Soeurs Vatard』출간.『르 볼테르』지에 국전 Salon에서 낙선한 인상파 화가들을 격찬하는 미술비평을 기고하여 논쟁을 불러일으킨다.

1880   샤르팡티에 출판사에서 졸라와 다섯 제자의 공동 작품집 『메당의 야회 Soirees de Médan』 출간. 1870년 프로이센과의 전쟁의 부조리한 측면을 신랄하게 조롱한 여섯 편의 소설 중 특히 모파상의 『비곗덩어리 Boule de suif』와 위스망스의 『배낭을 메고』에 평단의 관심이 집중된다. 포랭이 삽화를 담당한 산문집 『파리 크로키 Croquis parisiens』를 브뤼셀에서 출판한다. 자연주의 운동의 동인지 『인간희극 La Comédie humaine』을 기획하였으나 수포로 돌아가면서 자연주의 운동은 구심력을 잃기 시작한다.

1881   애인인 안나 뫼니에게 보내는 헌사가 붙은 『결혼생활 En ménage』 출간. 『거꾸로 A Rebours』의 배경이 되는 퐁트네 오 로즈와 루룹스 성에서 체류한다.

1882   『물 흐르는 대로 A vau-l'eau』 출간. 『거꾸로』를 집필하기 시작한다.

1883   미술 비평집 『현대 미술 L'Art moderne』 발표.

1884   5월 『거꾸로』 출간. 평단의 반응이 엇갈렸지만 위스망스를 일약 유명 작가로 만든 화제작이 된다. 특히 바르베 도르빌리, 레옹 블루아 등의 가톨릭 작가들이 격찬한다. 9월부터 『독립문예 La Revue Independante』 지에 『딜레마 Un Dilemme』를 연재한다.

1885   안나 뫼니에와 함께 루룹스 성에서 레옹 블루아 등과 함께 여름 휴가를 보낸다.

1886   『독립문예』지에 루룹스 성에서의 경험을 담은 소설 『피항지에서 En Rade』를 연재한다.

1888   네덜란드인 친구인 아리즈 프린스의 초대로 독일 여행. 훗날 『저 아래로』에서 격찬하게 될 그륀트발트의 회화를 발견한다.

1889   11월 미술 및 건축 비평집 『어떤 이들 Certains』 발표. 레미 드 구르몽, 프랑시스 푸악트뱅 등과 교류하며 『저 아래로』의 배경이 되는 방데 지방의 티포주 성을 방문한다.

1890	복개되어 사라진 파리의 비에브르 강과 그 주변의 옛 풍경을 기록한 『라 비에브르 La Bièvre』 발표. 리옹에 거주하던 환속 사제인 불랑과 접촉하면서 악마주의에 관심을 갖기 시작한다.
1891	『저 아래로』 출간. 소설의 도입부에서 자연주의를 비판하고 '초자연주의' 이론을 주장한다. 『파리의 메아리 L'Echo de Paris』지의 쥘르 위레 기자의 문학적 진화에 관한 앙케트에서도 자연주의의 종언을 단언한다. 폴 발레리, 앙드레 지드 등 신진 작가들의 방문을 받는다. 아르튀르 뮈니에 신부와의 교류를 시작한다.
1892	뮈니에 신부의 소개로 노트르담 디니 트라피스트 수도회에서 피정. 생 쉴피스 교회의 부사제인 페레 신부를 고해 사제로 정한다.
1893	27년간의 공무원 생활로 레지옹 도뇌르 훈장 수훈. 오랫동안 전신마비증으로 고생하던 안나 뫼니에를 생트 안느 정신병원에 입원시킨다.
1894	리귀제의 베네딕트 수도원 방문.
1895	안나 뫼니에의 죽음. 가톨릭으로의 개종 과정을 담은 소설 『출행 En Route』을 스톡 출판사에서 출간한다. 개종의 진정성에 대해 가톨릭 교단의 의혹과 비판이 끊이지 않자 뮈니에 신부가 위스망스의 종교적 변화를 옹호하는 강연을 한다.
1897	고해 사제이자 친구인 페레 신부의 죽음.
1898	페레 신부에게 헌정한 『대성당 La Cathédrale』 출간. 32년간 종사했던 공직에서 은퇴하고 리귀제의 수도원 가까이에 집을 짓고 가톨릭 예술가들의 공동체를 일구려는 꿈을 키운다.
1899	리귀제에 정착.
1900	제3회인 수습 생활 시작. 아카데미 공쿠르의 첫 회합을 주재하고 초대 회장이 된다.
1901	제3회인 서원. 네덜란드인으로 온갖 질병으로 타인의 죄를 대속한 리드빈 성녀의 생애를 그린 『시담의 리드빈 성녀 La Sainte Lydwine de

	Schiedam』을 출간한다. 정교분리법인 콩브 법으로 인하여 대다수의 수도원들이 프랑스를 떠나게 되자 리귀제 생활을 청산하고 파리로 돌아온다.
1902	『돈 보스코의 생애 초고 *Esquisse biographique de Don Bosco*』 출간.
1903	리귀제에서의 생활을 바탕으로 한 소설 『제3회인 *L'Oblat*』 출간. 성모의 출현으로 순례자들의 성지가 된 루르드를 여행한다.
1904	마지막 거처가 될 생 플라시드 가 31번지로 이사한다.
1906	졸라의 소설 『루르드 *Lourdes*』에 맞서 기적과 치유의 신비를 옹호하려는 의도 아래 르포르타주 형식으로 씌어진 『루르드의 군중들 *Foules de Lourdes*』을 출간한다. 구강암의 징후들이 나타나기 시작하여 목 부분의 종양 제거 수술을 받는다.
1907	문인으로서 공로를 인정받아 두번째 레지옹 도뇌르 훈장 수훈. 5월 11일 사망한다.

■ 기획의 말

'대산세계문학총서'를 펴내며

근대 문학 100년을 넘어 새로운 세기가 펼쳐지고 있지만, 이 땅의 '세계 문학'은 아직 너무도 초라하다. 몇몇 의미 있었던 시도에도 불구하고, 전체적으로는 나태하고 편협한 지적 풍토와 빈곤한 번역 소개 여건 및 출간 역량으로 인해, 늘 읽어온 '간판' 작품들이 쓸데없이 중간되거나 천박한 '상업주의적' 작품들만이 신간되는 등, 세계 문학의 수용이 답보 상태에 머물러 있었음을 부인하기 힘들다. 분명한 자각과 사명감이 절실한 단계에 이른 것이다.

세계 문학의 수용 문제는, 그 올바른 이해와 향유 없이, 다시 말해 세계 문학과의 참다운 교류 없이 한국 문학의 세계 시민화가 불가능하다는 의미에서, 보다 근본적으로, 우리의 문화적 시야 및 터전의 확대와 그 질적 성숙에 관련되어 있다. 요컨대 이것은, 후미에 갇힌 우리의 좁은 인식론적 전망의 틀을 깨고 세계 전체를 통찰하는 눈으로 진정한 '문화적 이종 교배'의 토양을 가꾸는 작업이며, 그럼으로써 인간 그 자체를 더 깊게 탐색하기 위해 '미로의 실타래'를 풀며 존재의 심연으로 침잠하는 작업이라 할 수 있다.

우리의 현실을 둘러볼 때, 그 실천을 위한 인문학적 토대는 어느 정도 갖추어진 듯이 보인다. 다양한 언어권의 다양한 영역에서 문학 전공자들이 고루 등장하여 굳은 전통이나 헛된 유행에 기대지 않고 나름의 가치 있는 작가와 작품을 파고들고 있으며, 독자들 또한 진부한 도식을 벗어나 풍요로운 문학적 체험을 원하고 있다. 새롭게 변화한 한국어의 질감 속에서 그 체험이 이루어지기를 바라는 요청 역시 크다. 그러므로 필요한 것은 어쩌면 물적 토대뿐일지도 모른다는 판단이 우리를 안타깝게 해왔다.

이러한 시점에서, 대산문화재단의 과감한 지원 사업과 문학과지성사의 신뢰성 높은 출간을 통해 그 현실화의 첫발을 내딛게 된 것은 우리 문화계의 큰 즐거움이 아닐 수 없다. 오늘의 문학적 지성에 주어진 이 과제가 충실한 결실을 맺을 수 있도록, 우리는 모든 성실을 기울일 것이다.

'대산세계문학총서' 기획위원회